JOANNE FLUKE
Der Zitronentortenmord

Weitere Titel der Autorin

Das Geheimnis der Schokoladenkekse
Das Rätsel des Teekuchens
Das Mysterium der Blaubeertörtchen

Über die Autorin

Joanne Fluke lebt als freie Autorin in Kalifornien. Ihre Romane sind regelmäßig auf den ersten Plätzen der *New York Times* Bestsellerliste vertreten. Die Leser:innen lieben die Geschichten der *Queen of Culinary Mystery* wegen ihrer lebensechten Figuren und der Wohlfühlatmosphäre rund um Hannah Swensens Café *The Cookie Jar* in der fiktiven Kleinstadt Lake Eden.

JOANNE FLUKE

Der Zitronentorten Mord

EIN FALL FÜR HANNAH SWENSEN

Kriminalroman

Aus dem Englischen von
Angela Koonen

lübbe

Dieser Titel ist auch als E-Book erschienen

Die Bastei Lübbe AG verfolgt eine nachhaltige Buchproduktion. Wir verwenden Papiere aus nachhaltiger Forstwirtschaft und verzichten darauf, Bücher einzeln in Folie zu verpacken. Wir stellen unsere Bücher in Deutschland und Europa (EU) her und arbeiten mit den Druckereien kontinuierlich an einer positiven Ökobilanz.

FSC www.fsc.org MIX Papier | Fördert gute Waldnutzung FSC® C014496

Vollständige Taschenbuchausgabe

Deutsche Erstausgabe

Titel der englischen Originalausgabe: »Lemon Meringue Pie Murder«
Originalverlag: Kensington Publishing Corp., New York
Published by Arrangement with Kensington Publishing Corp., New York, NY 10018 USA

Dieses Werk wurde vermittelt durch die
Literarische Agentur Thomas Schlück GmbH, 30161 Hannover

Umschlaggestaltung: Kirstin Osenau
unter Verwendung von Motiven von shutterstock.com
und getty-images Deutschland GmbH
Satz: hanseatenSatz-bremen, Bremen
Gesetzt aus der Bembo
Druck und Verarbeitung: GGP Media GmbH, Pößneck
Printed in Germany
ISBN 978-3-404-18896-3

2 4 5 3 1

Sie finden uns im Internet unter luebbe.de
Bitte beachten Sie auch: lesejury.de

Dieses Buch ist für den großen Nicky Borzoi.
Wir vermissen dich, Junge.

1

Um vier Uhr siebenundvierzig fuhr Hannah Swensen aus dem Schlaf hoch. Zwei Raubtieraugen starrten sie an. Unwillkürlich schlug sie nach ihnen, und sie verschwanden unter vorwurfsvollem Jaulen.

»Das ist mein Kissen, nicht deins!«, brummte sie, nahm es wieder in Besitz und knuffte es unter ihrem Kopf zurecht. Doch als sie die Augen schloss, um in den letzten kostbaren Minuten vor dem Weckerklingeln noch mal einzudösen, setzten bei ihr Schuldgefühle ein. Sie hatte noch nie nach Moishe geschlagen.

Ihr orange-weißer Kater hatte während seines Straßenlebens genug erlitten. Sein linkes Ohr war eingerissen, und er war auf einem Auge blind, was stets daran erinnerte, wie sehr er einmal um sein Leben gekämpft hatte. Nachdem sie ihn damals eingeladen hatte, bei ihr zu leben, waren sie Freunde geworden. Und diese Freundschaft war nun gefährdet. Im schlimmsten Fall würde Moishe ihr nie wieder trauen.

»Es tut mir leid, Moishe. Komm her, ich kraule dir die Ohren.« Sie klopfte auf die Matratze und hoffte, er möge ihr verzeihen. »Ich würde dir niemals wehtun. Das dürftest du inzwischen wissen. Du hast mich nur erschreckt, das ist alles.«

Vom Boden am Fuß des Bettes kam ein Miau, das schon weniger zornig klang. Noch einmal klopfte sie neben sich und hörte ihn dumpf auf der Matratze landen. Er hatte ihr verziehen, und das war schön. Doch nun, da sie hellwach war, verspürte sie ein mächtiges Ziehen im Nacken. Anscheinend hatte Moishe, schon kurz nachdem sie eingeschlafen war, ihr Kissen geraubt, und jetzt zahlte sie den Preis für den gestohlenen Komfort. Die Schmerzen würden sich nur mit einer langen heißen Dusche vertreiben lassen.

»Na schön. Ich stehe auf.« Grollend drückte sie den Knopf des Weckers hinunter. »Ich gebe dir dein Frühstück, dann dusche ich.«

Nachdem sie ihre Pantoffeln gefunden hatte, ging sie durch den Flur in die Küche, schaltete das Licht ein und öffnete das Fenster, damit etwas von dem kühlen Morgenwind hereinwehte, der hoffentlich um ihr Wohnhaus strich. Doch herein kam nur drückende Wärme. Es war Ende Juni, und Lake Eden ächzte unter einer Hitzewelle, die für Minnesota ungewöhnlich war. Nachts war es fast so heiß wie am Tag.

Moishe ging an seinem Futternapf in Stellung und blickte erwartungsvoll zu ihr hoch. Sein Schwanz schlug hin und her wie ein Metronom. Ob sie einen Fächer daran festbinden und die Energie nutzen könnte?

»Geduld ist eine Tugend«, murmelte sie und zitierte damit ihre Mutter. Dann fiel ihr ein, dass die Mahnung schon bei ihr nicht gewirkt hatte. »Ich hole dein Frühstück sofort, noch vor meinem ersten Schluck Kaffee. Wenn das keine Entschuldigung ist, weiß ich es auch nicht!«

Moishes Schwanz pendelte weiter hin und her, während sie zum Besenschrank ging und das Vorhängeschloss öffnete. Man mochte ein Vorhängeschloss für übertrieben halten, doch Moishe verlor jeden seelischen Halt, sobald er den Grund seiner Futterschale sehen konnte, und hatte keine Skrupel, sich selbst an der Futterquelle zu bedienen.

Hannah war es leid, verstreutes Trockenfutter aufzukehren, und hatte mit verschiedenen Mitteln versucht, ihn von dem Vorrat fernzuhalten. Ohne Erfolg. Moishe hatte einen Gummiseilverschluss, einen schweren Schieberiegel und einen Sturmhaken überwunden. Wenn ihr vierbeiniger Mitbewohner fressen wollte, wurde er zu einem wahren Houdini. Kein Schloss konnte ihn lange aufhalten.

Sobald er zufrieden vor sich hin knusperte, goss sie sich einen Kaffee ein und ging unter die Dusche. Heute war Freitag, und es würde ein arbeitsreicher Tag werden. Nicht nur weil im *Cookie Jar*, ihrem Bäckerei-Café, freitags Kuchentag war, sondern weil sie fünf Rezepte Zuckerplätzchen backen musste, auf Bestellung eines Caterers in Minneapolis, der sie für eine Hochzeitsfeier benötigte.

Hannah und ihre Partnerin, Lisa Herman, hatten den Teig dafür gestern kurz vor Feierabend hergestellt. Bis halb acht, wenn Lisa zur Arbeit kam, würde sie die Plätzchen und anschließend die Zitronentorten backen, die es jeden Freitag gab. Lisa würde später die Plätzchen mit den Initialen des Brautpaars verzieren, *PP* für Pamela Pollack und *TH* für Toby Heller.

Einige Minuten unter der heißen Brause dämpften den stechenden Nackenschmerz. Da der Wettermann im Radio für heute den heißesten Tag des Sommers angekündigt hatte, beschloss sie, ihre leichteste Hose anzuziehen, die sie im vergangenen Sommer bei einem der seltenen Shoppingtrips mit ihrer Schwester Andrea gekauft hatte.

Hannah stieg hinein und hatte Mühe, sie über die Oberschenkel zu ziehen. Dann ging gar nichts mehr. Obwohl der Reißverschluss ganz geöffnet war, passte die Hose nicht über die Hüften. So eng war sie voriges Jahr nicht gewesen!

Ärgerlich musterte sie die Hose. Offenbar hatte sie zugenommen, und zwar beträchtlich. Schlimm genug, dass sie unter ihren zierlichen Familienmitgliedern die Größte war und als einzige Tochter die widerspenstigen roten Haare ihres Vaters geerbt hatte. Nun war sie also auch noch übergewichtig. Es war Zeit, mit einer Diät anzufangen, ob ihr das gefiel oder nicht.

Während sie sich aus den Hosenbeinen schälte und im Schrank nach einer Hose mit elastischem Bund suchte, sah sie unzählige Salatmahlzeiten mit kalorienarmen Dressings auf sich zukommen. Joggen kam nicht infrage. Sie hasste das und hatte sowieso keine Zeit dazu. Genauso wenig wie fürs Fitnessstudio. Das nächste befand sich im Einkaufszentrum, und sie würde bestimmt nicht so weit fahren. So sehr sie die Aussicht verabscheute, sie würde die Nahrungsaufnahme drosseln müssen. Das war für sie der einzig gangbare Weg, um die überschüssigen Pfunde loszuwerden.

Sie drehte sich zu ihrer Waage um. Vermutlich lag es an ihrer lebhaften Fantasie, aber das Gerät lauerte dort hinterhältig wie eine Klapperschlange. Es wäre vernünftig, sich jetzt zu wiegen, sagte sie sich, nur um zu sehen, wie viel sie abnehmen müsste. Sie machte sogar einen Schritt zur Waage hin, blieb jedoch stehen, weil sie Herzklopfen bekam und ihre Handflächen feucht wurden.

Wann hatte sie sich zum letzten Mal gewogen? Das musste mindestens sechs Monate her sein. Vielleicht sollte sie eine Woche lang weniger essen und sich dann erst wiegen. Auf diese Weise wäre der Schock nicht so groß. Wenigstens hatte Kaffee keine Kalorien. Sie würde noch eine Tasse trinken und später entscheiden, wann sie auf die Waage steigen wollte.

Als sie ihre dritte Tasse getrunken hatte, rückten die Zeiger ihrer apfelförmigen Küchenuhr auf fünf Uhr zwanzig vor. Sie füllte Moishes Futternapf für den Tag auf und goss den restlichen Kaffee in den Thermobecher, den Bill Todd, der Mann ihrer Schwester Andrea, ihr vor zwei Jahren zu Weihnachten geschenkt hatte.

»Bis später, Moishe. Sei brav, solange ich weg bin.« Sie kraulte ihn unter dem Kinn und hängte sich die Handtasche über die Schulter. »Auch wenn ich dazu verdammt bin, heute Abend Salat zu essen, verspreche ich dir eine große Portion …«

Sie unterbrach sich, weil das Wandtelefon klingelte. Höchstwahrscheinlich war es ihre Mutter. Niemand außer Delores rief so früh bei ihr an. Flüchtig zog sie in Betracht, den AB anspringen zu lassen, doch ihre Mutter würde sie später irgendwann erwischen, vielleicht sogar in einem noch ungünstigeren Moment. Es hatte keinen Sinn, das Unvermeidliche aufzuschieben.

Das Telefon läutete zum zweiten Mal, worauf Moishe dem Apparat das Hinterteil zuwandte und mit dem Schwanz schlug, eine Angewohnheit, die Hannah erheiterte, denn Delores gehörte nicht zu seinen Lieblingsmenschen. Lachend nahm sie den Hörer ab. »Hallo, Mutter.«

Am anderen Ende der Leitung war es zunächst still, dann hörte sie ein Kichern, ein männliches Kichern. »Ich bin nicht deine Mutter.«

»Norman?« Sie warf ihre Tasche auf den Küchentisch und setzte sich. Norman Rhodes war einer ihrer Lieblingsmenschen, und sie ging ab und zu mit ihm aus. »Wieso bist du schon so früh auf?«

»Bin ich immer. Ich wollte dich erwischen, bevor du das Haus verlässt. Hannah, du musst mir einen Gefallen tun.«

»Welchen?« Sie lächelte, als sie sich sein Gesicht vorstellte. Im Hintergrund hörte sie Wasser laufen und wusste, er setzte in der Küche seiner Mutter Kaffee auf. Die meisten Leute würden ihn nicht als gut aussehend bezeichnen, aber ihr gefiel er. Er hatte ein Gesicht, bei dem man instinktiv Vertrauen fasste.

»Würdest du mir an der hinteren Wand für halb zehn einen großen Tisch reservieren?«

»Kann ich nicht«, antwortete sie grinsend.

»Warum nicht?«

Sie lachte unverhohlen. »Weil ich keinen großen habe. Die Tische sind alle klein. Wie wär's, wenn ich zwei zusammenschiebe?«

»Das wäre gut. Ich habe aufregende Neuigkeiten, Hannah.«

»Wirklich?« Sie sah zur Uhr. Es wurde immer später. Aber das war nicht schlimm. Die Zitronentorten brauchten nicht lange. Die Böden hatte sie gestern Abend schon gebacken, sodass sie nur noch die Füllung und das Baiser fabrizieren musste. Sie hatte Lust, mit Norman zu telefonieren. Dafür würde sie nachher in der Backstube einfach schneller arbeiten.

»Ich habe für ein Haus geboten und den Zuschlag bekommen.«

»Du hast ein *Haus* gekauft?« Sie hatte keine Ahnung gehabt, dass er eins suchte.

»So ist es, und ich möchte heute Vormittag den Vertrag unterzeichnen, bevor die Besitzerin es sich anders überlegt. Ich habe einen wirklich günstigen Preis erzielt. Es geht um das Voelker-Haus.«

»Das ist wunderbar.« Hoffentlich wusste er, was er da erwarb. Das Voelker-Haus war eine Bruchbude. Es stand auf einem schönen Grundstück mit Blick über den Eden Lake, den See, der zu Lake Eden gehörte, aber an dem Haus selbst war seit über sechzig Jahren nichts modernisiert worden. »Willst du es umgestalten?«

»Da müsste viel zu viel erneuert werden. Ich habe es wegen des Grundstücks gekauft. Ich werde es abreißen und unser Traumhaus bauen.«

Hatte sie richtig gehört? »Sagtest du: *unser* Traumhaus?«

»Genau das. Mit dem wir bei dem Wettbewerb gewonnen haben. Die Entwürfe waren perfekt, Hannah. Es ist ein großartiges Haus. Das wird ein wahres Schmuckstück.«

Hannah war sprachlos. Sie hatte es mit ihm gemeinsam entworfen und sich riesig gefreut, als sie damit den ersten Platz belegt hatten. Das Preisgeld hatten sie sich geteilt, und dadurch war die Backstube jetzt mit einem Fensterklimagerät und das Café mit acht Deckenventilatoren ausgestattet, und der Vorratsraum bekam noch neue Regale.

Ihr Traumhaus war tatsächlich großartig, doch sie hätte sich in ihren kühnsten Träumen nicht vorgestellt, dass Norman es wirklich bauen würde! Was wollte er eigentlich mit vier Schlafzimmern, drei Bädern und diversen Wohnebenen anfangen?

Zwischen Hannahs Brauen zeigte sich eine Steilfalte. Sicher hatte er nicht vor, allein darin zu wohnen. Glaubte er, sie werde ihn heiraten, ohne dass er sie fragen musste? Und wenn er nicht vorhatte, ihr einen Antrag zu machen, hatte er eine andere Frau auserkoren?

»Ich habe dich wohl geschockt«, bemerkte Norman kichernd. »Du warst noch nie so lange still.«

Hannah nickte, obwohl ihr klar war, dass er sie nicht sehen konnte. »Das hast du wirklich. Ich kann nicht glauben, dass du die Entwürfe tatsächlich umsetzen willst.«

»Tja, genau das will ich. Das Zusammenleben mit meiner Mutter ist nervenaufreibend. Jedes Mal wenn ich das Haus verlasse, fragt sie, wohin ich gehe und wann ich zurückkomme. Sie meint es sicher nur gut, aber sie kann anscheinend nicht akzeptieren, dass ich erwachsen bin.«

»Das kenne ich«, erwiderte Hannah mitfühlend. Carrie Rhodes versuchte, über Normans Leben zu bestimmen, seit er nach Lake Eden zurückgekehrt war und die Zahnarztpraxis seines Vaters übernommen hatte. »Ist deine Mutter sauer, weil du ausziehst?«

»Sie weiß es noch nicht. Ich werde es ihr nachher beim Frühstück sagen. Sie beklagt sich schon die ganze Zeit, weil sie nicht genug Lagerplatz für *Granny's Attic* haben. Sie wird bestimmt froh sein, wenn ich mein Zeug aus der Garage wegschaffe.«

Hannah kniff die Lippen zusammen. Warum sollte sie ihm die Illusion rauben? Es stimmte zwar: Ihre Mütter benötigten für das gemeinsame Antiquitätengeschäft mehr Lagerraum, doch der zusätzliche Platz würde Carrie nicht besänftigen. Vielmehr würde sie vor Wut schäumen, weil Norman die Entscheidung gefällt hatte, ohne ihren Rat einzuholen.

»Ich kann mein Glück noch gar nicht fassen. Du wusstest, dass Rhonda Scharf es geerbt hat, nicht wahr?«

Hannah bestätigte das. Rhonda war regelmäßig Gesprächsgegenstand der Lake Edener Plaudertaschen, und jeder in der Stadt wusste von ihrer Erbschaft. Am Tag, nachdem das Testament ihrer Großtante verlesen worden war, hatte Rhonda die Räume des ortsansässigen Maklerbüros betreten und das Haus ins Angebot aufnehmen lassen. »Weiß Andrea, dass du es gekauft hast?« Ihre jüngere Schwester arbeitete in dem Büro.

»Natürlich. Rhonda hat sie gestern Abend angerufen, und Andrea hat ihr geraten, mein Angebot anzunehmen.«

»Ach … das ist schön.« Hannah wunderte sich, warum Andrea ihr das nicht erzählt hatte. Wozu hatte man eine Schwester, wenn sie einem solche Neuigkeiten vorenthielt?

»Ich habe alle Beteiligten gebeten, in dein Café zu kommen. Wir sind zu viert, und ich dachte, du könntest als Zeugin fungieren. Du bist doch bereit dazu, oder?«

»Natürlich.«

»Gut. Dann sehen wir uns um halb zehn. Das ist ein großer Schritt für mich, Hannah.«

»Ich weiß. Ich gratuliere, Norman.« Stirnrunzelnd legte sie auf. Selbstverständlich freute sie sich für ihn, doch sie war ziemlich sauer auf ihre jüngere Schwester. Andrea schlief gern bis sieben, doch Hannah nahm den Hörer erneut ab und wählte ihre Nummer. Zwar war sie am vergangenen Abend lange unterwegs gewesen, weil sie Kaffee und Gebäck bei einer Brautparty serviert hatte, doch Andrea hätte ihr wenigstens eine Nachricht auf Band sprechen können!

Kurz bevor die Verbindung zustande kam, blickte Hannah zum Anrufbeantworter hinüber. Das rote Lämpchen blinkte hektisch. Andrea hatte offenbar doch angerufen, mehrmals sogar. Hannah legte auf, bevor es am anderen Ende läutete, und hörte die Nachrichten ab. Es waren sechs an der Zahl, und alle stammten von Andrea. Als Hannah am vergangenen Abend von dem Catering-Auftrag nach Hause gekommen war, war sie zu müde gewesen, um noch nach dem AB zu sehen. Und heute früh hatte sie es vergessen.

Gerade hatte sie die Nachrichten gelöscht, als das Telefon von Neuem klingelte. Delores? Andrea? Sie nahm beim zweiten Klingeln ab und fragte sich schon, ob sie heute noch mal zur Arbeit kommen würde.

»Hannah?« Es war Norman. »Entschuldige, dass ich dich zweimal störe. Aber hast du noch den Kuli, den ich dir Weihnachten geschenkt habe?«

Hannah zog die Brauen hoch. Männliche Vergesslichkeit! »Du hast mir keinen Kuli geschenkt, sondern einen Seidenschal und eine goldene Haarspange.«

»Ich weiß. Das waren die wirklichen Geschenke für unter den Baum. Ich meine den Werbekuli von meiner Praxis. Du hast ihn nicht weggeworfen, oder?«

»Natürlich nicht. Ich fand ihn süß. Ich hatte noch nie einen Kugelschreiber, der wie eine Zahnbürste aussieht. Er liegt hier … irgendwo.«

»Könntest du nachsehen? Ich habe ein paar aufbewahrt, aber die sind in Mutters Garage, und ich habe keine Zeit, sie hervorzukramen. Ich dachte, es wäre ein hübsches Detail, den Kaufvertrag damit zu unterzeichnen. Das ist nicht ausschlaggebend, doch die Kulis waren eine Idee meines Vaters, und da er nicht mehr dabei sein kann …«

Hannah unterbrach ihn. »Ich suche ihn sofort, warte kurz.«

Sie legte den Hörer ab und kippte ihre Handtasche auf dem Küchentisch aus. Da lagen bestimmt ein Dutzend Stifte, aber Normans Kugelschreiber war nicht dabei. Sie warf alles wieder in die Tasche und schaute in dem angeschlagenen Kaffeebecher nach, der als Stifthalter fungierte. Auch dort war der Kuli nicht.

»Tut mir leid, Norman«, sagte sie in den Hörer. »Er ist weder in meiner Handtasche noch im Stifthalter auf dem Küchentisch.«

»Und auf deinem Nachttisch? Du hast mir erzählt, dass

du da immer einen Stift und einen Stenoblock liegen hast für den Fall, dass dir mitten in der Nacht eine Rezeptidee einfällt.«

Hannah war überrascht. Sie erinnerte sich nicht, das erwähnt zu haben. »Ich werde nachsehen, bevor ich gehe. Wenn ich ihn finde, bringe ich ihn mit.«

Sie legte auf und ging ins Schlafzimmer. Norman war eindeutig nervös, weil er zum ersten Mal ein Haus kaufte. Das war in der Tat ein großer Schritt. Als sie seinerzeit den Vertrag für ihre Wohnung unterschrieben hatte, hatte sie schmerzlich gespürt, wie sehr ihr Vater ihr fehlte, und sich gewünscht, er könnte sie bei ihrem Schritt ins Erwachsenenleben sehen. Wenn Norman mit dem Werbekuli seines Vaters unterschreiben wollte und sich damit besser fühlte, dann würde sie ihn gern eine Stunde lang suchen.

Und da lag er! Sie erblickte ihn, sowie sie ihr Schlafzimmer betrat. Erleichtert nahm sie ihn an sich, steckte ihn in die Handtasche und wollte gerade die Wohnung verlassen, als schon wieder jemand anrief. Sie eilte in die Küche, wäre in ihrer Hast beinahe über Moishe gefallen und riss den Hörer von der Gabel, bevor es zum zweiten Mal klingelte.

»Hallo, Norman. Dein Kuli lag auf meinem Nachttisch, genau wie du gesagt hast. Ich bringe ihn dir mit.«

Sie hörte ein erschrockenes Keuchen, dann Schweigen. Der Anrufer war so still, dass Hannah im Hintergrund eine Uhr ticken hörte.

»Oh-oh«, hauchte sie, da sie an den genauen Wortlaut zurückdachte. Für jemanden, der nicht Zeuge des vorigen Gesprächs gewesen war, dürfte das Wort »Nachttisch« reichlich Anlass zu pikantem Klatsch geben. Während sie noch hoffte, der Anrufer wäre völlig fremd und hätte sich bloß verwählt, fing die im Hintergrund tickende Uhr an zu läuten, und sie erkannte die Melodie von *Edelweiß*.

Sie stöhnte. Da hatte sie etwas angerichtet! Der einzige Mensch in Lake Eden, der solch eine Uhr besaß, war ihre Mutter!

2

»Hier ist deine Mutter«, sagte Delores Swensen endlich. »Wie kommt Normans Kugelschreiber in dein Schlafzimmer?«

Hannah fing an zu lachen, sie konnte nicht anders. Noch nie hatte ihre Mutter derart schockiert geklungen.

»Hör auf zu lachen und antworte mir! Ich bin deine Mutter. Ich habe ein Recht, das zu erfahren!«

Hannah hatte nicht vor, darüber zu streiten, nicht solange Delores klang, als wäre sie einem Herzstillstand nahe. »Entspann dich. Norman möchte, dass ich ihm den Werbekuli seiner Praxis mitbringe, den er zu Weihnachten verteilt hat. Ich habe ihm mal erzählt, dass ich immer einen Stift auf dem Nachttisch liegen habe, und deshalb hat er mir geraten, dort nachzusehen.«

»Ach so. Das ist etwas anderes. Im ersten Moment dachte ich … nun, das ist jetzt gleichgültig. Wozu braucht Norman gerade diesen Stift?«

»Er unterschreibt heute Vormittag einen Vertrag und möchte den Kuli aus sentimentalen Gründen dafür benutzen. Er hat gerade ein Haus gekauft.«

»Norman hat ein Haus gekauft? Welches? Wo?«

»Das Voelker-Haus. Er will es abreißen und dafür unser Traumhaus bauen.«

»Welches Traumhaus?«

»Das Haus, das wir für den Wettbewerb entworfen haben und den ersten Preis gewonnen hat. Du erinnerst dich sicher noch?«

»Selbstverständlich. Du hast mir den Grundriss gezeigt. Aber das Haus wäre riesig, nicht wahr?«

»Vier Schlafzimmer, drei Bäder.«

»Das wäre doch viel zu groß für ...« Delores stockte und keuchte auf. »Verschweigst du mir etwas, Hannah?«

»Nicht das Geringste.«

»Dann erwägst du also keine große Veränderung in deinem Leben?«

Hannah schaute zur Uhr und runzelte die Stirn. »Die einzige Veränderung, die ich erwäge, ist, das Telefonkabel aus der Wand zu reißen, damit ich endlich zur Arbeit fahren kann.«

»Oh. Also gut, Liebes. Ich mache es kurz. Ich rufe an, weil ich wunderbare Neuigkeiten habe. Michelle kommt nach Hause.«

»Wirklich?« Das brachte Hannah zum Lächeln. Ihre jüngste Schwester hatte gerade ihr erstes Jahr am Macalester College absolviert, und Hannah hatte sie seit Weihnachten nicht gesehen. »Wann kommt sie an?«

»Am Dienstagabend. Sie kann bis Sonntag bleiben. Der Drama-Fachbereich zieht in ein neues Gebäude um, und den Studenten, die dabei helfen, wurde eine Woche freigegeben. Sie kommt mit dem Elf-Uhr-Bus und möchte in der Hütte am See wohnen.«

»Hast du sie nicht für den ganzen Sommer vermietet?«

»Doch, aber Andrea hat mit den Mietern eine Vereinbarung getroffen. Natürlich werde ich mit ihr zusammen dort wohnen. Ein Mädchen in ihrem Alter muss beaufsichtigt werden.«

Grinsend malte sich Hannah aus, wie Michelle auf diese Neuigkeit reagieren würde. Dass Delores sie bei ihren idyllischen Ferien am See mit ihrer Anwesenheit beehrte, dürfte sie nicht glücklich machen.

»Ich habe gehofft, du könntest sie am Quick Stop abholen und sie zur Hütte bringen. Ich habe an dem Abend einen Termin mit einer prominenten Dekorateurin, und Carrie dürfte allein nicht mit ihr fertig werden. Und anschließend muss ich direkt zur Hütte fahren und alles vorbereiten. Bis Michelle eintrifft, werde ich gerade genug Zeit haben, um die Betten zu beziehen und Handtücher hinzuhängen.«

»Kein Problem«, versicherte Hannah. »Ich werde sie vom Bus abholen.«

»Danke, Hannah. Ich wusste, ich kann auf dich zählen. Jetzt muss ich mich beeilen. Carrie holt mich in fünf Minuten ab, und ich muss mich noch frisieren. Wir werden heute Vormittag das Schaufenster gestalten.«

Hannah lächelte beim Auflegen, was sie nach einem Gespräch mit ihrer Mutter selten tat. Es würde guttun, Michelle wieder zu Hause zu haben.

Bis halb acht hatte Hannah viel erledigt. In den Backöfen standen ein Dutzend Zitronentorten, und die Zuckerplätzchen für Pamelas und Tobys Hochzeitsfeier waren allesamt gebacken. Sie trank den restlichen Kaffee aus ihrem Thermobecher, setzte sich auf einen Hocker an den Arbeitstisch und griff nach einem der Zuckerplätzchen, die sie als zweite Wahl deklariert hatte. Es war nicht ganz rund geworden, doch Hochzeitsplätzchen sollten in ihren Augen makellos sein.

Als sie es kosten wollte, wurde ihr die Realität bewusst: Sie durfte keine Plätzchen essen. Sie war auf Diät. Im tiefsten Innern wusste sie, dass sie zwanzig Pfund abnehmen musste, wenn nicht mehr. Und bei näherer Betrachtung mochte das der Grund sein, warum Norman ihr noch keinen Antrag gemacht hatte.

Leise seufzend legte sie das Plätzchen zurück auf den Teller. Sie musste sich bezwingen. Sie musste stark bleiben. Zumal sie sich gerade dazu durchgerungen hatte, fettarmen Hüttenkäse und Rohkostsalate zu lieben, bis sie wieder in ihre Sommerhose passte. Wenn sie ihr Idealgewicht zurückerlangt hatte, würde Norman nur einen Blick auf ihren neuen gertenschlanken Körper werfen und sie sofort fragen. Und sie würde ... Was würde sie sagen? Wollte sie wirklich einen Mann heiraten, der sie mit zwanzig Pfund Übergewicht nicht haben wollte?

Wieder griff sie nach dem Plätzchen. Sie wollte einen Mann, der sie so akzeptierte, wie sie war. Wenn zwanzig Pfund Übergewicht über Ehelosigkeit oder Hochzeitsglück entschieden, dann war an dem System etwas faul. Außerdem bedeutete eine Ehe mit Norman, dass sie künftig auf Mike Kingston verzichten musste.

Bei dem Gedanken an Mike hörte sie sich seufzen. Er war der leitende Detective der Polizei von Winnetka County und enorm attraktiv. Außerdem war er Bills Partner, und der hatte ihr unverblümt gesagt, dass er hoffte, sie würde sich für Mike entscheiden. Andrea mochte Mike ebenfalls, aber sie war derselben Meinung wie ihre Mutter: Solange der Kandidat männlichen Geschlechts und ledig war, tat es notfalls jeder.

Sowie sie an ihre Mutter dachte, zog Hannah die Hand von dem Plätzchen zurück. Wenn sie abgenommen und

Norman ihr den Antrag gemacht hatte, würde Delores sie nicht mehr mit jedem heiratsfähigen Mann verkuppeln wollen, der nach Lake Eden kam.

Aber wollte sie jetzt schon heiraten? Erneut streckte sie die Hand nach dem Plätzchen aus. Es könnte praktischer sein, ihr Gewicht zu behalten und Heiratsanträge zu verhindern, damit sie auch weiterhin Norman *und* Mike daten konnte.

Die Hintertür wurde geöffnet, und Hannah zog die Hand zurück. Eine schuldbewusste Reaktion, schlicht und einfach, und sie lächelte ihre Geschäftspartnerin verlegen an. »Guten Morgen, Lisa.«

»Hi, Hannah.« Lisa Herman hängte ihre Tasche an einen Haken neben der Tür, griff nach ihrer Schürze und kam zu ihr, um sie neugierig anzublicken. Da sie zierlich war, musste sie die Schürze in der Taille umschlagen und die Bänder zweimal um sich wickeln. »Du wolltest das Plätzchen nehmen und hast es dir anders überlegt. Sind sie misslungen?«

»Nein. Sie schmecken bestimmt köstlich.«

»Warum isst du dann nichts davon?«

»Weil ich auf Diät bin. Ich esse erst wieder Süßes, wenn ich zwanzig Pfund verloren habe. Wenn du mich noch mal nach einem Plätzchen greifen siehst, hau mir auf die Finger.«

»Okay. Aber was hat dich darauf gebracht?«

»Meine schöne Sommerhose. Ich habe sie mir voriges Jahr bei einem Shoppingausflug mit Andrea gekauft, und jetzt kriege ich sie nicht mehr zu.«

»Das ist seltsam. Du siehst nicht aus, als hättest du zugenommen.«

»In deinen Augen vielleicht nicht, aber …« Hannah unterbrach sich und seufzte. »Norman hat ein Haus gekauft.«

»Das hat er getan?« Lisa wirkte erschrocken.

»Das Haus, das Rhonda Scharf von ihrer Großtante geerbt hat. Er kommt später hierher, um den Vertrag zu unterschreiben.«

»Also zieht er um?«

»Noch nicht. Er will das alte Haus abreißen und das Traumhaus bauen, das wir für den Wettbewerb entworfen haben.«

»Das ist wundervoll.« Lisa ging zur Spüle und wusch sich die Hände. »Doch was hat das mit deiner Diät zu tun?«

»Er hat mich heute Morgen angerufen und mir das erzählt, aber nicht gefragt, ob ich ihn heiraten will.«

Lisa drehte sich um und blickte sie ernst an. »Und du glaubst wirklich, er hat das nur nicht getan, weil du zwanzig Pfund Übergewicht hast?«

»Na ja … nein. Doch …«

»Versteh mich nicht falsch. Mach ruhig deine Diät, wenn du willst, aber begründe es nicht mit Norman. Er ist verrückt nach dir. Das sieht jeder. Ich denke, er wird dich bald fragen.«

Hannahs Laune hob sich. »Meinst du wirklich?«

»Absolut. Manche Männer brauchen eine Weile, um all ihren Mut zusammenzunehmen. Ich treffe mich genauso lange mit Herb wie du dich mit Norman triffst, und Herb hat mich auch noch nicht gefragt.«

»Wünschst du es dir denn?« Hannah bereute die Frage sofort. Die Beziehung ihrer Geschäftspartnerin mit Herb ging sie nichts an. Doch Lisa schien keinen Anstoß daran zu nehmen und lächelte, während sie sich die Hände abtrocknete.

»Manchmal ja. Und du? Möchtest du, dass Norman dir einen Antrag macht?«

»Ich weiß nicht so recht. Ich weiß nur, ich will nicht, dass er eine andere fragt.«

Lisa lachte. »Da besteht sicher keine Gefahr. Also, wie steht's mit der Diät? Ist die noch aktuell?«

Hannah überlegte. »Ja. Ich kann es mir nicht leisten, mich komplett neu einzukleiden.«

»Na, das ist ein guter Grund.« Lisa ging zur Schwingtür, die ins Café führte. »Ich koche jetzt Kaffee, damit du dir den Magen damit füllen kannst, ohne Kalorien zu dir zu nehmen.«

Die Herduhr meldete sich, und Hannah nahm die Tortenböden aus den Öfen. Bis sie sie alle auf Abkühlgitter gestellt hatte, kam Lisa mit einem frisch gebrühten Kaffee zurück.

»Bitte sehr.« Sie reichte ihr einen weißen Becher, auf dem in roter Schrift *The Cookie Jar* stand. »Der bringt dich auf Touren. Und sobald du deinen Energieverbrauch gesteigert hast, wirst du mehr Kalorien verbrennen … Schön wie immer.«

Hannah hatte den ersten Schluck von dem Kaffee trinken wollen, blickte jedoch bei Lisas Worten auf und sah sie die fertigen Tortenböden beäugen.

»Ich finde, der Kuchen mit dem Zitronenbaiser ist immer unser hübschester. Natürlich sind deine Kirschkuchen auch wunderhübsch. Es sieht lecker aus, wie der rote Guss durch das Teiggitter quillt. Und deine gedeckten Apfelkuchen sind herrlich, so goldbraun, und sie duften so gut. Und deine Heidelbeer…«

»Stopp!« Hannah hob abwehrend die Hände. »Ich bin auf Diät, weißt du noch?«

Lisa schaute verlegen. »Entschuldige, Hannah. Vergiss, was ich über deine Kuchen gesagt habe. Sind die Hochzeitsplätzchen so weit ausgekühlt, dass ich sie verzieren kann?«

»Müssten sie eigentlich.«

Lisa machte sich daran, Puderzucker in eine Schüssel zu sieben. »Ich rühre den Guss an und ziehe zuerst die Buchstaben.«

»Guter Plan. Die sollten durchtrocknen, bevor du die purpurfarbenen Herzen darum ziehst.«

»Violett«, korrigierte Lisa und maß den Puderzucker ab. »Die Braut will die Initialen in der Farbe haben, die der Sommerhimmel kurz nach Tagesanbruch hat. Und die Herzen sollen die Farbe der ersten wilden Frühlingsveilchen haben.«

Hannah zog die Brauen hoch. »Das ist sehr poetisch ausgedrückt, aber am Ende läuft es auf Hellblau und Hellpurpur hinaus, oder?«

»Da hast du recht.« Lisa grinste und rührte die Butter in den Puderzucker, dann griff sie nach der Sahne.

Während Hannah Teig knetete und Plätzchen backte, wurde Lisa mit dem Guss fertig und füllte ihn in eine Spritztüte. Hannah sah mehrmals zu ihr hinüber, als sie die hellblauen Buchstaben auf die Plätzchen zog. Anfangs hatte Lisa Verzierungen mit zittriger Hand aufgetragen, aber sie hatte mit einer Beharrlichkeit geübt, die Hannah bewunderte. Inzwischen beherrschte Lisa diese Kunst meisterhaft, sodass sie individuell verzierte Plätzchen für jede Gelegenheit anbieten konnten.

Sie wurden zur selben Zeit mit ihren jeweiligen Aufgaben fertig, und Hannah ging Lisas Werk begutachten. »Perfekt«, sagte sie und lächelte sie an. »Komm mit. Ich finde, wir haben eine Kaffeepause verdient.«

Sobald Hannah das Café betrat, schaltete sie die Ventilatoren ein. Träge drehten sich die Rotorblätter und erzeugten eine leichte Brise, die die roten, weißen und blauen

Luftschlangen in Bewegung versetzten, die Lisa wegen des Vierten Juli unter die Decke gehängt hatte.

»Geh und setz dich. Ich hole uns den Kaffee.« Lisa trat hinter den Ladentisch zur Kaffeemaschine.

Hannah wählte ihren Lieblingsplatz. Der Tisch stand in der hinteren Ecke und bot trotzdem einen guten Blick auf die Straße. Er hatte noch einen großen Vorzug. Von draußen gesehen wirkte das Café leer, solange man nicht die Nase an die Fensterscheibe drückte. Und wenn die Kunden sie nicht erblickten, klopften sie nicht an die Scheibe, um früher eingelassen zu werden.

Die Luftschlangen sahen hübsch aus, und Hannah freute sich, dass Lisa geschmückt hatte. Die Bewohner von Lake Eden waren engagierte Patrioten, und der Vierte Juli gehörte für sie zu den wichtigsten Feiertagen. Am Vormittag würde eine Parade stattfinden, und im Laufe des Tages würden noch andere Veranstaltungen folgen, wie das sogenannte »Potluck-Picknick«, zu dem jeder etwas mitbrachte, das Barbecue am Seeufer und das Feuerwerk am Abend.

»Was ist mit dem Ventilator los?«, fragte Lisa, als sie die Tassen auf den Tisch stellte.

»Welchen meinst du?«

»Den über dir.«

Hannah schaute an die Decke und bemerkte, dass er sich nicht drehte. »Keine Ahnung, aber Freddy und Jed kommen nachher vorbei und bringen im Vorratsraum die neuen Regale an. Ich werde sie darauf aufmerksam machen.«

»Freddy sieht gut aus.« Lisa setzte sich neben sie. »Er hat mir erzählt, dass Jed ihm beigebracht hat, jeden Morgen zu duschen und sich frische Sachen anzuziehen.«

»Das ist ein großer Fortschritt. Ich kann mich noch gut an die Male erinnern, als ich gegen den Wind stand.«

Während sie ihren Kaffee tranken, dachte Hannah über Freddy Sawyer nach. Er war ein wenig zurückgeblieben und nahm in der ganzen Stadt Gelegenheitsarbeiten an, um das Einkommen aus dem kleinen Treuhandfonds aufzubessern, den seine Mutter kurz vor ihrem Tod für ihn eingerichtet hatte.

Freddy musste Anfang dreißig sein, aber durch seine naive Art und sein jungenhaftes Grinsen wirkte er viel jünger. Er wohnte kurz hinter der Stadtgrenze an der Old Bailey Road in dem Haus, das viele Jahre seiner Mutter gehört hatte. Sein Cousin Jed war vergangenen Monat zu ihm gezogen, und anscheinend hatte er auf Freddy einen guten Einfluss.

»Die Leute unterschätzen Freddy«, sagte Lisa ziemlich empört. »Sie glauben, dass er nichts Neues lernen kann, aber da irren sie sich. Janice Cox hat ihm beigebracht, die Uhr zu lesen. Das hat sie mir neulich erzählt.«

»Das ist gut.« Hannah schaute nach draußen, wo gerade ein Wagen vor dem Café anhielt. »Da kommt Andrea, und sie ist früh dran. Sie ist hier erst um halb zehn mit Norman verabredet.«

Lisa sprang auf. »Ich lasse sie rein. Bleib du sitzen und entspann dich. Bestimmt ist es gestern bei der Brautparty spät geworden.«

Hannah gehorchte. Sie war tatsächlich müde. Es war eine große Party mit vierzig Gästen gewesen. Andrea hatte dazugehört, war aber nur so lange geblieben, bis sie ihr Geschenk überreicht und der künftigen Braut gratuliert hatte. Am Schluss hatte sie Hannah etwas von Mike ausgerichtet.

Er war für fünf Tage in Des Moines bei einer Tagung über Interventionsmethoden bei jugendlichen Straftätern. Da er Hannah telefonisch nicht mehr erreicht hatte, hatte er

Andrea angerufen und Bescheid gesagt, dass er bis Sonntag fort sei, am Montag gegen Mittag nach Lake Eden zurückkomme und dann im *Cookie Jar* vorbeischauen werde.

Die Schwestern hatten keine Zeit gehabt, mehr als ein paar Worte zu wechseln, bevor Andrea hatte gehen müssen. Seit sie schwanger war, hatte ihr Mann Bill sich in eine Glucke verwandelt. Er drängte sie, sich auszuruhen, obwohl sie nicht müde war, brachte ihr ständig Wolldecken und Kissen, die sie nicht brauchte, und neuerdings bereitete er ihr kalorienreiche Zwischenmahlzeiten zu, die ihre gesunde pränatale Ernährung über den Haufen warfen.

»Hi, Hannah.« Andrea kam hereingerauscht, wie immer todschick. Sie trug einen hellgrünen Rock, der bei jedem Schritt hin und her schwang, ein passendes hüftlanges Oberteil, einen türkisfarbenen Schal um die Taille und eine silberne Kette mit Türkisanhänger; eine Farbkombination, auf die Hannah nie gekommen wäre. Andreas hellblonde Haare waren zu einem komplizierten Knoten geschlungen. Sie sah aus, als wäre sie einer teuren Modezeitschrift entsprungen.

»Du siehst fantastisch aus«, sagte Hannah ohne den geringsten Neid. Andrea war immer elegant, und Hannah kam sich neben ihr oft ungepflegt vor.

»Mutter hat dich wegen Michelle angerufen?«

»Ja. Ich hole sie vom Bus ab. Es wird wunderbar, sie wieder hierzuhaben.«

»Ich weiß. Wir haben sie eine Ewigkeit nicht gesehen.« Andrea zog sich einen Stuhl heran und setzte sich. »Warum hast du mich gestern Abend nicht zurückgerufen? Ich habe dir zig Nachrichten auf Band gesprochen.«

»Ich habe vergessen, auf den AB zu gucken, als ich nach Hause kam. Ich wusste nichts von Normans Hauskauf, bis er mich heute früh anrief.«

Andrea wirkte verstimmt. »Nun, gib nicht mir die Schuld, dass du ahnungslos warst. Du brauchst wirklich ein Handy, Hannah.«

»Ich will keines.«

»Aber jeder hat eins.«

»Dann bin ich offenbar nicht ›jeder‹. Ich weiß, wir leben im Zeitalter der Technik, doch es gefällt mir nicht, an einer elektronischen Leine zu laufen.«

»Das ist keine Leine. Wenn du einen Anruf nicht entgegennehmen willst, kannst du das Telefon einfach ausschalten.«

»Dann wäre es immer ausgeschaltet.« Hannah grinste. Das Ende der Auseinandersetzung war in Sicht. »Und wenn ich sowieso nie rangehe, wozu sollte ich ein Handy besitzen?«

»Kaffee, Andrea?«, rief Lisa und hielt eine Tasse hoch.

»Nein, danke. Doc Knight hat mich auf eine Tasse pro Tag limitiert, und ich hatte schon eine.«

»Wie wär's mit einem Glas Orangensaft?«

»Das klingt gut.« Andrea lächelte Lisa an, dann wandte sie sich Hannah wieder zu. »Ich musste im Morgengrauen aufstehen. Der einzig mögliche Termin bei ihm war um halb acht.«

»Halb acht ist nicht gerade im Morgengrauen.«

»Für mich schon. Übrigens ist alles in Ordnung. Die Ultraschalluntersuchung habe ich abgelehnt. Wir wollen das Geschlecht erst erfahren, wenn er geboren ist.«

»Wenn *er* geboren ist?«

»Das sage ich nur Mutter zuliebe. Sie ist überzeugt, dass es ein Junge wird.«

Hannah fand das erheiternd. »Was macht sie so sicher?«

»Sie sagt, wenn man an den Seiten schmal bleibt und der Bauch sehr vorsteht, wird es ein Junge, und wenn der Bauch breit ist, wird es ein Mädchen.«

»Das klingt mir nach einem Ammenmärchen. Außerdem ist dein Bauch noch flach wie ein Brett.«

»Das stimmt nicht. Ich verberge das mit meiner Kleidung, aber nichts passt mehr richtig. Ich werde Schwangerschaftssachen tragen, sobald Claires Lieferung reinkommt.«

»Du hast Claire gebeten, für dich Schwangerschaftskleidung zu bestellen?« Hannah war überrascht. Claire Rodgers gehörte das *Beau Monde*, die Boutique neben dem *Cookie Jar*, und ihre Mode war teuer.

»Ich weiß, das wird mich wahrscheinlich ein Vermögen kosten, doch Bill möchte, dass ich nur das Beste habe. Er meint, die Sachen könnte ich vielleicht sogar von der Steuer absetzen. Schließlich bin ich Immobilienmaklerin und muss bei der Arbeit gut gekleidet sein.«

»Das klärst du besser mit Stan ab.« Hannah bezwang ihren Lachimpuls. Stan Kramer war der beste Steuerberater von Lake Eden und dachte in Abschreibungsfragen ziemlich liberal. Trotzdem glaubte sie nicht, dass er so weit gehen würde.

Andrea blickte auf, als Lisa einen Teller Plätzchen brachte. »Danke, Lisa. Die sehen wunderbar aus, und ich hatte keine Zeit zu frühstücken. Was für eine Sorte ist das?«

»Wir nennen sie ›Apricot-Drops‹, Hannahs neue Erfindung. Das sind praktisch Hafer-Rosinen-Plätzchen, aber mit getrockneten Aprikosen anstelle der Rosinen.«

Das Telefon klingelte, und Lisa eilte hin. Hannah beobachtete das Gesicht ihrer Schwester, die in ein Plätzchen biss, und entspannte sich, als sie sie lächeln sah. »Schmeckt es?«

»Fantastisch.« Andrea biss noch einmal ab und neigte sich nach vorn. »Und? Was hältst du von Normans Vorhaben?«

»Ich finde es großartig. Kann es kaum erwarten, unser Traumhaus zu sehen.«

»Also hast du Ja gesagt?«

»Ja zu was?« Hannah verkniff sich ein Grinsen, denn sie wusste genau, wonach ihre Schwester fragte.

»Zur Heirat mit Norman natürlich!«

»Nein.«

»Du hast Nein gesagt?«

Hannah schüttelte den Kopf. »Ich habe gar nichts gesagt. Norman hat mich nicht gefragt.«

»Hat er nicht? Ich war mir sicher, dass er es tut.« Andrea schaute besorgt. »Er geht doch nicht mit einer anderen, oder?«

»Nicht, dass ich wüsste.«

»Okay … das ist gut. Vielleicht solltest du ihm einen kleinen Schubs geben? Du wirst nicht jünger, und wenn du Kinder haben willst …« Andrea hielt mitten im Satz inne und seufzte. »Entschuldige, Hannah. Ich klinge allmählich wie Mutter.«

»Allerdings.«

»Aber wenigstens habe ich aufgehört, bevor ich deine biologische Uhr erwähnen konnte.«

»Hast du nicht. Du hast sie gerade angesprochen.«

Andrea schaute verwirrt, fing sich jedoch rasch. »Ich hab doch gesagt, es tut mir leid, Hannah. Hör zu … ich weiß, das ist für dich ein empfindliches Thema. Ich entschuldige mich dafür, dass ich es aufgebracht habe.«

Hannah blieb vor Verblüffung der Mund offen stehen. Ihre Schwester entschuldigte sich selten. Sie war schwer in Versuchung, zum Drugstore zu laufen und eine Packung von den Goldsternen zu kaufen, mit denen Miss Gladke, ihre Lehrerin in der Grundschule, immer besondere Tage im Klassenkalender markiert hatte. Gerade wollte sie die Entschuldigung annehmen, als Lisa zurückkam.

»Eine gute und eine schlechte Nachricht«, verkündete sie. »Welche willst du zuerst hören?«

Hannah entschied sich ohne Zögern. »Die schlechte. Die gute heben wir uns für später auf.«

»Der Caterer hat angerufen. Pamelas Eltern haben die Hochzeitsfeier abgesagt. Pamela hatte einen Riesenstreit mit Toby und ist mit dem Jungen durchgebrannt, mit dem sie in der Highschool gegangen ist.«

Hannah stöhnte. »Ich glaube, ich brauche die gute Nachricht doch schon jetzt.«

»Ich habe gesagt, dass wir die bestellten Plätzchen schon gebacken haben, und daraufhin hat sie versprochen, sie zu bezahlen. Sie schickt uns einen Scheck, und wir dürfen sie behalten.«

»Das ist nett. Aber was sollen wir mit ihnen anfangen? Plätzchen mit Initialen können wir nicht verkaufen, es sei denn …« Hannah griff nach einer Papierserviette und klappte sie auf, sodass sie ein weißes Quadrat vor sich liegen hatte. »Hast du einen Stift dabei?«

»Habe ich immer.« Andrea nahm ihren goldenen Cross-Kuli aus der Aktentasche.

Hannah zog einen großen Kreis, schrieb Pams und Tobys Initialen hinein und betrachtete sie. »Lisa, bringst du mir bitte einen der Hochzeitskekse? Ich habe eine Idee.«

Einen Augenblick später lag er auf einer Serviette in der Tischmitte. Nach einem Blick darauf sah Hannah ihre Partnerin grinsend an. »Ist da genug Platz für ein H und ein A vor Pams Initialen?«

»Sogar reichlich. Ich musste etwas frei lassen für das violette Herz.«

Andrea schaute überrascht. »Ist der Bräutigam ein Kriegsheld?«

»Nein, doch er hätte einen Orden verdient, weil er es mit Pamela aufgenommen hat.« Hannah wandte sich Lisa wieder zu. »Und bekommst du auch ein Y hinter die beiden P?«

»Ganz leicht. Was machen wir mit Tobys Initialen?«

»Nicht viel. Wir brauchen nur eine Vier davorzusetzen.«

»Ich verstehe!« Andrea klang aufgeregt. »Dann steht da: *HAPPY 4TH.* Die Plätzchen sind weiß. Wenn ihr die Buchstaben in Blau und die Zahl in Rot malt, habt ihr Plätzchen für den Vierten Juli.«

Lisa schob ihren Suhl zurück. »Perfekt, Hannah. Ich fange sofort damit an. Ich muss den blauen Guss farblich anpassen, bevor er trocken wird.«

»Werden die bis zum Unabhängigkeitstag nicht trocken?«, gab Andrea zu bedenken. »Es sind noch fünf Tage bis dahin.«

»Nicht, wenn wir sie einfrieren. Wir können sie dann über Nacht auftauen und bei der Parade verteilen.«

»Das kann Tracey für euch erledigen«, bot Andrea an. »Sie ist fast fünf und alt genug, um bei der Parade mitzumachen. Sie könnte auf dem *Cookie Jar*-Festwagen mitfahren und sie den Leuten am Straßenrand reichen.«

Hannah schüttelte den Kopf. »Das ist eine nette Idee, aber wir haben keinen Festwagen.«

»Keinen Festwagen?« Andrea war geschockt.

»Wir wollten einen bauen, hatten jedoch keine Zeit dafür, ganz zu schweigen von dem Geld, das er gekostet hätte.«

»Aber wir müssen einen haben! Jeder hat einen. Ich werde ihn für euch bauen, Hannah. Das wird ein Riesenspaß für mich.«

Hannah öffnete den Mund, um das kategorisch abzulehnen, brachte es jedoch nicht übers Herz. Ihrer Schwester schien es damit ernst zu sein. Da Tracey tagsüber in der Vorschule und Bill auf dem Revier war, wusste sie anscheinend nichts mit sich anzufangen. »Hast du schon mal einen Festwagen gebaut?«

»Eigentlich nicht, doch das kann nicht so schwer sein, oder? Bitte, lass mich es versuchen, Hannah. Betrachte es als Gefallen. Du rettest mich aus tödlicher Langweile und brauchst keinen Cent zu bezahlen. Bills Dad hat einen Heuwagen, den ich mir ausleihen kann, und ich habe tonnenweise Bastelmaterial in der Garage.«

Hannah konnte ihrem flehenden Blick nicht widerstehen. Solche freudige Erregung hatte sie bei ihr zuletzt erlebt, als sie ihre Hochzeit geplant hatte. »Aber bist du sicher, dass du ein so eiliges Projekt in Angriff nehmen willst?«

»Na klar. Sag einfach Ja, und ich fange sofort an.«

Hannah war klar, dass sie es womöglich bereuen würde, doch sie nickte. »Okay.«

»Du bist die beste Schwester der Welt!« Andrea sprang auf und umarmte sie. »Ich fahre sofort zum Kiddie Korner und erzähle es Tracey. Sie wird Freudensprünge machen.«

»Denk an dein Treffen mit Norman. Du musst um halb zehn mit den Unterlagen hier sein.«

»Werde ich. Danke, Hannah. Du gibst mir neuen Auftrieb.«

Hannah seufzte, als Andrea hinauseilte und in ihren Volvo stieg. Sie freute sich, weil ihre Schwester glücklich war, doch es könnte sich als strategischer Fehler erweisen, dass sie ihr die Erlaubnis gegeben hatte, besonders da Bill seine Frau derzeit übermäßig behütete. Was würde er über seine Schwägerin denken, wenn seine schwangere Frau ihm eröffnete, dass sie innerhalb weniger Tage einen Festwagen für das *Cookie Jar* bauen würde?

Zitronentorte

Den Ofen auf 175 Grad vorheizen, das Blech auf die mittlere Schiene setzen.

Füllung für einen gebackenen Mürbeboden (Pie-Form mit einem Durchmesser von ca. 23 cm):

3 ganze Eier
4 Eigelb (Das Eiklar in einer Schüssel beiseitestellen und auf Zimmertemperatur erwärmen lassen – Sie werden es für das Baiser brauchen.)
200 g weißen Zucker
125 ml Wasser
120 g Maisstärke
30 ml Limettensaft
75 ml Zitronensaft
1 bis 2 TL abgeriebene Zitronenschale
1 EL Butter

(Im Wasserbad gelingt die Füllung garantiert, aber wenn Sie sehr achtsam sind und ununterbrochen rühren, sodass nichts anbrennt, können Sie die Zitronenfüllung auch in einem Stieltopf bei mittlerer Hitze zubereiten.)

Wasser in einen Wasserbadtopf gießen (es sollte die Schüssel nicht berühren) und zum Sieden bringen. Die Schüssel herausnehmen und die Eigelbe sowie die ganzen Eier schlagen. 125 ml Wasser sowie den Zitronen- und den Limettensaft zugeben. Den Zucker und die Maisstärke in einer Schale gut vermengen, zu der Eimischung geben und gründlich verrühren.

Die Schüssel in das simmernde Wasserbad einhängen. Unter permanentem Rühren erhitzen, bis die Mischung dickt (das dauert etwa fünf Minuten). Die Schüssel herausheben und auf eine kalte Herdplatte stellen. Die abgeriebene Zitronenschale und die Butter zugeben und gründlich unterrühren. Beiseitestellen und abkühlen lassen.

Für das Baiser:

4 Eiklar
½ TL Weinstein
1 Msp. Salz
50 g weißen Zucker

Weinstein und Salz zu den Eiklar geben und mit dem Handmixer auf höchster Stufe schlagen, bis beim Herausziehen weiche Spitzen stehen bleiben. Weiter schlagen und dabei den Zucker hineinrieseln lassen. Wenn beim Herausziehen der Quirle feste Spitzen stehen bleiben, den Mixer abstellen und die Schüssel neigen. Wenn die Schaummasse nicht zur Seite gleitet, ist sie fertig.

Nun die Zitronenfüllung auf den gebackenen Mürbeboden geben und mit einem Gummispatel verstreichen. Den Spatel abspülen und abtrocknen und damit die Baisermasse auf der Füllung bis zum Teigrand verteilen, sodass keine Lücken bleiben. (Andernfalls sinkt das Baiser beim Backen ein.) Anschließend mit der flachen Seite des Spatels die Masse betupfen, damit sich Spitzen bilden.

In den vorgeheizten Ofen schieben und höchstens zehn Minuten backen.

Auf einem Kühlgitter auf Zimmertemperatur abkühlen lassen und anschließend, wenn gewünscht, in den Kühlschrank stellen. Dieser Kuchen schmeckt sowohl gekühlt als auch zimmerwarm.

(Zum Anschneiden das Messer in kaltes Wasser tauchen, damit das Baiser nicht daran haftet.)

(Die Zitronentorte ist Lisas Lieblingskuchen – sie mag den Pfiff des Limettensafts.)

3

Andrea zeigte auf eine gestrichelte Linie, die mit einem blauen Haftstreifen markiert war. »Jetzt du, Hannah. Hier musst du unterschreiben.«

Hannah tat es an der bezeichneten Stelle, direkt unter den Linien, neben denen ein grüner, roter und violetter Haftstreifen klebte. Andrea hatte den Farbcode erklärt, sobald sie an dem Tisch Platz genommen hatten. Norman war grün, Rhonda Scharf rot, Andrea violett und Hannah blau. Anscheinend bestand Normans erster Schritt in die Welt des Hausbesitzes in einer bunten Fließbandunterschriftenaktion, doch das schien ihm nichts auszumachen. Er lächelte, als er seinen Namen auf das nächste Blatt Papier setzte, und als er aufblickte, lächelte sie zurück.

Howie Levine streckte die Hand nach dem Papier aus, das sie soeben unterzeichnet hatte, und sie gab es ihm. Er beglaubigte die Unterschriften und legte das Blatt auf den Stapel links von ihm. Der wuchs von Minute zu Minute.

Hannah blickte zu Rhonda Scharf, die gerade auf die Uhr sah. Es war klar, dass Rhonda froh war, den Besitz ihrer Großtante verkauft zu haben, doch sie unterzeichneten schon seit fünfzehn Minuten Papiere, und das Aufregende daran hatte sich bereits abgenutzt.

Rhonda trug zu dem Termin einen pinkfarbenen Jersey-Hosenanzug mit einem Schwarm schimmernder Schmetterlinge vorne drauf. Der größte und bunteste Schmetterling saß unmittelbar unter der Spitze des tief gezogenen Revers und lenkte die Aufmerksamkeit auf ihren beträchtlichen Busen. Mit ihren fünfzig Jahren hatte Rhonda eine üppige Figur und zeigte sie gern. Das einzig Störende waren ihre Schuhe: lindgrüne Tennisschuhe, die eigens gefärbt worden waren, damit sie zu dem Kittel passten, den Rhonda hinter dem Kosmetiktisch im Drugstore trug.

»Nur noch zehn.« Andrea seufzte und reichte Rhonda ein weiteres Dokument. Die unterzeichnete und gab es an Norman weiter. Norman unterschrieb mit dem Werbekuli seiner Praxis und reichte das Papier an Hannah. Von ihr ging es an Howie, der es beglaubigte und auf den Stapel legte.

Es schien ewig zu dauern, doch endlich wurden sie fertig. Jetzt fehlte nur noch Rhondas Unterschrift auf der Urkunde.

Sie zögerte mit dem Kugelschreiber über dem Papier. »Entschuldige bitte … Howie? Bevor ich dem Verkauf zustimmte, habe ich Norman gefragt, ob ich übers Wochenende ins Haus darf, um ein paar Andenken an meine Familie einzupacken. Brauchen wir dafür eine schriftliche Vereinbarung?«

Howie wandte sich an Norman? »Sind Sie damit einverstanden?«

»Sicher. Das habe ich ihr schon gesagt.«

»Dann sollte das kein Problem sein. Eine mündliche Vereinbarung genügt dafür.«

»In Ordnung. Ich wollte mich nur vergewissern.« Rhonda setzte ihre Unterschrift unter das Dokument.

Sobald es auf Howies Stapel lag und Rhonda von Norman den Scheck bekommen hatte, schob Howie seinen Stuhl zurück und stand auf, um Rhonda und dann Norman die Hand zu schütteln. »Ich werde die Papiere heute noch einreichen, aber da Freitag ist, werden Sie bis Montag warten müssen, um den Besitz anzutreten.«

Nachdem der Anwalt gegangen war, wandte sich Hannah ihrer Schwester zu. »Müssen wir noch etwas tun?«

»Das ist alles.« Andrea wirkte erleichtert. »Herzlichen Glückwunsch zum Verkauf, Rhonda. Und dir zum neuen Haus, Norman. Du hast einen großartigen Besitz erworben.«

Hannah machte Anstalten aufzustehen, doch Norman kam ihr zuvor. »Das Gebäck geht auf mich«, verkündete er den Kunden an den anderen Tischen. »Ich habe gerade mein erstes Haus gekauft.«

»Und ich habe mein erstes Haus verkauft.« Rhonda stellte sich neben ihn. »Deshalb spendiere ich die Plätzchen. Schließlich gehört jetzt Normans ganzes Geld mir.«

Die anderen Gäste lachten, und Hannah ging hinter den Ladentisch, damit Norman und Rhonda sich genauer absprechen konnten. Das Café war voller Leute, die schon bezahlt hatten, doch Hannah kannte niemanden, der kostenlose Plätzchen ausschlagen würde. Sie nannte das »Büfettmentalität«. Man konnte sich pappsatt gegessen haben, aber bei einem All-you-can-eat-Büfett stopfte man sich weiter voll, bis sich körperliche Beschwerden einstellten.

Dieselbe Denkweise brachte Frauen dazu, sich die Handtasche mit kostenlosen Parfümpröbchen zu füllen, die sie nie benutzen würden, und bescherte den Gästen der All-inclusive-Silvesterpartys einen Kater, der sie bei den Neujahrs-Footballspielen begleitete.

Lisa schenkte an den Tischen Kaffee nach, als Rhonda

an die Ladentheke kam. »Ich habe mich durchgesetzt«, sagte sie zufrieden. »Ich spendiere die erste Runde Plätzchen und Norman die zweite.«

Hannah stellte ihr die Rechnung aus und nahm an, Rhonda würde das Café verlassen, sobald sie bezahlt hatte, doch stattdessen setzte sie sich hinter der Theke auf einen Hocker.

»Das Haus macht nicht mehr viel her«, räumte sie ein. »Ich nehme es Norman nicht übel, dass er es abreißen will. Eine Renovierung würde mehr kosten, als es wert ist. Aber das Grundstück ist fantastisch, und Sie werden die Aussicht lieben. Ich hoffe, dass Sie beide in Ihrem neuen Heim sehr glücklich werden.«

Bei Hannah schrillten die Alarmglocken. Sie würde jetzt sehr überlegt antworten müssen. Rhonda war zwar nicht die größte Klatschbase der Stadt, aber definitiv Anwärterin auf den Titel. »Das wird nicht mein Heim werden, Rhonda. Ich habe es lediglich mit Norman zusammen entworfen.«

»Ach so, ich dachte …« Rhonda stockte und runzelte die Stirn. »Als Norman erzählte, er würde das Haus bauen, das Sie für den Wettbewerb entworfen haben, ging ich natürlich davon aus, dass … Sie werden ihn nicht heiraten?«

»Nein.«

»Aber einen netteren Mann werden Sie nicht finden!«

»Das ist vermutlich wahr.«

»Warum wollen Sie ihn dann nicht?«

Hannah seufzte. Rhonda war hartnäckig wie ein Vertreter. »Er hat mir keinen Antrag gemacht.«

»Tatsächlich?« Rhonda wirkte bestürzt, doch sie überspielte das rasch und tätschelte Hannah die Hand. »Nicht den Mut verlieren, meine Liebe. Sie sind zwar fast dreißig, und Ihre Freundinnen sind schon alle verheiratet, aber ich bin sicher, Norman wartet nur ab, bis das neue Haus steht. Ich bin sogar überzeugt, dass er das tut.«

Hannah hielt es für besser, das Thema zu wechseln. Sie war es leid, ständig in die Defensive zu geraten, nur weil Normans Antrag ausblieb. »Herzlichen Glückwunsch zu dem Verkauf, Rhonda. Haben Sie mit dem Erlös etwas Besonderes vor?«

»Ja. Ich werde zum ersten Mal in meinem Leben richtig Urlaub machen und mir einen Traum erfüllen. Dank Norman kann ich es mir jetzt leisten und habe gestern Abend gebucht. Am Montagmorgen reise ich nach Rom!« Ihre Augen leuchteten auf, und Hannah ließ sich von ihrer Vorfreude anstecken.

»Das klingt wunderbar. Wie lange werden Sie bleiben?«

»Zwei herrliche Wochen! So habe ich genug Zeit für alles, was ich schon immer sehen wollte.« Rhonda griff nach ihrer Handtasche und hängte sie sich über die Schulter. »Ich muss mich beeilen, sonst komme ich zu spät zur Arbeit. Wenn wir uns nicht mehr sehen, *bon voyage.*«

Hannah verkniff sich ein Schmunzeln, während Rhonda aufstand und zur Tür ging. »*Bon voyage*« hieß »gute Reise«, und das sollte sie Rhonda wünschen, nicht umgekehrt.

Nachdem auch Norman und Andrea gegangen waren, übernahm Hannah den Thekendienst, und Lisa verzierte in der Backstube die Kekse für den Unabhängigkeitstag. Als gegen halb zwölf die gewohnte Flaute eintrat, ging Hannah nach hinten, um sich das Ergebnis anzusehen.

»Wie findest du sie?«, fragte Lisa, die das letzte Blech Kekse verzierte.

»Prima. Niemand wird vermuten, dass sie recycelt sind.«

»Ein paar verunglückte habe ich Freddy und Jed gegeben.« Sie deutete zum Vorratsraum, wo die beiden die neuen Regale aufbauten. »Ich kann die Bestellungen ausfahren, wenn du lieber hierbleiben möchtest.«

»Das ist mir recht. Hast du den Ventilator schon angesprochen?«

Lisa schüttelte den Kopf. »Nein, den habe ich völlig vergessen.«

»Dann sage ich es ihnen. Das ist eine gute Gelegenheit, um den Fehler zu beheben.«

Ein paar Minuten später war die Leiter im Laden aufgestellt, und Freddy hielt sie fest, während Jed zu dem defekten Deckenventilator hochstieg. Er zog an der Schnur, doch der Rotor bewegte sich nicht. Dann löste er die Schrauben an der Nabe und schaute hinein.

Unruhig beobachtete Freddy die Handgriffe seines Cousins, und Hannah fasste ihm beruhigend an den Arm. »Keine Sorge. Ich bin sicher, er kann den Fehler beheben.«

»Aber ich habe den Ventilator angebracht« Er klang aufgeregt. »Ich muss etwas falsch gemacht haben.«

Jed schaute zu ihm runter. »Nein, hast du nicht. Die Drähte haben sich gelöst, mehr nicht. Das kann jedem passieren. Ich stecke sie in die Kabelklemme, dann läuft er wieder.«

»Aber ich sollte das tun«, beharrte Freddy. »Das ist mein Ventilator, und ein Mann muss für seine Arbeit geradestehen.«

Jed lächelte, und Hannah sah ihm an, dass er Freddys Grundsatz guthieß. »Da hast du recht, Kumpel. Dann komme ich jetzt runter, und du kannst die Kabel befestigen. Halte die Leiter, wie ich's dir gezeigt habe, okay?«

»Okay. Ich halte sie, Jed.«

Als Freddy fester um die Leiterstützen griff, fiel Hannah auf, dass er anders aussah als sonst. Seine Haare waren kürzer und seine Kleidung sauber, aber noch etwas hatte sich verändert. Er war besser gekleidet, seit Jed bei ihm eingezogen war. Anstelle der sackigen grünen Hose und der alten Arbeitshemden, die einmal seinem Vater gehört hatten, trug er nun gut sitzende Jeans und Baumwollshirts mit Brusttasche. Er hatte sogar neue Arbeitsstiefel an und nicht mehr die zerschlissenen Tennisschuhe.

»Gut gemacht, Freddy.« Jed trat von der untersten Sprosse und klopfte ihm auf den Rücken. »Die Leiter hat kein bisschen gewackelt.«

»Nö. Ich hab sie richtig festgehalten, wie du es mir gezeigt hast.«

Jed ging zum Werkzeugkasten und nahm einen Schraubenzieher mit Gummigriff und eine Rolle schwarzes Isolierband heraus. »Wo hast du deinen Werkzeuggürtel, Freddy?«

»Mal überlegen …« Freddy starrte für einen Moment an die Decke. »Im Vorratsraum. Du hast gesagt, ich soll ihn abnehmen, weil du dagegengestoßen bist.«

»Stimmt. Geh ihn holen. Du wirst ihn oben auf der Leiter brauchen.«

Hannah wartete, bis Freddy in der Backstube verschwunden war, dann wandte sie sich besorgt an Jed. »Meinen Sie wirklich, Freddy sollte an Elektrik arbeiten? Das ist ziemlich gefährlich.«

»Solange ich dabei bin, wird ihm nichts passieren. Er weiß, dass er das allein nicht tun darf.«

Hannah betrachtete den jungen Mann vor sich. Jed war wie eine intelligentere, lebhaftere Version seines Cousins, und niemand würde bezweifeln, dass sie verwandt waren. Sie hatten den gleichen athletischen Körperbau, das gleiche rotblonde Haar und die gleichen blaugrauen Augen. Sie waren beide eins achtzig groß und gleich gekleidet, ob mit Absicht oder zufällig. Sie unterschieden sich nur dadurch, dass Freddys Gesicht voller und kindlicher war, Jeds dagegen kantig.

»Sehen Sie, Hannah …« Jed legte eine Hand auf ihren Arm. »Es tut Freddy gut, etwas Neues zu lernen. In Lake Eden beschützen ihn alle, genau wie es seine Mutter immer getan hat, und das bremst ihn in seiner Entwicklung. Ich weiß, Sie meinen es nur gut, aber auf lange Sicht hilft ihm das nicht.«

Hannah seufzte. Das war ein gutes Argument. »Vielleicht haben Sie recht. Wir möchten nur nicht, dass ihm etwas zustößt, das ist alles.«

»Also, Sie können sich entspannen. Ich bin bei ihm und passe auf ihn auf. Er ist mein Kumpel. Wir haben früher zusammen gespielt, und ich habe ihn immer gemocht. Ich will, dass er ein gutes Leben führt und alles macht, was er kann.«

»Ich hab ihn, Jed.« Freddy kam lächelnd durch die Schwingtür. Er hatte sich den Werkzeuggürtel umgeschnallt und wirkte entschlossen, die Reparatur in Angriff zu nehmen.

»Gut.« Jed reichte ihm den Schraubenzieher und das Isolierband. »Steck dir beides in den Gürtel. Weißt du noch, was getan werden muss, bevor du anfängst?«

»Das weiß ich noch. Man stellt den Strom ab.«

»Genau. Warte einen Moment, ich gehe und lege den Schutzschalter um.«

Nachdem das geschehen war, trat Hannah zur Seite und

sah zu, wie Freddy die Leiter hochstieg. Er tat es vorsichtiger als sein Cousin und achtete darauf, den Fuß sicher auf die Sprosse zu setzen, doch er stieg stetig hinauf.

»Siehst du die beiden Drähte, die aus der Nabe hängen?«

»Ich sehe sie, Jed.«

»Wickle den schwarzen um die schwarze Schraube und dreh sie fest. Danach klebst du ein Stück Isolierband darum, damit er sich nicht lösen kann. Das Gleiche machst du mit dem roten Kabel und der roten Schraube.«

»Okay. Das kann ich.«

Freddy schaffte es. Es dauerte eine Weile, aber er lächelte breit, als er fertig war. »Ich hab's hingekriegt, Jed.«

»Das hast du. Komm herunter, Freddy.«

»Okay. Ich tue es ganz langsam. Runtersteigen ist viel schwerer als raufsteigen. Mein Kopf ist so weit oben, dass ich nicht sehen kann, wo meine Füße sind.«

»Kannst du es allein? Oder soll ich dir mit den Füßen helfen?«

Freddy schaute verwirrt, und Hannah verstand, warum. Jed hatte zwei gegensätzliche Fragen gestellt, und nun musste Freddy entscheiden, welche er zuerst beantworten wollte.

»Ja, ich kann es allein. Und, nein, ich brauche deine Hilfe nicht. Ich komme jetzt.«

Hannah und Jed beobachteten Freddy beim Herabsteigen. Er lächelte stolz, doch er seufzte auch erleichtert, als er wieder auf festem Boden stand. »Darf ich ausprobieren, ob er funktioniert?«

»Sicher«, sagte Jed. »Lass mich nur gerade für Strom sorgen, dann kannst du den Wandschalter drücken.«

Sobald Jed ihm das Okay gegeben hatte, betätigte Freddy den Kippschalter, und der Rotor drehte sich wie bei den übrigen Ventilatoren. »Guck mal. Ich habe es hinbekommen! War das gut, Jed?«

»Das war sehr gut.« Sein Cousin klopfte ihm auf den Rücken und wandte sich Hannah zu. »Wenn es okay ist, gehen wir jetzt etwas zu Mittag essen. Um eins sind wir wieder hier und montieren die Regale weiter.«

»Klar. Gehen Sie nur.«

»Was sagst du, Freddy?« Jed legte einen Arm um seine Schultern und lenkte ihn zur Tür. »Willst du bei Rose und Hal essen?«

»Ich mag ihr Café. Darf ich mir Chili bestellen?«

»Sicher, wenn du das möchtest.«

»Und einen Schokoladenshake?«

»Klar, Freddy. Hau rein.«

»Was soll ich hauen?«

Jed lachte und sah zu Hannah. »Das ist nur eine Redensart, Freddy. Damit ist nicht gemeint, dass du etwas hauen sollst.«

»Was ist denn damit gemeint?«

»Dass du dir bestellen kannst, was du willst, und ich bezahle.«

»Okay. Dann nehme ich Chili und Zwiebelringe mit Ketchup und einen Schokoladenshake und saure Gurken. Und vielleicht auch noch Kokoskuchen.«

Hannah sah ihnen grinsend nach, als die Tür hinter ihnen zufiel. Freddy hatte nicht oft Gelegenheit, bei Rose und Hal zu essen, und schien die überraschende Einladung gehörig nutzen zu wollen. Wenn Jed nicht aufpasste, würde Freddy ihre gesamten Tageseinnahmen verfuttern.

4

Nach ihrem todlangweiligen Wochenende war Hannah am Montagmorgen, als sie mit dem Plätzchenbacken anfing, nicht gerade bester Laune. Da Mike nach Iowa gefahren und Norman damit beschäftigt gewesen war, Bauunternehmer anzurufen und Kostenvoranschläge einzuholen, hatte Hannah endlich ihren Frühjahrsputz erledigt, den sie drei Monate lang aufgeschoben hatte.

Nachdem sie ihr Geschäft am Samstagnachmittag um fünf zugeschlossen hatte, fuhr sie heim, um Moishe zu füttern und für sich ein Abendessen zuzubereiten. Sie strapazierte ihre Fantasie und redete sich ein, dass der Salat wie buttriges Knoblauchbrot, die nackte Hähnchenbrust wie Räucherschinken und die gedünsteten Brokkoliröschen wie knusprige Pommes frites schmeckten, doch ihre Selbsttäuschungskräfte versagten, bevor sie den ersten Bissen zum Mund führte. Dennoch verzehrte sie das meiste und gab Moishe ein paar Happen Fleisch ab.

Ihr schien es, als wäre er hocherfreut, weil sie sein Lieblingsfleisch mit ihm zu Abend aß. Sobald sie das Geschirr in die Spülmaschine geräumt hatte, griff sie nach einem ihrer stets präsenten Stenoblöcke, schrieb auf, was sie erledigen musste, und ging dann um elf zu Bett. Der Küchenboden war makellos sauber, die durchgebrannten Glühbirnen ausgewechselt, der Teppichboden bis in die Ecken hinein gesaugt und alle gewaschene Kleidung gebügelt und wieder ordentlich im Schrank aufgehängt.

Der Sonntag verlief ähnlich. Sie stand früh auf, frühstückte eine trockene Scheibe Toast und eine halbe Grapefruit und geiferte zwei Minuten lang, weil aus der Nachbarwohnung der Duft von gebratenem Speck zu ihr hereindrang. Sie las die Sonntagszeitung und machte sich daran, ihre To-do-Liste abzuarbeiten. Sie trug den Inhalt der Katzentoilette zum Müllcontainer in der Garage, putzte die Armaturen im Bad blank und räumte den Wäscheschrank auf.

Zu Mittag aß sie eine Schüssel voll verschiedener Gemüse, dann ordnete sie das Gewürzregal um, putzte die Fenster, entstaubte die Bücherregale und brachte den Abfall hinunter. Sie wusch sogar die Küchenschränke aus, und obwohl sie dazu ihren ganzen Willen aufbringen musste, warf sie dabei den Rest des Karamellpopcorns weg, das Bertie Straub ihr zu Weihnachten geschenkt hatte.

Als Abendessen gab es ein schönes Fischfilet mit einer kleinen Ofenkartoffel, aber ohne Schmand und Butter, und dazu einen gemischten Salat mit kalorienarmem Dressing. Da sie Fisch nicht besonders mochte, bekam Moishe den Löwenanteil. Während sie sich mehrere geistlose Filme im Fernsehen ansah, bekämpfte sie ihren Drang zu naschen, indem sie Sellerie-Sticks knabberte, und kroch gegen zehn Uhr unter die Bettdecke in der Hoffnung, im Schlaf ihren knurrenden Magen nicht zu spüren.

Nun kam Lisa in die Backstube, denn es war inzwischen halb acht. »Hi, Hannah. Hier riecht es lecker.«

»Das sind die Plätzchen. Ich bin froh, dass meine Nase verstopft ist!«

»Deine Diät ist hart?« Lisa schaute sie mitfühlend an.

»›Hart‹ ist gar kein Ausdruck.«

»Verstehe. Wie wär's, wenn du nach vorn gehst und den Kaffee aufsetzt? Ich übernehme das Backen.«

»Danke, Lisa.« Hannah trat durch die Schwingtür ins Café. »Ich hatte einen ungeheuren Drang, den rohen Plätzchenteig wegzunaschen.«

Sobald sie das Feld der Versuchung hinter sich gelassen hatte, ging es ihr besser. Beim Abmessen des Kaffeepulvers hielt sie sich vor Augen, dass der Bund ihrer Jeans heute Morgen lockerer saß und es nicht ratsam wäre, Gelüsten nachzugeben. Wenn sie dagegen eisern bliebe, würde sie bald schlank und schön sein. Nun ja … vielleicht nicht schön, aber sicherlich schlanker. Sie würde sich wohler fühlen, mehr Elan haben und vielleicht sogar den Mut aufbringen, sich einen neuen Badeanzug zu kaufen, bevor die Badesaison wieder vorüber war.

Sie hatte gerade die Kaffeemaschine eingeschaltet, als das Telefon klingelte. Es war noch außerhalb der Geschäftszeiten, doch der Anrufer könnte etwas bestellen wollen. Sie nahm den Hörer ab und meldete sich in geschäftsmäßigem Ton. »*Cookie Jar*. Hannah am Apparat.«

»Gut, dass ich dich erwische, Liebes.«

»Hallo, Mutter.« Hannah schaute auf die Uhr. Es war zehn vor acht. So spät rief Delores sonst nie an.

»Ich störe dich wirklich nicht gern bei der Arbeit, aber ich muss dich um Hilfe bitten.«

Das war ein neuer Trick! Delores hatte noch nie gebeten, sondern immer nur verlangt. »Worum geht es, Mutter?«

»Norman hat uns erlaubt, alle Möbel aus dem Voelker-Haus mitzunehmen, die wir haben möchten. Nun hat er aber jemanden gefunden, der schon diesen Samstag mit dem Abriss beginnt, und wir müssen die Sachen vorher abholen.«

»Und ich soll sie für euch transportieren?« Schon beim Gedanken daran verspannten sich Hannahs Muskeln. Beim vorigen Mal, als sie für ihre Mutter antike Möbel geschleppt hatte, hatte sie sich hinterher eine Woche lang wegen ihres steifen Rückens nicht bewegen können.

»Nein, Luanne kümmert sich darum. Sie hat einen Laster gemietet und zwei Schüler angeheuert, damit sie die schweren Dinge tragen. Sie ist absolut wunderbar, Hannah. Bei Hal und Rose im Café waren ihre Talente einfach vergeudet.«

»Freut mich, dass sie sich gut macht.« Hannah lächelte. In ihren Augen war Luanne Hanks eine Erfolgsgeschichte trotz lauter Widrigkeiten. Die Hanks wohnten am Ende der Old Bailey Road, gleich neben der städtischen Müllkippe und einen guten Kilometer von Freddy Sawyers Haus entfernt.

Als jüngstes von sechs Kindern war Luanne im letzten Schuljahr von der Schule abgegangen, um ihr Kind zu bekommen, hatte aber zu Hause weiter gelernt und ihren Highschool-Abschluss gemacht. Anstatt den leichten Weg zu gehen und ihre Tochter zur Adoption freizugeben, zog sie sie allein groß. Während der ersten beiden Jahre hatte sie in Hals und Roses Café gekellnert und Pretty-Girl-Kosmetik an der Haustür verkauft, um sich, ihr Kind und ihre verwitwete Mutter zu ernähren.

Delores war mit ihr in Kontakt gekommen, als Luanne die Leute geschminkt hatte, die Norman während des Winterkarnevals in historischen Kostümen fotografiert hatte. Beeindruckt, wie wissbegierig Luanne sich über Antiquitäten schlaumachte, stellten Delores und Carrie sie als Assistentin ein, als sie im Mai ihr Antiquitätengeschäft eröffneten.

»Ich fahre heute Nachmittag zum Voelker-Haus, um die Stücke zu markieren, die wir haben möchten. Ich dachte, es könnte schön sein, wenn wir gemeinsam hinfahren.«

Hannah überlegte fieberhaft, welchen Hintergedanken Delores haben könnte. Hannah verstand nichts von Antiquitäten, ihre Mutter dagegen sehr viel. Also würde sie ihr dabei keine Hilfe sein. Soweit sie wusste, lief Delores' Wagen einwandfrei, sodass sie auch gut allein hinfahren könnte. Wollte Delores tatsächlich ein paar Stunden mit ihrer ältesten Tochter verbringen? Nein, das konnte nicht sein.

»Hast du Zeit dafür, Schatz? Ich würde das wirklich begrüßen.«

»Vermutlich ja«, antwortete Hannah widerstrebend. Da war etwas im Busch, doch sie kam nicht darauf, was es sein könnte. »Ich muss Kaffee und Gebäck für die Betversammlung der St. Jude Society liefern, müsste aber gegen ein Uhr zurück sein.«

»Das passt bestens, Liebes. Norman hat um halb zwölf einen Patienten und dürfte bis dahin fertig sein.«

»Norman kommt auch mit?«

»Ja, Liebes. Er möchte sich das Haus noch einmal ansehen, bevor es abgerissen wird.«

»Aber wenn Norman sowieso hinwill, warum fährst du nicht mit ihm?«

»Wir möchten lieber mit dir fahren.« Delores klang ein wenig verlegen und räusperte sich. »Du hast ein so schönes großes Auto, und Norman sagt, dass ziemlich viele Gemälde dort hängen. Ich dachte, wir packen sie ein und nehmen sie gesondert mit.«

Hannah sah sich bestätigt und grinste. Delores brauchte also die Transportfläche ihres Lieferwagens. Hannah überlegte abzulehnen. Ihr Chevy war kein Umzugswagen. Andererseits wäre es nur ein kleiner Gefallen, und sie würde sich auch gern ansehen, was Norman gekauft hatte.

»Okay. Ich rufe dich an, wenn ich wieder hier bin, und wir holen Norman ab. Sag ihm, er kann gegen Viertel nach eins mit uns rechnen.«

»Mach ich, Liebes. Sicher wird er dich herumführen und mit dir über das neue Haus sprechen wollen, solange ich die Antiquitäten mit Schildchen markiere. Und wer weiß? Vielleicht ergibt sich ein besonderer Augenblick.«

Hannah legte grinsend auf. Sie hatte nicht nur das vorrangige Motiv ihrer Mutter erfahren, sondern auch ein zweites. Delores brachte sie mit Norman zusammen, weil sie hoffte, er würde ihrer Tochter den ersehnten Heiratsantrag machen. Hannah glaubte nicht, dass das passieren würde, doch es war ein netter Versuch ihrer Mutter.

Es war zehn Uhr, und Hannah stand an der Kasse, als draußen Mikes Jeep vorfuhr. Ihr Herz fing an zu hämmern, und ihr Inneres schmolz dahin, als er ausstieg und auf die Tür zukam. Sie zuckte zusammen, weil ihr heißer Kaffee über die Hand lief, und stellte hastig die Tasse hin, bevor die Kunden das bemerkten. Mike hatte immer diese Wirkung auf sie. Ihr kribbelte der ganze Körper, als hätte sie in eine Steckdose gefasst.

Die Ladentür ging auf, und Mike kam herein. Er wirkte entschlossen wie ein Mann, der eine Mission hatte, und schaute suchend zu den besetzten Tischen. Als er Hannah hinter der Ladentheke entdeckte, schritt er zielstrebig darauf zu. »Wir müssen reden.«

»Okay. Was ist los?«

Er schüttelte den Kopf. »Nicht hier. Lass uns in die Backstube gehen und Lisa nach vorn schicken.«

Der Wechsel war im Nu vollzogen, und Hannah wies auf einen Hocker an der Backinsel. »Setz dich, Mike. Möchtest du einen Kaffee?«

»Nein. Komme ich zu spät, Hannah?«

Sie sah zur Uhr. »Eigentlich bist du früh dran. Andrea sagte, du kämst gegen zwölf.«

»Nein, das meine ich nicht. Komme ich zu spät?«

»Zu spät für was?« Hannah war verwirrt.

»Keine Spielchen, Hannah. Bill hat mir von Normans neuem Haus erzählt.«

»Oh, das!« Sie tat ihr Bestes, um ernst zu bleiben, als sie ihm in die Augen sah. Er war eifersüchtig, schlicht und einfach. Das grünäugige Monster hatte seine Krallen in den bestaussehenden Mann Lake Edens geschlagen. Natürlich hatte er keinen Grund dazu, doch das wusste er nicht, und sie genoss sein Unbehagen zu sehr, als dass sie es ihm schon verraten wollte. »Darf Norman etwa auf dem Grundstück nicht bauen? Gibt es ein Hindernis?«

»Nicht, dass ich wüsste.«

»Aber du wirkst aufgebracht.«

»Natürlich bin ich aufgebracht! Ich war nur drei Tage fort, und jetzt erfahre ich, dass Norman dein Traumhaus baut!«

»Es ist *unser* Traumhaus. Wir haben es zusammen entworfen.«

»Dann wirst du ihn also heiraten?« Mike ballte die Hände zu Fäusten.

»Nein.« Hannah fand, sie habe sich genug an Mikes Eifersucht geweidet, und ihn länger auf die Folter zu spannen wäre grausam. »Norman baut lediglich das Haus, mehr nicht. Das hat nichts mit mir zu tun.«

Mike atmete hörbar auf, und sie sah ihm an, wie erleichtert er war. »Aber das Haus ist viel zu groß für ihn, oder?«

»Vier Schlafzimmer, drei Bäder.«

»Genau das meine ich. Was will er mit dem Platz anfangen?« Mike runzelte die Stirn. »Glaubst du, er hält um deine Hand an, wenn das Haus fertig ist?«

Hannah lachte. »Wenn ich das wüsste, würde ich mir eine Hellseher-Hotline einrichten und abkassieren.«

»Aber was, wenn doch? Wirst du Ja sagen?«

»Ich weiß nicht.«

»Das darfst du nicht!«

Hannahs Herz machte einen Freudensprung. Setzte er etwa zu einem Heiratsantrag an? »Warum nicht?«

»Weil du mit ihm nicht glücklich wärst. Versprich mir, dass du es mir sofort sagst, wenn er dich fragt.«

»Wozu sollte das gut sein?«

»Ich will nicht überrumpelt werden. Versprich es mir, Hannah.«

»Ich verspreche es.« Was blieb ihr anderes übrig? Sie wollte ihn nicht derart niedergeschlagen sehen.

»Dann ist zwischen uns alles wie immer?«

»Alles wie immer«, bestätigte sie und fragte sich leise lächelnd, was das eigentlich hieß.

Mike stand auf und zog sie mit hoch, um sie in die Arme zu schließen. »Ich will keine Veränderung. Wie es jetzt ist, finde ich es großartig.«

Und dann küsste er sie. Es wurde ein langer, zärtlicher Kuss, und gerade als er in ihr ein Feuer entfachte, hörte sie jemanden zur Hintertür reinkommen.

»Hannah? Ich wollte dich nur kurz fragen …« Es war Andrea, und sie hielt abrupt inne, als sie sah, wobei sie störte. »Entschuldigung. Ich komme später wieder.«

Mike winkte sie herein. »Ist schon gut. Ich wollte gerade gehen. Falls du vor mir mit Bill sprichst, richte ihm aus, dass ich noch kurz zu Hause dusche und mir eine frische Uniform anziehe. Ich treffe ihn nach der Mittagspause auf dem Revier.«

»Was hatte das zu bedeuten?«, wollte Andrea wissen, nachdem Mike das *Cookie Jar* verlassen hatte.

»Nicht viel.« Hannah zuckte mit den Schultern und beließ es dabei. »Was wolltest du mich fragen?«

»Es geht um Traceys Kostüm.« Andrea beäugte die Plätzchen, die im Gestell auskühlten. »Sind das Mandelküsse?«

»Die sind für meinen Catering-Auftrag, doch ich habe ein paar mehr gebacken.«

»Darf ich mir welche nehmen?«

»Natürlich.«

Ihre Schwester stibitzte sich drei Stück.

»Was ist mit Traceys Kostüm?«

»Ich muss wissen, was für Schuhe die Freiheitsstatue trägt.«

»Riesengroße«, scherzte Hannah, doch ihre Schwester blieb ernst. »Ich meine, es sind Sandalen. Sicher bin ich mir jedoch nicht.«

»Wie soll ich das herausfinden?«

»Geh in die Bibliothek und schau im Lexikon nach. Da sollte es eine Abbildung geben.«

»Gute Idee. Ich habe Janice Cox danach gefragt, aber sie war sich auch nicht sicher. Ich will Tracey als Freiheitsstatue verkleiden. Ist das nicht niedlich?«

»Tracey sieht in jedem Kostüm niedlich aus.«

»Ich weiß, doch sie möchte eines, zu dem eine Krone gehört. Ist sie Rechtshänderin?«

»Wahrscheinlich.« Hannah nahm an, dass sich die Frage

auf die Freiheitsstatue bezog. »Sie hält die Fackel in der rechten, falls du das meinst. Du wirst Tracey aber nicht grün schminken, oder?«

»Nein. Das Grün ist sowieso nur Patina. Ich frage mich, warum sie nicht poliert wird. Damit sähe sie viel besser aus.«

»Leichter gesagt als getan. Weißt du noch, als die Bürgergruppe auf die Idee kam, die Kuppel auf dem Rathaus zu säubern? Das haben sie ganz schnell fallen gelassen, als ihnen klar wurde, dass das drei Jahre dauern und ein Vermögen kosten würde.«

»Zeit und Geld. Das sind immer die entscheidenden Faktoren. Ich sollte wieder los, Hannah. Heute Vormittag habe ich keine Zeit, und mir wird das Geld fehlen, wenn ich nicht frühzeitig zur Rabattaktion im CostMart ankomme. Ich will neue Handtücher fürs Badezimmer kaufen. Unsere alten sind praktisch Lumpen. Kann ich dir etwas besorgen, wenn ich schon mal dort bin?«

»Danke, aber ich wüsste nicht …« Hannah unterbrach sich, weil es sie im Nacken zwickte. Sie rieb ihn seufzend. »Eins vielleicht doch. Erinnerst du dich, wie wir im letzten Jahr dort waren und ich mir das Kissen gekauft habe?«

»Das Daunenkissen?«

»Genau das. Ich brauche ein zweites.«

Andrea kniff die Augen zusammen. »Wieso das? Heißt das etwa, du willst … äh … jemanden bei dir übernachten lassen?«

»Nein, aber Moishe stibitzt meines immer wieder. Und dann wache ich morgens mit steifem Nacken auf. Ich überlasse ihm das alte und schlafe auf dem neuen.«

»Du musst ihn erziehen, damit er das lässt.«

»Unmöglich. Katzen erziehen ihre Halter, nicht umgekehrt. Moishe hat ein ganzes Jahr gebraucht, doch er hat nun erreicht, dass ich ein zweites Kissen kaufe.«

Andrea lachte. »Okay. Ich besorge dir eins, aber es könnte teuer sein. Als ich mir die Preise zuletzt angesehen habe, kosteten diese Kopfkissen fünfzig Dollar.«

Hannah seufzte. Sie hatte vergessen, wie teuer Gänsedaunen waren. Eigentlich wollte sie kein zusätzliches Geld ausgeben, aber ein schmerzfreier Nacken war es ihr wert. »Bring mir eins mit, egal, wie viel es kostet. Ich kann fünfzig Dollar für ein Kissen ausgeben oder fünfzig Dollar für einen Chiropraktiker. Das Kissen brauche ich nur ein Mal zu bezahlen, den Chiropraktiker vielleicht mehrmals.«

Mandelküsse

Den Ofen auf 175 Grad vorheizen, das Blech auf mittlerer Schiene einschieben.

360 g Butter
400 g weißen Zucker
1 TL Vanille
1 TL Mandelaroma
2 TL Rübensirup
1 ½ TL Backnatron
1 TL Backpulver
1 TL Salz
160 g gemahlene Mandeln
2 geschlagene Eier (einfach mit einer Gabel)
500 g Mehl, ungesiebt
1 Beutel Hershey's Kisses (13 oz/368 g)

Die Butter zerlassen und in eine Backschüssel geben. Den Zucker, den Vanille- und Mandelextrakt und den Rübensirup zugeben und gut verrühren, dann Backnatron, Backpulver und Salz einrühren.

Anschließend nacheinander die gemahlenen Mandeln, die geschlagenen Eier und das Mehl gründlich unterrühren.

Den Teig für ein paar Minuten ruhen lassen, dann walnussgroße Kugeln formen und auf ein gefettetes Backblech setzen, jeweils 12 Stück.

Die Hershey's Kisses längs halbieren, sodass die Tropfenform erhalten bleibt, und die Hälften auf die Teigkugeln drücken, mit der Schnittfläche nach unten. Sie ergeben eine hübsche und leckere Verzierung. (Wenn Sie es üppiger haben möchten, setzen Sie ganze Hershey's Kisses auf die Teigkugeln, mit der Spitze nach oben. Sie benötigen dann die doppelte Menge. (Wenn Ihre Kinder beim Auswickeln helfen, brauchen Sie wahrscheinlich die dreifache Menge!)

Bei 175 Grad 10 Minuten backen, bis die Ränder goldbraun werden. (Keine Sorge, die Schokolade schmilzt nicht.) Das Blech für 2 Minuten abkühlen lassen, dann die Mandelküsse zum Auskühlen auf ein Gitter legen.

Ausbeute: 10 bis 12 Dutzend Plätzchen. (Wenn Ihnen das zu viele sind, halbieren Sie das Rezept. Und falls welche übrig bleiben: Die Bäckerin hat einen Leckerbissen verdient!)

(Norman sagt, er wünsche sich immer, Marzipan würde so schmecken wie diese Plätzchen.)

5

»Das ist ein hübsches Fleckchen Erde.« Hannah fuhr mit ihrem Wagen möglichst nah an die Haustür. »Man kann von hier aus den See sehen.«

»Du wirst noch mehr davon sehen, wenn ich die unteren Zweige der Fichten weggeschnitten habe.« Norman stieg aus und öffnete Delores die Tür.

»Ein hübsches kleines Haus«, meinte Hannahs Mutter und hakte sich bei Norman unter. »Beinahe zu schade, um es abzureißen, aber ich nehme an, mit zwei Schlafzimmern ist es nicht groß genug für dich. Wenn du das kleinere als Arbeitszimmer nimmst, dann bleibt kein Platz mehr für …«

»… Besucher«, meinte Hannah hastig und warf ihrer Mutter einen warnenden Blick zu. Das war kein passender Moment, um einen Heiratsantrag zu provozieren.

»Ja, Besucher.« Delores schaute verlegen. »Nun, ich gehe mal gleich an die Arbeit. Schließlich will ich euch nicht den ganzen Nachmittag aufhalten.«

Norman schloss auf. »Ich schalte das Licht ein, damit du besser siehst. Die Fenster sind klein, und das Haus ist recht dunkel.«

»Es gibt noch Strom?« Hannah wunderte sich. Sie hatte

angenommen, dass Rhonda ihn abgemeldet hätte, um die Kosten zu sparen.

»Ich habe sie gebeten, ihn auf meine Rechnung weiterlaufen zu lassen. Ich werde ihn am Samstagmorgen abstellen lassen, bevor die Abrissfirma kommt.«

Als Hannah das Haus betrat, war sie angenehm überrascht. Sie hatte damit gerechnet, von Staubwolken und Modergeruch empfangen zu werden, da das Haus seit längerer Zeit unbewohnt war. Doch was sie roch, war Zitronenpolitur. »Hier ist es sauber!«

»Ich weiß. Deshalb habe ich mich nicht umgezogen.« Delores schaute an ihrem hellgelben Kleid hinunter. »Andrea erwähnte, dass Rhonda eine Reinigungskraft beauftragt hat.«

»Wozu ein Haus putzen, in dem niemand lebt?«

»Es fand sich kein Käufer, und Andrea meinte, dass es einen besseren Eindruck macht, wenn es sauber ist. Du weißt, wie manche Leute sind. Sie sehen nur Staub und Spinnweben und nicht die Schönheit dahinter. Rhonda hatte keine Lust, selbst zu putzen, und hat eine Frau damit beauftragt. Komm, Hannah. Wir fangen im Wohnzimmer an und arbeiten uns nach hinten durch.«

Das Wohnzimmer war vollgestellt mit Möbeln und Kunstgegenständen, aber da sie zu dritt arbeiteten, dauerte es nicht lange. Hannah klebte rote Schildchen an die Möbelstücke und die Kunstgegenstände, auf die Delores zeigte, und Norman packte die kleineren in Kartons.

Das Gästezimmer enthielt nur wenig, was für das Antiquitätengeschäft infrage kam, nur einen handgearbeiteten Quilt, den Delores für verkäuflich hielt, doch das große Schlafzimmer war eine wahre Schatzkammer. Delores wählte zwei Maxfield-Parish-Drucke und einen alten

Schaukelstuhl. Dann deutete sie auf den Quilt auf dem Bett. »Den möchte ich ebenfalls.«

»Warum?«, fragte Hannah. Sie hielt ihn für Industrieware. Solche konnte man aus dem Katalog bestellen. »Der ist nicht antik, oder?«

»Nein, aber Reverend Strandberg kann ihn für sein Obdachlosenasyl gebrauchen.«

Hannah stimmte ihr zu und zog den Quilt vom Bett. Doch anders als im Gästezimmer fand sich darunter nicht die blanke Matratze, sondern bezogenes Bettzeug. »Ich frage mich, wieso Rhonda das Bett gemacht hat? Glaubst du, sie hat hier manchmal übernachtet?«

»Das bezweifle ich, Liebes. Warum sollte sie das tun, wenn sie eine eigene Wohnung hat? Wahrscheinlich hat die Putzfrau eine Anweisung missverstanden.«

»Willst du das Bettzeug auch für Reverend Strandberg?«, fragte Norman, der den Quilt an zwei Ecken hielt, während er ihn mit Hannah zusammenfaltete.

»Ja. Und alles, was sich noch im Wäscheschrank befindet. Ich denke, ich bin hier durch. Lasst uns die Küche in Angriff nehmen.«

»Geht ihr beide schon voraus«, sagte Norman. »Ich lade die fertigen Kartons in den Wagen und stoße dann zu euch.«

Hannah betrat als Erste die große rustikale Küche, und was sie sah, verblüffte sie. »Da steht eine meiner Kuchenschachteln auf dem Tisch!«

»Stimmt. Wie lange mag die da schon liegen?« Delores ging an ihr vorbei zum Tisch und hob den Deckel an. Erschrocken wich sie zurück. »Igitt!«

»Mein Kuchen ist eklig?«

»Nur wenn er von Ameisen wimmelt.«

Hannah spähte ebenfalls hinein und verzog das Gesicht.

Das war eine der Zitronentorten, die sie am Freitag gebacken hatte. Nur ein Stück war gegessen worden, und auf dem Rest krabbelten unzählige schwarze Ameisen, die fleißig süße Krümel wegtrugen. Erst jetzt fiel Hannah auf, dass eine Ameisenstraße unter der Hintertür hindurch in den Garten führte. »Du hast recht, Mutter. Der ist Ameisenfutter. Ich werfe ihn draußen in die Mülltonne.«

»Warte, Hannah.« Delores kam mit einem Müllbeutel, den sie in einer Box unter der Spüle gefunden hatte, zum Tisch und hielt ihn auf. »Ich halte den Beutel, und du schiebst die Kuchenschachtel hinein und trägst sie hinaus.«

»Ja, Mutter«, sagte Hannah gehorsam und widerstand dem Drang zu kichern. Delores behandelte sie wie ein zurückgebliebenes Kind, doch der Plan war gut, und es wäre kleinlich, sich zu sträuben. Sobald die Schachtel sicher im Beutel gelandet war, trug Hannah sie zur Hintertür hinaus.

Auf der Zementplatte neben der alten Garage standen zwei Mülltonnen. Sie spähte durch das Garagenfenster, weil sie auf einen aufgebockten Oldtimer hoffte, doch sie sah nur jede Menge Holzscheite. Hannah nahm sich vor, es Norman zu sagen. Da lagerte genug Feuerholz für mehrere Winter. Er bräuchte es nur woanders zwischenzulagern.

Sie hob den Deckel einer Mülltonne an, um den Beutel zu entsorgen. Die Tonne war nicht leer, wie sie erwartet hatte, sondern am Grund des Plastiksacks lagen mehrere Abfälle: zwei Styroporschalen mit durchsichtigem Deckel, wie man sie in Restaurants mit Straßenverkauf bekam. Eine Portion war halb verzehrt worden, die andere wirkte unberührt, beides Ossobuco, ein Gericht, das sie selbst auch gern aß. Sie erkannte es an dem unverwechselbaren Markknochen. Rhonda hatte an dem Abend, als sie die Sachen ihrer Großtante zusammengepackt hatte, offenbar Essen bestellt, und da es zwei Behälter waren, hatte sie wohl jemanden zum Abendessen erwartet.

Wenn man im Abfall anderer Leute wühlte, drang man zweifellos in deren Privatsphäre ein, doch das unberührte Essen weckte Hannahs Neugier. Sie hob den Müllsack ein Stück an und besah sich die Abfälle, die unter den Essensboxen lagen. Eine leere Chianti-Flasche und zwei Weingläser aus Plastik. Rhonda hatte jemandem Wein eingeschenkt, doch derjenige war wohl vor dem Essen gegangen.

Schulterzuckend warf sie ihren Müllbeutel dazu. Sie verstand nicht, warum Rhonda das Essen nicht nach Hause mitgenommen hatte. Sie hätte es einem Nachbarn geben können, wenn sie es selbst nicht hätte verzehren wollen. Und warum hatte sie den Kuchen stehen gelassen? Auch den hätte sie mitnehmen und gegebenenfalls verschenken können. Einer ihrer Nachbarn hätte sich sicher gefreut.

Gerade als sie die Tonne schließen wollte, hörte sie auf der Straße vor dem Haus den Müllwagen kommen. Montag war anscheinend Abfuhrtag. Hastig hob sie den Sack aus der Tonne, band ihn zu und lief damit zur Straße, um ihn dem Fahrer zu übergeben.

»Du hast eine kleine Ewigkeit gebraucht«, bemerkte Delores, als Hannah in die Küche zurückkehrte.

»Der Müllwagen kam, und da habe ich den Sack aus der Tonne genommen und gleich zur Straße getragen.« Sie schnupperte. »Du hast wohl Ameisenspray gefunden.«

»Es stand unter der Spüle. Sieh dir diese Schüsseln an, Hannah. Das ist Karnevalsglas.«

Hannah betrachtete die irisierenden, farbigen Schüsseln, die Delores auf die Arbeitsplatte stellte. »Ich dachte, Karnevalsglas wäre orangefarben.«

»Das war die gebräuchlichste Farbe, aber es wurde auch in anderen Farben hergestellt. Dieses Rotviolett zum Beispiel ist ziemlich selten und wird eine schöne Summe einbringen. Könntest du hochsteigen und in die obersten Schrankfächer schauen? Da könnte noch mehr stehen.«

Hannah holte sich einen Stuhl und stieg auf die Sitzfläche. Sie öffnete einen Hängeschrank und machte große Augen, als sie das Muster erkannte. »Hier steht eine große Desert-Rose-Platte. Die willst du bestimmt mitnehmen.«

»Ja. Gib sie mir herunter.«

Hannah reichte sie ihr und griff nach einem Stapel Teller. »Das scheinen mir Blue-Willow-Teller zu sein, aber sie sind nicht blau, sondern grün. Ich glaube, davon ist ein ganzes Service vorhanden.«

»Zeig mal her.« Delores klang aufgeregt und streckte die Hand hin. Sie drehte den Teller um und keuchte auf. »Was für ein Fund! Das ist echtes grünes Blue-Willow-Porzellan!«

Hannah hustete, um ihr Lachen zu überspielen. Wie konnte man grünes Porzellan blau nennen? »Hier sind auch rosa Teller. Willst du die auch?«

»Ja! Das rosa Blue Willow ist ein Sammlertraum. Gib mir alles, was da ist, Hannah. Und gib acht, dass du nichts fallen lässt. Wie schön, dass Rhonda nicht alle Schränke begutachtet hat. Da sind ihr ein paar Schätze entgangen.«

Bis Norman sich zu ihnen gesellte, hatte Delores alle waagerechten Flächen mit Geschirr und Gläsern vollgestellt. »Anscheinend hast du allerhand gefunden.«

»Oh ja!« Delores drehte sich lächelnd zu ihm um. »Willst du ganz sicher keine Prozente verlangen? Mrs Voelker hat einiges von Wert besessen.«

Norman schüttelte den Kopf. »Ihr bekommt es umsonst.

Schließlich habe ich mietfrei bei meiner Mutter gewohnt, also kann ich ihr wenigstens das geben.«

»Nun … das ist sehr großzügig. Warte nur, bis ich Carrie und Luanne davon erzähle. Sie werden bezaubert sein von dem berühmten Geschirr.«

Hannah stieg kichernd vom Stuhl. Bezaubert? Offenbar hatte ihre Mutter kürzlich an einem Treffen ihres Regency-Clubs teilgenommen. Die Heldinnen ihrer Regency-Romane sprachen oft davon, »bezaubert« zu sein, wenn sie sich immens über etwas freuten.

Nachdem sie alles eingepackt und Norman die Kartons ins Auto gebracht hatte, ging Delores noch eine Runde durchs Haus. »Ich denke, das ist alles. Ich habe in alle Räume geschaut.«

»Wie steht es mit dem Keller?«, fragte Norman. »Ich bin nicht unten gewesen, aber Rhonda meinte, ihr Großonkel habe viel mit Holz gearbeitet.«

»Antike Werkzeuge!« Delores' Augen leuchteten auf. »Die sind zurzeit äußerst gefragt. Habt ihr noch Zeit? Kann ich noch schnell durch den Keller gehen?«

»Für mich kein Problem. Wie steht's mit dir, Hannah?«

»Mir ist das recht.« Sie reichte Delores die Schürze, die über der Lehne eines Küchenstuhls gehangen hatte. »Die ziehst du am besten an, Mutter. Da unten wird es staubig sein.«

Delores band sich die Schürze um und ging zur Kellertreppe. »Kommst du nicht mit, Liebes?«

»Wenn du mich brauchst?« Hannah zwinkerte ihr übertrieben zu.

»Nun ja, ich …« Delores sah das Zwinkern und deutete es richtig. »Eigentlich nicht. Ich kann ihn auch allein erkunden. Bleib ruhig hier und leiste Norman Gesellschaft. Ihr arbeitet beide immer so viel, da bleibt euch kaum Zeit füreinander, und sicher möchtet ihr eure Pläne für das Haus besprechen.«

»Sicher.« Hannah rollte die Augen. Ihre Mutter war so subtil wie ein Vorschlaghammer. »Schrei, wenn du uns brauchst. Wir kommen sofort.«

Norman wartete, bis Delores das Licht eingeschaltet hatte und die Treppe hinuntergegangen war, dann wandte er sich Hannah zu. »Was hältst du von einem Panoramafenster in der Küche? Da sie auf den Wald hinausgeht, hätte man einen schönen Blick.«

»Das stimmt.« Hannah sah sich morgens am Küchentisch sitzen, einen frisch gebrühten Kaffee trinken und die Rehe beobachten, die aus dem Wald kamen. Die Vorstellung gefährdete ihr lieb gewonnenes Single-Dasein, sodass sie schnell von etwas anderem anfing. »Und das Wohnzimmer? Das wird auf den See hinausgehen, nicht wahr?«

»So ist es, aber das große Schlafzimmer bietet die beste Aussicht. Da werde ich den Balkon anbringen.«

An das Schlafzimmer mit Kamin und Panoramablick wollte sie nicht denken. Das war zu verlockend. Sie wechselte erneut das Thema und fragte ihn, wie er das Haus einrichten wolle. Das war interessant, und erst als sie zufällig zu der alten Wanduhr blickte, wurde ihr bewusst, dass eine Viertelstunde vergangen war und sie noch keinen Piep von Delores gehört hatten.

»Vielleicht sollte ich mal nach meiner Mutter sehen. Sie ist schon recht lange da unten.«

»Ich komme mit.« Norman ging voran zur Kellertür. »Delores? Alles in Ordnung?«

Hannah stand hinter ihm und wartete auf die Antwort. Als die ausblieb, durchfuhr sie ein Schreck. »Lass mich durch, Norman. Ich gehe sie suchen.«

»Nicht ohne mich, auf keinen Fall.« Norman stieg drei Stufen hinab und blieb abrupt stehen. »Da kommt sie. Geh wieder hoch, damit sie Platz hat.«

Hannah gehorchte, spähte aber an seiner Schulter vorbei zu ihrer Mutter. Delores war anscheinend nichts passiert, doch sie presste die Lippen zusammen. Im Keller musste etwas vorgefallen sein. Und danach zu urteilen, wie sie bei jedem Schritt um das Geländer griff, konnte es nichts Gutes sein.

»Wasser«, krächzte Delores, als sie die oberste Stufe erreichte, und Norman eilte in die Küche, um ihr ein Glas zu holen. Sie trank einen Schluck und gab es ihm mit zitternder Hand zurück.

»Du siehst aus, als hättest du einen Geist gesehen«, sagte Hannah und bereute es sofort, weil ihre Mutter noch blasser wurde.

Delores versuchte ein Lächeln, doch es wirkte so gezwungen, dass es einer Grimasse glich. »Keinen Geist … eine Leiche!«

6

Seufzend lehnte sich Delores in den Beifahrersitz in Hannahs Lieferwagen. »Du hast recht. Die Schokolade hat geholfen.«

»Schokolade hilft immer.« Hannah hielt ihr die Tüte mit den Schoko-Kirsch-Plätzchen hin, die vom Vortag übrig waren. Als sie seinerzeit ihr Geschäft gegründet hatte, hatte sie sich geschworen, immer nur tagesfrisches Gebäck zu verkaufen. Von den übrig geblieben Plätzchen hatte sie stets einige Tüten im Wagen liegen und verschenkte sie als Kostproben. »Wenn sie Ihnen schmecken«, sagte sie zu den Leuten, »können Sie ins *Cookie Jar* kommen und sie frisch aus dem Ofen probieren.« Das taten sie und waren hinterher Feuer und Flamme. Ihr Geschäft blühte.

»Iss noch einen, Mutter. Ich garantiere dir, dass du dich danach noch besser fühlst.«

Norman blickte Delores genauer ins Gesicht. »Du bekommst wieder Farbe und siehst schon fast wieder aus wie du selbst. Wenn du dich kräftig genug fühlst, erzähl mir genau, was du gesehen hast. Ich muss in den Keller und mich vergewissern.«

»Ich gehe nicht noch mal da hinunter!«

»Niemand verlangt das von dir«, versicherte Hannah.

»Ich werde Norman begleiten, wenn du uns beschreibst, wo wir suchen müssen.«

»Wie gesagt, im Heizungsraum. Der befindet sich ganz hinten. Ich stand neben einem Regal mit Einmachgläsern, als mir der Haufen Erde auffiel.«

»Okay.« Hannah griff durch das offene Fenster und tätschelte ihrer Mutter den Arm. »Möchtest du mit ins Haus kommen und in der Küche warten, solange wir im Keller sind?«

»Nein! Ich setze keinen Fuß mehr in das Haus, nicht solange die Leiche dort liegt. Ich bleibe hier sitzen, vielen Dank.«

»In Ordnung, Mutter. Drück auf die Hupe, wenn du uns brauchst. Und kurbele die Fenster hoch und verriegle die Türen, wenn du dich dann sicherer fühlst.«

Norman ging wieder voran, und Hannah folgte ihm.

»Du musst nicht mitkommen, Hannah.« Norman drehte sich an der Kellertreppe zu ihr um. »Ich kann das allein erledigen.«

»Und allein den ganzen Spaß haben?« Hannah grinste ihn an. »Ich will dabei sein, wenn sich herausstellt, dass es nur ein Haufen alter Putzlappen oder ein Sack alter Kleidung ist.«

»Du glaubst nicht, dass da eine Leiche liegt?«

»Ich zweifle daran. Laut Andrea sind in den letzten drei Monaten viele Neugierige durch das Haus gelaufen. Wenn da unten ein Toter läge, hätte ihn schon jemand entdeckt.«

»Vielleicht sind die Leute nicht in den Keller gegangen. Deine Mutter hat den Fund sehr anschaulich beschrieben. Demnach schaut die Leiche halb aus einem Grab heraus.«

»Ein Grab ist nichts weiter als ein Loch, und jemand könnte den Boden aufgegraben haben, um an eine Rohrleitung heranzukommen. Mutter sagte, dass die Glühbirne im Heizungsraum durchgebrannt ist, und sie hat zugegeben, dass sie nicht besonders viel erkennen konnte. Ich kenne sie besser als du, Norman. Sicher hat sie etwas gesehen, doch sie macht gern einen Wirbel und neigt zu Übertreibungen. Ich werde nie vergessen, wie sie einmal felsenfest behauptete, sie habe einen Schwarzbären in unserer Mülltonne wühlen sehen, und dann war es doch nur der Pudel unserer Nachbarin.«

»Gut zu wissen.« Norman wirkte erleichtert. »Nachsehen müssen wir trotzdem. Hast du die beiden Taschenlampen mitgenommen?«

»Natürlich.« Sie gab ihm eine.

Norman ging voran, und sie ließ ihm gern den Vortritt.

Am Fuß der Treppe angelangt, schaute Hannah sich neugierig um. Der Keller verlief offenbar unter dem gesamten Haus, und im düsteren Schein der einzelnen Glühbirnen, die von den Deckenbalken herabhingen, wirkte er wie eine Höhle voll tiefer, bedrohlicher Schatten.

»Hier ist es gruselig«, sagte Hannah lauter als beabsichtigt.

»Und unordentlich«, fügte Norman hinzu, als er über einen Haufen alter Zeitungen stieg und um einen Stapel feuchter Kartons herumging. »Hier hat Rhondas Putzhilfe keinen Finger gerührt.«

Während sie sich einen Weg zwischen schmierigen Lappen, alten Farbdosen und gebündelten Zeitschriften hindurch suchten, leuchtete Hannah mit der Taschenlampe die Wände ab. An einer standen deckenhohe Regale, in denen reihenweise eingemachtes Gemüse und Obst untergebracht waren. Die Gläser hatten eine dicke Staubschicht, aber Hannah konnte die kräftigen Farben des Einmachguts erkennen und war beeindruckt. »Schau dir die vielen Vorräte an. Mrs Voelker muss dafür tagelang in der Küche gestanden haben.«

»Laut Rhonda hat sie bei den Bauernmärkten für ihre Marmeladen und Gelees Preise gewonnen.«

»Wirklich?« Hannah trat näher und strich mit dem Lichtkegel über die Gläser. »Ich sehe hier keine. Da stehen nur Gemüse und Mais und dergleichen. Vielleicht hat Rhonda sie mitgenommen.«

Die Tür zum Heizungskeller stand offen und hing nur in einer Angel. Hannah wunderte sich, weil ihre Mutter sich ohne Taschenlampe so weit vorgewagt hatte. Die Verlockung, antike Schätze zu finden, war wohl größer gewesen als ihr Ekel vor Spinnen und Schmutz.

Norman hob die Hand. »Augenblick, Hannah. Ich will dafür sorgen, dass die Tür nicht kippen kann. Ich halte sie fest und lasse dich hineingehen, dann hänge ich sie aus und lehne sie irgendwo an.«

Norman sicherte die Tür, und Hannah betrat den Heizungsraum. Er war ungewöhnlich groß, der Boden bestand aus festgestampfter Erde, und in der Mitte stand der Heizkessel. Es gab eine Kohlenschütte in der Hauswand, und Hannah vermutete, dass dies früher einmal der einzige Kellerraum gewesen war. An einer Wand stand ein selbst gezimmertes Regal, und darin reihten sich die Gläser mit Marmelade aneinander. Ein paar lagen zerbrochen am Boden, und sie musste über sie hinwegsteigen, um am Heizkessel vorbeizugehen.

»Hier hinten wurde gegraben«, rief sie Norman über die Schulter zu, als sie den Erdhaufen sah. »Wahrscheinlich ein Dachs.«

»Du meinst, das ist es, was deine Mutter gesehen hat?«

»Vielleicht. Ich erkenne nichts, was man für eine Leiche halten könnte. Mutters Einbildungsvermögen lief wohl auf Hochtouren.«

»Wo bist du?« Normans Stimme schwebte schaurig durch die düstere Stille.

»Hinter dem Heizungskessel. Geh rechts herum. Pass auf, wo du hintrittst. Da liegen Scherben und Marmelade vor dem Regal.«

Hannah setzte einen Fuß vor den anderen und leuchtete mit der Taschenlampe über den Erdhaufen. Dahinter klaffte ein Loch im Boden, und jetzt verstand sie, warum Delores es als »Grab« bezeichnet hatte. Sie trat näher, ließ den Lichtkreis über das halb zugeschüttete Loch gleiten und holte scharf Luft, als sie etwas sah, das durch das Treiben eines Tieres nicht zu erklären war. Aus dem Loch ragte ein Tennisschuh, der an einem menschlichen Fuß steckte.

»Oh!« Hastig drehte sie sich um und prallte beinahe gegen Norman.

»Was ist es?«

»Sage ich dir gleich.« Sie ergriff seine Hand und zog ihn zur Tür. »Komm mit!«

»Ist es eine Leiche?« Leise schnaufend bemühte er sich, mit ihr Schritt zu halten.

»Ja!«

»In dem Erdloch?«

»Ja!« Hannah atmete tief durch. »Mutter hat sich nicht getäuscht. Wir müssen auf dem Revier anrufen und das melden.«

Hannah verließ Norman, um an den Geräten im Wartebereich für Delores Kaffee zu holen. Das Gebräu war furchtbar, sie hatte es schon mal probiert. Aber in der Not tat auch solch ein Kaffee gut. Wie auf Autopilot war sie zum Polizeirevier gefahren und hatte versucht, nicht an den grausigen Fund zu denken. Der Tennisschuh war lindgrün, und der einzige Mensch in Lake Eden, der solche Schuhe trug, war Rhonda Scharf.

»Hannah.« Mike lächelte ihr von seinem Schreibtisch entgegen. »Wie geht's dir?«

»Nicht gut. Können wir irgendwo ungestört reden?«

Mike ging mit ihr in einen Besprechungsraum und schloss die Tür. Mit besorgter Miene bot er ihr einen Platz an. »Sag mir nicht, dass …«

Sie erriet, was er als Erstes vermutete. »Norman hat mir keinen Antrag gemacht. Es geht um etwas ganz anderes.«

»Um was?«

»Im Keller des Voelker-Hauses liegt eine Leiche. Ich weiß es nicht sicher, aber ich denke, es ist Rhonda Scharf.«

Im ersten Moment war Mike sprachlos, dann zog er sein Notizbuch hervor. »Du hast schon wieder eine Leiche gefunden?«

»Diesmal nicht. Die Ehre gebührt meiner Mutter.«

»Delores?« Mike wirkte noch verblüffter. »Geht es ihr gut?«

»Ja, sofern sie den Kaffee aus eurem Automaten überlebt. Norman ist bei ihr, und ich habe ihr eine dreifache Dosis Schokolade verabreicht.«

»Was ist passiert?«

Hannah schilderte ihm, wie sich alles zugetragen hatte.

Mike unterbrach sie nach einer Weile. »Warte kurz. Lass mich Bill hinzuholen, dann können wir gleich deine Aussage aufnehmen. Deine Mutter befragen wir später, wenn sie sich beruhigt hat.«

»Gute Idee.« Hannah richtete sich auf eine längere Sitzung ein. Solche Dinge brauchten Zeit, Eile schadete da nur. Das wusste sie von früheren Gelegenheiten.

Bis Hannah in ihrem Café ankam, war es fast vier Uhr. Jed und Freddy hatten Feierabend gemacht, nur noch wenige Gäste saßen an den Tischen. Sie gesellte sich hinter den Ladentisch zu Lisa, um ihr von dem Vorfall zu erzählen, sagte jedoch nichts zur Identität der Leiche. Das sollte besser bis zur offiziellen Bestätigung geheim bleiben.

»Na, wenigstens war diesmal deine Mutter die Erste am Tatort«, bemerkte Lisa leise, damit die Gäste sie nicht hörten. »So kann sie dich nicht beschuldigen, du würdest es darauf anlegen.«

»Oh doch, das kann sie. Ich weiß zwar nicht wie, aber sie wird es so drehen, dass ich daran schuld bin.«

»Du könntest recht haben.« Lisa griff nach einem Handtuch und wischte über die blitzsaubere Theke. »Du wirst den Fall untersuchen, ja?«

»Ganz sicher nicht. Wir haben für den Vierten Juli noch jede Menge zu tun, und Mike und Bill waren beim vorigen Mal, als ich in ihrem Mordfall aktiv war, ziemlich verärgert. Doch eines macht mich neugierig. Im Voelker-Haus stand eine unserer Zitronentorten auf dem Küchentisch. Ich frage mich, wie sie dort hingekommen ist.«

Lisa machte große Augen. »Norman hat keine gekauft, und Rhonda auch nicht. Soll ich in meiner Kundenliste nachsehen?«

»Was für eine Kundenliste?«

»Ich notiere mir immer, wer welche Kuchen kauft, und gebe den Kunden telefonisch Bescheid, wenn wir ihren Lieblingskuchen backen.«

Hannah war beeindruckt. »Das ist kluges Marketing.«

»Es wirkt.« Lisa lächelte breit. »Die meisten lassen sich einen reservieren, und ein Paar hat eine Dauerbestellung laufen. Mrs Jessup hat mich gebeten, sie immer für zwei deiner Apfelkuchen vorzumerken.«

»Und du hast dir die Käufer von Freitag notiert?«

»Die Liste liegt bei mir zu Hause. Ich werde dich heute Abend anrufen und dir die Namen durchgeben. Wahrscheinlich erst nach zehn, weil ich mit Herb essen gehe.«

»Das ist mir recht. Ich möchte wirklich gern wissen, wer eine ganze Zitronentorte gekauft und dann nur ein Stück davon gegessen hat. Das ist praktisch eine Beleidigung.«

»Stimmt, besonders wenn es um deine wunderbare Zitronentorte geht.« Lisa blickte auf und bemerkte einen Gast, der seinen Kaffeebecher hoch hielt. »Der Bürgermeister möchte noch einen Kaffee. Willst du ihn bedienen, und ich bereite den Teig für die morgigen Walnussplätzchen zu? Donna Lempke hat angerufen und sechs Dutzend für die Geburtstagsparty ihrer Cousine bestellt.«

»Übernimm du den Bürgermeister, ich den Teig.«

»Bist du sicher? Der wird mit Schokolade gemacht, und du bist auf Diät.«

Hannah grinste schief. »Das geht schon. Beim Anblick der Leiche ist mir der Appetit vergangen.«

Lisa nahm seufzend die Kaffeekanne von der Warmhalteplatte. »Was soll ich sagen, wenn jemand wissen will, was du im Keller gesehen hast?«

»Niemand wird fragen. Bill und Mike werden die Sache

erst bekannt geben, wenn die Leiche identifiziert ist, und Norman wird kein Wort verraten, weil sie ihn darum gebeten haben.«

»Und deine Mutter?«

»Oh-oh.« Hannah stöhnte. Inzwischen dürfte Delores es bereits jemandem erzählt haben – womöglich Hunderten. »Sag einfach, dass Mike und Bill ermitteln und ich nicht involviert bin.«

Lisa schnaubte. »Das glaubt doch kein Mensch.«

»Vielleicht nicht, doch es ist die Wahrheit. Nichts kann mich verleiten, da mitzumischen. Was Mordermittlungen betrifft, bin ich ab sofort im Ruhestand.«

»Also glaubst du, dass da ein Mord passiert ist?« Lisas Augen wurden rund.

»Ich weiß nur, dass jemand gestorben ist. Wer, wann und wie, wird Doc Knight feststellen.«

Hannah wandte sich ab und ging in die Backstube, bevor Lisa die nächste Frage einfiel. Sie war überzeugt, dass Rhonda Scharf in dem Erdloch lag, und als sie ihr Rezeptbuch hervorholte, schluckte sie an einem dicken Kloß im Hals. Rhonda hatte zwar nicht zu ihrem Freundeskreis gehört, aber sie hatte auch keine Abneigung gegen sie verspürt. Und niemand sollte in einem dunklen feuchten Keller sterben, kurz bevor er zu der schönsten Urlaubsreise seines Lebens aufbrechen wollte. Selbstverständlich musste man von einem Mord ausgehen. Allein schon wegen der Tatsache, dass jemand versucht hatte, die Leiche zu vergraben. Wäre Rhonda eines natürlichen Todes gestorben, hätte derjenige, der sie gefunden hatte, die Polizei verständigt.

Der Teig für die Walnussplätzchen war rasch zubereitet. Hannah hatte sie in den letzten zwei Jahren zweimal wöchentlich gebacken, aber sicherheitshalber schaute sie in die Zutatenliste des laminierten Rezepts. In Gedanken war sie mit Rhondas Ableben beschäftigt, und wer abgelenkt war, machte Fehler.

Als sie fertig war, deckte sie die Schüssel mit Frischhaltefolie ab und brachte sie in den Kühlraum. Als sie ihn wieder verließ, wurde die Hintertür geöffnet, und Mike betrat die Backstube.

»Hallo, Hannah. Wir haben die Aussage deiner Mutter aufgenommen, und ich muss ein paar Fakten prüfen.«

»Gern.« Hannah deutete auf einen Hocker. »Möchtest du einen Kaffee?«

»Das wäre großartig.« Er wartete, bis sie ihm einen gebracht hatte, und klappte sein Notizbuch auf. »Ich möchte nur noch einmal sichergehen. Ist deine Mutter allein in den Keller gegangen?«

»Ja. Norman und ich haben nichts Schlimmes geahnt und erst davon erfahren, als sie wieder heraufkam und sagte, was sie gesehen hat.«

»Wo habt ihr euch aufgehalten, während sie im Keller war?«

»Wir saßen am Küchentisch. Wir haben ihr gesagt, sie soll schreien, wenn sie uns braucht, und die Kellertür stand weit offen.«

Mike blickte stirnrunzelnd auf seine Notizen. »Ihr seid nicht nach unten gerannt, als ihr sie schreien hörtet?«

»Sie hat nicht geschrien. Sie hat keinen Piep von sich gegeben. Deshalb waren wir plötzlich besorgt und sind zur Kellertreppe gelaufen. Wir haben nach ihr gerufen, und weil sie nicht reagierte, wollten wir hinuntergehen. Aber dabei sahen wir sie schon heraufkommen.« Hannah wunderte sich ein wenig. Das hatte sie ihm doch alles schon erzählt.

Mike notierte sich das. »Hat das Haus noch geächzt, als ihr auf der Treppe wart?«

»Geächzt? Nein.«

»Also hatte sich der Wind gelegt?«

»Es wehte gar kein Wind.«

»Interessant.« Mike blätterte eine Seite zurück. »Und wie war das mit den Ratten? Waren sie groß wie Kaninchen?«

»Ratten? Wir haben keine gesehen.«

Mike fing an zu grinsen. »Dann hat deine Mutter die Geschichte wohl ein wenig ausgeschmückt. Ist euch eine glänzende Blutspur aufgefallen?«

»Da war kein Blut.« Hannah schüttelte den Kopf.

»Gut. Wir legen die Aussage deiner Mutter unter F ab, F wie fiktiv, und halten uns an deine und Normans Angaben. Die passen wenigstens zu dem, was wir in dem Keller gefunden haben.« Er trank noch einen Schluck und stand auf. »Danke, Hannah. Ich muss schleunigst weiter. Inzwischen sollten die Kollegen die Fingerabdrücke gesichert haben.«

Hannah hielt ihn am Arm fest. »Nicht so schnell. Habe ich recht?«

»Womit?«

»Mit dem Schuh. Ist es Rhonda?«

Mike machte ein Gesicht, als wollte er nicht darüber sprechen, doch dann nickte er. »Ja. Doc Knight hat sie identifiziert.«

»Arme Rhonda.« Hannah seufzte tief. »Wie ist sie gestorben?«

»Das wissen wir noch nicht.«

»Aber sie wurde umgebracht?«

»Der Autopsiebericht liegt noch nicht vor.«

Hannah seufzte verärgert. »Ich würde gern deine persönliche Meinung hören. Glaubst du, dass Rhonda ermordet wurde? Oder sah es nach einem Unfall aus?«

Mike überlegte und lenkte ein. »Ich sage das jetzt inoffiziell. Wenn du dich auf mich berufst, werde ich es abstreiten. Für mich deutet nichts auf einen Unfall hin. Und jetzt stell mir keine weiteren Fragen. Mehr werde ich dir nicht erzählen.«

»Nur eines noch. Warum hat der Mörder sie nicht ganz vergraben? Sie hat allen erzählt, dass sie verreisen wird, und in den nächsten zwei Wochen hätte sie niemand vermisst. Der Mörder hätte sich einen großen Vorsprung verschaffen können, wenn er es zu Ende gebracht hätte.«

»Das weiß ich.«

»Meinst du, er wurde vertrieben?«

»Schon möglich.«

»Wozu mir überhaupt nichts einfällt, ist das Motiv. Warum wollte sie jemand umbringen? Sie konnte einem manchmal auf die Nerven gehen, aber alle, die ich kenne, konnten sie im Grunde gut leiden. Habt ihr irgendwelche Indizien gefunden?«

Mikes Augen wurden schmal. »Du wirst dich nicht in unsere Ermittlung einmischen, ja? Diesmal hast du keinen Grund, dich damit zu befassen.«

»So ist es.« Sie sah ihm offen in die Augen. »Ich habe viel zu viel zu tun, als dass ich auch noch einen Mord aufklären könnte. Natürlich sage ich's dir, wenn mir etwas Wichtiges zu Ohren kommt. Und das ist auch schon alles.«

»Gut.« Er schenkte ihr sein hinreißendes Lächeln und zog sie in die Arme. »Bill und ich sind absolut in der Lage, einen Mord ohne dich aufzuklären.«

»Aber natürlich.« Hannah verbarg ihr Grinsen am Revers seiner braunen Polizeiuniform. Sie hatte ihnen schon bei mehreren Mordfällen geholfen, doch Mike war der Profi und wollte sich durchsetzen.

»Ich will nicht abstreiten, dass du uns in der Vergangenheit viel geholfen hast, aber die Leute sollen nicht glauben, wir wären unserer Aufgabe ohne dich nicht gewachsen.«

»Das verstehe ich«, hauchte sie und schmiegte sich enger an ihn. Seine Umarmungen waren wundervoll. Er war groß und kräftig, und in seinen Armen fühlte sie sich zart und weiblich.

Sein Handy klingelte und unterbrach den Moment der Zweisamkeit. Er nahm den Anruf an und hörte kurz zu. »In Ordnung. Ich bin ihn zehn Minuten da.«

»Du musst gehen?«, fragte sie, obwohl sie die Antwort kannte.

»Ja, doch ich rufe dich später an. Die Spurensicherer sind fertig, und Bill wartet am Tatort auf mich.«

»Nimm ein paar Kekse mit.« Sie lief zur Ladentheke und packte welche in eine Tüte.

»Danke. Die helfen uns über die Runden, denn wahrscheinlich werden wir erst spät eine Pause machen können.« Er nahm die Tüte und grinste sie schief an. »Denk an meine Worte, Hannah. Bill und ich schaffen das allein.«

Walnussplätzchen

Den Ofen noch nicht vorheizen, der Teig muss vor dem Backen durchkühlen.

340 g Schokoladenstückchen
270 g brauner Zucker
180 g Butter
4 Eier
2 TL Vanilleextrakt
2 TL Backpulver
1 TL Salz
240 g Mehl, ungesiebt
260 g gehackte Walnüsse
etwa 100 g weißer Zucker in einem Schälchen

Die Butter zerlassen und die Schokolade darin schmelzen und glatt rühren. Den Zucker einrühren und abkühlen lassen. Die Eier einzeln zugeben und unterrühren. Vanilleextrakt, Backpulver und Salz zugeben, dann das Mehl zu einem glatten Teig verrühren. Zuletzt die gehackten Walnüsse unterheben.

Den Teig mindestens 4 Stunden durchkühlen lassen, besser noch über Nacht.

Den Ofen auf 175 Grad vorheizen.

Mit den Händen walnussgroße Kugeln formen. (Wenn Sie nicht gern Teig an den Fingern haben, verwenden Sie Einmalhandschuhe.) Sollte der Teig während der Verarbeitung zu warm werden, stellen Sie ihn zwischendurch in den Kühlschrank.

Die Teigkugeln in dem bereitgestellten weißen Zucker wälzen und auf ein gefettetes Blech setzen, jeweils zwölf Stück. Mit einem gefetteten Spatel flach drücken.

Das Blech auf die mittlere Schiene setzen und 12 bis 14 Minuten lang backen. Eine Minute abkühlen lassen und die Plätzchen auf ein Gitter legen. (Wenn sie zu lange auf dem Blech bleiben, kleben sie fest.)

Ausbeute: 8 bis 10 Dutzend.

(Delores sagt, sie schmecken wie das Walnuss-Karamell-Konfekt, das sie als Kind geliebt hat. Sie sagt auch, dass ihr die Plätzchen lieber sind, weil sie ihr nicht die Zahnfüllungen rausziehen.)

7

Hannah war gerade so weit, nach vorn in den Laden zu gehen, als Delores den Kopf zur Hintertür hereinstreckte. »Bist du beschäftigt, Liebes?«

»Einen Augenblick habe ich Zeit. Komm herein und iss einen Keks. Ich habe Erdnussbutterplätzchen, Apricot-Drops und Chocolate Chip Crunches.«

Delores setzte sich auf den Hocker, den Mike vor Kurzem frei gemacht hatte. »Ich nehme eins mit Schokolade. Du wirst ermitteln, nicht wahr?«

»Nein.« Hannah schenkte ihrer Mutter Kaffee ein und stellte die Tasse vor sie hin.

»Aber du *musst* ermitteln!«

»Warum?«

»Weil Rhonda tot ist und wir herausfinden müssen, wer sie getötet hat.«

Hannah schluckte. Sie hatte nur Mike von dem lindgrünen Tennisschuh erzählt, keinem anderen. »Woher weißt du, dass es Rhonda ist?«

»Bill hat es Andrea erzählt, und die hat es mir weitergesagt. Ich habe gerade mit ihr telefoniert.«

»Was hast du noch erfahren?« Trotz ihres Entschlusses, sich herauszuhalten, war Hannah neugierig.

»Rhonda wurde mit einem Messer erstochen.«

»Das hat Bill Andrea erzählt?«

»Nein, Bill und Mike wissen es noch nicht. Ich habe es von Minnie Holtzmeier gehört.«

»Woher weiß die es?«

»Ihr Sohn fuhr den Krankenwagen, mit dem Rhonda ins Leichenschauhaus gebracht wurde, und er hörte die beiden Rettungssanitäter im Fond reden. Einer sagte, sie habe eine einzelne Stichwunde und die Klinge sei zwischen zwei Rippen eingedrungen und habe das Herz getroffen. Der andere sagte, Rhonda sei zu ihrem Glück sofort tot gewesen.«

»Das ist interessant. Aber ich habe Mike versprochen, mich diesmal nicht einzumischen.« Hannah legte zwei Kekse auf eine Serviette und trug sie zu Delores. Die hatte nur um einen gebeten, aber sie aß immer einen zweiten, und so ersparte Hannah es sich, zweimal zu gehen. »Erzähl das nicht herum, Mutter. Du könntest damit die Ermittlung erschweren, und es geht dich wirklich nichts an.«

»Natürlich geht es mich etwas an. Ich habe ein persönliches Interesse daran.«

Hannah war verwirrt. »Inwiefern?«

»Ich habe Rhonda gefunden! Ich bin es ihr schuldig, alles Menschenmögliche zu tun, damit der Mörder gefasst wird. Hast du noch nie gehört, dass man für denjenigen verantwortlich ist, dem man das Leben gerettet hat?«

Diese Redewendung kannte sie aus einigen schlechten Filmen. »Aber du hast Rhonda nicht das Leben gerettet. Sie war bereits tot, als du sie gefunden hast.«

»Ich weiß, aber es läuft auf dasselbe hinaus.«

Hannah schüttelte den Kopf, um bei klarem Verstand zu bleiben. Die Logik ihrer Mutter ließ einiges zu wünschen übrig. Sie überlegte, auf die Unterschiede hinzuweisen, hielt aber klugerweise den Mund. Mit Delores zu argumentieren war verlorene Liebesmüh.

»Du hast auch ein persönliches Interesse daran.«

»Welches wäre das?« Hannah bereute die Frage sofort.

»Rhondas letzte Mahlzeit bestand aus einem Stück deiner Zitronentorte. Also wenn das kein persönliches Interesse bedeutet, dann weiß ich es nicht! Du musst mir bei den Ermittlungen helfen. Das ist deine Pflicht.«

»Aber du wolltest doch immer, dass ich aufhöre, Mordfälle zu lösen.«

»Das ist wahr. Ich möchte meine Tochter nicht mit derlei Dingen befasst sehen. Doch dies sind mildernde Umstände. Ich werde die Ermittlung leiten, und du kannst mir helfen.« Delores biss von ihrem Keks ab und kaute nachdenklich. »Was meinst du, was wir als Erstes tun sollten?«

Unters Bett kriechen und warten, bis die Sache vorbei ist? Uns in eine Zelle sperren, damit Mike und Bill sich die Mühe sparen können? Hannah biss sich auf die Zunge und antwortete nicht.

»Ich meine, wir sollten eine Liste der Leute erstellen, die Rhondas Tod gewollt haben könnten. Das ist der logische Ausgangspunkt. Hol deinen Notizblock, Liebes.«

Hannah griff nach einem der Blocks, die sie immer in Reichweite hatte. Sie wollte sich wirklich nicht an der Ermittlung beteiligen, aber Delores schien kein Nein zu akzeptieren, und es konnte nicht schaden aufzuschreiben, was ihre Mutter diktierte. »Okay. Es kann losgehen.«

»Schreib *Norman* hin.«

»Norman?!« Vor Entsetzen drückte sie mit dem Kuli ein Loch ins Papier. »Warum sollte Norman Rhondas Tod gewollt haben?«

»Weil er ihr Haus gekauft hat. Wenn er glaubte, zu viel bezahlt zu haben, kann er sie aus Wut umgebracht haben.«

»Das haut nicht hin, Mutter. Mir hat er gesagt, dass er Rhonda einen niedrigen Preis geboten und das Haus praktisch für einen Apfel und ein Ei bekommen hat.«

Delores runzelte die Stirn. Die Information passte ihr offenbar nicht. »Wenn du meinst, Liebes. Dann war das Haus eben nicht das Motiv. Aber Norman kann sie aus einem anderen Grund getötet haben. Man braucht ein Motiv, die Mittel und die Gelegenheit … richtig?«

»Jedenfalls in Polizeiserien.«

»Dann können wir das gelten lassen. Norman hatte die Gelegenheit. Er wusste, dass Rhonda am Wochenende dort sein würde, um sich Erinnerungsstücke auszusuchen.«

»Das stimmt«, räumte Hannah ein, legte jedoch ihren Kuli ab. »Die Gelegenheit hatte er. Aber wie steht es mit den Mitteln? Ich bin mir nicht sicher, ob er überhaupt ein Messer besitzt.«

»Er kann sich eins gekauft haben. Im Haushaltswarengeschäft gibt es alle Arten von Messern. Und da er eine medizinische Ausbildung hat, wusste er auch, wo er zustechen muss.«

Hannah lachte. Sie konnte nicht anders. Norman, von Wut getrieben, ein Messer schwingend, das er eigens dafür gekauft hatte, die Vorstellung war zu lustig. »Norman ist Zahnarzt. Wenn er sein medizinisches Wissen genutzt hätte, um Rhonda umzubringen, hätte er ihr eine Überdosis Xylokain oder etwas dergleichen gespritzt.«

»Da hast du recht.« Delores seufzte schwer. »Das stimmt. Ich habe ohnehin nicht geglaubt, dass er der Täter ist. Am besten suchen wir uns einen anderen Verdächtigen.«

»Wen?«

»Rhondas Freund. Paare haben immer einen Grund, sich gegenseitig umzubringen, besonders in einer leidenschaftlichen Beziehung.«

Hannah nahm ihren Stift in die Hand. Zwar war sie noch entschlossen, sich nicht an den Ermittlungen zu beteiligen, aber die Idee des Beziehungsmordes hatte definitiv Potenzial. »Gut, wer ist der Mann?«

»Das weiß ich nicht.«

Hannah stutzte. »Aber du glaubst, sie hatte einen?«

»Die viele Flirterei muss zu etwas geführt haben. Rhonda versuchte, jeden Mann zu umgarnen, der in den Drugstore kam.«

Hannah nickte. Zum Glück hatte ihre Mutter nicht Wind davon bekommen, dass Rhonda damals mit Bill geflirtet hatte. Das war vor einem Jahr gewesen, als er mit Hannah zu Rhonda an den Kosmetikstand gegangen war, um nach einer Lippenstiftmarke zu fragen, die für die Aufklärung des Mordes wichtig gewesen war. Während sie ihr Fragen stellten, flirtete Rhonda auf unerhörte Weise mit Bill. Als Hannah ihn später darauf ansprach, tat er das ab. Er meinte, Rhonda flirte immer und mit jedem, und das habe gar nichts zu bedeuten.

»Flirten ist oft völlig harmlos«, gab Hannah zu bedenken. »Rhonda hätte vielleicht schleunigst das Weite gesucht, wenn ein Mann ernsthaft darauf eingestiegen wäre.«

»Unsinn, Liebes. Ich bin überzeugt, dass sie einen Freund hatte.«

»Woher willst du das wissen?«

»Das ist eine logische Schlussfolgerung. Bertie sagt, dass Rhonda sich bei ihr regelmäßig den Ansatz hat nachfärben lassen. Und eine Frau färbt sich die Haare nur, wenn sie für einen Mann jünger aussehen möchte.«

»Wirklich?« Hannah beäugte den Kopf ihrer Mutter. Zu der Zeit, als ihr Vater beerdigt worden war, hatten in ihren dunklen Haaren viele graue geschimmert.

Delores bemerkte ihren kritischen Blick und errötete ein wenig. »Natürlich kann das auch andere Gründe gehabt haben. Sie wollte bei ihrer Arbeit vielleicht gut aussehen. Schließlich lasse ich mir von Bertie auch jeden Monat den Ansatz färben. Das gehört zu meinem Auftreten als Geschäftsfrau.«

»Stimmt.« Hannah nahm die Begründung für bare Münze. Sie wollte sich gar nicht erst vorstellen, ihre Mutter könnte ein Liebesleben haben.

»Ich bin mir so gut wie sicher, dass Rhonda liiert war. Es gab viel Gerede, und wo Rauch ist, ist auch Feuer. Vor einer Weile redeten alle über sie und den UPS-Mann. Natürlich habe ich kaum zugehört, denn ich halte nichts von Klatsch.«

Hannah gab sich Mühe, ein neutrales Gesicht zu wahren. Delores hatte sie seinerzeit angerufen, kaum dass das Gerücht im Umlauf gewesen war. »Soll ich den UPS-Mann auf die Liste setzen?«

»Schreib ein Fragezeichen hin. Ich weiß dann, was es bedeutet.«

Hannah tat es und unterstrich es. »Bislang haben wir einen Verdächtigen, und der ist ein Fragezeichen. Wen soll ich noch notieren?«

»Ich bin mir nicht sicher. Ich werde dich später anrufen, wenn ich Gelegenheit hatte, darüber nachzudenken.« Delores stand auf und ging zur Tür. »Ich brauche dich lediglich, um meine Theorien zu erörtern. Da du Mike versprochen hast, dich nicht einzumischen, werde ich den Mordfall allein aufklären.«

»Meinst du wirklich, du schaffst das?« Hannah konnte nicht widerstehen, das zu fragen.

»Selbstverständlich. Ich bin eine intelligente Frau, und ich löse gern Rätsel. Ich werde herausfinden, wer Rhonda getötet hat. Vertrau mir.«

Hannah starrte auf die Tür, die sich hinter ihrer Mutter schloss. *Vertrau mir.* Ihrer Erfahrung nach sagten das meist Leute, die sich überschätzten. Vielleicht unterschätzte sie Delores, wenn es um Mordermittlungen ging, doch sie zweifelte, ob sie sich auf eine Frau verlassen sollte, deren Videorekorder seit vier Jahren zwölf Uhr anzeigte.

»Ich kann noch immer nicht glauben, dass sie tot ist.« Lisa holte ihren Autoschlüssel aus der Handtasche. Es war schon halb sechs, und sie war eine halbe Stunde länger geblieben und hatte Hannah geholfen, die Teige für den nächsten Morgen herzustellen. »Wusstest du von Anfang an, dass es Rhonda war?«

»Ich habe es vermutet, wollte aber nichts sagen, bevor die Leiche identifiziert war.«

»Und du willst noch immer nicht ermitteln?«

Hannah schüttelte den Kopf. »Mike und Bill brauchen mich nicht, und ich habe anderes zu tun.«

»Tja … falls du es dir anders überlegst, erledige ich dein Arbeitspensum mit.«

»Danke, Lisa.« Hannah strahlte sie an. »Nun mach, dass du rauskommst, damit du dich vor deinem Date noch in Ruhe umziehen kannst.«

Nachdem Lisa fort war, spülte Hannah die gebrauchten Utensilien ab und räumte sie in die Spülmaschine. In der

Gebrauchsanleitung des Geräts stand, Vorspülen wäre nicht nötig, doch sie kam gegen die alte Gewohnheit schwer an. Als sie das Reinigungsmittel einfüllen wollte, klopfte es an der Hintertür.

»Hannah?« Norman stand draußen. »Ich muss dich kurz sprechen.«

Hannah stellte die Flasche ab und beeilte sich, ihn hereinzulassen. »Hallo, Norman. Ich habe den letzten Kaffee gerade weggeschüttet, doch ich kann dir ein Plätzchen anbieten.«

»Nein, danke. Ich habe zugenommen und möchte die Pfunde wieder loswerden. Deshalb nasche ich im Augenblick zwischen den Mahlzeiten nicht.«

Sie betrachtete ihn genauer. Er schien kein Gramm mehr am Leib zu haben als sonst. »Von wie vielen überschüssigen Pfunden reden wir?«

»Von drei.«

Hannah stand kurz davor, ihrem Herzen Luft zu machen. Drei Pfund waren es kaum wert, eine Diät anzufangen. Sie selbst musste siebenmal so viel abspecken.

»Was ist?«, fragte er. »Du wirkst verärgert.«

»Weil ich viel mehr abnehmen muss als du. Und ich bin nicht verärgert. Das ist nur mein normales Diät-Gesicht.«

»Warum diätest du? In meinen Augen siehst du großartig aus.«

»Das sagst du nicht bloß so?«

»Ich sage nie etwas bloß so. Und ich finde, die Leute sollten echt aussehen, nicht wie Models.«

»Aber du findest Models attraktiv, oder nicht?«

Er zuckte mit den Schultern. »Sicher. Doch ich würde mit keinem ausgehen, falls du das meinst.«

»Wieso? Sie sind wirklich glamourös.«

»Ich weiß, aber das ist für mich kein Argument. Ich meine, Frauen sollten … na ja … wie Frauen aussehen. Nicht wie hungernde Teenager.«

Hannah fühlte sich mit jedem Augenblick wohler in ihrer Haut. Vielleicht war sie doch nicht so übergewichtig. Sowohl Lisa als auch Norman fanden, dass sie nicht abzunehmen brauchte.

»Ich wollte dich um einen Gefallen bitten, Hannah.« Er fing abrupt von etwas anderem an. »Meine Mutter hat vorhin angerufen, und daher weiß ich, dass die Tote im Keller Rhonda ist. Ich möchte, dass du den Mord untersuchst.«

Hannah sah ihn groß an. Er sollte hupen, bevor er solche Kehrtwendungen vollzog. »Warum willst du, dass ich das tue?«

»Weil du das gut kannst. Und weil ich ein persönliches Interesse daran habe.«

Hannah seufzte. Nicht schon wieder das! Norman hörte sich an wie Delores. »Denkst du das, weil du Rhondas Leiche gesehen hast und dich ihr gegenüber verpflichtet fühlst?«

»Das nicht. Aber die Polizei hat das ganze Haus als Tatort abgesperrt und will mich erst wieder hineinlassen, wenn der Fall aufgeklärt ist. Ich habe die Abrissfirma für nächsten Samstag bestellt, und ich möchte den Termin nicht verschieben. Mag sein, dass das egoistisch ist, doch mein Zeitplan ist eng. Wenn ich nicht vor dem Winter mit Bauen beginne, muss ich bis zum Frühjahr warten.«

Hannahs Stresslevel stieg, und sie musste sich zusammenreißen, um nicht nach einem Plätzchen zu greifen. Ihre Mutter wollte, dass sie ermittelte, und nun auch Norman. Was sollte sie da machen?

»Mike und Bill wollen nicht, dass ich mich einmische.«

Sie wich Normans Blick aus. Ihre Ausrede klang lahm, selbst in ihren Ohren.

»Das hat dich noch nie abgehalten. Ach, komm, Hannah. Ich bitte dich als Freund. Immerhin geht es um unser Traumhaus.«

»Ich weiß.« Es war tatsächlich ihr Traumhaus, und wenn sie sich ein bisschen umhörte, würde das Mike und Bill eigentlich nur nutzen. Sie liebte den Entwurf und wollte das Haus fast genauso gern gebaut sehen wie Norman.

»Also wirst du es tun?«

Hannah wog ihre Optionen ab und verwarf eine nach der anderen. Sie könnte sich drücken und ihre Mutter und Norman enttäuschen, zwei der wichtigsten Menschen in ihrem Leben. Lisa wäre auch von ihr enttäuscht. Sie hatte eigens angeboten, ihr Arbeitspensum zu verdoppeln, und demnach wollte sie auch, dass Hannah ermittelte. Mike und Bill wären nicht glücklich darüber, doch da wären sie die Einzigen. Und gab es nicht auch noch die Frage des Allgemeinwohls? Drei Menschen zufriedenzustellen war besser als nur zwei.

»Denk wenigstens darüber nach«, drängte er und nahm ihre Hand. »Das ist sehr wichtig für mich, Hannah.«

»Für mich auch. Gib mir etwas Zeit, Norman. Ich werde heute Abend darüber nachdenken und dir morgen früh sagen, wie ich mich entschieden habe.«

»In Ordnung.« Er stand auf und lächelte sie an. »Ich weiß, du wirst das Richtige tun. Wie immer.«

Das war eine gute Schlussbemerkung, und Norman ging ohne ein weiteres Wort. In nachdenklicher Stimmung schaltete sie die Spülmaschine ein, prüfte wie jeden Abend, ob die Ladentür abgeschlossen und die Fenster verriegelt waren. Anschließend packte sie die übrig gebliebenen Plätzchen ein und stellte die Tüten in einen Karton. Als sie den zur Hintertür trug, klingelte das Telefon.

Hannah stöhnte. Sie war geneigt, einfach weiterzugehen und hinter sich abzuschließen, doch es fiel ihr schwer, einen Anruf zu ignorieren. Sie stellte den Karton auf einen Hocker und nahm den Hörer ab. »*Cookie Jar*, Hannah Swensen am Apparat.«

»Was machst du so spät noch da?«

Es war Andrea, und Hannah seufzte. »Ich wollte gerade nach Hause fahren, aber das Telefon hat geklingelt.«

»Entschuldige. Ich wollte dich nicht aufhalten.«

»Ist schon gut.« Hannah grinste. »Ich musste sowieso umkehren, um ans Telefon zu gehen.«

»Nein, musstest du nicht … Ich meine … das ist doch … Du nimmst mich auf den Arm, oder?«

»Genau.« Hannah lachte laut. Dass sie ihre Schwester zum Stottern gebracht hatte, war zu schön. »Was wolltest du mir sagen?«

»Zwei Dinge. Ich habe dein Kissen im CostMart nicht bekommen, weil sie ausverkauft waren. Es kommen wieder welche rein, aber nicht vor nächster Woche. Ich habe mir einen Gutschein geben lassen, sodass du nur den Angebotspreis zu zahlen brauchst.«

»Danke, Andrea.« Hannah war froh darüber. Sie selbst hätte vermutlich nicht daran gedacht, um einen Gutschein zu bitten. »Und das zweite?«

»Mutter hat angerufen und mitgeteilt, dass sie den Mord an Rhonda untersuchen will.«

»Das stimmt. Mir hat sie dasselbe gesagt.«

»Du musst ihr das ausreden, Hannah. Du bist die Ältere von uns beiden, auf dich wird sie hören.«

»Nein, wird sie nicht. Sie hört nie auf mich.«

»Versuch es einfach. Sag ihr, sie darf das nicht.«

»Warum darf sie nicht?«

»Weil sie nichts davon versteht und Bill und Mike nur ins Handwerk pfuschen wird. Sie könnte sogar in Schwierigkeiten geraten.«

»Das ist gut möglich.« Hannah musste ihr zustimmen.

»Und deshalb musst du sie davon abbringen. Ich will nicht, dass Mutter in Gefahr gerät. Sag ihr, dass du den Fall übernimmst und sie sich zurückziehen soll. Das ist sowieso das, was sie möchte.«

Hannah seufzte tief. »Ich weiß.«

»Dann ist es also abgemacht? Du ermittelst?«

»Gar nichts ist abgemacht. Ich habe mich noch nicht entschieden.«

»Aber du *musst* es tun. Sag Ja, Hannah. Ich habe ein persönliches Interesse daran.«

»Das scheint gerade jeder zu haben. Mutter will es, weil sie Rhondas Leiche entdeckt hat und sich verpflichtet fühlt. Lisa will es, weil sie gern die ganze Arbeit hier im *Cookie Jar* übernimmt. Und Norman will es, weil Mike und Bill ihn das Voelker-Haus nicht abreißen lassen, solange der Fall ungelöst ist. Worin besteht dein persönliches Interesse?«

Andrea war einen Moment lang still. »Meins ist nicht so wichtig wie ihres.«

»Worin besteht es?«

»Ich will, dass du ermittelst, weil mir langweilig ist und ich mitmachen will.«

»Wie kann dir langweilig sein, wenn du an unserem Festwagen baust?«

»Darum habe ich mich schon gekümmert.«

»Du meinst, er ist fertig?«

»Das nicht gerade. Aber als Janice Cox meine Entwürfe

sah, hat sie sich angeboten, sie umzusetzen. Traceys Klassenkameraden und die Leute im Seniorenzentrum helfen ihr.«

Hannah kicherte. Ihre Schwester konnte meisterhaft delegieren. Am Ende würde Janice alle Arbeit machen, ohne zu begreifen, was passiert war. »Wie wird der Wagen aussehen?«

»Das halte ich geheim bis zum Morgen der Parade. Übrigens habe ich mit Bürgermeister Bascomb gesprochen. Er möchte, dass unser Wagen die Parade anführt. Wir fahren direkt hinter seinem Cabrio.«

»Wirklich?« Hannah staunte. Normalerweise kam diese Ehre dem ältesten Geschäft der Stadt zu.

»Es ist alles arrangiert. Jetzt muss ich mich um etwas anderes kümmern. Diese Untätigkeit macht mich verrückt. Ich weiß genau, ich werde furchtbar deprimiert sein, wenn du mich nicht mitmachen lässt.«

»Ich kann dich nicht mitmachen lassen, sofern ich mich überhaupt entschließe zu ermitteln.«

»Warum nicht?«

»Weil du schwanger bist und Mordermittlungen gefährlich sind.«

»Das stimmt, aber ich rede nicht davon, dich überallhin zu begleiten. Ich kann Anrufe erledigen und Informationen beschaffen. Das lässt du mich doch tun, nicht wahr?«

»Klar.« Wieder einmal fiel sie auf den flehentlichen Ton ihrer Schwester herein. Derselbe Ton hatte sie früher dazu gebracht, ausgeliehene Bücher an ihrer Stelle in die Bibliothek zurückzubringen, ihr bei den Hausaufgaben zu helfen und Plätzchen für ihre Freundinnen zu backen. »Du kannst mir helfen, falls ich beschließe zu ermitteln.«

»Wirst du. Du wirst nicht widerstehen können. Außerdem möchte Bill das auch.«

»Wirklich?« Hannah nahm das nicht ernst. Andrea interpretierte Bemerkungen gern so, wie es ihr gerade passte. »Was bringt dich darauf?«

»Als er mich anrief, um mir das mit Rhonda zu erzählen, meinte er, die Ermittlung wird anders laufen, weil du nicht mitmischst.«

»Und deshalb glaubst du, er will, dass ich den Mordfall untersuche?«

»Absolut. Er klang traurig, als er das sagte, und ich lese zwischen den Zeilen. Bill möchte deine Hilfe. Da bin ich ganz sicher.«

»Okay, wenn du meinst.«

»Was soll ich als Erstes tun?« Andrea klang sofort eifrig.

»Nicht so voreilig. Ich habe mich noch nicht dafür entschieden.«

»Wirst du aber. Also können wir genauso gut jetzt loslegen. Sag mir, wo ich anrufen soll. Ich sitze auf der Couch und hab die Beine hochgelegt, wie Bill es von mir verlangt, doch das Telefon hab ich hier bei mir.«

Hannah war schon im Begriff zu sagen, es gebe keine Anrufe zu erledigen, als ihr das Restaurantessen in Rhondas Mülltonne einfiel. »Such dir aus dem Branchenbuch alle Restaurants im Umkreis von zehn Meilen um das Voelker-Haus heraus. Ruf dort an und frag, ob sie am Wochenende Essen außer Haus verkauft haben. Und wenn ja, dann erkundige dich, ob Ossobuco dabei war.«

»Verstanden. Warum musst du das wissen?«

»Weil in Rhondas Mülltonne zwei Styroporboxen mit Ossobuco lagen.«

»Zwei?«

»Genau. Aber ein Essen war unberührt. Ich nehme an, dass Rhonda Besuch erwartete. In der Tonne waren auch zwei Plastikweingläser mit eingetrockneten Rotweinresten. Der Besucher ist wohl gekommen, hat aber nichts gegessen.«

»Das macht nichts. Die Spurensicherer sollten die Fingerabdrücke haben.«

»Nein, leider nicht.«

»Woher weißt du das?«

»Sie können sie nicht haben. Der Müllwagen kam am Haus vorbei, bevor Mutter die Leiche entdeckte, und ich habe den Müllsack aus der Tonne zur Straße getragen.«

Andrea stöhnte. »So ein Pech! Wie groß sind die Chancen, dass ausgerechnet an dem Tag der Müllwagen vorbeikommt?«

»Eins zu sieben. Der Müll wird wöchentlich abgefahren. Aber deshalb musst du das Restaurant herausfinden.«

»Okay. Keine Sorge, Hannah. Ich werde Bill nichts davon sagen, da wir schon alles im Griff haben. Und sobald ich das Restaurant gefunden habe, rufe ich dich zu Hause an.«

Nachdem Hannah aufgelegt hatte, nahm sie den Karton mit den Plätzchentüten und öffnete die Hintertür. In dem Moment klingelte das Telefon erneut.

»Ist mir egal, wer du bist, ich gehe nicht mehr ran.« Sie drehte sich um und ging hinaus, um nach Hause zu fahren zu Moishe und ihrem langweiligen Rohkostsalat. Der Anrufer würde es am nächsten Morgen sicher wieder versuchen.

Draußen war es noch sehr warm, fünfundzwanzig, sechsundzwanzig Grad, und auch die Luftfeuchtigkeit war hoch. Auf dem kurzen Weg zum Auto hörte sie fernes Donnergrollen. Der Asphalt des Parkplatzes war weich unter ihren Sohlen, und sie spürte, wie ihr der Schweiß aus allen Poren drang.

Die Sonne schien noch. Hannah kannte den Treibhauseffekt nur zu gut. Sie öffnete die Fahrertür, steckte den Schlüssel ins Zündschloss und drückte auf die Knöpfe, die die Fenster herunterfuhren. Die Schokoladenplätzchen würden im Auto weich werden. Im Wagen war es so heiß wie in einem Backofen.

Es donnerte wieder und klang wie das drohende Knurren eines Raubtiers. Sie stand da mit dem Plätzchenkarton auf dem Arm und dachte an den Schmelzpunkt von Schokolade. Wer würde weich gewordene Schokoladenplätzchen essen wollen? Selbst wenn sie nichts kosteten? Sie stellte den Karton in den Fond, nahm den Beutel heraus und ging wieder ins Haus, um ihn in den Kühlraum zu legen. Außerdem wäre die Versuchung zu groß, wenn sie mit Schokoladenplätzchen nach Hause führe. Lieber gab sie den Beutel Jed und Freddy, wenn sie am nächsten Morgen mit den Regalen fertig waren.

Sie glitt gerade hinters Steuer, als der Wagen ihrer Mutter auf den Parkplatz fuhr. Delores hielt hinter ihr an, sodass sie nicht zurücksetzen konnte, stieg aus und kam an ihr Fenster geeilt. »Gut, dass ich dich noch erwische! Bei Sally gibt es heute Abend Coq au Vin, und ich möchte dich dazu einladen.«

Hannah hielt mit der Hand am Zündschlüssel inne. Delores kannte ihre Schwachstelle und scheute sich nicht, das auszunutzen. Coq au Vin gehörte zu Hannahs Lieblingsgerichten im *Lake Eden Inn.*

»Wir müssen über meine Mordermittlung sprechen. Ich habe Carrie alles erzählt, und sie möchte helfen.«

»Wie schön«, brummte Hannah. Normans Mutter hatte es schon bei den drei vorigen Mordfällen in den Fingern gejuckt, sich an der Aufklärung zu beteiligen.

»Nun sei doch nicht so. Carrie kennt hier jeden und wird eine wertvolle Informationsquelle sein. Übrigens geht der Abend auf meine Rechnung. Wann möchtest du essen?«

Es donnerte zusehends lauter, und Hannah erkannte es sofort, wenn sich eine Ausflucht bot. »Ich würde liebend gern mitkommen, aber Moishe wird bei Gewitter immer verrückt. Er wird mir das Sofa aufreißen, wenn ich nicht rechtzeitig heimkomme und den Fernseher lauter stelle.«

»Das ist kein Problem. Fahr du ruhig nach Hause. Ich rufe Sally an und reserviere für acht Uhr einen Tisch, dann hole ich dich um halb acht ab.«

Hannah ärgerte sich. Ihre Mutter wollte immer über alles die Kontrolle haben. »Mich braucht keiner abzuholen. Ich kann selbst fahren.«

»Das ist gut.« Delores lächelte. »Dann treffen wir uns dort. Zieh dir etwas Angemessenes an, Liebes. Man weiß nie, wer einem über den Weg läuft, und es ist immer klug, sich von seiner schönsten Seite zu zeigen.«

Hannah schlug mit der Faust aufs Lenkrad, als ihre Mutter wieder einstieg und wegfuhr. Sie hatte überhaupt keine Lust, mit Delores essen zu gehen, aber ihre Mutter hatte sie mal wieder ausgetrickst.

Während sie den Gang einlegte und zurücksetzte, schwor sie sich, den Restaurantbesuch nicht zum Vorwand zu nehmen, um ihre Diät auszusetzen. Sie brauchte nichts weiter zu tun, als sich von den köstlichen Dingen fernzuhalten, zum Beispiel von den Soßen und Sallys Brötchen, den gefüllten Ofenkartoffeln und den Süßspeisen auf dem Dessertwagen. Bei diesen Einschränkungen würde sie wahrscheinlich bei Fleisch und Salat landen, aber wenigstens brauchte sie es nicht selbst zuzubereiten.

8

Die Fahrt von ihrer Wohnung zum *Lake Eden Inn* dauerte zwanzig Minuten. Obwohl es schon halb acht war, musste Hannah die Scheinwerfer nicht einschalten. Seit der Sommersonnenwende war erst eine Woche vergangen, und der einundzwanzigste Juni war der längste Tag des Jahres. Es würde noch zwei Stunden lang hell sein, und die Sonne schien noch schräg durch die Zweige der Fichten, die das Seeufer säumten, und warf Licht- und Schattenstreifen auf den staubigen Asphalt. Erst wenn die Schatten länger wurden als die Bäume selbst, würde alles im abendlichen Blau verblassen, das mit zunehmender Dunkelheit ins Violette spielte und dann in Schwarz überging.

Hannah schaltete die Klimaanlage aus – sie kühlte nie genug – und ließ die Fenster herunter, um den Wind zu genießen, der über den See wehte. Bei der Ankunft würde sie sich die Haare noch mal bürsten müssen, aber mit offenen Fenstern zu fahren war einfach angenehm. Sie hatte sich einen Wickelrock und eine ärmellose Baumwollbluse angezogen. Dazu trug sie die Riemchensandalen, die sie sich in ihrer Collegezeit gekauft hatte. Sie bestanden aus Wasserbüffelleder und wurden nicht mehr importiert, doch politische Korrektheit hatte für sie in diesem Fall keine Priorität. Der Wasserbüffel war seit Langem tot, und es würde ihn nicht lebendig machen, wenn sie ihre Lieblingssandalen aufgäbe.

Im Vorbeifahren konnte sie durch die Lücken zwischen den Bäumen Fischerboote auf dem schimmernden See sehen. Der Eden Lake war bekannt für seine großen Glasaugenbarsche, und Großstadtfamilien wurden von der Aussicht auf Trophäen angelockt. Sie mieteten sich eine Hütte, ließen sich von einem ansässigen Angler begleiten, und so war der See von Sonnenaufgang bis Sonnenuntergang mit Booten gesprenkelt.

Während der Fahrt dachte sie über den Mordfall nach, und als sie die Abzweigung zum *Lake Eden Inn* nahm, war sie zu einer Entscheidung gekommen. Delores, Andrea, Norman und Lisa wünschten sich, dass sie ermittelte. Da sie es selbst auch wollte, waren sie schon fünf. Aufgrund von Andreas Bemerkung durfte sie annehmen, dass Bill neutral dazu stand. Er war nicht direkt dafür, doch er würde auch nicht viel Aufhebens machen. Mike war als Einziger entschieden dagegen.

Fünf dafür, einer neutral und einer dagegen. Hannah rechnete zusammen, als sie sich die Haare bürstete, stieg aus dem Wagen und begab sich zum Eingang des Hotels. Die Zahlen waren definitiv auf ihrer Seite, und gegen statistische Tatsachen kam man schlecht an. Sie musste sich nur etwas einfallen lassen, wie sie mit Mikes Widerstand umgehen wollte, ohne dabei hinter Gittern zu landen.

Während sie den Weg entlangging, fiel ihr auf, dass Dicks Buchsbaumbär dichter geworden und schon einen Meter fünfzig hoch war. Für einen ehemaligen Börsenmakler konnte er ziemlich gut gärtnern. Auch seine Sommerdekoration war gelungen. Auf der Terrasse hingen Lichterketten mit japanischen Papierlaternen, und ihr sanftes Licht wirkte festlich. Das *Lake Eden Inn* wurde von Jahr zu Jahr schöner. Die zunächst riskante Investition hatte sich für Sally und Dick ausgezahlt.

Hannah zog den Türflügel auf und betrat das Foyer. Die Nische rechts neben dem Eingang war mit einem Zimmerbrunnen und Korbmöbeln sommerlich eingerichtet. Im Winter würden dort wieder die Stiefelständer und Bänke stehen, die in Minnesota unverzichtbar waren.

»Hallo, Hannah.« Die Tischzuweiserin kam zur Restauranttür. Es war Carly Richardson, Michelles Freundin aus der Highschool-Zeit.

»Ich dachte, du bist zurzeit im College, Carly.«

»Bin ich. Aber ich verbringe die Sommerferien zu Hause, und Sally hat mich eingestellt, weil ihre Tischzuweiserin Urlaub macht.«

»Weißt du schon, dass Michelle morgen Abend herkommt?«

»Ja. Sie hat Tricia angerufen. Wir treffen uns am Mittwoch zum Lunch. Du bist hier zum Essen verabredet, stimmt's?«

»Ja. Meine Mutter hat mich eingeladen.«

»Oh, Sally hat die Gäste deiner Mutter schon zu ihrem Tisch geführt. Komm mit, ich bringe dich zu ihnen.«

Die Gäste ihrer Mutter? Hannah seufzte und folgte Carly durch den gut besuchten Speiseraum in Richtung Bar. Delores hatte ihr empfohlen, sich etwas Angemessenes anzuziehen, und das hätte sie eigentlich warnen müssen. Hoffentlich war das nicht wieder ein Versuch, sie mit einem heiratsfähigen Mann zu verkuppeln!

Während Carly auf die Bar zuhielt, ließ Hannah den Abstand größer werden. Sie steuerten den Bereich für die Gäste an, die unter sich sein wollten. Dort standen vier Tische auf einem Podium, das durch Holzwände und Milchglasscheiben vom übrigen Raum abgetrennt war. Die offene, der Theke zugewandte Seite war mit dünnen Vorhängen versehen, die die Gäste nach Belieben zuziehen konnten. Dass Delores einen dieser abgeschiedenen Tische reserviert und die Vorhänge zugezogen hatte, konnte nur eines bedeuten: Sie wollte ihr einen Heiratskandidaten vorstellen.

Hannah beschäftigte bloß noch ein einziger Gedanke: Wer war der Mann, den ihre Mutter für sie in die Falle lockte?

»Hannah ist da, Mrs Swensen.« Carly schob den Vorhang zur Seite. »Da Sie nun vollzählig sind: Soll ich die Kellnerin schicken, damit Sie bestellen können?«

»Noch nicht, meine Liebe«, antwortete Delores. »Gib uns fünf Minuten, dann sind wir so weit.«

Hannah wünschte, sie könnte auf dem Absatz kehrtmachen und nach Hause fahren, doch Delores würde ihr das nie verzeihen. Sie holte tief Luft, zwang sich zu lächeln und stieg die Stufe hoch. Als sie Norman sah, wurde aus dem aufgesetzten Lächeln ein echtes. »Hi, Norman. Hallo, Carrie.«

»Komm und setz dich, Liebes.« Delores deutete auf den Platz, den sie ihr frei gehalten hatte.

Hannah nahm Platz und wandte sich Norman zu. »Das ist eine nette Überraschung. Meine Mutter hat mir verschwiegen, dass du auch kommst.«

»Einen Augenblick, Liebes.« Delores unterbrach sie und langte zum Vorhang, um ihn ganz zu schließen und sie vor fremden Blicken zu schützen. »Ich meine, wir können es wirklich nicht gebrauchen, dass uns die ganze Stadt über den Mordfall reden sieht.«

»Sehen macht nichts, solange sie uns nicht hören können. Und wenn sie uns sehen können, werden sie nicht neugierig und lauschen.«

»Das ist ein Argument«, räumte Delores ein und zog die Vorhänge auseinander. »Ich würde nie so in jemandes Privatsphäre eindringen, doch andere werden da weniger diskret sein.«

Hannah schaffte es gerade eben, ein Kichern zu unterdrücken. Sie hatte schon mehrmals beobachtet, dass Delores auf dem Weg zur Damentoilette einen Umweg machte, um lauschend an den Tischnischen entlangzugehen, und auch noch ihre Handtasche fallen ließ, um länger zuhören zu können.

»Ich möchte dich etwas fragen, Hannah.« Delores blickte sie durchdringend an. »Wie Norman sagt, hat er dich gebeten zu ermitteln, und du hast versprochen, darüber nachzudenken und ihm morgen früh Bescheid zu geben. Ist das richtig?«

Hannah zögerte. Eiertänze waren noch nie ihre Stärke gewesen, und im Augenblick sah es ganz so aus, als würden viele Eier zu Bruch gehen. Was, wenn Delores wirklich die Chefermittlerin spielen wollte? Würde sie es übelnehmen, wenn Hannah diese Aufgabe an sich zog? Gab es eine griffige Erklärung für ihren Sinneswandel, die nicht zum Kindsmord führte? Oder nannte man es anders, wenn eine Mutter ihre erwachsene Tochter umbrachte?

»Nun?« Delores sah sie drohend an. »Ich warte auf eine Erklärung, Hannah Louise.«

Ihre Mutter nannte sie nur Hannah Louise, wenn großer Ärger drohte, und Hannah überlegte hastig. »Norman hat mir erzählt, dass Mike und Bill das Voelker-Haus als Tatort abgesperrt haben, sodass er es erst abreißen darf, wenn sie den Mord aufgeklärt haben. Und das bedeutet, er kann unser Traumhaus vielleicht erst im Frühjahr bauen, und …«

Delores unterbrach sie. »Das genügt, Liebes. Ich verstehe vollkommen und denke, du hast dich richtig entschieden. Es war eine Frage der Priorität.«

Ein wenig schuldbewusst sonnte sich Hannah in der Billigung ihrer Mutter, denn Delores glaubte, der Bau des Traumhauses wäre der entscheidende Schritt zur Erfüllung ihres Traumes. Wenn Hannah nicht aufpasste, würde ihre Mutter Einladungen zur Brautparty versenden, ohne dass die jemals stattfand.

Norman sah sie erwartungsvoll an. »Heißt das, du wirst es tun?«

»Selbstverständlich«, antwortete Delores an ihrer Stelle. »Und ich bin froh, dass das nun geklärt ist. Wir werden alle unser Bestes geben, um dir zu helfen, Hannah. Ich habe heute Nachmittag mit einigen Leuten telefoniert und bin mir sicher, dass Rhonda ein Doppelleben führte.«

»Wirklich?« Norman schaute interessiert. »Welcher Art?«

Delores neigte sich nach vorn und senkte die Stimme. »Ich denke, sie hatte einen Freund, vielleicht sogar mehr als einen. Aber wir wollen noch nicht ins Detail gehen. Wie wär's, wenn wir jetzt bestellen? Wenn wir beim Dessert angelangt sind, können wir Rhondas Ermordung näher erörtern.«

Hannahs diätetische Entschlossenheit geriet bedenklich ins Wanken, als die Kellnerin mit dem Dessertwagen vorbeikam. In der Mitte stand Sallys mehlfreier Schokoladenkuchen, und Hannah wurde der Mund wässrig, sowie sie ihn sah.

»Ich nehme von dem Schokoladenkuchen«, entschied

Delores. »Den habe ich mir beim vorigen Mal bestellt, und er schmeckte fabelhaft.«

»Ich auch«, sagte Carrie.

»Für mich nichts.« Norman sah Hannah an. »Und du?«

»Nur Kaffee.« Hannah brachte das nur schwer über die Lippen. Bisher hatte sie ihre Diät streng eingehalten und lediglich Salat und die Portion Coq au Vin gegessen. Als Beilage hatte sie sogar gedämpften Brokkoli anstelle von Kartoffeln bestellt.

Nachdem ihnen Kaffee nachgeschenkt und der Kuchen serviert worden war, wandte sich Delores an Hannah. »Also? Was sollen wir als Erstes tun, Liebes?«

Euren Kuchen aufessen, bevor ich schwach werde, dachte Hannah, und ihr Blick klebte an dem üppigen Kuchenstück auf dem Teller ihrer Mutter, aber natürlich sprach sie es nicht aus. Wenn Delores bemerkte, dass sie Diät hielte, würde sie sich stundenlang ungebetene und nutzlose Ratschläge anhören müssen. »Spitzt die Ohren, um etwas über Rhondas Privatleben aufzuschnappen, das uns zu einem Mordmotiv führt.«

»Ich denke, ich kann herausfinden, mit wem sie zusammen war«, bot Carrie an. »Wenn ich nach Hause komme, werde ich gleich ein paar Leute anrufen.«

»Was ist mit dem UPS-Mann?«, fragte Delores.

»Du meinst Sam?« Carrie klang bestürzt. »Er war Rhondas Cousin väterlicherseits. Deshalb schaute er häufig bei ihr vorbei und ging mit ihr mittags essen.«

»Ist Sam noch in der Gegend?«, wollte Hannah wissen, die über Rhondas Familienverhältnisse nachdachte. Wenn der Cousin neidisch gewesen war, weil Rhonda das Voelker-Haus geerbt hatte, könnte das für ihn ein Grund gewesen sein, sie umzubringen.

»Nein, er ist vor zwei Monaten zurück nach Utah gezogen. Soweit ich von Rhonda weiß, ist sein Onkel reich und besitzt ein Hightech-Unternehmen. Sam hat die Leitung übernommen, weil der Onkel sich zur Ruhe gesetzt hat.«

Hannah seufzte und strich Sam von der Liste der Verdächtigen. Er hielt sich nicht nur fern von Lake Eden auf, sondern leitete auch ein erfolgreiches Unternehmen. Das machte es unwahrscheinlich, dass er seine Cousine um das heruntergekommene Haus in Minnesota beneidet hatte.

»Wäre es nützlich, sich bei Rhondas Putzfrau zu erkundigen?«, fragte Norman.

»Unbedingt.« Hannah strahlte ihn an. Putzfrauen wussten oft viel mehr, als sie sagten. »Weißt du, wer sie war?«

»Luannes Mutter, Marjorie Hanks. Sie hat in der Praxis angerufen und auf den AB gesprochen. Sie wollte wissen, ob sie das Haus weiter sauber halten soll. Ich sagte, das sei vorerst nicht nötig, aber ich habe sie als Reinigungskraft für die Praxis angeheuert.«

Hannah nahm ihr Notizbuch heraus und schrieb sich das auf. Marjorie Hanks hatte einen wachen Verstand. Sie könnte im Voelker-Haus etwas bemerkt haben, was zu einer Spur führte.

Delores schob ihren halb gegessenen Kuchen über den Tisch zu Hannah. »Möchtest du ihn aufessen, Liebes? Meine Augen waren größer als der Magen, und du magst ihn doch so gern.«

Trotz bester Absichten schaute Hannah auf den Kuchen. Er sah saftig und lecker aus, und ein berauschender Schokoladenduft wehte sie an. Ihr kam der verrückte Gedanke zu sagen: »Weiche von mir, Satan!«, zweifellos weil sie sich am Wochenende im Fernsehen den *Exorzisten* angesehen hatte. Sie erinnerte sich daran, dass der Spruch Max von Sydow nichts genutzt hatte und ihr auch nicht helfen würde. Da gab es nur eins: Sie musste sich aus der Gefahrenzone bringen.

»Danke, aber ich passe.« Sie stand auf, bevor sie sich den Kuchenrest schnappen und in den Mund stopfen konnte. »Entschuldigt mich. Ich möchte kurz zu Sally und ihr ein Kompliment für ihr wunderbares Essen aussprechen.«

Nach einer fruchtlosen Suche im Speiseraum fand Hannah sie in der Küche. Sally saß an dem kleinen Tisch in der Ecke und schrieb die Tageskarte für den nächsten Mittag.

»Hallo, Hannah«, grüßte sie. »Hat dir das Abendessen geschmeckt?«

»Es war köstlich. Weißt du ungefähr, wie viele Kalorien in dem … Ach, egal. Ich will es nicht wissen. Eigentlich wollte ich fragen, ob ihr kürzlich Ossobuco serviert habt. Zum Beispiel am vergangenen Wochenende?«

Sally schüttelte den Kopf. »Ich habe seit einem Monat kein gutes Stück Kalbfleisch mehr bekommen. Wieso? Würdest du gern Ossobuco essen?«

»Immer. Aber deshalb frage ich nicht.«

Sally schaute einen Moment lang ratlos und schließlich aufmerksam. »Dann geht es wohl um den Mord an Rhonda. Du ermittelst, nicht wahr?«

»Ja, aber sag es nicht weiter.«

»Das wird nichts nutzen. Er findet es so oder so heraus.«

»Wer?«

»Mike. Er findet es immer heraus. Dann ist er ein, zwei Tage auf dich sauer und nimmt es schließlich hin. Warum erzählst du es ihm nicht einfach, und das Problem ist aus der Welt? Auf diese Weise kann er nicht behaupten, du seiest nicht geradeheraus.«

Hannah starrte sie an. Das war ein guter Vorschlag. »Du bist eine kluge Frau, Sally.«

»Da steht das endgültige Urteil noch aus. Lass es mich wissen, wenn ich dir irgendwie helfen kann.«

»Danke.« Hannah wandte sich ab und ging zur Tür, drehte sich aber noch mal um, weil ihr etwas einfiel. »Weißt du, ob Rhonda mal mit einem Mann zum Essen herkam?«

»Das kann ich nicht ohne Weiteres sagen. Ich halte mich nur zeitweise im Speiseraum auf, ansonsten hier in der Küche. Soll ich mich bei den Kellnerinnen mal umhören?«

»Ja, und ruf mich an, wenn du etwas erfährst.«

»Mach ich. Gehst du von einem Mord aus Eifersucht aus?«

»Das könnte sich als voreilig erweisen. Ich weiß nicht mal, ob Rhonda einen Freund hatte.«

»Du wirst es herausfinden. Das kannst du gut. Wenn ich nicht so verrückt auf deine Plätzchen wäre, würde ich dich drängen, den Beruf zu wechseln.«

Als Hannah durch den vollen Speiseraum zurückging, dachte sie an Rhonda und hatte Mühe, ein freundliches Gesicht zu machen. Bisher hatte sie sich kaum für deren Leben interessiert, aber nun, da sie tot war, wurde es wichtig. Anscheinend konnten Menschen durchs Leben gehen, ohne aufzufallen, und einem gewöhnlichen, ereignislosen Alltag nachgehen. Erst wenn jemand sie ermordet hatte, schenkte die Allgemeinheit ihnen Beachtung. Und den Gedanken fand Hannah deprimierend.

Seufzend näherte sie sich der abgeschirmten Sitzecke, wo ihre Mutter, Carrie und Norman auf sie warteten. Gegen deprimierende Gedanken half nur eines: Schokolade. Wenn der Kuchenrest ihrer Mutter noch keinen Esser gefunden hatte, dann jetzt.

9

Als Hannah die Abzweigung zu ihrem Wohnhaus erreichte, drückte sie die Knöpfe, um die Fenster zu schließen. Nur das Fahrerfenster ließ sie offen. Sie hatte während der Heimfahrt den Fahrtwind genossen, doch sie musste anhalten und ihre Karte für das Tor benutzen, um in den Wohnkomplex zu gelangen, und ein stillstehendes Fahrzeug war ein bevorzugtes Ziel für die gierigen blutsaugenden Insekten, die die Zahl der menschlichen Bewohner Minnesotas um Millionen überstiegen.

Manche Leute behaupteten, die Mücke und nicht der Eistaucher sei der Staatsvogel, aber Hannah stritt das vor den Touristen, die in ihr Geschäft kamen, immer ab. Sie räumte ein, die Mücke könne das Staatsinsekt sein, doch da stünde sie in harter Konkurrenz zu den Nachtfaltern, die in Gärten und auf Veranden herumflatterten, ebenso zu den Glühwürmchen, die sich auf leuchtende Displays stürzten, und zu den Bremsen, die sorglose Wanderer anfielen, die mit Shorts durch den Wald gingen. Insekten liebten Minnesota wegen seiner zehntausend Seen. Das Klima war feucht, die Luft drückend, und die Populationen konnten sich ungehindert vervielfachen.

Nachdem sie durch den Wohnkomplex gefahren war

und in der Tiefgarage geparkt hatte, stieg sie zur Straßenebene hoch und lief zu der überdachten Treppe, die zu ihrer Wohnung hinaufführte. Vor der Tür angelangt, steckte sie den Schlüssel ins Schloss, stellte die Handtasche ab, nahm eine stabile Haltung ein und öffnete die Tür. Wie erwartet flog ein orange-weißes Pelzgeschoss auf sie zu.

»Hallo, Moishe.« Gekonnt fing sie den Kater mit beiden Armen auf. Nachdem sie diese enthusiastische Begrüßungsart ein Jahr lang erlebt hatte, war sie daran gewöhnt. »Du freust dich, dass ich wieder da bin, stimmt's?«

Moishe fing an zu schnurren, als sie nach ihrer Handtasche griff, ohne ihn loszulassen. Sie trug ihn ins Wohnzimmer, wo sie ihn auf die Rückenlehne der Couch setzte, kraulte ihn kurz unter dem Kinn und ging in die Küche, um ihm seinen abendlichen Leckerbissen zu holen.

Lächelnd löffelte sie Vanillejoghurt in eins der kostbaren Kristallschälchen, die ihre Mutter ihr einmal zu Weihnachten geschenkt hatte. Laut Delores waren sie im Wert gestiegen. Sicher wäre sie anderer Meinung, doch Hannah fand, dass Moishe es verdiente, von teurem Geschirr zu fressen.

Als sie den Joghurt in den Kühlschrank zurückstellte, blieb ihr Blick an der grünen Weißweinflasche hängen, die im untersten Fach lag. Sie war brav gewesen, hatte im Restaurant auf Brötchen und Dessert verzichtet und nur Salat, Hähnchenbrust und Gemüse gegessen. Ein Glas Château Schraubverschluss hatte nur achtzig Kalorien, und sie verdiente eine Leckerei. Außerdem musste sie Mike anrufen und ihm mitteilen, dass sie es sich anders überlegt hatte und sich an der Aufklärung des Mordes beteiligen würde. Bei dem Streit darüber würde sie viele Kalorien verbrennen.

Hannah war klar, dass sie gerade rationalisierte, was für jemanden auf Diät ein No-Go war, doch sie dachte pausenlos über mögliche Verdächtige und ihre Motive nach und war sich daher sicher, dass sie ohne ein Gläschen Wein nicht zum Einschlafen kommen würde. Da war es offensichtlich gut für ihre Gesundheit und ihr Wohlbefinden. Und wer könnte dagegen argumentieren? Sie trug das Dessertschälchen zu Moishe ins Wohnzimmer und kehrte in die Küche zurück, um sich ein Glas Wein einzugießen. Ein Schluck, dann würde sie Mike anrufen und ihre Entscheidung vertreten.

Sobald sie ihre bevorzugte Haltung auf der Couch eingenommen und von der verbotenen Frucht des Weines gekostet hatte, griff sie zum Telefon und rief auf dem Revier an. Einen Moment später lächelte sie. Mike war nicht da. Wenn ihr Glück anhielt, würde sie ihn auch zu Hause nicht erreichen und konnte den Streit bis zum Morgen aufschieben.

Sie drückte sich beide Daumen und wählte gleichzeitig – keine leichte Aufgabe – Mikes Privatnummer. Mit angehaltenem Atem hörte sie es klingeln, einmal, zweimal …

»Hallo?«

»Hi, Mike.« Hannah seufzte schwer. Ihre Glückssträhne war abgerissen, und vielleicht war es ganz gut, dass sie nur ein einziges Los für den Kirchenbasar gekauft hatte, bei dem ein Quilt verlost wurde. »Ich muss mit dir über den Mordfall reden.«

»Jetzt? Ich bin in Eile, Hannah. Bin nur kurz nach Hause gefahren, um mir ein sauberes Hemd anzuziehen. Bill wartet auf mich im Streifenwagen.«

»Es wird nicht lange dauern. Ich wollte dir nur sagen, dass ich es mir anders überlegt habe. Ich werde ermitteln.«

»Das dachte ich mir«, erwiderte Mike, und dann schockte er sie, weil er kicherte.

»Du lachst?« Vor Verblüffung klang sie schrill.

»Natürlich lache ich. Ich habe mich schon gefragt, wie

lange du noch brauchst, bis du umschwenkst. Es ist erst halb elf, und das heißt, ich habe gewonnen.«

Hannah blieb vor Verblüffung der Mund offen stehen. »Was gewonnen?«

»Die Revierwette. Ich habe die frühste Uhrzeit genannt. Bill dachte, du knickst um Mitternacht ein, aber ich war sicher, so lange wirst du nicht brauchen. Rick Murphy hat auf acht Uhr morgen früh getippt und Sheriff Grant auf morgen Mittag zwölf Uhr. Die anderen lagen alle irgendwo dazwischen, außer Lonnie, Rick Murphys jüngerem Bruder. Er dachte, du brauchst zwei volle Tage.«

»Wie viele Leute haben mitgemacht?«, fragte sie, obwohl sie nicht sicher war, ob sie das wissen wollte.

»Ein Dutzend. Wir haben jeder zehn Dollar gewettet, also habe ich hundertzwanzig gewonnen.«

»Hundertzehn«, korrigierte sie. Sie schäumte noch, weil sie Gegenstand einer Revierwette geworden war, und zischte wie Wassertropfen auf der heißen Herdplatte. »Du musst deinen eigenen Einsatz subtrahieren.«

»Du bist heute Abend gereizt.« Er klang belustigt.

»Natürlich. Du wettest auf mich, als ginge es um ein Footballspiel, und das gefällt mir nicht. Außerdem sind solche Wetten illegal.«

»Dann kannst du uns wohl alle anzeigen. Allerdings müsstest du in dem Fall angeben, worum es bei der Wette ging. Ich glaube, das würdest du nicht wollen.«

»Das stimmt wohl.« Sie gab auf.

»Danke für das Bündel Scheine, Hannah. Ich lade dich davon zum Essen ein. Wenn sonst nichts weiter ist, muss ich jetzt auflegen. Ich komme morgen bei dir vorbei, dann können wir uns austauschen, okay?«

»Äh … okay.« Seufzend legte sie auf. Sie wusste nicht so

recht, was sie denken sollte. Natürlich war sie erleichtert, weil Mike nicht sauer war über ihre Einmischung, wie er es bisher genannt hatte. Aber anscheinend hatte niemand auf dem Revier geglaubt, dass sie Wort halten und sich heraushalten würde.

Sie dachte an den Schauplatz von Rhondas Ermordung. Irgendetwas störte sie, nagte an ihr, und sie hatte den starken Verdacht, ein deutliches Indiz übersehen zu haben. Sie rief sich noch einmal alles vor Augen, was sie gesehen hatte.

Das Voelker-Haus hatte zwei Eingänge. Mit Norman und Delores hatte sie es durch die Vordertür betreten und hatte die Hintertür benutzt, um den Müll nach draußen zu tragen. Sie war durch alle Räume gegangen und hatte mit Delores die Gegenstände gekennzeichnet, die sie für das Antiquitätengeschäft mitnehmen wollte. Die einzigen Dinge, die man als Indizien ansehen konnte, waren ihr Kuchen auf dem Küchentisch, die Styroporboxen mit Essen und die Plastikweingläser in der Mülltonne. Davon abgesehen war ihr nichts Ungewöhnliches oder Deplatziertes aufgefallen, keine Kampfspuren und nichts, was sie auf die Idee bringen bringen konnte, Rhonda läge tot im Keller.

Die Kellertreppe war in gutem Zustand und sauber gewesen. Nachdem sie Norman die Treppe hinunter gefolgt war, hatte sie nichts Alarmierendes bemerkt. Dort unten gab es das übliche Gerümpel, und es roch muffig. Aber in welchem Keller nicht? Die Tür des Heizungsraums hatte nur in einer Angel gehangen, doch da sie die nicht näher untersucht hatte, wusste sie jetzt nicht, ob sie erst kürzlich jemand aus der Angel gehoben hatte oder ob das schon vor Jahren passiert war.

In Gedanken betrat sie noch einmal den Heizungsraum. Außer den zerbrochenen Marmeladengläsern auf dem Boden hatte es keine sichtbaren Hinweise gegeben. Wer hatte die Gläser zerbrochen? Delores vor lauter Schreck, als sie Rhondas Grab entdeckt hatte? Oder der Mörder bei einem Handgemenge mit seinem Opfer?

»Entschuldige, Moishe.« Sie strich ihm über das seidige Fell. »Das wird dich vielleicht aufregen, aber ich muss den Menschen anrufen, den du am wenigsten leiden kannst.«

Sie nahm das Telefon, tippte die Nummer ihrer Mutter ein, und Sekunden später hatte sie sie in der Leitung. »Danke für das Abendessen, Mutter.«

»Gern geschehen. Es war eine Freude, dich und Norman zusammen zu sehen. Carrie und ich haben auf dem Heimweg darüber gesprochen, und wir finden beide, dass ihr ein schönes Paar abgebt.«

»Danke.« Dabei ließ sie es bewenden. Delores klang selbstbewusst und aufgekratzt, und Hannah bewunderte ihren Elan. Die meisten Frauen von Ende fünfzig wären nach einem ganzen Arbeitstag und einem Restaurantbesuch am Abend erschöpft, ganz zu schweigen von der Entdeckung eines Mordopfers. »Ich brauche von dir eine Information.«

»Über Rhonda? Ich bin gerade erst zu Hause angekommen und konnte noch niemanden anrufen.«

»Nicht über Rhonda, jedenfalls nicht direkt. Ich muss wissen, wie es zu den zerbrochenen Marmeladengläsern im Heizungskeller gekommen ist. Bist du ganz sicher, dass du sie nicht fallen gelassen hast?«

»Vollkommen. Ich habe die Gläser nicht angefasst. Ich weiß noch, dass ich um die Scherben herumging und dachte, dass das jemand auffegen und wischen sollte.«

»Gut. Danke. Du warst eine große Hilfe. Ich werde jetzt auflegen. Wir sehen uns …«

»Augenblick noch, Hannah.« Delores unterbrach sie hastig. »Du sollst wissen, dass mich die Sache mit Norman aufmuntert.«

»Welche Sache?«

»Dass du dich auf seine, nicht auf Mikes Seite gestellt hast. Das bedeutet einem Mann viel, und du hast dich richtig entschieden. Ich kann Mike gut leiden, doch er eignet sich nicht besonders zum Ehemann.«

Hannah holte scharf Luft und atmete langsam aus. Dann sagte sie sehr behutsam: »Mach dir keine Hoffnungen, Mutter. Keiner der beiden hat mir einen Antrag gemacht. Und ich weiß sowieso nicht, was ich darauf antworten würde.«

»Du lieber Himmel, Hannah!«, rief Delores aus und lachte unbekümmert. »Ich habe dir immer geraten, dein Herz nicht auf der Zunge zu tragen.«

Hannah wusste, sie sollte es dabei belassen, aber sie konnte nicht widerstehen. »Andrea hat es getan, und mit Erfolg. Jeder wusste, dass sie nach Bill verrückt war.«

»Das ist etwas anderes. Sie waren jung, und er hat ihr seinen Absolventenring geschenkt, als sie in der Abschlussklasse war. Dadurch waren sie schon so gut wie verlobt. Und danach wurden sie in Lake Eden als Paar angesehen. Jeder hat erwartet, dass sie heiraten. Es ist nicht fair, deine jetzige Situation mit der deiner Schwester zu vergleichen. Andrea ist nie mit zwei Männern gleichzeitig ausgegangen.«

Hannah biss die Zähne zusammen und sagte keinen Ton. Zufällig wusste sie, dass ihre Schwester in der Highschoolzeit mit zwei Jungen gleichzeitig gegangen war, die nichts voneinander wussten. Offensichtlich hatte auch Delores nicht davon erfahren, und Hannah würde sie gewiss nicht darüber aufklären.

»Ich muss auflegen, Liebes. Ich bekomme Risse.«

»Risse?«

»Mein Gesicht. Ich habe eine Maske aufgelegt, und die fünfzehn Minuten sind um. Wenn ich sie jetzt nicht abwasche, werde ich sie abpellen müssen. Gute Nacht, Liebes.«

Hannah legte das Telefon hin und sah Moishe an, der ihnen zugehört hatte. Er schlug mit dem Schwanz hin und her, hatte die Ohren angelegt und angriffslustig das Fell gesträubt. Hannah grinste und strich es ihm glatt. »Ist ja gut. Ich habe aufgelegt und muss heute Abend nicht noch mal mit ihr reden.«

Doch ihr Kater ließ sich nicht so einfach besänftigen. Er schlug weiter mit dem Schwanz und starrte sie unheilvoll an.

»Ach, Moishe.« Sie streckte den Arm nach ihm aus. »Wenn du näher kommst, kraule ich dir die Ohren.«

Er sah sie noch ein paar Sekunden lang ernst an und stolzierte dann zum anderen Ende der Couch, um größtmöglichen Abstand zu wahren.

»Ich bin hier nicht der Feind, Moishe. Tatsächlich habe ich dich sogar davor bewahrt, sie sehen zu müssen. Sie hat angeboten, mich abzuholen und zum Restaurant mitzunehmen. Wenn ich angenommen hätte, wäre sie auf dem Rückweg vielleicht mit hereingekommen. Denk mal darüber nach. Das wäre dir zuwider gewesen!«

Sie war sich nicht sicher, was in dem Katzenhirn vorging, aber Moishe machte den Eindruck, als verstünde er alles. Er starrte sie ein paar Augenblicke lang an, dann drehte er sich um und bewegte sich ganz langsam auf sie zu, bis er den Kopf in ihren Schoß legte.

»So ist es besser.« Sie kraulte ihm die Ohren und wurde mit Schnurren belohnt. »Ich wusste, du würdest dich meiner Meinung anschließen. Bist du nicht auch froh, dass ich ein eigenes Auto habe und selbst fahren kann? Ich brauche mich auf niemanden …«

Als sie mitten im Satz innehielt, hob Moishe den Kopf und sah sie an. Sein Blick wirkte so fragend, wie das bei einer Katze möglich war.

»Mir ist gerade etwas eingefallen«, erklärte sie ihm. »Ich erinnere mich nicht, Rhondas Wagen vor dem Haus gesehen zu haben. Ich weiß, er stand nicht in der Einfahrt, als ich dort vorfuhr, und in der Garage kann er auch nicht gestanden haben, denn die war mit Kaminholz vollgepackt.«

Hannah interpretierte Moishes Miene als ein »Ja? Na und?« und fuhr fort. »Wenn Rhonda selbst hingefahren wäre, hätte ihr Auto dort irgendwo gestanden. Aber wenn sie mit jemandem mitgefahren ist, müsste ihr Wagen bei ihr zu Hause in der Garage stehen.«

Moishe gab Laute zwischen Jaulen und Schnurren von sich, und Hannah nickte, so als hätte er auf eine dritte Möglichkeit hingewiesen. Er war durchaus gesellig und ließ sich gern in eine Unterhaltung einbeziehen. »Du hast recht, Moishe. Die dritte Möglichkeit besteht darin, dass Rhondas Auto am Voelker-Haus stand und ihr Mörder es zur Flucht benutzt hat.«

Sie blätterte zu einer leeren Seite in ihrem Notizbuch und schrieb sich auf, bei Rhondas Wohnhaus nachzusehen. Wenn der Wagen auf seinem zugewiesenen Platz parkte, würde sie als nächste Maßnahme die Nachbarn abklappern und fragen, ob jemand Rhonda hatte weggehen sehen.

Das Telefon klingelte, als sie mit der Notiz fertig war. Sie griff nach dem Apparat und lächelte, als sie Lisas Stimme erkannte. »Hi, Lisa. Hast du die Liste mit den Kuchen-Käufern gefunden?«

»Sie liegt vor mir. Tut mir leid, dass es so spät geworden ist, doch ich bin gerade erst heimgekommen.«

»Das macht nichts. Hattest du einen schönen Abend?«

»Ja. Wir haben in der *Corner Tavern* Steak gegessen und sind dann auf der Bowlingbahn gewesen. Da haben einer Mannschaft zwei Leute gefehlt, sodass Herb und ich eingesprungen sind.«

»Wie habt ihr euch geschlagen?«

»Gar nicht übel. Ich hatte im Schnitt einundzwanzig Punkte pro Spiel. Als wir fertig waren, musste Herb seine Runde drehen, und ich bin mitgefahren.«

Hannah war mit Herbs spätabendlichen Runden vertraut. Anders als Bill und Mike, die zur Polizeibehörde gehörten, stand Herb Beeseman auf der Lohnliste der Stadt Lake Eden. Tagsüber vollstreckte er die Parkbestimmungen und verpasste Autofahrern einen Strafzettel, die gegen die Verkehrsregeln innerhalb der Stadtgrenzen verstießen. Vor zwei Monaten hatte der Stadtrat ihn gebeten, jeden Abend im Geschäftsviertel Streife zu fahren. Örtliche Geschäftsleute hatten Herb die Schlüssel gegeben, damit er notfalls die Geschäftsräume betreten konnte, und diese Vorsichtsmaßnahme hatte sich ausgezahlt.

In den zwei Monaten hatte er im Café einen defekten Wasserhahn bemerkt und Hal und Rose dadurch enorme Aufräumarbeiten erspart, und er hatte in Stan Kramers Büro eine schwelende Halogenlampe vom Stromnetz getrennt.

»Normalerweise ist das langweilig, doch heute gab es einige Aufregung«, berichtete Lisa weiter. »Gerade als wir an Delores' und Carries Antiquitätengeschäft vorbeifuhren, ging der Alarm los.«

»Bei meiner Mutter wurde eingebrochen?«

»Nein. Herb ist mit dem Schlüssel ins Haus gegangen und hat nachgesehen. Alles in Ordnung.«

Hannah war verwirrt. »Wieso ist der Alarm losgegangen, obwohl niemand eingedrungen ist?«

»Das lag an der Elektrik. Du kennst doch den Mast, den der Besitzer zwischen dem *Cookie Jar* und dem Antiquitätengeschäft errichten ließ?«

»Natürlich«, sagte Hannah. Der Mast war ein Schandfleck, doch der Eigentümer hatte ihnen versprochen, ihn abzubauen, sobald im Antiquitätenladen die Kabel neu verlegt waren.

»Das Problem lag bei den Sicherungen. Die Alarmanlage deiner Mutter und unser Tiefkühler und der Kühlraum hängen an derselben Sicherung. Wenn unser Gefrierschrank und das Kühlraumaggregat zufällig gleichzeitig anspringen, gibt es einen plötzlichen Spannungsabfall, der dann den Alarm auslöst.«

»Das klingt nicht gut. Glaubt Herb, dass das wieder passieren kann?«

»Könnte es. Aber deine Mutter unternimmt schon etwas dagegen. Herb hat gerade mit ihr gesprochen. Sie wird die Alarmanlagenfirma morgen früh anrufen. Die schicken dann einen Mitarbeiter, der die Anlage mit einer anderen Sicherung verbindet, die nicht so stark belastet ist.«

»Gut. Was ist mit unserem Gefrierschrank und dem Kühlraum? Funktionieren die noch?«

»Jetzt wieder, dank Herb. Der Gefrierschrank war nicht betroffen, aber unser Kühlraum hat eine eigene Sicherung, die ihn bei einem Spannungsabfall ausschaltet. Herb hat den Reset-Schalter gedrückt, und das Aggregat ist wieder angesprungen.

»Sag Herb, er ist ein Schatz.«

Lisa lachte. »Werde ich ausrichten. Soll ich dir die Namen der Käufer jetzt nennen?«

»Gerne.« Hannah griff nach einem Stenoblock und einem Stift. »Okay. Leg los.«

Lisa las die Namen vor, und Hannah schrieb sie auf. Von denen hatte bestimmt niemand Rhonda eine Zitronentorte geschenkt, doch sie bedankte sich, sagte »Bis Morgen!« und legte auf. Es war höchste Zeit, schlafen zu gehen. Der Wecker würde nur allzu bald klingeln.

Sie durchlief das allabendliche Ritual, prüfte, ob die Wohnung abgeschlossen war, bereitete die Kaffeemaschine vor, die zur eingestellten Uhrzeit am nächsten Morgen den Kaffee brühen würde, und zog sich das übergroße T-Shirt an, das ihr als Nachthemd diente. Im Bad wusch sie sich und putzte sich die Zähne. Gerade wollte sie unter die Decke schlüpfen, als schon wieder jemand anrief.

»Hallo?« Hannah benutzte den Apparat auf dem Nachttisch, ein bonbonrosa Prinzessinnen-Telefon, das sie im Secondhandladen entdeckt hatte. Das Lämpchen funktionierte nicht mehr, aber telefonieren konnte man noch.

»Hi, Hannah. Ich bin's.« Andreas Stimme drang durch die kleinen Löcher in der Hörmuschel. »Es tut mir leid, dass ich so spät anrufe, doch eher ging es nicht.«

»Das ist okay. Ich habe noch nicht geschlafen.«

»Gut. Gleich nachdem wir miteinander gesprochen hatten, habe ich mich an die Strippe gehängt, aber die besseren Restaurants hatten noch geschlossen. Vor einer Stunde bin ich fündig geworden, doch da kam Bill nach Hause, und ich wollte dich nicht anrufen, solange er noch auf war.«

»Was hast du herausgefunden?«

»Es war *Alfredo's Ristorante*, das neue unten am See. Sie haben am Freitagabend Ossobuco zum Mitnehmen angeboten.«

»Gute Arbeit!« Hannah notierte sich den Namen. »Danke, Andrea.«

»Keine Ursache. Das war leicht. Was soll ich als Nächstes tun?«

Hannah dachte an die Hinweise, denen sie nachgehen musste. »Weißt du, wo Rhonda gewohnt hat?«

»Klar. Ihre Adresse steht in meiner Kundenkartei. Sie wohnte in dem Haus, das Beatrice und Ted Koester letztes Jahr gekauft haben.«

»Könntest du morgen früh hinfahren und nachsehen, ob ihr Auto in der Garage steht? Du würdest mir damit die Fahrt ersparen.«

»Kein Problem. Was soll ich unternehmen, wenn es da steht?«

»Nichts. Komm einfach ins *Cookie Jar* und erzähl es mir. Dann überlegen wir, was zu tun ist.«

»In Ordnung. Jetzt gehe ich besser ins Bett, bevor Bill sich wundert, was ich hier treibe. Also bis morgen, Hannah.«

Hannah legte auf und öffnete das Schlafzimmerfenster, um etwas kühlere Luft hereinzulassen. Dann löschte sie das Licht, damit sich die Nachtfalter an der Fensterscheibe nicht die Köpfe einschlugen, und kroch unter das Laken, mit dem sie sich im Sommer zudeckte.

Es gab einen dumpfen Aufprall und eine leichte Erschütterung, dann näherte sich eine flauschige Gestalt dem Kopfende des Bettes. Hannah schlang die Arme um ihr Kissen und blickte böse durch die Dunkelheit in die Katzenaugen. »Das ist mein Kissen. Das bekommst du erst, wenn ich das neue habe.«

Darauf raschelte es, und Moishe ließ sich auf dem anderen Kissen nieder, das mit Schaumstoff gefüllt und für ihn bestimmt war. Ein Weilchen war es still im Zimmer, dann hörte sie ihn schnurren. Sie streckte die Hand zu ihm hin, strich ihm dreimal übers Fell und zog die Hand zurück. Erfahrungsgemäß veranlasste ihn das vierte Streicheln, ans Fußende des Bettes zu ziehen.

Hannah prüfte, ob der Wecker richtig gestellt war, umklammerte ihr Kissen und schloss die Augen in der Hoffnung, es auch im Schlaf nicht loszulassen, sodass Moishe diesmal verzichten musste.

10

Hannah erwachte in pechschwarzer Finsternis vom nervigen elektronischen Piepen ihres Weckers. Sie brauchte eine Minute, um sich aufzusetzen und auf den Knopf zu drücken, und dabei wurde ihr bewusst, dass sie mit dem Kopf auf der Matratze gelegen hatte. Sie machte sich Licht und drehte sich um. Moishe hatte das Daunenkissen erneut an sich gebracht.

Obwohl sie sich zu gern noch für ein paar Minuten hingelegt hätte, schlug sie das Laken zurück, setzte die Füße auf den Boden und verließ das Bett. Das war ein psychologischer Trick, den sie im College gelernt hatte. Er wirkte, wenn sie müde war und nichts lieber wollte, als weiterzuschlafen. Sobald sie neben dem Bett stand, fand sie es mühsamer, wieder unter die Decke zu kriechen, als den Tag zu beginnen.

Sie schob die Füße in die Pantoffeln, ging durch den Flur in die Küche, drückte den Lichtschalter und trat zur Kaffeemaschine. Das rote Kontrolllämpchen leuchtete, der Kaffee wartete in der Kanne. Hannah dankte dem Himmel für die Annehmlichkeiten der modernen Technik und goss sich die erste Tasse ein.

Er war heiß, brühheiß, doch sie trank ihn dankbar. Durch

die belebenden Schlucke des starken Gebräus schienen sogar die Nackenschmerzen nachzulassen. Eine Tasse trank sie im Stehen an die Schrankzeile gelehnt, dann goss sie sich die zweite ein. Ihre Lider hingen nicht mehr auf Halbmast, und ihr Gehirn kam in Gang.

Vom Futternapf kam ein klägliches Miau, worauf sie sich böse blickend zu Moishe umdrehte. Wenn es nach ihr ginge, konnte das neue Kissen gar nicht früh genug kommen! Aber obwohl sie aufgrund des nächtlichen Diebstahls einen steifen Nacken hatte, konnte sie sich nicht so sehr verhärten, dass sie dem flehenden Blick des Katers widerstand.

Nachdem sie Moishe frisches Wasser und Futter gegeben hatte, trug sie ihre zweite Tasse Kaffee zum Tisch und schlug den Stenoblock auf. Höchste Zeit, den Tag zu organisieren, denn sie war zu drei Vierteln wach. Würde sie warten, bis sie hellwach war, würde die Aufgabe beängstigend erscheinen.

Sie schaute zu dem Kalender an der Küchenwand. Es war der gleiche wie in der Backstube. Um zwei Uhr belieferte sie die Quilt-Gruppe in Trudis Stoffladen mit einem Plätzchenbüfett, und um drei Uhr den Verein der Bibliotheksfreunde im Gemeindezentrum.

Hannah notierte sich das und wandte sich anderem zu. Sie musste den Scheck mit der Miete für das *Cookie Jar* abschicken, die Batterien in den Taschenlampen wechseln, die sie im Wagen mitführte, und einen Beutel Salat und fettarme Putenbrust fürs Abendessen besorgen. Das waren Kleinigkeiten, leicht zu erledigen, aber auch die verbrauchten Zeit. Und irgendwann zwischen der Fahrt zum Lebensmittelhändler, ihrer Backarbeit und dem Catering musste sie auch noch weiter ermitteln.

»Und jetzt unter die Dusche«, sagte sie und schaute zu

Moishe, der viel zu sehr damit beschäftigt war, sein Frühstück zu knuspern, als dass ihn interessieren konnte, was sie redete. Seine Schale war noch halb voll, doch er war Pessimist. Für ihn war die Futterschale halb leer, und er würde in Panik geraten, sobald etwas von dem Garfield-Bild am Grund des Schälchens sichtbar würde. Sicherheitshalber gab Hannah ihm einen Nachschlag, bevor sie ins Bad ging.

Genau fünfzehn Minuten später betrat sie das Schlafzimmer, zog sich an und machte sich für den Tag bereit. Sie besaß drei kurzärmlige Hosenanzüge aus Baumwolle, die sie im Sommer beim Catering trug, und an diesem Morgen hatte sie sich für den grünen entschieden.

Beim Anziehen bemerkte sie, dass er ein wenig lockerer saß als sonst. Möglicherweise lag das an dem elastischen Bund, oder vielleicht war das Wunschdenken, aber sie glaubte, dass ihre Diät bereits Wirkung zeigte.

Ein paar Minuten blieben ihr noch, bevor sie aufbrechen musste, und so nahm sie den Stenoblock, der für Rhondas Fall reserviert war, und setzte sich an den Küchentisch. Laut ihren Notizen hatte Marjorie Hanks das Voelker-Haus geputzt.

Als Hannah am vergangenen Abend nach Hause gekommen war, hatte sie überlegt, sie anzurufen, war aber zu dem Schluss gekommen, dass es dafür schon zu spät war. Nun war es dafür noch zu früh. Selbst wenn Marjorie in aller Herrgottsfrühe aufstand, würde sie einen Anruf um die Uhrzeit sicher nicht begrüßen.

Hannah blätterte um. Sie könnte die Namen der Kuchen-Käufer, die sie sich aufgeschrieben hatte, noch mal durchgehen. Vielleicht würde sie jetzt, da sie wacher war, eine Verbindung erkennen.

Zehn Namen standen da. Sie hakte einen nach dem anderen ab. Die meisten waren Stammkunden, Mütter, die freitags Kuchen kauften, um ihn am Abend der Familie vorzusetzen. Keine von ihnen dürfte ihn Rhonda überlassen haben. Die beiden Männer auf der Liste konnte sie ebenfalls abhaken. Der eine wohnte im Seniorenheim und teilte den Kuchen mit seinen Freunden. Der andere war ein Student von der Jordan High, der freitags bei der Familie seiner Freundin zu Abend aß und den Kuchen mitbrachte.

Hannah schüttelte den Kopf. Ein Name war noch übrig: Claire Rodgers. Und die hatte drei Zitronentorten gekauft. Hannah stutzte und dachte darüber nach. Claire war Single und lebte allein. Wenn sie drei Torten auf einmal kaufte, musste sie wohl etwas Besonderes vorgehabt haben. Hatte sie einen vielleicht Rhonda geschenkt?

Noch ein paar Schlucke inspirierendes Koffeingebräu, und Hannah sah ein mögliches Szenario vor sich. War Rhonda möglicherweise am Freitagnachmittag in Claires Boutique gegangen, um sich Garderobe für die Europareise zu kaufen? Wenn Claire die Kuchen zu der Zeit schon gekauft hatte, könnte Rhonda sie gesehen und erwähnt haben, wie gern sie die Zitronentorte aß. Claire würde ihr eine als Dankeschön geschenkt haben, besonders wenn Rhonda bei ihr viel Geld für Kleidung ausgegeben hatte.

Hannah fand das realistisch. Genau so könnte es gewesen sein. Sie würde bei der ersten Gelegenheit hinüber in die Boutique gehen und Claire danach fragen.

Als Hannah in die Gasse hinter dem *Cookie Jar* einbog, war es schon ein wenig heller, doch sie ließ die Scheinwerfer eingeschaltet. Das Licht war noch nötig, um die dunklen

Müllcontainer von den ebenfalls dunklen Hauswänden unterscheiden zu können.

Sie parkte auf ihrem Platz und fuhr die Fensterscheiben hoch, ließ das Fahrerfenster aber zwei Fingerbreit offen, damit sich der Wagen nicht zu sehr aufheizte. Sie nahm das alte, dünn gewordene Strandtuch vom Beifahrersitz, faltete es zweimal und legte es über das Lenkrad. Die Sitze wurden nicht allzu heiß, da sie mit Stoff überzogen waren. Aber der schwarze Kunststoff am Lenkrad saugte die Sonne geradezu auf. Das wäre kein Problem, wenn sie beim Fahren Handschuhe trüge, doch das tat sie nicht.

Beim Aussteigen schlug ihr die Luft entgegen wie eine schwere Masse. Solch ein Vergleich war ihr noch nie in den Sinn gekommen, aber es kam ihr vor, als liefe sie durch Pudding. Die Luft war schwer von Feuchtigkeit, sie musste nahezu gesättigt sein.

Beim Betreten der Backstube schaltete sie als Erstes die Klimaanlage ein, als Zweites schaute sie nach, ob das Aggregat im Kühlraum lief. Ja, tat es, und sie atmete erleichtert auf. Dann holte sie die Schüsseln mit den Teigen heraus und stellte sie auf die Arbeitstische.

Am liebsten hätte sie sich eine Weile in den Kühlraum gesetzt, aber sie hatte nicht die Zeit dazu, denn es gab zu viel zu tun. Sie heizte die Backöfen vor, zog sich eine der amtlich vorgeschriebenen Papierhauben über die lockigen Haare und wusch sich gründlich die Hände. Dann band sie sich die Schürze um und machte sich an die Arbeit. Sie hatte verschiedene Plätzchen zu backen und wollte damit fertig sein, bevor Lisa kam. Ihre Partnerin würde genug damit zu tun haben, die Kunden zu bedienen, ans Telefon zu gehen und vorbestelltes Gebäck einzupacken.

Wie geplant war sie mit Backen fertig, als Lisa eintraf. In

den Gestellen kühlten Schwarz-Weiß-Gebäck, Hafer-Rosinen- und Schokoladenplätzchen und erfüllten die Backstube mit ihrem Duft. Andere Sorten lagen bereits in den Glasdosen hinter der Ladentheke.

»Du warst fleißig!« rief Lisa aus, als sie sich umsah. »Wie viele hast du genascht?«

»Keinen einzigen. Ich habe nicht mal die Zimtplätzchen gekostet, obwohl das mein neuestes Rezept ist.«

»Woher hast du es?« Lisa nahm sich eines und biss hinein.

»Es stammt von mir. Mein Vater hat uns früher Zimttoast zum Frühstück gebacken, wenn unsere Mutter auf Antiquitätensuche war. Ich dachte, Plätzchen mit demselben Geschmack könnten gut sein.«

»Sie sind wunderbar.« Lisa nahm den nächsten Bissen. »Knusprig und schlicht und superlecker.«

»Du magst sie wirklich?«

»Na ja … wenn ich darüber nachdenke, bin ich mir nicht ganz sicher.« Sie grinste verschmitzt. »Ich müsste noch ein paar essen, um zu einem endgültigen Urteil zu kommen.«

Hannah lachte. »Tu dir keinen Zwang an. Diese Fuhre ist sowieso ein Testlauf. Ich verkaufe sie erst, wenn sie perfekt sind.«

»Das sind sie schon.« Lisa nahm sich noch zwei und ging zur Schwingtür, die ins Café führte. »Ich setze Kaffee auf und fülle die Glasdosen.«

Da sie Hand in Hand arbeiteten, dauerte es nicht lange, bis die Aufgaben erledigt waren. Danach hatten sie zwanzig Minuten Zeit, bevor sie die Ladentür aufschließen mussten, und sie gingen mit einem frischen Kaffee an ihren Tisch im Hintergrund des Cafés.

»Hast du dich entschieden?«, fragte Lisa, als sie sich Hannah gegenübersetzte.

»Wegen der Zimtplätzchen?«

»Nein, wegen Rhonda. Du willst ihren Mörder stellen, hab ich recht?«

»Ich werde es versuchen.«

»Gut.« Lisa schauderte und legte die Hände um den heißen Kaffeebecher. »Ich kann es einfach nicht fassen, dass sie plötzlich nicht mehr da ist. Was ist mit der Zitronentorte in Rhondas Küche? Verrät die etwas über den Mord?«

»Vielleicht. Aber auch wenn nicht, wird sie mir helfen, den Ablauf von Rhondas letztem Tag zu rekonstruieren.«

»Das scheint mir ein guter Ausgangspunkt zu sein. Was kann ich tun, um zu helfen?«

»Halte einfach die Ohren offen. Die Leute reden, und jemand könnte zu Rhondas letzten Stunden etwas wissen. Wenn du etwas aufschnappst, sag es mir sofort und …« Hannah stockte und verzog das Gesicht.

»Was hast du?« Lisa schaute sie besorgt an.

»Ich bekomme schreckliche Kopfschmerzen. Ich kann es in meinem Kopf wummern hören.«

»Das ist nicht in deinem Kopf. Das kommt von draußen. Warte kurz, ich sehe mal nach.«

Lisa schloss die Ladentür auf und spähte hinaus. Als sie zurückkam, grinste sie. »Du hast recht. Davon kriegt man Kopfschmerzen.«

»Was ist es?«

»Die Blaskappelle der Jordon High. Sie werden gleich bei uns vorbeikommen. Ich hole dir Aspirin.«

Nachdem Hannah zwei Tabletten geschluckt hatte, kam die Kapelle ins Blickfeld. Durch die geschlossenen Türen und Fenster hörten sie *The Stars and Stripes Forever.*

»Sie spielen furchtbar schlecht.« Lisa hielt sich die Ohren zu.

Hannah auch. Die Trompeter müssten noch viel üben, besonders die Halbtonschritte, und sie dachte bereits mit Schaudern an die Passage mit den Piccoloflöten, denn es war keine einzige zu sehen.

Hannah hielt den Atem an, bis die Kapelle zu der kritischen Stelle gelangte, und stöhnte laut. Zwei Mädchen mit Klarinetten versuchten sich an dem Part, und ganz offensichtlich beherrschten sie die höheren Tonlagen nicht.

»Vielleicht werden sie bis zur Parade noch besser«, überlegte Lisa laut, doch nach einem Blick in Hannahs gequälte Miene schüttelte sie den Kopf. »Du hast recht. Das ist unwahrscheinlich.«

Als die Wanduhr neun anzeigte, schloss Lisa das Café auf, und die ersten Kunden kamen auf einen Kaffee und ein Plätzchen herein. Eine Stunde lang herrschte reger Betrieb, sodass sie beide zupacken mussten, um die Leute zu bedienen. Erst nach zehn Uhr wurde es ruhiger, und da erschien Andrea. Als Hannah ihr Lächeln sah, wusste sie gleich, dass ihre Schwester Informationen über Rhonda mitbrachte.

»Was hast du erfahren?« Hannah goss ihr ein Glas Orangensaft ein.

Andrea blickte über die Schulter. Außer ihnen standen nur Amalia Greerson und Babs Dubinski im Verkaufsraum, und die unterhielten sich gerade angeregt. »Das besagte Auto steht in der Garage.«

»Du meinst Rhondas?«

»Schsch!« Andrea legte einen Finger an die Lippen.

»Das ist okay.« Hannah beugte sich über die Theke. »Babs versucht gerade, eine Ehe zu stiften.«

»Etwa für ihren Sohn?«

»Genau. Und Amalia springt nicht darauf an. Sie findet ihn für ihre Enkelin zu alt.«

»Das ist er. Sie hat gerade die Highschool abgeschlossen. Er ist mindestens fünfzehn Jahre älter als sie. Und dass er Steuerberater ist, packt noch mal zehn Jahre obendrauf.«

»Da hast du recht.« Hannah erinnerte sich an den unglückseligen Abend, als Delores ihr seine Gesellschaft aufgezwungen hatte. Ihn langweilig zu nennen wäre noch freundlich ausgedrückt. »Was hast du noch herausgefunden? Beim Hereinkommen hast du gegrinst wie die Cheshire-Katze.«

»Lass uns nach hinten gehen«, schlug Andrea vor, nahm ihr Glas und ging voran. Sie war still, bis sie auf einem Hocker am Backtisch saß, dann strahlte sie über das ganze Gesicht. »Ich habe den Autopsiebericht von Doc Knight bekommen.«

»Du meinst, du hast in Bills Kopie reingesehen?«

»Nein, der hat ihn noch nicht. Ich musste heute Morgen eine Probe zu Doc Knight bringen und habe ihn nach dem Bericht gefragt.«

»Eine Probe?«

»Du weißt schon, eine *Probe.* Gestern konnte ich ihm keine geben, und das ist nur Mutter schuld. Weißt du noch, dass sie uns immer anwies, noch mal zur Toilette zu gehen, bevor wir das Haus verließen?

Hannah verstand. »Das hast du getan, und deshalb konntest du ihm keine Probe geben?«

»Genau. Aber das hat sich als praktisch erwiesen. Ich habe ihn auf Rhonda angesprochen, nur um zu plaudern, und er sagte, dass sie zwischen acht und neun am Freitagabend getötet wurde. Und dann erzählte er von ihrem Mageninhalt.

Er hat deine Zitronentorte und auch das Ossobuco vorgefunden.«

Hannah staunte. »Er konnte das Ossobuco tatsächlich erkennen?«

»Nein, aber die Bestandteile passten dazu.«

»Woher willst du das wissen?« Hannah wunderte sich noch mehr. »Du hast nie eins zubereitet, oder?«

Andrea schüttelte den Kopf. »Ich habe in einem Kochbuch nachgeschlagen.«

»Du besitzt ein *Kochbuch*?«

»Selbstverständlich. Meine Freundinnen haben sich zusammengetan und mir ein mehrbändiges zur Hochzeit geschenkt. Das Einzige, was nicht zu dem Rezept passte, waren die Oliven.«

Hannah merkte sich das Detail. »Sagte Doc Knight, dass Rhonda noch etwas anderes gegessen hat?«

»Nein, aber sie hat Rotwein getrunken. Dabei kam er darauf zu sprechen, was er noch an ihr untersuchen wird, und ich habe nicht weiter zugehört, weil mir ein bisschen übel wurde.«

Hannah schob ein Blech abgekühlter Schokoladenkekse näher zu ihrer Schwester. »Nimm dir welche. Die Schokolade beruhigt den Magen. Und wenn du schon dabei bist, pack ein halbes Dutzend für Claire Rodgers in eine Tüte.«

»Du gehst zu *Beau Monde* hinüber?«

»Ja. Lisa hat angeboten, mich bis zu meinem Catering-Termin zu vertreten. Der ist um zwei Uhr.«

»Du hast also schon abgenommen und kaufst dir etwas Neues zum Anziehen?«, riet Andrea.

»Nicht ganz. Claire hat am Freitag drei meiner Zitronentorten gekauft, und ich will sie fragen, ob sie eine Rhonda gegeben hat.«

»Ich komme mit«, verkündete Andrea. Sie nahm sich ein Plätzchen und packte für Claire sechs Stück in eine Tüte. »Sie hat mir auf den AB gesprochen, dass meine Schwangerschaftskleider geliefert worden sind. Du kannst mit ihr sprechen, während ich in der Kabine bin.«

Hannah stöhnte. Andrea war beim Anprobieren nicht die Schnellste. Andererseits würde die Aussicht auf den Umsatz Claire vielleicht in Plauderstimmung versetzen, sodass sie auf Fragen ausführlicher antwortete.

»Wie lange kannst du?«

»Bis halb zwei.« Hannah verkniff sich ihre Kritik an der Ausdrucksweise. Als sie noch zusammen zur Highschool gingen, hatte sie Andrea solche umgangssprachlichen Formulierungen abgewöhnen wollen, aber ohne nennenswerten Erfolg.

»Dann hast du noch zwei Stunden. Wenn wir bei Claire raus sind, lass uns zu Rhondas Wohnhaus fahren und ihre Nachbarn befragen. Ich habe die Briefkästen überprüft, da wohnen fast nur Rentner. Die sollten in der Mittagszeit zu Hause sein.«

Hannah war einverstanden. Mit Rhondas Nachbarn zu sprechen sollte nicht allzu gefährlich sein, und Andrea konnte gut mit Leuten umgehen.

»Danach helfe ich dir beim Catering. Ich kann den Kaffee einschenken, und du machst den Rest.«

Hannah freute sich. Catering war immer einfacher, wenn man zu zweit war. »Sehr gern, aber ich sollte dich warnen.«

»Mich warnen? Wovor?«

»Als Erstes muss ich Trudis Stoffladen beliefern.«

»Was spricht dagegen? Ich mag Trudi Schuman.«

»Ich auch, doch in ihrem Geschäft findet ein Treffen der

Quilt-Gruppe statt, und deine Schwiegermutter wird dort sein.«

»Oh.« Andrea rollte mit den Augen. Mit Regina Todd verstand sie sich nicht besonders gut. Bills Mutter drängte in einem fort, dass Andrea ihre Arbeit aufgeben sollte, um ausschließlich Hausfrau und Mutter zu sein. »Das wird schon gehen, Hannah. Ich werde ein neues Schwangerschaftskleid tragen, das wird sie besänftigen. Sie ist verrückt nach Tracey, aber sie wünscht sich sehnlichst einen Enkelsohn.«

»Na gut, wenn du damit zurechtkommst.« Hannah sah schon vor sich, wie Regina ihr Vorhaltungen machte und Andrea ihr heißen Kaffee über die Hand goss. »Das sollte nur eine halbe Stunde in Anspruch nehmen. Anschließend setze ich dich hier ab und belade den Wagen für den Drei-Uhr-Auftrag.«

»Wohin musst du fahren?«

Hannah freute sich so sehr über Andreas Formulierung, dass sie beinahe zu antworten vergaß. Machte es sich doch bemerkbar, dass sie die Ausdrucksweise ihrer Schwester jahrelang korrigiert hatte? Oder war das eine Ausnahme? »Zur Bibliothek im Gemeindezentrum. Marge Beeseman hält ihr monatliches Treffen mit den Bibliotheksfreunden ab.«

»Dann komme ich auch mit. Tracey braucht ein neues Buch. Was Bill ihr zuletzt vorgelesen hat, fand sie langweilig. Ich muss also sowieso hin.«

Zimtplätzchen

Den Ofen auf 165 Grad vorheizen, das Blech in der Mitte einschieben.

480 g Butter
400 g brauner Zucker
200 g weißer Zucker
2 geschlagene Eier (mit einer Gabel genügt)
2 TL Vanille-Extrakt
1 TL Zimt
1 TL Backnatron
1 TL Weinstein (unbedingt!)
1 TL Salz
510 g Weizenmehl, ungesiebt

Zum Wälzen der Teigkugeln:
100 g weißer Zucker
1 TL Zimt

Die Butter zerlassen, braunen und weißen Zucker einrühren und auf Zimmertemperatur abkühlen lassen. Anschließend die geschlagenen Eier unterrühren, dann den Vanille-Extrakt, Zimt, Backnatron, Weinstein und Salz zugeben.

Gründlich verrühren. Das Mehl portionsweise hinzufügen und unterrühren.

Mit den Händen walnussgroße Teigkugeln formen. (Sollte der Teig zu klebrig sein, stellen Sie ihn für eine Stunde in den Kühlschrank.)

In einem Schälchen 100 g weißen Zucker mit 1 TL Zimt vermengen (mit einer Gabel gelingt das sehr gut). Die Teigkugeln darin wälzen und auf ein gefettetes Backblech setzen, jeweils 12 Stück. Mit einem gefetteten oder bemehlten Spatel flach drücken.

10 bis 15 Minuten backen (die Plätzchen sollten am Rand goldgelb sein.) Zwei Minuten lang abkühlen lassen, dann auf ein Gitter setzen.

Ausbeute: etwa 8 Dutzend

(Lisa mag diese Plätzchen besonders gern – nur von diesen habe ich sie sechs Stück auf einmal essen sehen.)

11

»So früh habe ich Sie nicht erwartet, Andrea.« Claire schaute überrascht, als sie die Tür öffnete und die beiden in das hintere Zimmer ließ. Es war so breit wie das Haus, hatte aber nur eine Tiefe von einem Meter achtzig und war vollgestellt mit Kleiderständern, flach gefalteten Kleiderschachteln mit dem Aufdruck der Boutique, einem kleinen Schreibtisch und dem Bügelbrett sowie der Nähmaschine. »Ich habe Ihnen eben erst eine Nachricht auf den AB gesprochen. Das kann erst zehn Minuten her sein. Wie konnten Sie so schnell hier sein?«

»Ich war schon nebenan. Ihre Nachricht habe ich übers Handy abgehört, und da Hannah sowieso zu Ihnen wollte, bin ich mitgekommen. Ich weiß natürlich, dass Sie noch nicht geöffnet haben. Wenn es Ihnen noch zu früh ist, kann ich gern später wiederkommen.«

»Es ist mir nicht zu früh. Ich bin nur froh, dass ich Ihre Kleider als Erstes gebügelt habe.« Claire strich sich die gepflegten Haare zurück und wirkte ein wenig verlegen. »Ich war gerade dabei, die neue Lieferung auszupacken, und wollte mich dann erst umziehen, bevor ich öffne.«

Hannah überließ es ihrer Schwester, die richtigen Dinge zu sagen, um Claire die Verlegenheit zu nehmen. Sie glaubte zwar nicht, dass die Inhaberin der Boutique überhaupt unordentlich aussehen könnte, nicht einmal in der legeren Hose und der Baumwollbluse, die sie gerade trug. In der Hinsicht waren Andrea und Claire sich sehr ähnlich: zwei Frauen, die selbst in Sack und Latschen noch bewundernde Blicke auf sich ziehen würden.

»Diese Farbe liebe ich.« Andrea strich über einen Hosenanzug aus lavendelblauer Seide. Er hing an dem Kleiderständer, den Claire ihr gewiesen hatte. »Oder sieht sie zu sehr nach Ostern aus, was meinen Sie?«

Hannah stellte ihre Plätzchentüte neben die Kaffeetasse und schaltete ab, als Claire und Andrea über Farben und ihre Zuordnung zu Feiertagen und Jahreszeiten redeten. Für Mode interessierte sie sich nicht. Währenddessen ging sie in Gedanken die Fragen noch mal durch, die sie Claire stellen wollte.

Natürlich würde sie über die drei Kuchen Klarheit bekommen, aber Claire könnte noch andere nützliche Informationen für sie haben. Wie Andrea immer gern sagte: Wer in Lake Eden etwas auf sich hielt, kaufte bei *Beau Monde*. In der Tri-County Mall bekam man Kleidung für weniger Geld, aber Claire gab den Verkaufsgesprächen die persönliche Note, nach der sich verwöhnte Frauen sehnten. Die Kundinnen kamen oft zu zweit und plauderten beim Anprobieren. Da war es gut möglich, dass Claire etwas über Rhondas Privatleben aufgeschnappt hatte.

»Was hältst du von dem, Hannah?« Andrea hielt ein Oberteil hoch.

»Du willst, dass *ich* etwas modisch beurteile?« Sie lachte.

»So gesehen werde ich es einfach mal überziehen.« Andrea grinste ihre Schwester an und wandte sich an Claire. »Wenn Sie nichts dagegen haben, werde ich die Sachen alle anprobieren.«

»Aber gern.«

Claire fasste die betreffenden Bügel mit einer Hand und führte Andrea in die Ankleide, sodass Hannah allein blieb. Das dauerte nicht lange. Claire kehrte zurück, bevor Hannah zu den Kleiderständern gehen und sich die neue Lieferung ansehen konnte.

»Deine Schwester ist erst mal versorgt«, sagte sie und steuerte die kleine Kaffeemaschine an, die neben dem Waschbecken stand. »Ich setze rasch eine Kanne Kaffee auf. Möchtest du einen?«

»Gern«, antwortete Hannah, obwohl Claires Kaffee nicht der Rede wert war. Wenn man sich zusammen bei einem Kaffee unterhielt, wurden die Leute offener und machten vertrauliche Bemerkungen. »Ich habe dir ein paar Plätzchen mitgebracht.«

»Danke, Hannah. Von welcher Sorte?«

»Schokoladenplätzchen.«

»Oh, gut. Ich könnte eine Stärkung gebrauchen. Ich habe seit acht Uhr gebügelt. Nimm meinen Schreibtischstuhl, ich hole den Kaffee. Wie wär's mit einem der Kekse?«

»Nein, danke.«

Claire schenkte ein, während Hannah Platz nahm, trug eine Tasse zum Schreibtisch und stellte sie behutsam auf einen Untersetzer. Nachdem sie sich einen Keks genommen hatte, setzte sie sich mit ihrer Tasse auf einen Hocker. »Du hast abgenommen.«

»Findest du?« Hannah empfand einen gewissen Stolz. Claire musterte jede eintretende Kundin. Wenn sie meinte, Hannah habe abgenommen, dann stimmte das wahrscheinlich.

»Für mich gehört es zum Geschäft, so etwas zu bemerken. Wenn eine meiner Damen hereinkommt und zugenommen hat, muss ich ihr größere Kleidungsstücke heraussuchen, ohne das zu erwähnen.«

»Und das siehst du auf einen Blick?«

»Natürlich. Ich habe ein fachkundiges Auge.«

Das machte Hannah nachdenklich. Claires fachkundiges Auge könnte für sie der Ausweg sein, um nicht auf die gefürchtete Waage steigen zu müssen. »Kannst du mir sagen, wie viel ich abgenommen habe?«

»Etwa drei Pfund, würde ich meinen. Dein Gesicht ist schmaler, und die Oberarme sind schlanker geworden.«

»Wunderbar«, murmelte Hannah, während sich die Enttäuschung schon einstellte. Sie wollte nicht im Gesicht oder an den Armen abnehmen, sondern an der Taille und den Hüften.

»Andrea meinte, du möchtest mich etwas fragen?«

»So ist es.« Hannah verbannte das Abnehmproblem in den Hinterkopf. »Ich weiß von Lisa, dass du am Freitag drei unserer Zitronentorten gekauft hast, und wüsste gern, ob einer davon bei Rhonda gelandet ist.«

Claire schaute verblüfft. »Das stimmt! Wie bist du darauf gekommen?«

»Das war nur gut geraten.«

»Arbeitest du an dem Mordfall?«

»Ja. Und ich habe es Mike schon gesagt, also ist es diesmal kein Geheimnis. Weißt du etwas Persönliches über Rhonda, das vielleicht ein Mordmotiv hergibt?«

Claire trank einen Schluck und überlegte. »Ich glaube nicht. Letztes Jahr habe ich allerdings ein paar Gerüchte gehört. Es hieß, Rhonda habe einen Freund, aber niemand schien etwas über ihn zu wissen.«

»Das habe ich auch gehört. Gab es Vermutungen?«

»Da ist nie ein Name gefallen.«

»Etwas über Rhondas Privatleben?«

Claire überlegte wieder und zuckte mit den Schultern. »Nicht viel. Die meisten meiner Kundinnen fanden Rhonda wohl ein bisschen albern, weil sie sich so stark schminkte und jugendlich kleidete und mit jedem Mann flirtete, der an ihren Kosmetikstand kam, um für seine Frau Parfüm zu kaufen. Doch das hat niemand ernst genommen, und ich glaube nicht, dass irgendjemand einen Groll gegen sie hegte.«

»Okay. Noch mal zu dem Kuchen. Hat Rhonda dir das Geld dafür gegeben und dich gebeten, ihr einen mitzubringen? Oder hat sie einen von deinen geschnorrt?«

»Sie hat ihn tatsächlich geschnorrt.« Claire gluckste. »Sie kam am Freitagnachmittag herein und kaufte sich etwas für ihre Reise. Die Kuchenschachteln standen gestapelt auf dem Ladentisch. Die hat sie gesehen, als ich ihre Einkäufe zusammenrechnete.«

»Und dabei erwähnte sie, dass die Zitronentorte ihr Lieblingskuchen ist, sodass du fast gezwungen warst, ihr einen abzugeben?«

»Genauso ist es gewesen. Sie hat über sechshundert Dollar bei mir ausgegeben, da dachte ich, es sei das Mindeste, ihr einen Kuchen zu überlassen.«

Hannah war geneigt, sich etwas darauf einzubilden. Sie hatte richtig vermutet. »Nur aus Neugier, Claire: Was hast du mit drei Torten vorgehabt?«

Claire wurde rot. Sie schaute so schuldbewusst wie ein Schulkind, das sich zum zweiten Mal in die Essensschlange stellt und dabei erwischt wird. »Wenn ich es dir verrate, wirst du es für dich behalten?«

»Ja, solange es nicht mit dem Mordfall zu tun hat.«

»Hat es nicht. Du hast sicher gehört, dass unsere Gemeinde für neue Gesangbücher Spenden braucht, nicht wahr?«

Sie hatte von dem entsprechenden Spendenfond erfahren, als sie eine Versammlung des Kirchenvorstands der lutherischen Kirche mit Gebäck und Getränken versorgt hatte.

»Am vorletzten Sonntag haben wir uns getroffen, um Ideen zu sammeln, wie man Spenden eintreiben könnte. Ich habe vorgeschlagen, jede Woche am Samstagvormittag Kuchen zu verkaufen.«

»Ich wette, die haben dich gleich dazu verdonnert, das zu organisieren«, sagte Hannah, denn sie wusste, wie das Gemeindeleben funktionierte.

»Da hast du recht. Sie haben mich ernannt, und ich konnte nicht ablehnen, da es ja meine Idee war. Und natürlich musste ich Kuchen beisteuern, aber ich backe eigentlich nicht.«

»Also hast du drei meiner Zitronentorten gekauft, um sie zum Kuchenstand mitzunehmen?«

»Genau. Die beiden, die noch übrig waren, habe ich neu verpackt. Ich habe nicht behauptet, ich hätte sie gebacken, habe es jedoch auch nicht explizit verneint. Findest du, ich habe die Leute hintergangen?«

»Streng genommen, vielleicht. Aber das war für einen guten Zweck, und ich störe mich nicht daran.«

»Der Kuchenverkauf war ein großer Erfolg, Hannah. Bob war sehr beeindruckt.«

»Welcher Bob?«, wollte Hannah wissen. In Lake Eden war das ein häufiger Name. Sie kannte mindestens ein Dutzend Bobs.

»Reverend Knudson. Er hat mich gebeten, ihn Bob zu nennen.«

Hannah sah die Röte in Claires Wangen steigen, und ihr

kam eine mögliche Erklärung in den Sinn. Claire hatte ihre jahrelange Affäre mit dem Bürgermeister aufgegeben. Seitdem hatte sie, soweit Hannah wusste, nicht mal einen Zeh in den Dating-Pool gestreckt. Doch ihr Erröten war ein verräterisches Anzeichen. Wenn Hannah nicht ganz danebenlag, tat sich etwas in Claires Liebesleben. »Moment mal. Triffst du dich etwa mit Reverend Knudson?«

»Das nicht gerade. Doch wir sind wirklich gute Freunde, und ich finde seine Großmutter ganz reizend.«

Hannah kam eine taktlose Frage in den Sinn, und sie sprach sie aus, ehe sie sich bremsen konnte. »Aber findest du ihn nach deiner Zeit mit dem Bürgermeister nicht langweilig?«

»Überhaupt nicht. Wenn du Bob so gut kennen würdest wie ich, würdest du ihn nicht für langweilig halten. Er hat einen wunderbaren Humor.«

Hannah hoffte, dass sich ihre Skepsis nicht allzu deutlich zeigte. Mit seinen Predigten über den »Lohn der Sünde« hatte er in ihren Augen nicht den geringsten Humor bewiesen. Andererseits ließ das Thema natürlich wenig Raum für Scherze.

Claire unterbrach ihre Überlegungen. »Bevor du fragst: Bob weiß alles über meine Affäre mit dem Bürgermeister. Ich habe es ihm selbst erzählt.«

»Wie hat er das aufgenommen?« Hannah hielt den Atem an. Reverend Knudson war ihr nie als liberal denkender Mensch erschienen.

»Er meinte, das sei unwichtig, und ich solle mir keine Gedanken machen.«

Hannah blinzelte. »Reverend Knudson hält eine Affäre für unwichtig?«

»So ist es. Er ist gar nicht so streng und korrekt, wie man

denkt, Hannah. Mit Bob kann man Spaß haben, wenn man ihn erst mal aus seinem Talar herausgeholt hat.« Hannahs Brauen schossen in die Höhe, und Claire fing an zu kichern. Sie klang so aufgedreht wie ein Teenager, und ihre Augen funkelten übermütig. »So habe ich das nicht gemeint!«

Hannah und Claire lachten noch, als Andrea im Durchgang erschien. Sie trug ein dunkelgrünes Baumwollkleid mit einem Muster aus großen goldenen Sonnenblumen. »Ich nehme sie alle, Claire. Und das behalte ich gleich an.«

»Es freut mich, dass sie Ihnen gefallen.« Claire schaute zufrieden. »Das Kleid harmoniert ausgezeichnet mit Ihrem Hautton und der Haarfarbe.«

»Das finde ich auch. Ich helfe Hannah heute Nachmittag beim Catering und möchte dabei gut aussehen.« Andrea drehte sich zu ihrer Schwester. »Warum suchst du dir nicht auch etwas aus? Ich würde es sogar bezahlen. Unsere Grüntöne beißen sich nämlich.«

Hannah ging sofort in die Verteidigungshaltung. Das war die alte Rivalität zwischen ihnen. Das Kinderspiel »Wer ist die Königin auf dem Berg?« hatten sie unzählige Male gespielt. »Such du dir ein anderes Kleid aus. Ich habe mich als Erste für etwas Grünes entschieden.«

»Aber deins ist mindestens zwei Jahre alt, und meins ist neu. Neu geht vor alt.«

Hannah schüttelte den Kopf. »Ich bleibe bei meinem grünen. Der Caterer hat Vorrang vor dem Caterer-Gehilfen.«

Die Schwestern sahen einander in die Augen, ein Blick so bezwingend wie der andere. Doch was früher zu einem schrillen Streit geführt hätte, löste sich plötzlich in Lachen auf.

»Es tut mir leid, Hannah«, brachte Andrea zwischen zwei Lachanfällen hervor. »Du bist der Caterer, du gewinnst.«

»Nein, du bist schwanger und musst einem Drachen von Schwiegermutter ins Auge blicken. Du gewinnst.«

»Wirklich?« Andreas Lächeln war so strahlend wie die Sonne nach einem Wolkenbruch. »Bist du sicher?«

»Ja, und du brauchst mir auch kein neues Kleid zu kaufen. Ich bezahle mit meiner fast ausgereizten Kreditkarte.«

Zehn Minuten später und um achtzig Dollar ärmer – Claire hatte ihr einen enormen Preisnachlass gewährt – verließ Hannah die Boutique. Sie trug ein neues Outfit in ihrer absoluten Lieblingsfarbe, die sie sich sonst nie zu tragen traute. Es bestand aus einem sommerlichen Rock mit passender Jacke in einem Rotton, der wunderbarerweise mit ihren roten Haaren harmonierte. Claire hatte es aus ihrer neuen Lieferung für sie ausgewählt, und es war jeden Penny wert, den Hannah dafür gezahlt hatte. Sie fühlte sich schlank und umwerfend schön.

»Jetzt zu Rhondas Wohnhaus, doch ich werde fahren«, sagte Andrea und beeilte sich, mit Hannahs langen Schritten mitzuhalten, als sie über den Parkplatz zur Hintertür des *Cookie Jar* gingen. »Du hast keinen Haken in deinem Lieferwagen, und ich möchte meine neuen Sachen aufhängen, damit sie nicht knittern.«

»In Ordnung.« Hannah öffnete die Tür, durchquerte die Backstube und legte ihren alten Hosenanzug in die Nasszelle, die der Besitzer des Hauses als »Badezimmer« bezeichnete. »Lass uns sofort aufbrechen. Ich muss um halb zwei wieder hier sein.«

»Kein Problem.« Andrea ging voran durch das Café und hinaus zu ihrem Wagen. Mit einem Klick entriegelte sie die

Türen und glitt hinters Lenkrad, während Hannah auf der anderen Seite einstieg. »Ich dachte, du machst mir Stress, weil ich fahren möchte.«

»Warum sollte ich das tun?«

»Weil ich zu schnell fahre und nicht immer auf die Straße gucke.«

»Das ist wahr.« Hannah schnallte sich an. »Es wundert mich immer wieder, dass du noch nie einen Unfall hattest.«

Andrea ließ den Motor an und fuhr los. »Wenn ich so schlecht fahre, warum lässt du mich dann ans Steuer?«

»Ich bin eingefleischter Optimist. Ich hoffe immer, dass du dich gebessert hast.«

Andrea dachte kurz darüber nach und schüttelte den Kopf. »Das glaube ich nicht. Es hat einen anderen Grund, warum ich fahren soll. Na komm, Hannah. Raus damit.«

»Du bist meine Schwester und verdienst eine weitere Chance?«

»Bestimmt nicht.«

Hannah seufzte. Andrea war hartnäckig. Früher oder später würde sie es herausbekommen. »Ich liebe deine Klimaanlage. Meine funktioniert nicht richtig.«

»Ich wusste, es hat einen anderen Grund!«

Hannah schaute nach vorn und trat auf das nicht existente Bremspedal. »Brems ab, Andrea. Die Ampel springt um.«

»Das haut noch hin.« Andrea sauste über die Ampel. »Siehst du? Es war fast noch gelb.«

»Sag mir Bescheid, wenn wir da sind.« Hannah lehnte sich in den Ledersitz, konzentrierte sich auf den Gedanken, dass Andrea noch nie einen Unfall gehabt hatte, und schloss die Augen. Das mochte feige sein, aber sie würde sich viel sicherer fühlen, wenn sie nicht hinsah.

12

Es war zwölf Uhr, bis sie Rhondas Nachbarn befragt hatten, und Hannah war niedergeschlagen. Sie hatten nichts Nützliches erfahren, doch das war nicht der Grund, weshalb sie den Kopf hängen ließ. Bei einer Morduntersuchung führte nicht jeder Hinweis zu einer Spur, und das wusste sie.

»Ärgerst du dich, weil keiner gesehen hat, wie Rhonda zu Fuß das Haus verließ?« Andrea bemerkte Hannahs düstere Miene, als sie zum Auto zurückgingen.

»Nein.«

»Was ist dann los?«

»Nichts.«

Andrea blieb stehen und stemmte die Hände in die Seiten. »Wenn meine Schwester ein Gesicht macht, als hätte sie ihren besten Freund verloren, dann stimmt etwas nicht. Jetzt erzähl schon: Was hast du?«

»Ich dachte, ich sehe schön aus in meinem neuen Outfit.«

»Tust du auch.«

»Aber sämtliche Nachbarn haben gesagt, wie toll du ausschaust, und dann nur: ›Und Sie sehen auch sehr hübsch aus, Hannah.‹«

»Das kommt daher, dass ich Schwangerschaftskleidung anhabe. Du weißt doch, wie die Leute einen behandeln, wenn man schwanger ist.«

»Nein, das weiß ich nicht.«

»Aber ich. Ich kenne das noch vom vorigen Mal.« Andrea schloss auf und stieg ein. Sie wartete, bis Hannah angeschnallt war, bevor sie das erklärte. »Schwangere sehen aus wie ein Luftballon auf Beinen. Das ist nun mal eine Tatsache. Rhondas Nachbarn haben mir nur Komplimente gemacht, damit ich mich besser fühle.«

Hannah war klar, dass Andrea sie schonen wollte. Sie wusste das zu schätzen, es funktionierte aber nicht. Normalerweise machte es ihr nichts aus, wenn die Leute ihre Schwester mit Komplimenten überschütteten und dann etwas Nettes zu ihr sagten, um höflich zu sein. Doch heute setzte ihr das zu. Das war das Gleiche, was Lehrer und Freunde in der Highschool geäußert hatten, wenn sie die große, ungelenke Hannah neben der schönen, zierlichen Andrea gesehen hatten.

»Du nimmst das zu persönlich«, tadelte ihre Schwester sie sanft. »Vielleicht kommt das von deiner Diät. Beim Fasten kriegt doch jeder schlechte Laune.«

Hannah erkannte, dass sie recht hatte. »Ich hasse es, wenn du erwachsener bist als ich.«

»Ich auch. Erwachsensein wird überschätzt.« Andrea startete den Wagen und fuhr los. »Möchtest du noch irgendwo hin? Wir haben noch fast zwei Stunden Zeit bis zu dem Catering-Termin.«

»Lass uns zum Quick Stop fahren.«

»Warum?«

»Ich möchte ein Spielzeug für Suzie Hanks kaufen, und dann könnten wir Luannes Mutter besuchen. Laut Norman hatte Rhonda sie engagiert, damit sie das Voelker-Haus putzt.«

»Sie könnte etwas wissen«, überlegte Andrea laut. »Putzkräfte bemerken alle möglichen Dinge. Aber wir brauchen vorher nicht zum Quick Stop zu fahren. Wir können kurz bei mir anhalten, das liegt auf dem Weg. Ich habe für Suzie einen ganzen Sack voll Spielzeug ausgesucht.«

»Von Tracey?«, fragte Hannah, denn Andrea hatte schon kistenweise ausrangierte Kleidung und Spielzeug zu den Hanks gebracht.

»Nein, es ist neu. Im Spielwarengeschäft in der Mall gab es letzten Monat einen großen Ausverkauf.«

»Dann denk dir besser eine gute Geschichte aus, warum du Suzie nagelneue Sachen schenkst. Du weißt, wie Luanne und ihre Mutter reagieren, wenn sie sich bemitleidet fühlen.«

»Du hast recht. Ich werde sagen, sie stammen von Tracey. Schließlich können sie ihr tatsächlich gehört haben. Sie hatte sehr viel Kleinkindspielzeug, sodass sie gar nicht mit allem spielen konnte.«

»Du bist schlau.« Hannah drehte lächelnd den Kopf. »Und großzügig. Ich bin sehr stolz, deine Schwester zu sein.«

»Danke, aber so schlau bin ich gar nicht, jedenfalls nicht schlauer als andere Immobilienmakler. Und ich bin auch stolz auf dich.«

»Das ist alles für Suzie?« Marjorie Hanks schnappte nach Luft, als sie in den Einkaufsbeutel schaute, den Andrea und Hannah ihr überreichten. Sie war eine kleine kompakte Frau von etwa fünfzig Jahren mit dunkelbraunen Haaren und hellbraunen Augen. »Sind Sie sicher, dass Tracey nicht mehr damit spielen will?«

»Sie hat die Sachen selbst aussortiert.« Andrea holte einen rosa Samtteddy heraus, der mit Webpelz bekleidet war und eine Perlenkette um den Hals trug. »Sie wollte vor allem, dass Suzie das Bärchen bekommt. Sie wissen, wie Mädchen sind, wenn sie ein gewisses Alter erreicht haben. Dann sind sie plötzlich ›zu groß‹ für Rosa.«

Marjorie nahm den Bären und strich über den weichen Pelz. »Den wird Suzie lieben. Ich gebe ihn ihr, sobald sie aus ihrem Mittagsschlaf aufwacht. Aber ist das nicht einer dieser neuen Teddys, die es im Spielzeugladen in der Mall gibt?«

»Kann sein«, bestätigte Andrea völlig ernst. »Oder vielleicht haben sie sie wieder ins Sortiment genommen. Eine meiner Freundinnen hat ihn Tracey zur Taufe geschenkt.«

Hannah fand, sie sollte einschreiten, bevor ihre Schwester sich noch weiter in die Bredouille brachte. »Ich muss Sie etwas wegen Rhonda fragen, Mrs Hanks. Ich ermittle in dem Mordfall und weiß von Norman, dass Sie im Voelker-Haus geputzt haben.«

»Das stimmt. Ich bedaure, dass das vorbei ist. Das war der beste Job, den ich je hatte.«

»Aber war das nicht enorm viel Arbeit?«, warf Andrea ein, um bei der Befragung zu helfen.

»Hart war nur der erste Tag. Rhonda hatte mich darauf vorbereitet, dass ihre Großtante seit vielen Jahren im Rollstuhl gesessen hat und das ganze Haus in Unordnung und Schmutz versank. So war es tatsächlich! Die Gesellschafterin, die bei Mrs Voelker wohnte, hat gegen diese Zustände kaum etwas unternommen.«

»Sicher haben Sie lange gebraucht, um alles auf Vordermann zu bringen«, meinte Hannah.

»So lange nun auch nicht. Ich brauchte nur im Erdgeschoss zu putzen. Rhonda meinte, das Dachgeschoss stehe leer, und der Keller könne bleiben, wie er ist. Und ich hatte Freddy und Jed zur Unterstützung. Sie waren dort und haben für Rhonda einige Arbeiten erledigt und für mich die schweren Müllsäcke nach draußen geschleppt.«

»Was haben die beiden für Rhonda getan?«, fragte Hannah interessiert.

»Handwerkliches. Sie haben einige Fensterscheiben repariert, und das sehr gut.«

Andrea nickte und kehrte zu ihrem vorigen Thema zurück. »Aber nach dem ersten Großputz war das Haus doch sicher leicht sauber zu halten?«

»Absolut. Ich brauchte nur noch Staub zu wischen und zu saugen, mehr nicht … bis auf das Schlafzimmer.«

»Das Schlafzimmer?« Hannahs Neugier wuchs. »Was hatten Sie da zu tun?«

»Staub wischen und saugen, das Bad putzen und die Bettwäsche wechseln. Ich weiß, Rhonda wohnte in der Stadt, doch manchmal übernachtete sie dort draußen. Bitte erzählen Sie das keinem, aber ich glaube, sie hatte dann einen Übernachtungsgast, wenn Sie verstehen, was ich meine. Am nächsten Tag lagen immer wenigstens vier gebrauchte Handtücher auf dem Boden, und einmal habe ich eine Rasierklinge im Abfalleimer gefunden. Zusammen mit einem Rasierwasserfläschchen.«

»Was für eine Rasierklinge war das?« Hannah hoffte auf etwas Spezielles, das ihr eine Spur verschaffte.

»Nur eine blaue Wegwerfklinge, die es im Dutzend im Supermarkt gibt.«

»Und das Aftershave? Erinnern Sie sich an die Marke?«

»Sicher. Das war Old Spice. Ich hätte das Fläschchen beinahe behalten, weil es so niedlich war. Suzie pflückt gern Löwenzahn, und ich dachte, sie könnte es als Blumenvase benutzen.« Marjorie stutzte und runzelte die Stirn. »Ist das wichtig?«

»Möglicherweise. Wenn wir es hätten, könnte es im Kriminallabor auf Fingerabdrücke untersucht werden. Der Übernachtungsgast weiß vielleicht etwas über den Mord.«

Marjorie schauderte. »Oder er hat ihn begangen. Nun wünschte ich, ich hätte das Fläschchen und die Rasierklinge aufbewahrt. Das wären jetzt Beweisstücke. Aber ich habe sie in einen Müllbeutel geworfen und nach draußen in die Mülltonne getragen.«

Hannah zog die Brauen zusammen. Also hatten sie und Marjorie unwissentlich Beweismittel vernichtet.

»Machen Sie sich keinen Kopf«, warf Andrea ein. »Hannah kann den Mörder auch ohne sie schnappen.«

Hannah sah ihre Schwester erschrocken an. Entweder wollte sie Mrs Hanks nur beruhigen, oder sie hatte enorm viel Vertrauen in ihre Fähigkeiten. Leider war Hannah gerade gar nicht zuversichtlich. Zwar wussten sie jetzt, dass Rhondas Freund mehr als ein Gerücht gewesen war, aber davon abgesehen waren sie noch keinen Schritt weitergekommen.

»Danke, Mrs Hanks. Das war sehr hilfreich.« Hannah setzte ihr schönstes Lächeln auf. »Norman hat erwähnt, dass er Sie für seine Praxis angeheuert hat. Ich bin froh, dass Sie einen neuen Job haben.«

»Ich auch. Dr. Rhodes will mir einen hohen Stundenlohn zahlen und hat versprochen, uns Rabatt zu geben, wenn er unsere Zähne behandeln muss. Er wird mich sogar für das neue Haus engagieren, das er für Sie baut.«

»Er baut es nicht für mich«, stellte Hannah klar, »sondern für sich selbst.«

Marjorie zuckte mit den Schultern. »Wie auch immer. Ich möchte wetten, dass Sie Ihre Meinung noch ändern, wenn es mal fertig ist. Einen netteren Mann als Dr. Rhodes werden Sie nicht finden.«

Dagegen gab es nichts zu sagen, und deshalb erwiderte Hannah nichts. Allerdings schoss sie ihrer Schwester einen flehenden Blick zu, sodass Andrea die Unterhaltung weiterführte. Sie plauderten noch darüber, wie klug Suzie war und wie weit sie schon zählen konnte, dann machten sich Hannah und Andrea auf den Rückweg.

»Das hat sich gelohnt, nicht wahr?« Andrea bog auf den Highway ein und fuhr in Richtung Stadt. »Wir haben etwas erfahren.«

»Ja. Wir sind mit der Vermutung hin, dass Rhonda einen Freund hatte, und die wurde bestätigt.«

»Durch das Aftershave?« Andrea zog auf die Gegenfahrbahn, um einen Laster mit Baumstämmen zu überholen.

Hannah prüfte, ob ihr Sicherheitsgurt richtig eingerastet war. »Sofern Rhonda Old Spice nicht selbst benutzte, weil es ihr lieber war als die teuren Parfüms im Drugstore, haben wir jetzt einen Mann auf dem Schirm.«

Nachdem der letzte Plätzchenkarton ins Auto geladen war, sah Andrea auf ihre Uhr. »Wir haben noch zwanzig Minuten Zeit, und ich möchte nicht zu früh dort sein. Wollen wir noch schnell nach nebenan gehen? Mutter sagte, dass Luanne bei einer Haushaltsauflösung am vergangenen Wochenende eine antike Rosenholzwiege entdeckt hat. Sie meint, die wäre genau das Richtige für unser Baby.«

»Gute Idee. Ich wollte sowieso mit ihr und Carrie sprechen. Sie hatten versprochen, sich umzuhören, wer Rhondas Freund gewesen ist.«

Hannah verriegelte ihren Wagen, und die Schwestern gingen über den Parkplatz zum Antiquitätengeschäft. Wegen der Kunden, die hinter dem Haus parkten, war die Hintertür unverschlossen, und so betraten sie das Haus und schoben sich an Kisten mit Neuerwerbungen und einigen alten Möbeln vorbei.

»Norman hat recht. Sie brauchen mehr Lagerraum«, murmelte Hannah, nachdem sie beinahe über ein dreibeiniges Tischchen gestolpert wäre.

»Ich weiß. Hier hinten stapeln sich die Waren bis unter die Decke. Ich habe Mutter empfohlen, sich nach einer Garage umzusehen, die sie mieten können.«

»Hallo, ihr Lieben!«, rief Delores, als sie sie bemerkte. »Geh dir die Wiege ansehen, Andrea. Sie steht an der Ostwand gleich neben der geschwungenen Aufsatzkommode mit den Bleiglastüren.«

»Gibt es etwas Neues zu Rhondas Freund?«, fragte Hannah, die sich zu ihrer Mutter und Carrie an den Ladentisch gesellte.

»Ich fürchte, nein.« Delores zog ein wenig die Brauen zusammen. »Wir haben jeden angerufen, der uns einfiel, kennen jedoch noch immer nicht den Namen.«

»Eins haben wir jedenfalls erfahren«, sagte Carrie lächelnd.

»Nämlich?«

»Rhonda war bei der Silvesterparty ein bisschen beschwipst und hat Geraldine anvertraut, dass sie mit jemandem zusammen ist, ihn aber nicht heiraten kann.«

Hannah ordnete das bei den wenigen Fakten ein, die sie über Rhonda wusste. »Hat sie erklärt, warum?«

»Geraldine fragte sie danach, doch sie hat nur geantwortet, dass es vorher eine Beerdigung geben müsste.«

»Eine Beerdigung?«

»Deine Mutter und ich glauben, dass er verheiratet ist und Rhonda damit sagen wollte, dass er sich nicht scheiden lassen will.«

Hannah dachte darüber nach. »Ihr könntet recht haben.«

»Wir haben noch etwas Interessantes herausgefunden.« Delores senkte die Stimme, obwohl sich keine Kunden im Geschäft befanden. »Bridget Murphy hat gestern Abend Cyril gedroht.«

Hannah hatte Mühe, sie nicht mit offenem Mund anzustarren. Bridget Murphy war sicher die netteste, sanftmütigste Frau von Lake Eden, und noch nie hatte irgendetwas darauf hingedeutet, es könnte in ihrer Ehe mit Cyril Probleme geben. »Du meinst … mit einer Waffe?«

»Natürlich nicht. Erinnerst du dich, dass er ihr zum Geburtstag ein Auto geschenkt hat? Nun, sie hatte damit schon drei Pannen. Bridget hat zu ihrem Mann gesagt, wenn er ihn diesmal nicht ordentlich repariert, malt sie ein wütendes Smiley darauf und lässt ihn bei der Parade vom Abschleppwagen die Main Street entlangziehen.«

Es war vier Uhr, als Hannah durch die Hintertür ihre Backstube betrat. Die beiden Catering-Aufträge waren gut gelaufen, und Andreas neues Schwangerschaftskleid hatte ihre Schwiegermutter handzahm gemacht. Das Einzige, worüber sie sich während der Arbeit unterhalten hatten, war die Frage, welche Farbe Andrea für das Babyzimmer bevorzugte.

»Hi, Lisa.« Hannah ging durch die Schwingtür und gesellte sich zu ihr hinter die Theke. »Brauchst du eine Pause?«

»Nein, mir geht's gut. Gegen drei gab es großen Andrang, aber inzwischen ist es ruhiger geworden. Mike war vorhin hier und hat nach dir gefragt.«

Hannah seufzte. »Ich habe schon befürchtet, ihn zu verpassen.«

»Er meinte, er hat sowieso sehr viel zu tun und dass er dich vor Feierabend noch anruft. Hast du Jed gesehen, als du durch die Backstube kamst?«

»Nein. Ich habe nur meine Tasche abgestellt und bin nach vorne gegangen.«

»Er möchte mit dir sprechen. Er hat Freddy vor zwanzig Minuten hergeschickt und ausrichten lassen, dass sie im Vorratsraum fast fertig sind. Ich denke, er wollte bezahlt werden.«

»In Ordnung. Ich gebe ihnen ihr Geld und fange mit den Teigen für morgen an.«

Hannah begrüßte einige Stammkunden, bevor sie wieder nach hinten ging. Dort waren die Regale fertig angebracht. Jed zog noch eine letzte Schraube fest. »Hallo, Jungs. Das sieht gut aus.«

»Danke. Kommen Sie kurz rein, Hannah. Ich möchte Ihnen eine Verbesserung zeigen, die wir angebracht haben.« Jed wartete, bis Hannah im Vorratsraum stand, und zeigte auf den Zwischenraum zwischen Tür und Wand. »Da ist zu wenig Platz für Regalbretter, und deshalb haben wir dieses Taschenbord für Sie gebaut, als Dankeschön für den Auftrag.«

Hannah musterte es interessiert. Es bestand aus einem langen, schmalen Brett, war in der Farbe ihrer Wand lackiert und mit Taschen aus Drahtgeflecht versehen.

»Die sind für kleine Gegenstände gedacht, die im Regal gern hinter großen verschwinden. Durch das Drahtnetz können sie nicht herunterfallen, aber man sieht auf einen Blick, was in den Taschen ist.«

Hannah war davon ziemlich angetan. Ständig suchte sie nach fast leeren Tüten mit gehackten Nüssen oder Schokolade oder Marshmallows. »Das ist raffiniert. Woher haben Sie die Idee?«

»Aus der Großküche, in der ich zuletzt gearbeitet habe. An jeder Stelle, die für ein Regal zu klein war, hing ein Taschenbord.«

»Das ist wirklich praktisch. Danke, dass Sie daran gedacht haben, Jed.« Hannah verließ den Vorratsraum und holte ihre Handtasche, um die beiden zu bezahlen. Sie zählte soeben das Geld ab, als sie begriff, was Jed gerade erzählt hatte. »Sie haben in einer Großküche gearbeitet? Waren Sie mal Koch?«

»Nein, ich gehörte zum Instandhaltungsteam. Da habe ich alles über Küchengeräte gelernt. Also, wenn in Ihrer Backstube mal etwas kaputtgeht, kann ich es wahrscheinlich reparieren.«

»Das merke ich mir.« Sie schob das Geld in zwei Briefumschläge und gab einen Freddy, den anderen Jed. »Danke für das Taschenbord. Ich bin sehr zufrieden mit Ihrer Arbeit.«

Freddy nahm seinen Umschlag und strahlte sie an. »Danke, Hannah. Ich wette, Sie wussten nicht, dass Jed mal im Bau gearbeitet hat.«

»Im Bau?« Hannah wandte sich stirnrunzelnd zu Jed um. »So hieß das Restaurant?«

»Nein, Freddy meint das Gefängnis. Ich habe hier im Gefängnis gearbeitet.«

Freddy schaute verlegen. »Es tut mir leid, Jed. Ich hab vergessen, dass ich das nicht erzählen soll.«

»Schon gut. Hannah darf das ruhig wissen. Aber andere

Leute verstehen das vielleicht ganz falsch.« Er blickte wieder Hannah an. »Ich war kein Insasse, ich gehörte zum Personal.«

Hannah nickte, fragte sich jedoch, ob er die Wahrheit sagte. Wer eine Haftstrafe verbüßt hatte, versuchte allenthalben, das möglichst nicht bekannt werden zu lassen. »Waren Sie dort lange angestellt?«

»Nur für zwei Monate, bis ich genug Geld gespart hatte, um mich zu verändern. Ein Gutes hatte der Job: Die Instandhaltungsleute haben eine rückwirkende Lohnerhöhung bekommen, sodass ich heute einen dicken Scheck in der Post hatte. Sobald wir hier fertig sind, fahren wir mit der alten Karre von Freddys Mutter zu Cyril Murphy und tauschen sie gegen einen Pick-up ein.«

»Aber gehört der Wagen denn jetzt nicht Freddy?«

»Doch, aber er kann sowieso nicht fahren, und der Wagen war schon ein Wrack, bevor ich ihn wieder zum Laufen gebracht habe. Auf den ist kein Verlass mehr. Ich muss ihn immer auf einem Hügel parken.«

»Auf einem Hügel?«

»Ich habe einen neuen Anlasser eingebaut, aber der tut's nicht richtig. Jedes zweite Mal müssen wir den Wagen im ersten Gang bergab rollen lassen, damit er anspringt. Außerdem möchte Freddy gern mit einem Pick-up fahren.«

»Und wie!« Freddy strahlte Hannah an. »Ich möchte unbedingt einen Pick-up für uns. Jed sagt, die Mädchen stehen auf Jungs, die Pick-ups fahren.«

Hannah stand nachdenklich dabei, während Freddy und Jed ihre Sachen zusammenpackten und schließlich gingen. Sie glaubte Jeds Geschichte von seiner Stelle im Gefängnis nicht und nahm sich vor, sie nachzuprüfen. Ihr gefiel auch nicht Freddys neue Einstellung. Soweit sie wusste, hatte er sich noch nie für Mädchen interessiert. Jed mochte gute

Absichten haben, doch er brachte Freddy ein paar Dinge bei, die ihn eines Tages in Schwierigkeiten bringen könnten.

Hannah sah auf die Wanduhr, als sie ihre Schürze an den Haken hängte. »Das war's, Lisa. Nimm die übrigen Hafer-Rosinen-Plätzchen für deinen Dad mit und fahr nach Hause. Es ist schon nach halb sieben.«

»Okay. Da sage ich nicht Nein.« Lisa stellte die letzte Schüssel Teig in den Kühlraum und hängte ihre Schürze neben Hannahs. »Bleibst du noch und wartest Mikes Anruf ab?«

»Nur ein paar Minuten, dann fahre ich auch. Er kennt meine Privatnummer.«

»Dann bis morgen.« Lisa nahm das halbe Dutzend Plätzchen und ging.

Hannah kontrollierte die Bestände im Vorratsraum, schrieb die Bestellung für den nächsten Tag und machte sich bereit für den Heimweg. Inzwischen war es fast halb acht. Sie nahm ihre Handtasche und war schon fast an der Tür, als das Telefon klingelte. Sie hielt an und blickte auf den Apparat. Wenn sie nur sehen könnte, wer der Anrufer war!

Sollte sie das Gespräch annehmen? Oder besser nicht? Anstatt noch länger zu überlegen, lief sie zum Telefon und nahm ab. Falls der Anrufer Delores war, würde sie sich eine Ausrede einfallen lassen und sie abwürgen. »Hallo?«

»Hi, Hannah.« Es war Mike mit einem reumütigen Unterton. »Tut mir leid, dass ich nicht eher angerufen habe, doch es gab zu viel zu tun. Hast du schon Pläne fürs Abendessen?«

»Heute?«

»Ja. Ich dachte, wir gehen schön essen und unterhalten

uns über Rhonda. Ich lasse dich sogar das Restaurant aussuchen.«

»Einverstanden«, antwortete Hannah, als ihr aufging, dass sie drei Fliegen mit einer Klappe schlagen konnte. »Wie wär's mit *Alfredo's Ristorante*? Und kannst du mich hinterher zum Quick Stop bringen, damit ich Michelle vom Bus abholen kann? Und kannst du sie dann zu unserer Hütte am See bringen?«

»Kein Problem. Ich reserviere einen Tisch, du musst mir nur die Uhrzeit nennen.«

Hannah schaute auf die Wanduhr und überlegte. Es war Punkt halb acht, also herrschte nicht mehr viel Verkehr. Die Heimfahrt würde fünfzehn Minuten dauern, zwei brauchte sie, um Moishes Futternapf aufzufüllen, machte zusammen siebzehn. Umziehen musste sie sich nicht, da sie für einen Restaurantabend zu zweit passend gekleidet war. Drei Minuten würde sie benötigen, um sich das Gesicht zu waschen, die Zähne zu putzen und die Haare zu kämmen, und sie rechnete noch mal zehn Minuten hinzu, um auf der sicheren Seite zu sein.

»Reserviere für halb neun und hol mich um acht zu Hause ab.«

»Du brauchst nur eine halbe Stunde, um nach Hause zu fahren und dich fertig zu machen?«

Hannah grinste, weil er geschockt klang. »Selbstverständlich.«

»Aber die meisten Frauen benötigen viel mehr Zeit, um sich für ein Date zurechtzumachen.«

»Ich bin nicht ›die meisten Frauen‹. Ich werde fertig sein, wenn du da bist. Ruf einfach an, und ich komme zur Straße.«

13

Hannah füllte Moishes Napf auf und sah auf die Uhr. Zehn vor acht. Sie hatte sich das Gesicht gewaschen, die Zähne geputzt und die Haare mit der Spange zusammengerafft, die Michelle ihr im vergangenen Jahr vom Kunstmarkt des Macalester College geschickt hatte. Hannah hatte sich sogar etwas von dem Parfüm hinters Ohr gesprüht, das ihre Zimmergenossin ihr damals geschenkt hatte. Sie war fertig und hatte noch ein paar Minuten Zeit, bevor Mike sie vom Tor aus anrufen würde.

Vom Futternapf kam ein Miau, und sie drehte sich zu ihrem Mitbewohner um. »Keine Sorge. Mike holt mich nur zum Essen ab, und dann fahren wir Michelle vom Bus abholen.«

Das schien den Kater zu beruhigen, denn er senkte den Kopf wieder über den Napf und blickte auch nicht auf, als Hannah sich mit ihrem Stenoblock an den Tisch setzte.

Fünf Minuten vergingen in Stille, wenn man davon absah, dass Hannah über ihren Notizen zur Mordermittlung seufzte und das Trockenfutter zwischen Moishes Zähnen knackte. Bisher hatte sie kaum etwas herausgefunden. Sie wusste, dass Rhonda die Zitronentorte von Claire bekommen hatte. Wenigstens dieses Rätsel war gelöst. Und gleich würde sie erfahren, ob das Ossobuco in *Alfredo's Ristorante* gekauft worden war. Wenn sie Glück hatte, dann hatte Rhondas Freund das Essen besorgt, und jemand würde sich an ihn erinnern. Wenn nicht, würde sie woanders graben müssen, um seine Identität zu ermitteln.

Die Tatsache, dass der Freund nicht bloß ein Gerücht war, eröffnete ihr neue Mordmotive. Falls er verheiratet war, wie Carrie und Delores vermuteten, könnte seine Frau den Mord in einem Anfall von Eifersucht begangen haben. Sie müsste allerdings viel Kraft haben. Im Keller des Heizungsraums ein Grab für »die andere Frau« zu schaufeln dürfte einigen Schweiß gekostet haben.

Nach und nach fielen ihr weitere Motive und Verdächtige ein, die sie sich notierte. Wenn Rhondas Affäre zum Bruch der Ehe geführt hatte, könnten sich andere Beteiligte durch den Mord gerächt haben, sogar ein Teenager, weil Rhonda seinen Vater auf Abwege geführt hatte. Es war ein bisschen weit hergeholt, aber doch denkbar, dass mehrere Geschwister sich zusammengetan und die Rivalin ihrer Mutter beseitigt hatten.

Auch Rhondas lockeres Mundwerk galt es zu berücksichtigen, denn sie könnte jemandem damit geschadet haben oder zu nahegetreten sein. Carrie und Delores sollten diese Möglichkeit prüfen.

Dann war da noch Rhondas Arbeit im Drugstore. Wenn durch sie eine Kollegin entlassen worden war, könnte die sich gerächt haben. Morgen würde sie zu Rhondas Arbeitsplatz fahren und sich bei Jonathan Walker erkundigen, dem Apotheker und Eigentümer.

Die Türklingel läutete, und Hannah drückte auf den Schalter an der Wohnungstür, der die Schranke am Tor öffnete. Sie sagte Moishe Auf Wiedersehen, füllte seinen Napf ein letztes Mal auf, nahm ihr Notizbuch und verließ die Wohnung.

Es war ein schöner Abend, wenn man über die Schwüle und die Mücken hinwegsah, die sich wie Minivampire auf jeden sorglos präsentierten Hautstreifen stürzten.

Mike kam gerade um die Biegung gefahren, und Hannah nahm die Abkürzung über den Rasen. Obwohl die Eigentümerversammlung diese Praxis verboten hatte, wählte fast jeder Bewohner den kürzeren Weg, anstatt den viel längeren gepflasterten zur Straße zu gehen. Das taten so viele, dass die Eigentümergemeinschaft gezwungen gewesen war nachzugeben und die Gärtner beauftragt hatte, auf dem entstandenen Trampelpfad Trittplatten zu verlegen.

Mike hupte kurz, als er sie erblickte, und sie winkte. Allerdings mit dem Stenoblock, wie ihr in dem Moment auffiel. Hastig schob sie ihn in ihre Umhängetasche. Mike stand ihren Ermittlungen inzwischen toleranter gegenüber, aber mit dem sichtbaren Beweis ihrer Detektivarbeit vor seiner Nase herumzuwedeln, war vielleicht ein wenig provokant.

Glücklich lächelnd schaute Hannah durch das Restaurant. *Alfredo's Ristorante* war eindrucksvoll, ebenso die Küche. Mike hatte einen Tisch am Fenster bestellt, sodass sie über den See blicken konnten, und während sie sich für das Hähnchen-Piccata entschieden hatte, ein Hähnchenbrustfilet in Zitronen-Kapern-Sauce, hatte sie Mike zum Ossobuco überredet. Wie vermutet war es mit Olivenscheiben garniert.

»Willst du deine Nudeln nicht?« Mike schielte auf die Beilage, die die Kellnerin neben Hannahs Teller gestellt hatte.

»Doch, natürlich. Aber bei meiner Diät darf ich keine essen.«

»Was dagegen, wenn ich sie esse?«

Hannah schüttelte den Kopf, obwohl sie viel dagegen hatte. Laut der Speisekarte waren die Nudeln hausgemachte Rigatoni, geschwenkt in kalt gepresstem Olivenöl und Butter und großzügig bestreut mit Parmigiano Reggiano, dem besten Parmesan, den man für Geld kaufen konnte. Sie durfte sie nicht essen, wollte sie aber eigentlich auch nicht an Mike abtreten. Das war die Reaktion der verschmähten Geliebten: Wenn ich dich nicht haben kann, soll dich auch keine andere bekommen. Und an diese Möglichkeit hatte sie bisher nicht gedacht. Falls Rhonda sich mit zwei Männern eingelassen und schließlich angedeutet hatte, einen zugunsten des anderen zu verlassen, könnte der Verlassene sie umgebracht haben, damit der andere sie nicht bekäme. Viele Dreiecksverhältnisse endeten tragisch.

»Woran denkst du?«, fragte Mike, nachdem er den letzten Happen ihrer Nudeln vertilgt hatte. »Du siehst sehr angespannt aus.«

»An das Dessert, auf das ich verzichten muss.«

»Stimmt nicht.« Er schüttelte den Kopf. »Dann würdest du traurig aussehen. Also, was ist es?«

Hannah überlegte, ihm etwas vorzuspielen, doch ihr fiel nichts ein, was er ihr abkaufen würde. Vielleicht war es am besten, bei der Wahrheit zu bleiben. »Eigentlich habe ich an Rhonda gedacht und daran, dass Eifersucht einen Menschen so rasend machen kann, dass er zum Mörder wird. Vielleicht hatte sie ein Dreiecksverhältnis.«

»Du meinst, sie hat sich mit einem verheirateten Mann eingelassen, und seine Frau hat sie umgebracht?«

»Auch möglich, doch ich hatte eine andere Variante vor

Augen: Sie hatte zwei Männer gleichzeitig, und einer hat sie lieber ermordet, als sie dem anderen zu überlassen.«

Mike ließ sich das durch den Kopf gehen. »Das leuchtet mir eher ein. Doc Knight sagt zwar, dass auch eine Frau Rhonda erstochen haben kann. Man braucht nicht viel Kraft, um jemanden mit einem Messer zu erstechen, sofern die Klinge an einer kritischen Stelle eindringt. Doch wir müssen annehmen, dass der Mörder auch das Grab ausgehoben hat, und der Erdboden in dem Keller war hart wie Zement. Bill und ich haben in einer Ecke ein Loch gegraben, und das war Knochenarbeit.«

»Wie hat der Täter das dann geschafft?«

»Mit Spitzhacke und Schaufel. Wir haben beides im Keller gefunden.«

»Waren Fingerabdrücke daran?«

Mike schüttelte den Kopf. »Nicht mal ein Teilabdruck. Die Kollegen von der Spurensicherung gehen davon aus, dass der Täter Handschuhe getragen hat.«

»Wie steht es mit der Mordwaffe? Habt ihr sie gefunden?«

»Nein. Wir glauben, es war ein Jagdmesser mit langer Klinge, wie man es fast überall kaufen kann. Eins, mit dem man Hochwild ausnimmt. Der Mörder hatte es wahrscheinlich bei sich, als er das Voelker-Haus betrat, und hat es später entsorgt. Das werden wir nur mit viel Glück finden.«

Er klang frustriert, und Hannah konnte das gut nachvollziehen. Jeder Jäger in Minnesota besaß solch ein Messer. »Hat die Durchsuchung von Rhondas Wohnung etwas ergeben? Habt ihr sie durchsucht?«

»Na klar, aber nichts gefunden.«

»Hat sich bei der Autopsie etwas Ungewöhnliches herausgestellt?«

»Eigentlich nicht. Rhonda hatte zu Abend gegessen, und anhand ihres Mageninhalts konnte Doc Knight die Todeszeit eingrenzen. Ihr Alkoholgehalt im Blut zeigte, dass sie fast eine ganze Flasche Rotwein beim Essen getrunken hat.«

»Also war sie ziemlich beschwipst, als sie in den Keller ging?«

»Muss wohl. Gut, dass sie kein Auto dabeihatte und nicht wegfahren konnte. Es steht noch bei ihr zu Hause in der Garage. Deshalb denken wir, dass jemand sie zum Voelker-Haus mitgenommen hat.«

»Hast du eine Ahnung, wer?«

Mike schüttelte den Kopf. »Wir haben stundenlang versucht, das herauszufinden, aber ohne Erfolg. Und du?«

»Ich bin genauso weit wie du.« Hannah fühlte sich ermutigt. Er bat sie nicht, sich herauszuhalten, und hatte auch nicht gedroht, sie vorsorglich einzusperren, damit sie sich nicht einmischen konnte. »Demnach bist du einverstanden, wenn ich auch nachforsche?«

»Ich bin nicht glücklich darüber, aber einverstanden. Oder, besser gesagt, ich finde mich damit ab. Pass nur auf, dass du nicht in Schwierigkeiten kommst, und sag es mir, wenn du etwas entdeckst, was ich wissen sollte.«

»Tue ich das nicht immer?« Hannah wich einem Versprechen aus. »Was hat der Tatort ergeben? Ich habe ihn mir nicht genauer angesehen. Gibt es Indizien?«

»Nur eins. Wir glaubten, einen Verdächtigen zu haben, lagen jedoch falsch.«

Hannah neigte sich nach vorn. Zum ersten Mal erwähnte er einen Verdächtigen. »Wer war es?«

»Jed Sawyer. Im Keller lag eine alte Minnesota-Twins-Baseballmütze, und Bill erinnerte sich, bei Jed so eine gesehen zu haben. Wir haben ihn danach gefragt. Es stellte sich heraus, dass Rhonda ihn und Freddy für handwerkliche Arbeiten engagiert hatte, als sie das Voelker-Haus für den Verkauf herrichtete.«

»Das stimmt. Soweit ich weiß, haben sie Fenster repariert.«

»Das passt zu Jeds Aussage. Er sagte, er erinnere sich, die Mütze abgenommen zu haben, als er ein Kellerfenster ersetzte, und müsse sie dann wohl liegen gelassen haben.«

»Und du glaubst ihm?«

»Es hat sich bestätigt. Wir haben uns die Tatortfotos noch mal vorgenommen, und an den Fenstern, die Jed angeblich ersetzt hat, sieht man die Aufkleber auf dem Glas.«

»Zu schade.« Hannah seufzte.

»Wieso das? Kannst du Jed nicht leiden?«

»Das nicht. Es ist nur … Ich zweifle, ob er auf Freddy einen guten Einfluss hat.«

»Inwiefern?«

»Ach, wahrscheinlich hat das gar nichts zu sagen.«

Mike sah sie streng an. »Spuck's aus, Hannah. Es passt nicht zu dir, herumzudrucksen.«

»Ich finde, Jed treibt Freddy zu hart an und bringt ihn auf Ideen, mit denen er überfordert ist.«

»Zum Beispiel?«

»Freddy hat den Wagen seiner Mutter gegen einen Pickup eingetauscht und will damit das Interesse von Mädchen wecken. Er vergöttert Jed und wünscht sich seine Anerkennung. Er tut alles, was Jed sagt, und das beunruhigt mich.« Sie dachte an das Gespräch mit Jed zurück, und das brachte sie auf eine Idee. »Könntest du etwas für mich überprüfen?«

»Vielleicht. Hat es mit der Mordermittlung zu tun?«

»Nein, ich bin nur neugierig. Jed erwähnte, dass er mal im Gefängnis in der Instandhaltung gearbeitet hat, und betonte eigens, dass er dort angestellt und kein Häftling war. Ich habe keinen Grund zu glauben, dass er lügt, aber er hat irgendetwas an sich, weshalb ich ihm nicht so ganz traue.«

»Das ist auch mein Eindruck. Ich werde nachsehen, ob er Insasse war. Welches Gefängnis war es?«

»Das weiß ich nicht. Ich habe nicht gefragt. Vermutlich jedoch in Minnesota, denn er sagte nicht ›in einem Gefängnis‹, sondern ›hier im Gefängnis‹.«

»Okay. Gleich morgen früh kümmere ich mich darum.«

»Danke, Mike.« Sie lächelte ihn an. »Würdest du mich für einen Moment entschuldigen?«

»Sicher. Soll ich dir einen Verdauungsschnaps bestellen?«

»Nein, danke. Aber ein Kaffee wäre nett. Ich muss in Schwung bleiben, und mein Koffeinpegel ist im Keller.«

Hannah verließ den Tisch und ging zum Eingang des Speiseraums. Es war Zeit, nach dem Außer-Haus-Angebot zu fragen und zu sehen, ob sich jemand erinnerte, wer die beiden Ossobuco abgeholt hatte, die in Rhondas Müll gelandet waren.

Die Tischzuweiserin stand an ihrem Pult neben dem Eingang. Hannah näherte sich ihr freundlich lächelnd. »Ich sehe, dass Sie Ossobuco auf der Karte haben, das Lieblingsgericht meiner Mutter. Kann man hier auch Essen zum Mitnehmen bestellen?«

»Ja, aber das Angebot wechselt.« Die Tischzuweiserin erwiderte Hannahs Lächeln. »Ossobuco gibt es immer freitags von sechs bis acht. Sie müssten es telefonisch vorbestellen.«

»Das leuchtet ein. Ich wette, freitagabends kommen viele Leute Essen holen.«

»Nein, tatsächlich sind es nur wenige. Warten Sie, ich zeige es Ihnen.«

Hannah behielt ihr Lächeln bei, während die Angestellte

die Blätter auf einem Klemmbrett durchging. Gleich würde sie mehr wissen, doch sie musste sich noch ein bisschen gedulden.

»Da haben wir es.« Die Frau tippte mit einem perfekt manikürten Fingernagel auf die aufgeschlagene Seite. »Sechs Ossobuco, mehr haben wir am letzten Freitag nicht verkauft. Aber ich weiß, dass es in der Küche ausgegangen ist. Das heißt, das meiste wurde von Restaurantgästen von der Karte bestellt.«

Hannah war beeindruckt. »Sie führen effizient Buch. Und Sie notieren sogar die Namen der Leute, die es zum Mitnehmen bestellen?«

»Das müssen wir. Ich muss gewährleisten, dass die richtige Person zur angegebenen Zeit ihr Essen bekommt. Verstehen Sie? Drei Personen haben jeweils zwei Portionen bestellt.«

Hannah war froh darüber, dass sie Schrift auf dem Kopf lesen konnte.

»Möchten Sie eine Außer-Haus-Karte mitnehmen?«

»Gern mehrere.« Hannah nahm die Handzettel entgegen. »Ich werde am Freitag anrufen und für meine Mutter und ihre Freundinnen Ossobuco bestellen.«

»Diesen Freitag wird das nicht möglich sein. Wir haben am Vierten Juli geschlossen.«

»Natürlich«, sagte Hannah. Sie war so sehr darauf aus gewesen, die Namen der Besteller zu erfahren, dass sie den Feiertag ganz vergessen hatte. »Dann am nächsten Freitag. Danke für den Hinweis.«

Hannah lächelte sie zum Abschluss an und ging zur Damentoilette. Dort nahm sie den Stenoblock aus der Handtasche und schrieb sich die Namen der Besteller auf. Der erste war Ken Purvis, der Direktor der Jordan High. Sie hatte Mühe, sich ihn als Rhondas Freund vorzustellen. Der zweite war Gil Surma, der Schulpsychologe, und das fand sie genauso unwahrscheinlich. Der dritte Name war noch abwegiger, denn es war Reverend Knudson. Er war unverheiratet und lebte bei seiner Großmutter. Aber Rhonda könnte Priscilla Knudson gemeint haben, als sie gesagt hatte, vor einer Hochzeit müsse es zuerst eine Beerdigung geben.

Mrs Knudson hatte nur Wochen vor der Silvesterparty, von der Carrie gesprochen hatte, einen Schlaganfall erlitten, und ob sie sich ganz davon erholen würde, war ungewiss gewesen. Es würde seine Zeit dauern, bis sie wusste, welcher der drei Männer sich mit Rhonda eingelassen hatte, doch in der Damentoilette gab es ein Telefon, und am besten machte sie sich sofort daran, den Kreis der Kandidaten einzugrenzen.

Bonnie Surma, Gils Frau, nahm nach dem ersten Klingeln ab. Hannah setzte ein Lächeln auf – sie hatte mal gehört, dass Telefonverkäufer das taten, um freundlich zu klingen – und holte tief Luft. »Hallo, Bonnie. Hier Hannah Swensen. Ich bin gerade in *Alfredo's Ristorante* und …«

Bonnie fiel ihr ins Wort. »Hören Sie auf meinen Rat und bestellen Sie das Ossobuco. Gil hat es am Freitagabend für uns geholt, und es war fantastisch.«

Hannahs falsches Lächeln wurde zu einem echten Grinsen. Wenn Gil das Ossobuco mit seiner Frau gegessen hatte, konnte er nicht Rhondas Freund sein.

»Am Freitag war unser Hochzeitstag. Gil wollte etwas Besonderes unternehmen, aber mir war nicht danach, mich chic zu machen und auszugehen. Deshalb hat er das Essen bestellt und abgeholt.«

»Das war nett von ihm«, sagte Hannah, während sie am Grund ihrer Tasche nach einem Kuli suchte, um Gils Namen durchzustreichen.

»Es wäre noch netter gewesen, wenn er nicht gleich nach dem Essen zu einer Besprechung gegangen wäre, aber auch eine gute Ehe bringt es nicht zur Vollkommenheit. Gil und ich kommen famos miteinander aus.«

Vollkommenheit. Kommen famos miteinander aus. Hannah musste an sich halten, um nicht zu kichern. Das klang ganz danach, als gehörte Bonnie dem Regency Romance Club an, genau wie Delores.

»Brauchen Sie etwas, Hannah? Gil ist bei einer Stadtratssitzung. Er sagte, er ruft an, bevor er sich auf den Heimweg macht. Darum möchte ich die Leitung frei halten.«

»Äh … ja.« Hannah überlegte hastig. Sie hätte sich besser vorher einen Vorwand ausgedacht. »Tracey sagte neulich, wie gern sie bei den Pfadfindern mitmachen möchte, und wollte wissen, wie alt sie dafür sein muss.«

»Es freut mich, dass Tracey so interessiert ist. Sie ist aber noch zu klein. Ich lasse Andrea morgen die Unterlagen mit den Richtlinien zukommen.«

»Danke, Bonnie. Das war's schon. Dann lege ich mal auf.« Hannah tat es und seufzte erleichtert. Sie konnte Bonnie und Gil gut leiden und war froh, dass Rhonda ihre Ehe nicht gefährdet hatte.

Der Nächste auf der Liste war Kenneth Purvis. Es fiel ihr schwer, sich den Schuldirektor in leidenschaftlicher Umarmung mit Rhonda vorzustellen. Das einzig Bemerkenswerte an ihm war, wie oft er seine Brillengläser polierte. Doch sie durfte eine Affäre nicht von vornherein ausschließen. Ken hatte nun mal am Freitagabend zwei Ossobuco abgeholt.

Inzwischen hatte sie dazugelernt. Sie brauchte einen guten Vorwand für ihren Anruf. Wenn Ken oder seine Frau ans Telefon ginge, würde sie sich nach den Abendkursen für Erwachsene erkundigen, die die Jordan High für den Herbst plante. Letzte Woche hatte dazu ein Artikel im *Lake Eden Journal* gestanden. Sie würde so tun, als interessierte sie sich fürs Korbflechten oder Fliegenfischen oder dergleichen.

Hannah schlug die Telefonnummer nach und wählte. Es klingelte mehrere Male, dann sprang der AB an. Anstatt eine Nachricht zu hinterlassen, legte sie auf und wandte sich dem dritten Namen zu: Reverend Knudson.

Priscilla Knudson meldete sich nach dem zweiten Klingeln.

»Hallo, Mrs Knudson, hier ist Hannah Swensen.«

»Guten Abend, Hannah.« Die alte Dame klang erfreut. »Der Reverend ist gerade nicht zu Hause, doch ich kann ihm etwas ausrichten, dann ruft er Sie morgen früh an.«

»Nicht nötig. Vielleicht können Sie mir helfen. Ich wollte schon früher anrufen, kam dann jedoch nicht dazu. Ich bin gerade in *Alfredo's Ristorante*. Haben Sie mal deren Ossobuco gegessen?«

»Nein, aber Ossobuco gehört zu meinen Lieblingsgerichten.«

»Man kann es hier bestellen und mitnehmen. Vielleicht kann Ihr Enkel das mal für Sie tun.« Hannah hoffte, mehr aus ihr herauszubekommen. Es war bereits klar, dass Reverend Knudson die beiden Portionen am Freitagabend nicht zu seiner Großmutter mitgenommen hatte. »Es steht freitagabends auf der Karte.«

»Ausgerechnet freitags!« Mrs Knudson seufzte verärgert. »Da ist der Reverend nie zu Hause. Immer gibt es irgendeine kirchliche Sitzung, wissen Sie?«

»Natürlich.« Hannah zog einen Kreis um den Namen des Reverends. Wenn er zu einer Gemeindesitzung gegangen war, dann ganz bestimmt nicht mit zwei Portionen Ossobuco.

»Sie meinten gerade, ich könne Ihnen bei etwas helfen. Worum handelt es sich, Hannah?«

Mrs Knudsons Frage brachte Hannah von ihren spekulativen Gedanken ab, und sie griff zu ihrem Vorwand. »Ich hörte von dem Kuchenverkauf Ihrer Gemeinde, der samstags stattfinden soll, und möchte etwas beitragen. Wie wär's mit einem Karton Plätzchen?«

»Oh, das wäre nett, Hannah. Der Reverend wird sicher hocherfreut sein. Können wir diesen Samstag schon auf Sie zählen?«

»Absolut.«

Lächelnd legte Hannah auf. Ein Karton Plätzchen war ein geringer Preis für die erlangte Information. Gil Surma hatte sie von der Liste gestrichen, und mit Principal Purvis würde sie noch sprechen müssen, aber Reverend Knudson war jetzt ihr Verdächtiger Nummer eins.

14

Als sie nach der langen steilen Strecke die Hügelkuppe erreichten und sich dem Quick Stop näherten, schaute Hannah im Lichtschein von Mikes Armaturenbrett auf ihre Uhr. Bis Michelles Bus ankommen sollte, blieben noch fünfzehn Minuten Zeit. »Lass uns neben dem Haus parken und in den Laden gehen. Ich möchte sehen, wie sich meine Plätzchen bei Sean und Ron machen.«

Mike bog in eine Parkbucht neben dem Gebäude und stellte den Motor ab. »Wir können hineingehen, aber ich weiß auch so, dass sich deine Plätzchen gut verkaufen.«

»Woher? Hast du Sean und Ron gefragt?«

»War nicht nötig. Die Kollegen auf dem Revier haben hier auf dem Weg zur Arbeit immer wegen Donuts und Kaffee angehalten, aber jetzt bringen sie Kaffee und deine Plätzchen mit. Keiner kauft mehr Donuts.«

»Danke für die Auskunft.« Hannah freute sich. Seit einigen Monaten belieferte sie den Quick Stop mit ihrem Gebäck, und die Bestellungen waren stetig umfangreicher geworden. Das war ein gutes Zeichen, aber sie war sich nicht sicher gewesen, ob Sean und Ron mehr verkauften oder selbst mehr naschten.

»Du kannst gern reingehen.« Mike drehte sich lächelnd

zu ihr. »Ich bleibe hier und nehme Michelle in Empfang, falls der Bus früher kommt.«

Hannah lachte. »Danke, aber das funktioniert nicht.«

»Wieso?«

»Du kennst sie gar nicht. Du weißt nicht, wie sie aussieht.«

»Doch. Auf deinem Kaminsims steht ein Foto von euch dreien. Ich habe Andrea und dich darauf erkannt, also weiß ich, dass Michelle die in der Mitte ist. Sie hat braune Haare.«

Hannah staunte, obwohl sie wusste, dass er dazu ausgebildet war, Details zu bemerken. »Das stimmt, doch das Foto ist alt. Deswegen erkennst du sie vielleicht nicht.«

»Sie kann sich nicht so sehr verändert haben. Ihre Haare können eine andere Farbe haben, sie kann dicker oder dünner geworden sein, aber ihr Knochenbau ist derselbe geblieben. Ich werde sie erkennen. Keine Sorge.«

Hannah grinste. »Ein Cop, der einen Verdächtigen anhand des Führerscheinfotos erkennt, wird mit einem alten Familienfoto wahrscheinlich auch keine Schwierigkeiten haben.«

»Das stimmt.« Mike ließ sein Fenster herunter, sah einen Moment lang hinaus und drehte grinsend den Kopf zu ihr. »Gut, dass du nicht reingegangen bist. Da kommt der Bus.«

Hannah blickte nach draußen, aber die Straße war leer. »Wo? Ich sehe keinen.«

»Du siehst ihn, wenn er oben ankommt.«

»Was glaubst du denn, wer du bist?« Hannah musterte ihn amüsiert. »Supercop mit Röntgenblick?«

»Nein, Supercop könnte ich zwar sein, aber nicht mit Röntgenblick, sondern mit Infraschallgehör.«

»Du hast den Bus *gehört*?«

»Genau. Ein Dieselmotor gibt ein ganz typisches hohes

Winseln von sich. An einem stillen Abend ist das weithin zu hören.«

Hannah starrte ihn an, doch anscheinend veräppelte er sie nicht. »Okay, ich glaube dir, obwohl ich schon oft auf den Bus gewartet und noch nie ein Winseln gehört habe.«

»Du bemerkst es wahrscheinlich nur nicht.«

»Weil das ein Cop-Ding ist?«

»Nein, das ist ein Trucker-Ding. Mein Vater war selbstständiger Lkw-Fahrer, und ich bin jeden Sommer seine kurzen Touren gefahren. Jeden Tag dieselbe Strecke, das wird schnell langweilig. Ich habe stets nach irgendeiner Zerstreuung gesucht und angefangen, auf die Geräusche des Trucks zu horchen. Darin wurde ich immer besser. Ich konnte auf vierhundert Meter Entfernung einen bestimmten Lkw-Typen von einem anderen unterscheiden.«

Inzwischen hörte Hannah ein tiefes Brummen, das stetig lauter wurde, und kurz darauf erschien ein Fernbus auf der Hügelkuppe und fuhr bergab auf die Haltestelle zu. »Du hattest recht. Da ist der Bus. Hoffentlich war die Fahrt für Michelle nicht zu langweilig.«

»Bestimmt hat sie jemanden gefunden, mit dem sie sich unterhalten konnte. Sie ist eine sehr hübsche Frau.«

»Ein Mädchen«, korrigierte Hannah. »Sie ist unter zwanzig.«

»Aber nur knapp. Ich kannte ein paar Neunzehnjährige. Die wollten durchaus, dass man sie als junge Frauen betrachtet.«

»Vermutlich hast du recht.« Hannah sah ihn scharf von der Seite an, als sie aus dem Wagen stieg. Sie wüsste gern mehr über die erwähnten Neunzehnjährigen, doch es war keine gute Idee, ihn danach zu fragen. Mike redete nicht viel über seine Vergangenheit, und er hatte ihr schon erzählt, dass er für seinen Vater Lkw gefahren war. Damit sollte sie für einen Abend zufrieden sein.

Auf dem Weg zur Haltestelle schaute Hannah zu den Halogenlampen hoch. Angezogen von dem heißen Licht, flatterten Nachtfalter in den Halos, trotz der Gefahr, sich zu verbrennen. Manche fielen zu Boden und wurden von den wartenden Leuten zertreten.

Mike fand eine Stelle weit vorne bei der Menschentraube, und Hannah hielt sich dicht bei ihm. Er nahm ihren Arm und lächelte zu ihr hinunter. »Freust du dich auf das Wiedersehen?«

»Ja.« Hannah lächelte zurück. Es gab Zeiten, da schwelgte sie in alten Erinnerungen und dachte daran zurück, wie sie Delores früher geholfen hatte, Michelle zu beruhigen, wenn sie als Baby unter Bauchschmerzen gelitten hatte. Sie hatte sie dann durchs Wohnzimmer getragen, bis sie eingeschlafen war.

Der Bus kam mit quietschenden Bremsen und lautem Schnauben zum Stehen und stieß eine Wolke schwarzer Dieselabgase aus. Erwartungsvoll sah Hannah den Fahrer die Innenbeleuchtung einschalten und auf dem Klemmbrett etwas prüfen. Dann öffnete sich zischend eine Tür, und eine pummelige Frau in der Arbeitskleidung einer Krankenschwester stieg die Stufen herab. Ihr folgte ein Mann im Regenmantel, eine Frau mit einem Baby im Arm und ein älterer Herr mit Strohhut.

Ein junger Mann brauchte eine Weile, um mit einem großen Karton, in den mühelos eine Tuba gepasst hätte, aus dem Bus zu steigen. Nachdem er das glücklich geschafft hatte, gingen zwei junge Mädchen in Jeans und Pulli zur Tür.

Hannah runzelte die Stirn. Nach ihnen kam nur noch

ein Passagier, und der war nicht Michelle. »Oh-oh. Ich glaube, sie hat den Bus verpasst.«

»Nein, hat sie nicht. Da steht sie doch, auf der obersten Stufe.«

Hannah warf noch einen Blick auf die junge Frau. Sie hatte leuchtend grüne Strähnen in den Haaren und an der linken Schulter ein Tattoo, eine zusammengerollte Schlange mit erhobenem Kopf. Ihr glänzendes goldenes Top saß so eng, dass man jeden Atemzug genau verfolgen konnte, und ihre rote Hose reichte nur bis zur Hüfte und ließ den Bauchnabel frei. Soweit Hannah sehen konnte, wartete hinter ihr niemand darauf auszusteigen. »Ich sehe sie nicht. Wo denn?«

»Auf der Treppe. Die mit den grünen Haaren.«

Hannah schaute genauer hin. Die Erscheinung stand noch auf der obersten Stufe und hatte wohl Ärger mit einem Absatz – dem hohen dünnen Absatz eines goldfarbenen Schuhs. Er steckte im Metallgitter der Stufe fest.

»Das ist nicht Michelle.« Hannah schüttelte den Kopf.

»Doch. Pass auf.«

Mike trat näher und winkte der grünhaarigen Frau. »Hallo, Michelle. Hier drüben sind wir!«

Das Gesicht der Frau hellte sich auf, und sie winkte zurück. »Hi, Hannah! Sekunde noch. Stecke mit dem Schuh fest.«

Das *war* Michelle. Hannah stöhnte. Sie wusste, dass viele Studentinnen gern die neuesten Modesünden mitmachten, und sie hatte durchaus damit gerechnet, dass ihre kleine Schwester jetzt ein bisschen anders aussehen würde, aber nicht so! In diesem Aufzug sah sie aus wie …

»Ich gehe und helfe ihr.« Mike riss sie aus ihren Gedanken, die sie sowieso nicht zu Ende denken wollte. »Keine Sorge. Das ist bestimmt nur eine Phase.«

»Tolle Phase«, murmelte Hannah und brachte irgendwie ein Lächeln zustande. Als Mike ihrer Schwester beisprang, wandte Hannah den Blick ab und fragte sich, ob ihre Mutter Gründe hatte, das College zu verklagen. Sie würde sich morgen früh bei Howie Livine erkundigen. Noch besser, sie würde ihn sofort anrufen, wenn sie wieder zu Hause war.

»Da ist sie«, verkündete Mike, als er zu Hannah trat. Er trug Michelle auf den Armen, und ihr linker Schuh baumelte von seinen Fingern. »Ich werde sie zum Wagen bringen, damit sie dort die Schuhe wechseln kann. Ihr Gepäck wird gerade ausgeladen. Es ist nur ein Gepäckstück, eine pinkfarbene Reisetasche. Kannst du sie holen?«

»Klar«, antwortete Hannah gut gelaunt und ging zur offenen Gepäckraumklappe. Vielleicht würde das College nicht die ganze Verantwortung übernehmen. Michelle hatte ein Semester lang außerhalb des Campus gewohnt. Aber wenigstens sollten sie die College-Gebühr erstatten.

»So. Wie war die Fahrt?«, fragte Hannah, nachdem sie die Reisetasche in den Kofferraum gepackt, Michelle begrüßt und sich auf den Beifahrerplatz gesetzt hatte.

»Aufregend. Ich hätte den Bus fast verpasst.« Michelle grinste ihre große Schwester an. »Wenn ich bloß meine Kamera mitgenommen hätte! Ich würde alles dafür geben, jetzt ein Foto von deinem Gesicht zu haben, als ich aus dem Bus gestiegen bin.«

»Du siehst … äh … spektakulär aus.« Hannah fiel gerade noch ein, dass sie Publikum hatten. Besser, sie wartete, bis sie allein waren, bevor sie Michelle die Leviten las.

»Ich wünschte, Mutter könnte mich so sehen, doch das wäre wohl keine gute Idee.«

»Vermutlich nicht«, sagte Hannah, was die Untertreibung des Jahres war. »Soweit ich weiß, hat sie keine Herzprobleme … noch nicht.«

Michelle lachte laut auf, und Hannah fühlte sich sofort besser. Wenigstens hatte ihr Schwester noch denselben Humor.

»Können wir zu dir fahren, damit ich mir das grüne Zeug aus den Haaren waschen kann?«

»Das lässt sich rauswaschen?«

»Angeblich ja. Das ist ein Spray aus der Make-up-Abteilung. Du denkst doch nicht, ich sehe immer so aus, oder?«

»Etwa nicht?«

»Natürlich nicht. Ich trage auch nicht solche Klamotten. Ich bin heute in einem Theaterstück im College aufgetreten. Wenn ich mich noch umgezogen hätte, hätte ich den Bus verpasst.«

»Du trägst ein Kostüm!«, rief Hannah aus und lächelte. »Mike und ich dachten, das wäre die neueste Mode. Und das Tattoo? Ist das echt?«

Michelle schüttelte den Kopf. »Das kann man auch mit Wasser und Seife entfernen. Wenn ich bei dir duschen darf, sehe ich in zwanzig Minuten wieder wie ich selbst aus, versprochen.«

»Also auf zu Hannah!« Mike tätschelte Hannahs Hand, ließ den Motor an und setzte aus der Parkbucht. »Das Tattoo ist beeindruckend. Ich kenne eine Frau, die auch so eins hat.«

»Hier in Lake Eden?« Hannah drehte sich geschockt zu ihm hin.

»Nein, in Minneapolis. Ich habe sie dreimal verhaftet, als ich noch Anfänger war.«

15

Hannah trank von ihrem Kaffee. Nachdem sie sich noch mehr Koffein eingeflößt hatte, war sie umso zittriger, aber sie musste etwas tun, um wach zu werden.

Am vergangenen Abend war sie bis kurz vor eins bei Mutter und Michelle in der Hütte geblieben, und dann hatte sie lange Minuten mit Mike vor ihrer Tür verbracht und geschwankt, ob sie ihn hereinbitten sollte oder nicht. Ein Blick auf die Uhr hatte die Frage geklärt. Halb zwei war zu spät, besonders für eine Cafébesitzerin, die um fünf Uhr wieder aufstehen musste, um zu backen. Sie war allein in ihre Wohnung gegangen, hatte Moishe gefüttert und war ins Bett gekrochen.

Am Morgen in der Backstube hatte sie zwei dringende Nachrichten auf dem AB vorgefunden. Beides hastige Bestellungen, die noch am vergangenen Abend eingegangen waren. Loretta Richardson hatte panisch geklungen, weil sich bei ihr eine Schwemme von Gästen für den Vierten Juli angekündigt hatte und sie fünf Dutzend Pralinen-Charlottes benötigte. Der zweite Anrufer war Doc Knight, der für seine Assistentinnen drei Bleche Zitronencreme-Plätzchen ordern wollte.

»Hannah?« Lisa schob die Schwingtür zur Backstube auf und streckte den Kopf herein. »Norman ist am Telefon. Er möchte sich um zwölf mit dir in seiner Praxis treffen. Er sagt, es sei wichtig. Anschließend will er mit dir bei Rose und Hal zu Mittag essen.«

Hannah wollte schon zusagen, als ihr einfiel, dass Lisa ihre Mittagspause brauchte. »Was ist mit dir? Kannst du mit deinem Lunch bis ein Uhr warten?«

»Kein Problem. Bring mir einfach einen von Roses Hamburgern mit.«

»Geht klar.« Hannah lächelte. Es würde ihr guttun, Norman zu sehen.

»Und Mike ist gerade hereingekommen. Er möchte dich sprechen.«

»Okay. Versorgst du ihn mit Kaffee und schickst ihn nach hinten?«

»Sicher. Hast du die Pralinen-Charlottes für Loretta fertig?«

»Ja, und ich liefere sie auf dem Weg zu Norman aus.« Hannah deutete auf mehrere Schachteln, die auf einem Tisch gestapelt lagen. »Ich habe ein paar zusätzliche gebacken, falls du Kostproben ausgeben willst.«

Lisa schüttelte den Kopf. »Dafür sind sie zu gut. Ich weiß, du bietest sie derzeit nur beim Catering und auf Bestellung an, doch ich finde, wir sollten sie in die Café-Karte aufnehmen.«

»Für die müssten wir mehr Geld verlangen. Die Verzierung braucht viel Zeit.«

»Die Kunden werden das akzeptieren. Sie schmecken köstlich, Hannah. Ich wünschte, Cousine Charlotte könnte sie probieren.«

»Das denke ich auch. Besonders weil wir sie nach ihr genannt haben. Ich werde ein paar einpacken, und wir schicken sie ihr mit der Nachtpost.«

Lisa sah zufrieden aus, als sie ins Café zurückging. Die Cousine ihrer Mutter, die eine Reinigung in New Orleans betrieb, hatte ihr eine Schachtel Pralinen zu Weihnachten geschickt. Hannah hatte eine gekostet und war so begeistert gewesen, dass sie beschlossen hatte, ein Pralinenplätzchen zu kreieren.

Gerade hatte sie die Plätzchen fertig verpackt, als Mike mit seinem Kaffee hereinkam. »Hi. Ich habe die kleine Geschichte überprüft, über die wir gestern Abend sprachen.«

»Welche kleine Geschichte?«

»Sekunde.« Er ging zum Vorratsraum und spähte durch die offene Tür.

Im ersten Moment fand Hannah das sonderbar, doch dann wurde ihr klar, dass er ihr über Jeds angeblichen Gefängnisjob berichten wollte. »Jed und Freddy sind mit den Regalen gestern fertig geworden. Hier ist niemand außer uns beiden und den Rüsselkäfern im Mehl.«

»Du hast Käfer im Mehl?«

Mike zog bereits die Brauen zusammen, und Hannah fragte sich, ob er sie bei der Gesundheitsbehörde melden würde. Sie glaubte das eigentlich nicht, hielt es aber für besser, das Missverständnis schleunigst aufzuklären. »Entspann dich, Mike. Das war nur ein Scherz. Ich bewahre mein Mehl in Dosen auf und klebe ein Lorbeerblatt innen an den Deckel. Das hält die Rüsselkäfer ab.«

»Das wirkt?«

»Hat mich noch nie im Stich gelassen. Die einzige andere Methode ist, das Mehl in luftdichten Behältern einzufrieren, doch so viel Platz habe ich im Tiefkühler nicht.«

»In meinem Beruf lerne ich jeden Tag etwas Neues.« Er grinste sie an. »Soll ich dich jetzt über Jed in Kenntnis setzen?«

»Ja, bitte. Nimm dir einen Hocker und setz dich.«

Mike nahm ihr gegenüber Platz und holte sein Notizbuch heraus. »Ich habe das heute Morgen auf dem Revier geprüft. Jed hat im Stillwater-Gefängnis in der Instandhaltung gearbeitet. Er hat dich nicht belogen. Aber ich zweifle, ob er die ganze Wahrheit gesagt hat.«

»Was ist die ganze Wahrheit?«

»Er wurde gefeuert. Ich habe mit seinem Vorgesetzten gesprochen und erfahren, dass Jed unzuverlässig war. Er kam meistens zu spät, und bei mehreren Gelegenheiten vermutete der Mann, dass Jed bei der Arbeit trank. Schließlich erwischte er ihn mit einer Flasche und hat ihn fristlos entlassen.«

»Davon hat Jed nichts erwähnt.«

»Natürlich nicht. Jetzt mache ich mir um Freddy Sorgen. Du meintest, Jed hat großen Einfluss auf ihn?«

»Ja. Freddy vergöttert ihn.«

»Dann hoffen wir mal, dass Jed nicht mehr trinkt. Hat er nach Alkohol gerochen, während er deine Aufträge erledigte?«

Hannah dachte zurück und schüttelte den Kopf. »Nein. Das hätte ich bestimmt bemerkt. Vielleicht hat er seine Lektion gelernt?«

»Entweder das oder er ist vorsichtiger geworden, damit er nicht wieder erwischt wird. Für wen arbeiten die beiden jetzt?«

»Das weiß ich nicht.«

»Ich werde es herausfinden und Jed im Auge behalten.« Er trank seinen Kaffee aus und stand auf. »Meine Pause ist vorbei, und ich muss mich beeilen. Ich rufe dich später an.«

Sowie er gegangen war, schrieb Hannah sich die neuen Informationen in ihren Stenoblock. Die hatten zwar nichts mit dem Mord an Rhonda zu tun, doch sie hatte ihre Informationen gern alle beisammen. Dann schaute sie auf ihre To-do-Liste und sah die Notiz zu Reverend Knudson. Laut Priscilla hatte er am Freitagabend an einer Kirchensitzung teilgenommen, aber sie hatte daran ihre Zweifel. Wenn Lisa sie entbehren konnte, würde sie nach nebenan laufen. Vielleicht wusste Claire, wo der Reverend mit zwei Portionen Ossobuco gewesen sein könnte.

»Gibt es ein Problem mit deinem neuen Outfit?«, fragte Claire, als sie Hannah die Hintertür öffnete.

»Überhaupt nicht. Ich habe es getragen, als ich mit Mike essen gegangen bin, und er sagte, ich sehe aus wie eine Göttin.«

Claire lächelte. »Das ist wahr. Es steht dir wunderbar.«

»Danke.« Hannah freute sich über das Kompliment, aber es war Zeit, zum Eigentlichen zu kommen. »Es gibt neue Erkenntnisse, und ich muss mit dir über Reverend Knudson sprechen. Hast du eine Minute?«

Claire sah auf die Uhr. »Ich habe sogar fünf Minuten. Becky Summers ist gerade in die Kabine gegangen und ärgert sich immer fünf Minuten mit ihrem Reißverschluss herum, bevor sie mich zu Hilfe ruft.«

»Dann beeile ich mich besser.« Hannah holte tief Luft und betrat Claires Hinterzimmer. »Ich spreche dich nicht gern darauf an, aber weißt du, wo Reverend Knudson am Freitagabend war?«

»Geht es um den Mord an Rhonda Scharf?«

»Ja. Rhonda hatte am Freitagabend einen Besucher, und der hat zwei Restaurantessen mitgebracht. Ich weiß, dass

Reverend Knudson in dem betreffenden Restaurant von demselben Gericht zwei Portionen gekauft hat. Ich hoffe, dass nicht er Rhondas Besucher war.«

»War er nicht.«

»Bist du dir sicher?«

»So sicher, wie man nur sein kann. Bob war *mein* Besucher.«

»Um wie viel Uhr kam er zu dir, und wann ist er wieder gegangen? Und was hat er zum Essen mitgebracht?«

»Musst du das wirklich alles wissen?« Claire kniff die grünen Augen zusammen. »Oder ist das nur lüsterne Neugier?«

»Ich bin nie lüstern … jedenfalls nicht oft. Ich muss das wirklich wissen, Claire. Mir ist klar, dass du deine Beziehung mit dem Reverend geheim halten möchtest, und auch deshalb frage ich dich danach. Wenn ich ihn von den Verdächtigen ausschließen kann, brauche ich ihn bei Mike nicht ins Spiel zu bringen.«

Das brachte Claire zum Nachdenken. »Also gut. Bob kam um sieben in meine Wohnung und ist erst nach Mitternacht wieder gegangen. Und er hat Ossobuco mitgebracht.«

»Gut. Dann kann ich ihn von der Liste streichen.« Hannah seufzte erleichtert. »Aber wenn du mir die Frage erlaubst: Wieso glaubt seine Großmutter, dass er bei einer Gemeindesitzung war?«

Claire schmunzelte. »Weil er eigentlich dorthin gegangen wäre. Der Ökumenische Rat sollte tagen, aber das wurde abgesagt. Bob hat es am späten Nachmittag erfahren, und wir … nun ja … wir haben die Gelegenheit genutzt. Übrigens ist er ein fantastischer Tänzer.«

»Reverend Knudson?«

»Ja. Er hat während des Studiums als Tanzlehrer gearbeitet, damit er es sich leisten konnte. Ich kenne niemanden, der so gut Tango tanzen kann wie er. Er ist leidenschaftlich.«

Hannah blinzelte heftig. Es fiel ihr wirklich schwer, sich den ernsten Mann, der in der lutherischen Kirche auf der Kanzel predigte, beim leidenschaftlichen Tango vorzustellen. »Ihr seid tanzen gegangen?«

»Nein. Wir haben Sofa und Sessel weggeschoben und in meinem Wohnzimmer getanzt. Bob ist einfach wunderbar, Hannah. Ich war noch nie so glücklich. Er hat mich beinahe überzeugt, vor der Gemeinde unsere Verlobung bekanntzugeben und die Sache einfach laufen zu lassen.«

Hannah seufzte. Sie wünschte Claire nur Gutes, doch von »einfach« konnte sicher keine Rede sein.

»Ich weiß, was du denkst, aber auch während meiner Zeit mit Richard war ich in der Gemeinde aktiv. Ich kann die geläuterte Sünderin sein, die Bob gerettet hat.«

Hannah fiel noch eine Frage ein, die vielleicht unangebracht war, doch das hatte sie noch nie abgehalten. »Meinst du wirklich, du kommst damit klar, in einer Kleinstadt als Pfarrersfrau zu leben?«

»Ja. Ich wäre gern Bobs Frau. Nur eins hält mich noch zurück.«

»Deine Vergangenheit?«

»Nein, die kümmert Bob nicht. Aber ich kann keine Noten lesen, und alle anderen Pfarrersfrauen in Lake Eden spielen beim Gottesdienst Orgel.«

Hannah sah auf die Uhr, als sie vor der Zahnarztpraxis parkte. Sie kam zwanzig Minuten zu früh zu ihrer Verabredung mit Norman, und das, obwohl sie unterwegs bei

Loretta gehalten und ihr die bestellten Pralinen-Charlottes gebracht hatte. Sie stieg aus, schloss ab und ging ins Wartezimmer.

Aus einem der Behandlungsräume hörte sie Stimmen. Norman war noch mit einem Patienten befasst. Anstatt sich hinzusetzen und in einer Zeitschrift zu blättern, die sie eigentlich nicht lesen wollte, ging sie wieder und lief zum nahen Drugstore, um mit Jon Walker über Rhonda zu sprechen.

Die Hitze stieg flimmernd vom Bürgersteig auf, und die Main Street war nahezu verlassen. Das konnte sie gut verstehen. Wer einen halbwegs funktionierenden Verstand hatte, saß jetzt hinter zugezogenen Gardinen unter dem Ventilator, der auf höchster Stufe die schwüle Luft bewegte. Es war heute so heiß, dass Hannah sich wünschte, der Stadtrat möge eine lange Mittagsruhe zur Pflicht machen.

Beim Gehen fiel ihr mal wieder auf, dass sie die Plattenfugen mied. Grandma Ingrid hatte immer gesagt: »Tritt niemals auf die Fugen nicht, weil sonst der Mutter Rücken bricht.« Der alte Reim hatte sich offenbar in ihrem Unterbewusstsein fest verankert. Natürlich war sie nicht abergläubisch und hatte das sicher auch als Kind nicht für wahr gehalten. Aber fünfundzwanzig Jahre waren vergangen, seit sie die kindische Warnung zum ersten Mal gehört hatte, und dennoch passte sie ihren Schritt an, um die Fugen zu meiden.

In der offenen Tür des Drugstore drehte sich ein Standventilator. Hannah ging um ihn herum ins Geschäft. Nach dem grellen Sonnenschein draußen war es im Geschäft vergleichsweise dämmrig. Zwei Schritte von der Tür entfernt blieb sie stehen, um sich an die Lichtverhältnisse zu gewöhnen. Nachdem ihre Pupillen ihr Wunderwerk vollbracht hatten und sie Hindernisse im Raum ausmachen konnte, stellte sie fest, dass sie neben den Süßigkeiten stand, und ging rasch weiter zu den Plüschtieren.

»Hallo, Hannah.« Eine Stimme grüßte aus dem Dämmerlicht.

Hannah winkte, als sie Linda Nelson erkannte. »Hallo, Linda. Ich wusste gar nicht, dass Sie hier arbeiten.«

»Ich springe den Sommer über für Beth Halverson ein. Sie hat ein Stipendium für das Wissenschaftscamp bekommen.«

Hannah nickte. Beth war die Piccoloflöten-Spielerin, die jeder schmerzlich vermisste, der die Blaskapelle der Jordan High spielen hören musste. »Ich muss mit Jon sprechen. Ist er da?«

»Er ist hinten in der Apotheke. Kommen Sie mit, ich rufe ihn an.«

Das überraschte Hannah. Normalerweise ging einer der Angestellten hinter den Ladentisch, öffnete die Tür zur Apotheke und sagte Jon Bescheid. »Warum müssen Sie ihn anrufen?«

»Das sind die neuen Vorschriften. Wir dürfen nicht mehr hinter den Ladentisch des Apothekers, und die Tür ist immer abgeschlossen. Wenn jemand Mr Walker sprechen will, müssen wir ihn anrufen.«

»Gab es etwa einen Einbruch?«

»Das weiß ich nicht. Als wir am Freitagmorgen zur Arbeit kamen, hat Mr Walker uns die neuen Vorschriften genannt. Warum er sie einführt, hat er nicht erklärt.«

Hannah folgte ihr zur Apotheke, wo Linda einige Tasten auf dem Telefon drückte. Im Hintergrund klingelte es, die Tür hinter dem Ladentisch wurde geöffnet, und Jon Walker kam heraus. Er war ein Chippewa und im Indianerreservat Red Lake geboren. Als er damals in das Alter gekommen war, um auf die Highschool zu wechseln, war seine Familie nach Lake Eden gezogen. Er hatte seinen Schulabschluss gemacht, war anschließend aufs College gegangen und hatte dann den Drugstore gekauft, um die Apotheke zu übernehmen.

»Was kann ich für Sie tun, Hannah?«, fragte er und schloss hinter sich zu.

»Ich brauche ein paar Informationen. Können wir in die Apotheke gehen, damit wir ungestört sind?«

Er schüttelte den Kopf. »Ich bedaure. Außer mir darf sie niemand betreten. Wir können aber in mein Büro gehen.«

Hannah folgte ihm durch das Lager hinter dem Laden und in ein Räumchen, das gerade groß genug war für einen Schreibtisch und zwei Stühle. Aber es lag abgeschieden, und das passte Hannah ausgezeichnet.

»Kaffee?« Jon deutete auf eine kleine Kaffeemaschine. Es war offensichtlich, dass die Glaskanne seit Wochen nicht gespült worden war, und die braune Flüssigkeit darin sah tödlich aus.

»Danke, aber nein. Was hat es mit den neuen Vorschriften auf sich? Gab es einen Einbruch in die Apotheke?«

»Nein, nichts dergleichen. Ich fand nur, wir sind zu lax geworden, und es wäre an der Zeit, unsere Sicherheitsvorkehrungen zu verschärfen.«

Hannah sah ihn herausfordernd an. »Ach, kommen Sie, Jon. Niemand repariert etwas, das nicht kaputt ist. Reden Sie offen mit mir und erzählen Sie, was los ist.«

Jon senkte den Blick und wich ihr aus. »Sagen wir einfach, es gab einen unglücklichen Vorfall, und ich musste sicherstellen, dass so etwas nicht noch mal passieren kann.«

»Unglücklicher Vorfall? Jon, Sie klingen wie ein Politiker.«

»Mag sein, doch mehr kann ich Ihnen nicht erzählen.«

Hannah blickte ihn forschend an. Seine Lippen bildeten eine gerade schmale Linie. Er war entschlossen zu schweigen. »Okay. Solange Rhonda in den Vorfall nicht verwickelt war, brauche ich nichts darüber zu wissen.«

Jon sagte kein Wort, wirkte aber sehr nervös, und Hannah machte sich ihren Reim darauf. »Rhonda war also darin verwickelt.«

»Ja. Ich sehe, worum es Ihnen geht, Hannah. Sie glauben, das hängt mit dem Mord zusammen. Arbeiten Sie wieder für die Polizei?«

»Das habe ich noch nie. Die Polizei hat mir immer deutlich zu verstehen gegeben, dass das nicht gewünscht wird.«

»Das kann ich mir vorstellen.« Jon stieß ein freudloses Lachen aus. »Aber Sie untersuchen den Mordfall, nicht wahr?«

»Inoffiziell, ja. Und deshalb brauche ich die Information.«

»Was ich sage, muss unter uns bleiben. Sie dürfen das nicht weitererzählen.«

»Ich habe verstanden.« Hannah lehnte sich zurück und wartete. Jon hatte nachgegeben und könnte etwas Entscheidendes wissen.

»Rhonda hat letzten Monat einmal länger gearbeitet, um die Bestellung für die Kosmetikabteilung fertigzustellen. Ich war schon nach Hause gefahren, und sie war allein hier. Gegen acht Uhr fuhr Reggie York vor und schlug mit den Fäusten an die Tür. Er erklärte Rhonda, er habe mich wegen eines Rezepts von der Arbeit aus angerufen, habe jedoch im Stau gestanden und sei gerade erst angekommen.«

Hannah kannte ihn. Reggie war der älteste Sohn von Gus und Irma York, die sehr stolz waren, weil er einen Job als Pilot bei einer großen Fluggesellschaft bekommen hatte. Als sie Irma zuletzt begegnet war, hatte die sich beklagt, dass Reggies Fahrten zum Flughafen Minneapolis länger dauerten als die meisten seiner Flüge.

»Rhonda tat, was ich auch getan hätte: Sie ließ ihn herein. Als meine Geschäftsführerin hatte sie einen Generalschlüssel. Sie schloss die Tür zur Apotheke auf und fand Reggies Rezept auf dem Regal.«

»Rhonda hat das Medikament herausgesucht?«

»Nein, das Rezept war zusammen mit dem Medikament alphabetisch eingeordnet und abholbereit. Sie hat kassiert und dann Reggie gefragt, ob er noch fliegt.«

»Was ist daran verkehrt?«

»Zunächst einmal nichts. Als Reggie das bejahte, sagte Rhonda, dass Piloten mit Glaukom ihres Wissens am Boden bleiben müssen.«

»Woher wusste sie, dass Reggie ein Glaukom hat?«

»Ihre Großtante, Mrs Voelker, litt auch daran. Rhonda hat die Augentropfen immer für sie abgeholt. Daher hat sie den Namen des Medikaments wiedererkannt.«

»Lassen Sie mich raten«, meinte Hannah seufzend. »Rhonda hat gequatscht, jemand hat das der Fluggesellschaft gemeldet, und Reggie wurde gesperrt?«

»Genau das ist passiert. Reggie hatte ein mildes Glaukom, das durch das Medikament völlig unter Kontrolle war. Aber die Fluggesellschaft, für die er arbeitet, ist in der Hinsicht sehr streng. Reggie hatte nach der Diagnose beantragt, auf einen Schreibtischposten versetzt zu werden, doch der Antrag war noch nicht durch, und er hätte gefeuert werden können, weil er die Diagnose verschwiegen hatte.«

»Also war Reggie sauer auf Rhonda, weil sie so indiskret gewesen war?«

»›Sauer‹ ist gar kein Ausdruck. Reggie kochte vor Wut. Er rief mich am Donnerstagabend zu Hause an und drohte, mich zu verklagen, weil ich gegen die Schweigepflicht verstoßen hätte.«

Hannah sank das Kinn herab. »Reggie hat Sie angezeigt?«

»Nein, ich konnte ihn beruhigen. Er war eigentlich nicht auf mich wütend, sondern auf Rhonda, weil sie über seine Krankheit getratscht hatte. Er verlangte, dass ich das Schloss an der Apothekentür auswechsle und gewährleiste, dass niemand außer einem zugelassenen Apotheker hineinkann. Und er verlangte auch, dass ich Rhonda entlasse.«

»Du meine Güte.« Hannah stöhnte. »Haben Sie das getan?«

»Das musste ich. Gleich am Freitagmorgen, als sie zur Arbeit kam, habe ich ihr gekündigt. Ich fühlte mich schlecht dabei, besonders da sie am nächsten Tag ihre Reise antreten wollte. Aber mir war klar, wenn sich das herumspricht und Rhonda weiter für mich arbeitet, dann bringen die Leute ihre Rezepte zu einer anderen Apotheke.«

»Wie hat Rhonda es aufgenommen?«

»Das war das Überraschende daran. Ich dachte, sie fleht mich an, noch mal darüber nachzudenken, oder sie würde mir die Meinung geigen, doch sie regte sich überhaupt nicht auf. Sie sagte, sie versteht, warum ich sie entlassen muss, und ist lächelnd gegangen.«

»Das ist seltsam. Und die anderen Angestellten? Weiß jemand von denen Bescheid?« Hannah fragte, obwohl sie die Antwort schon kannte.

»Ich sah keinen Sinn darin, es ihnen zu erzählen. Ich habe lediglich die Sicherheit erhöht, wie ich es Reggie versprochen hatte.«

»Dann muss ich jetzt eine unangenehme Frage stellen«, warnte Hannah. »Glauben Sie, Reggie war wütend genug, um Rhonda umzubringen?«

Jon dachte nach und seufzte dann. »Ich glaube das nicht gern, aber ich halte es für möglich. Reggie ist leidenschaftlich gern geflogen.«

»Danke, dass Sie mir gegenüber so offen waren, Jon. Ich habe nur noch eine Frage und hoffe, Sie nehmen sie nicht persönlich. Wo waren Sie am Freitagabend?«

»Sie glauben, ich habe Rhonda getötet?« Jon war tief bestürzt.

»Natürlich nicht, doch Sie hatten ein Motiv.«

»Welches?«

»Wäre die Sache anders gelaufen, hätten Sie wegen Rhonda Ihr Geschäft verlieren können. Deshalb muss ich Sie auf die Liste der Verdächtigen setzen. Ich kann Sie aber streichen, wenn ich weiß, wo Sie gewesen sind.«

»Es wird nicht schaden, wenn ich es Ihnen sage. Kurz nach fünf habe ich hier zugeschlossen und Judy abgeholt. Wir sind zusammen nach Mille Lacs Lake zum Geburtstag meiner Schwiegermutter gefahren. Sie können Judy fragen. Wir sind über Nacht geblieben und am frühen Samstagmorgen zurückgekehrt, sodass ich um neun öffnen konnte.«

»Danke, Jon.« Hannah steckte den Stenoblock weg und stand auf, um zu gehen. Im Vorbeigehen warf sie einen Blick auf die Kaffeemaschine und seufzte. »Wenn Sie das nächste Mal ins *Cookie Jar* kommen, geht der Kaffee auf mich. Den da können Sie wahrscheinlich in Flaschen abfüllen und als Rattengift verkaufen.«

Pralinen-Charlottes

Den Ofen auf 175 Grad vorheizen, das Blech in der Mitte einschieben.

360 g Butter
270 g brauner Zucker
2 TL Vanille-Extrakt
1 ½ TL Backnatron
1 TL Backpulver
1 TL Salz (nehmen Sie nur ½ Tl, wenn Sie gesalzene Pecannüsse verwenden)
160 g gemahlene Pecannüsse (mahlen Sie sie in der Küchenmaschine mit dem Klingenaufsatz)
2 geschlagene Eier (mit einer Gabel genügt)
360 g Mehl, ungesiebt

Die Butter zerlassen. Zuerst den Zucker und Vanille-Extrakt, dann Backnatron, Backpulver und Salz einrühren.

Die Pecannüsse mahlen, zugeben und unterrühren. Dann die geschlagenen Eier einrühren. Das Mehl zugeben und gründlich unterkneten.

Den Teig ein paar Minuten ruhen lassen. Walnussgroße Kugeln formen und auf ein gefettetes Blech setzen, jeweils

12 Stück. (Wenn der Teig beim Formen klebt, stellen Sie ihn eine Weile kalt.)

Die Kugeln mit einer Gabel flach drücken, sodass die Zinken ein kreuzförmiges Muster hinterlassen. (Die Gabel gegebenenfalls mit Backspray einsprühen oder in Mehl tauchen.)

8 bis 10 Minuten backen, bis die Plätzchen am Rand goldbraun sind. 2 Minuten abkühlen lassen, dann auf ein Gitter legen. Wenn sie ausgekühlt sind, bereiten Sie den Guss zu.

Für den Guss:

- 180 g Butter
- 395 g Puderzucker, ungesiebt
- 2 TL Vanille-Extrakt (oder 1 ½ TL Vanille-Extrakt und ½ TL Ahornaroma)
- 80 ml Sahne
- 65 g fein gehackte Pecannüsse
- etwa 6 Dutzend Pecannusshälften zum Verzieren (wenn Sie möchten)

Zunächst die ausgekühlten Plätzchen auf Gittern oder auf Backpapier bereitlegen. In einem Stieltopf die Butter bei mittlerer Hitze zerlassen, ab und zu umrühren, bis sie Farbe angenommen hat (die Farbe von Erdnussbutter). Den Topf vom Herd nehmen und das Vanille-Extrakt und gegebenenfalls das Ahornaroma zugeben. Den Puderzucker, die Sahne und zuletzt die gehackten Pecannüsse zugeben. Alles gründlich verrühren, aber den Guss nicht ganz abkühlen lassen.

Die Plätzchen mit dem Guss überziehen und nach Belieben mit einer halben Pecannuss verzieren. (Es ist wie mit der Butter auf dem Brot: Sie müssen den Guss nicht bis zum Rand streichen.) Wenn der Guss fest wird, bevor Sie fertig sind, kratzen Sie ihn in ein Mikrowellengefäß und erhitzen sie ihn ½ bis 1 Minute lang, bis er wieder streichfähig ist.

Die fertigen Pralinen-Charlottes liegen lassen, bis der Guss fest geworden ist (mindestens eine Stunde lang). Anschließend in eine Plätzchendose oder einen anderen gut verschließbaren Behälter packen.

Ausbeute: etwa 8 Dutzend

Anmerkung: Ohne Guss sind die Plätzchen ein köstliches Teegebäck, das fein nussig schmeckt. Sie brauchen nur eine Änderung vorzunehmen: Formen Sie kleinere Kugeln und drücken Sie sie mit dem (makellos sauberen) Handballen flach. Backen Sie sie 8 Minuten lang, bis sie goldgelb sind.

(Andrea sagt, sie schmecken ausgezeichnet zu heißer Schokolade.)

16

Als Hannah die Praxis wieder betrat, musste sie noch vier Minuten warten. Sie nahm den Stenoblock aus der Tasche und notierte sich, bei nächster Gelegenheit mit Reggie York zu sprechen. Rhondas Indiskretion hatte ihn beinahe den Job gekostet, und das war sicherlich ein Mordmotiv. Dann setzte sie ihn auf die Liste der Verdächtigen, gleich hinter Ken Purvis. Der hatte jetzt den Schwarzen Peter, da sie Reverend Knudson und Gil Surma als Rhondas Freitagabendgast ausgeschlossen hatte.

Die Schiebetür zwischen Empfang und Wartezimmer öffnete sich, und Normans lächelndes Gesicht erschien. »Oh, gut. Du bist da. Ich komme sofort.«

Hannah hörte ihn dem Patienten letzte Anweisungen geben – den Gebrauch einer besonderen Zahnpasta –, und dann ließ Norman ihn an sich vorbeigehen, und Hannah schmunzelte, denn es war ihre jüngste Schwester. »Hi, Michelle. Ich wusste nicht, dass du hier bist.«

»Hi, Hannah. Dr. Rhodes ist wunderbar. Sieh mal, was er mir gemacht hat!«

Michelle zeigte lächelnd ihre Zähne, und Hannah keuchte entsetzt. In die Schneidezähne waren zwei Edelsteine eingebettet.

»Sieht das nicht toll aus?« Michelle tippte an ihre Zähne. »Der hat einen roten und der einen blauen. Jetzt bin ich unverwechselbar und sehe außerdem patriotisch aus. Genau richtig für den Vierten Juli.«

Hannah hatte Mühe, einen Ton herauszubringen, so fassungslos war sie. Michelles Zähne waren ruiniert! Sie holte tief Luft und zwang ihre Stimmbänder, ihre Arbeit zu tun. »Wie konntest du nur, Norman?!«, krächzte sie.

Er wechselte einen Blick mit Michelle, und beide brachen in Lachen aus. Hannah stand auf, um hinauszustürmen und Norman aus ihrem Leben zu verbannen, doch der hielt sie am Arm fest.

»Ich habe gar nichts getan, Hannah. Das ist nichts Bleibendes.«

»Was heißt das?«

»Die Zähne mit den Edelsteinen sind an einer Zahnspange befestigt. Die echten Zähne sind gar nicht betroffen.«

»Oh.« Hannah ließ sich auf einen Stuhl sinken. »Dann sind das Attrappen?«

»Ich würde sie eher ein ›Wunder der modernen Zahntechnik‹ nennen, doch du kannst ruhig von ›Attrappen‹ sprechen. Zeig sie ihr, Michelle.«

Ihre Schwester löste die Kappen und nahm sie aus dem Mund. Sie lächelte Hannah an, die erleichtert aufatmete, als sie sah, dass die natürlichen Zähne intakt waren. »Dem Himmel sei Dank! Ich habe eigentlich nicht geglaubt, dass du mit den echten so etwas anstellst, Norman.«

»Doch, du hast es geglaubt. Ich habe den Zorn in deinen Augen leuchten sehen. Du warst drauf und dran, mich mit einem Tritt über die Stadtgrenze zu befördern, vielleicht sogar über die Staatsgrenze.«

»Also … vielleicht«, räumte Hannah ein.

»Keine Angst, Schwesterchen.« Michelle legte die falschen Zähne in eine Plastikdose und steckte sie ein. »Ich sage Mutter, dass sie falsch sind, bevor ich sie anziehe.«

»Braves Mädchen. Einen weiteren Schock kann sie jetzt nicht verkraften. Plötzlich vor Rhondas Leiche zu stehen, hat ihr schwer zugesetzt.«

»Ich weiß. Das hat sie mir erzählt.« Michelle wandte sich wieder Norman zu. »Bist du sicher, dass ich nichts dafür bezahlen soll? Ich habe etwas auf der hohen Kante.«

»Behalte dein Geld. Wir haben die Abzahlung schon besprochen.«

»Waren sie teuer?«, wollte Hannah wissen. Sie hatte noch kein Geburtstagsgeschenk für Michelle, und sicher wäre Andrea bereit, mit ihr zusammenzulegen.«

»Sehr teuer, doch wir haben dazu etwas abgemacht.« Norman zwinkerte ihr zu. »Wir haben einen speziellen Abzahlungsplan vereinbart. Für jede A-Note, die sie bekommt, ziehe ich fünfzig Dollar von der Rechnung ab. Und für jede B-Note fünfundzwanzig. Sie ist eine gute Studentin, sagt sie. Also nehme ich an, dass bis zum Ende ihres ersten Jahres die Zahnspange ihr gehört.«

Michelle schüttelte den Kopf. »So lange wird es nicht dauern. Ich habe vor, im nächsten Semester Bestnoten zu kriegen. Ich schicke dir eine Kopie.«

»Tu das. Und bei deinem nächsten Besuch zu Hause komm in die Praxis, damit ich kontrollieren kann, wie die Spange sitzt.«

»Mach ich.«

»Wie wär's mit einem Mittagessen? Hannah und ich gehen zu Rose und Hal rüber.«

»Danke, aber ich kann nicht. Ich bin schon mit meinen

Freundinnen verabredet. Bis später, Hannah. Und danke, Dr. Rhodes. Die Zähne werden die Mädels umhauen!«

»Noch Kaffee, Hannah?« Rose kam mit der Kanne zu ihrer Sitznische.

»Nein, danke.«

»Was ist mit dem Salat? Soll ich den Teller mitnehmen?«

»Eigentlich ja. Die leckeren Sachen habe ich rausgepickt.«

Rose musterte die Reste des Caesar Salad und nickte. »Das sehe ich. Da sind nur noch Salatblätter übrig. Mögen Sie Romana-Salat nicht?«

»Doch, schon, aber für diesen Monat habe ich genug grünen Salat gegessen. Vielleicht wieder nächsten Monat.«

»Sie sind wohl auf Diät«, schloss Rose und glitt in die andere Seite der Nische. »Das ist mir gleich aufgefallen, als Sie hereinkamen. ›Hannah sieht schlanker aus‹, habe ich zu Hal gesagt.«

»Wirklich?« Das munterte sie sofort auf. Vor zehn Minuten war ihre Laune auf dem Tiefpunkt angelangt, als Normans Pager gesummt und er wegen eines Notfalls in die Praxis hatte zurückkehren müssen.

»Ich werde gar nicht erst verraten, was ich als Nachtisch habe. Hat keinen Sinn, Sie in Versuchung zu führen.«

»Ich bin längst in Versuchung. Seit ich hier bin, träume ich von Kokoskuchen.«

»Dann haben Sie Glück.« Rose neigte sich grinsend zu ihr.

»Irrtum. Ich darf keinen essen.«

»Ich weiß. Sie haben Glück, weil der Bürgermeister gerade das letzte Stück ins Büro mitgenommen hat. Geht es Ihnen jetzt besser?«

»Dazu müsste ich in sein Büro laufen und es ihm wegreißen, bevor er hineinbeißt.«

Rose lachte, und Hannah wusste, sie hatte ihr mit dem Scherz eine Freude gemacht. Roses Kokoskuchen war berühmt, dennoch wurde sie es nicht leid, die Leute davon schwärmen zu hören.

»Darf ich mich für einen Moment setzen?«, fragte Rose.

»Aber sicher doch«, antwortete Hannah, zumal Rose längst saß.

»Jeder mag den Kokoskuchen. Als Irma York heute Morgen kam, hat sie zwei für Reggies Junggesellenabschied bestellt.«

Hannah merkte auf, als der Name fiel. »Ich wusste gar nicht, dass er heiratet.«

»Irma bis Freitagabend auch nicht. Er hat seit einer Weile eine Freundin auf Hawaii. Sie arbeitet bei derselben Fluglinie wie er am Reservierungsschalter. Als Reggie am Freitagvormittag erfuhr, dass er befördert wird, ist er sofort nach Honolulu geflogen, um ihr einen Antrag zu machen.«

»Das sind wunderbare Neuigkeiten.« In mehr als einer Hinsicht, dachte Hannah. Wenn Reggie am Freitag nach Hawaii geflogen war, konnte er nicht Rhondas Mörder sein.

»Irma ist schon ganz aufgeregt, weil sie zur Hochzeit nach Hawaii fliegt. Sie bekommen Freiflüge, weil beide bei dieser Fluggesellschaft angestellt sind.« Rose sah auf die Uhr und stand auf. »Lisas Burger müsste jetzt fertig sein. Ich habe Hal gesagt, er soll mehr Gurken und Senf drauftun als sonst, und er gibt noch eine Portion Fritten dazu, die Sie beide sich teilen können. Wer eine Diät macht, sollte viel Gemüse essen. Das habe ich in einer Zeitschrift gelesen.«

»Bitte sehr, Lisa.« Hannah übergab ihrer Partnerin die Tüte aus dem Café und deutete mit dem Kopf zur Backstube. »Geh und iss. Und überleg dir, was du in der nächsten Stunde tun möchtest. Ich meine nichts, was mit Arbeit zu tun hat. Du brauchst eine Pause.«

»Bist du sicher?«

»Ganz sicher. Du hattest dir seit einer Woche nicht mehr freigenommen.«

»Okay.« Lisa strahlte sie an. »Wenn ich gegessen habe, laufe ich zum Kiddie Korner. Alle Senioren sind da und helfen Traceys Klasse, den Festwagen zu schmücken.«

»Das ist nett. Hast du ihn schon gesehen?«

»Gestern Abend. Er wird spektakulär, Hannah. Andrea hatte wirklich eine tolle Idee.«

»Ja?« Hannahs Neugier wuchs. »Welche Farben haben sie ausgesucht?«

Lisa schüttelte den Kopf. »Das darf ich nicht verraten. Ich musste schwören, alles geheim zu halten. Andrea und Janice wollen nicht, dass du vor der Parade etwas erfährst.«

Hannah gab auf. Lisa konnte besser als jeder andere ein Geheimnis wahren, und nachbohren hatte keinen Sinn.

»Hi, Hannah.« Andrea kam ins *Cookie Jar*, als Hannah allen Kaffee nachgeschenkt hatte. »Ich habe tolle Neuigkeiten. Danielle Watson ist wieder in Lake Eden. Sie sieht fantastisch aus, viel besser als damals, als sie den Coach geheiratet hat.«

»Da bin ich aber froh.« Hannah würde nie vergessen, wie entsetzt Danielle gewesen war, als alle geglaubt hatten, sie hätte ihren Mann ermordet. »Besucht sie jemanden?«

»Nein, sie wird wieder hier leben.«

»Wirklich? Ich dachte, du hast das Haus für sie verkauft, als sie zu ihrer Mutter nach Florida gezogen ist.«

»Das habe ich. Danielle meinte, damit seien zu viele schlechte Erinnerungen verbunden, und deshalb wollte sie es nicht behalten. Jetzt sucht sie nach einer Eigentumswohnung. Steht in deinem Wohnkomplex eine zum Verkauf? Es wird keine angeboten, aber manche Leute verkaufen ihre Immobilie, ohne einen Makler einzuschalten.«

Hannah überlegte, wer zurzeit infrage käme. »Du könntest es bei Mrs Wozniac versuchen. Der Mann ihrer Schwester ist gestorben, und sie sprach davon, zu ihr zu ziehen.«

»Danke. Das ist ein guter Tipp.« Andrea holte ihren ledergebundenen Terminkalender heraus und notierte sich den Namen. »Noch jemand?«

»Nicht, dass ich wüsste. Doch frag mal bei Sue Plotnik nach. Phil ist Vorsitzender der Eigentümergemeinschaft, und ohne seine Zustimmung darf keiner ein Verkaufsschild anbringen.«

»Auch ein guter Tipp. Hast du mal überlegt, ins Immobiliengeschäft zu wechseln?«

»Noch nie.« Hannah wechselte lieber das Thema, bevor Andrea sie zu rekrutieren versuchte. »Wird sich Danielle nach einem Job umsehen?«

»Das nicht. Sie will eine Tanzschule eröffnen, und ich habe das richtige Objekt für sie gefunden. Ich habe ihr das Loft über dem *Red Owl* gezeigt. Sie hat es sofort angemietet.

Die hohen Fenster und der Holzboden haben es ihr angetan. Apropos, wusstest du, dass *Red Owl* mal eine große Lebensmittelkette war? Die Kette gibt es nicht mehr, aber der Inhaber unserer Filiale hat dem ehemaligen Firmenvorstand einen Brief geschrieben und die Erlaubnis bekommen, den Namen weiterzuführen.«

»Das ist interessant. Wann will Danielle eröffnen?«

»Im September, gleich nach Schulbeginn. Sie meint, es sei nicht viel Arbeit, das Loft umzugestalten. Sie will nur den Fußboden abschleifen lassen, deckenhohe Spiegel anbringen und die Räume einrichten.«

»Das klingt gut.« Hannah freute sich für sie.

»Ich bin froh, dass mir das Loft eingefallen ist. Es stand schon über drei Monate in unseren Angeboten, und ich fürchtete schon, keinen Mieter zu finden. Ich hoffe wirklich, dass Danielle mit der Tanzschule gut verdient und nicht aufgeben muss.«

Hannah schwieg dazu. Wie sie wusste, konnte Danielle es sich leisten, das Tanzstudio auch mit Verlust weiterzuführen, doch es stand ihr nicht zu, mit anderen über Danielles finanzielle Situation zu reden.

»Ich wollte nur kurz reinschneien. Ich habe noch tausend Dinge zu erledigen, bevor ich Tracey aus der Vorschule abholen muss. Du kommst doch heute Abend zu dem Essen?«

»Welches Essen?«

»In unserer Hütte am See. Wir sind alle eingeladen. Ich wundere mich, dass Mutter dich nicht angerufen hat.«

Hannah gab sich einem Moment der Erleichterung hin. Vielleicht hatte Delores sie vergessen? Dann würde ihre Diät nicht schon wieder in Gefahr gebracht werden.

»Das wird sie noch tun«, sagte Hannah. Das war praktisch so sicher wie das Amen in der Kirche. »Wahrscheinlich muss sie ihr Telefonohr zwischendurch ein bisschen kühlen, weil sie wegen Rhonda so viele Leute anrufen musste.«

»Bin wieder da.« Lisa kam mit einem Lächeln aus der Backstube herein. »Im Kiddie Korner wird es einen Ball geben. Janice hatte die Idee, die Senioren des Ortes dazu einzuladen. Den Kindern scheint nicht aufzufallen, dass einige von denen vergesslich sind.«

»In dem Alter sind Kinder sehr einnehmend. Wenn wir sie nur dazu bringen könnten, sich diese Einstellung zu bewahren, wäre die Welt freundlicher.«

»Du sagst es!« Lisa seufzte, doch ihr Gesicht hellte sich gleich wieder auf. »Janice spricht schon davon, das zu einem regelmäßigen Event zu machen. Sie meint, wenn die Senioren einen Nachmittag in der Woche mit den Kindern verbringen, würde das beiden Seiten guttun.«

»Da hat sie sicher recht. In Traceys Klasse gibt es Kinder, deren Großeltern weit entfernt leben. Und unter den Senioren gibt es umgekehrt das gleiche Problem.«

Lisa ging hinter den Ladentisch und setzte frischen Kaffee auf. »Sind neue Bestellungen reingekommen, während ich weg war?«

»Nur eine. Donna Lempke gibt eine Party für ihre Tochter, die sechzehn wird, und hat sich erkundigt, ob wir ihr Eiscreme-Sandwiches liefern können.«

»Können wir?«

»Ich habe zugesagt. Weißt du noch, wie weich unsere letzten Pecan Chews geworden sind?«

»Und ob. Sie schmeckten trotzdem großartig.«

»Ich denke, das lag an der hohen Luftfeuchtigkeit. Im Moment ist es genauso feucht. Deshalb dachte ich, wir backen wieder eine Fuhre. Wir streichen Vanilleeis zwischen zwei Plätzchen, packen sie einzeln ab und legen sie in den Tiefkühler.«

»Lass uns die Hälfte mit Schokoladeneis belegen«, schlug Lisa vor. »Damit die Leute wählen können.«

»Gute Idee. Wenn sie gut ankommen, setzen wir sie auf unsere Sommerkarte. Bei solchem Wetter essen die Leute gern Eis.«

»Soll ich schon mit dem Teig anfangen?«

»Noch nicht. Ich muss dringend mit jemandem sprechen. Könntest du hier noch eine Stunde lang die Stellung halten?«

»Klar. Geht es um …« Lisa stockte und blickte sich um, aber die Gäste an den Tischen waren in ihre eigenen Gespräche vertieft. »Geht es um den Mordfall?«

»Ja. Ich komme zurück, sobald ich kann.«

»Nimm dir ruhig Zeit. Ich hatte dir versprochen, den Laden allein zu schmeißen, wenn du ermittelst. Kann ich in der Zwischenzeit noch etwas tun?«

Hannah überlegte kurz. »Nichts Besonderes, aber halte die Augen und Ohren offen, wenn du Kaffee nachschenkst. Du weißt ja, dabei sind wir unsichtbar.«

»Das ist tatsächlich so«, sagte Lisa lachend. »Die Leute reden einfach weiter, als wäre ich nicht da.«

»Genau. Das ist für uns ein Riesenvorteil. Achte auf alles, was mit Rhonda zu tun haben könnte, und erzähl es mir nachher.«

»Verrätst du mir, wo du hinfährst?«

Hannah brauchte nur einen Sekundenbruchteil, um sich zu entscheiden. Denn Lisa hatte sich noch nie verplappert. »Zu Kenneth Purvis.«

»Mr Purvis?« Lisa riss die Augen auf. »Glaubst du, er hat Rhonda getötet?«

Angesichts ihrer Bestürzung beschloss Hannah, ein wenig auszuweichen. »Ich denke nur, er könnte etwas wissen, was mir weiterhilft. Ich rufe gleich mal an und sehe, ob er zu Hause ist.«

»Wahrscheinlich ist er in der Schule.«

»Woher weißt du das?«

»Mrs Purvis war letzten Mittwoch hier, und dabei sagte sie zu Gail Hanson, dass sie nach Rochester zu einem Familientreffen fährt und erst am dritten wieder zurückkommt. Sie sagte auch, dass Mr Purvis viel zu tun hat, weil er den Herbststundenplan erstellen muss, und dass er praktisch in der Schule wohnt, solange sie verreist ist.«

Hannah lächelte. »Die unsichtbare Kaffeekellnerin.«

»Eigentlich die unsichtbare Plätzchenverpackerin. Sie stand an der Theke, um drei Dutzend Zuckerplätzchen für ihre Mutter zu kaufen.«

17

Nachdem sie versprochen hatte, unterwegs Vanille- und Schokoladeneis zu besorgen, ging Hannah durch die Backstube nach draußen. Sie entriegelte den Wagen und kurbelte die Fenster herunter, um die abgestandene Luft herauszulassen. An Tagen wie diesem, wenn die Quecksilbersäule mit der Zweiunddreißig-Grad-Marke liebäugelte, gäbe sie alles für eine funktionierende Klimaanlage.

Die Fahrt zur Schule dauerte nicht lange. Hannah bog auf den Lehrerparkplatz der Jordan High ein und parkte neben Ken Purvis' Wagen. Das einzige andere Fahrzeug war das der Musiklehrerin, und Hannah hörte die Kapelle auf dem Footballplatz üben. Sie ging über die heißen Betonplatten und verzog das Gesicht wegen der schrägen Töne. Es war gut, dass die Bläser übten. Sie hatten es nötig.

Im Schulgebäude war es kühler. Hannah ging den verwaisten Flur hinunter, in dem es noch genau wie früher nach Putzmitteln und Tafelkreide roch. Es gab ihr noch immer einen Stich, wenn frisch gereinigte Schulbusse die herausgeputzten Schüler zum Schulkomplex in Lake Eden fuhren. Der erste Schultag war immer ihr liebster gewesen. In neuer Kleidung und mit stark vermehrten Sommersprossen trug sie ihre neue Büchertasche in ein Klassenzimmer, in dem die Tafeln sauber gewischt waren, lange frische Kreidestücke bereitlagen und größere Pulte standen.

Am Ende des Flurs blieb sie stehen und spähte um die Ecke zu Ken Purvis' Büro. Die Tür stand offen, der Schreibtisch der Sekretärin war unbesetzt. Aufatmend betrat sie das Vorzimmer, denn nun brauchte sie sich keinen Vorwand auszudenken, um zu Ken vorgelassen zu werden.

Aus dem hinteren Büro, Kens Domäne, hörte sie Papier rascheln. Sie ging auf die offene Tür zu und hielt inne, als ihr ein bekannter Duft in die Nase stieg. Old Spice. Sie irrte sich bestimmt nicht. Ihr Vater hatte das Rasierwasser auch benutzt, es war ihr so vertraut wie Schokoladenduft. Ken Purvis war Rhondas Freund gewesen. Davon war sie jetzt überzeugt.

Ken blickte auf, als Hannah an den Türrahmen klopfte. Zuerst schaute er erschrocken wegen der Störung, dann lächelte er, sowie er sie erkannte. »Kommen Sie herein.«

Hannah betrat das Allerheiligste, in dem die meisten Schüler zitterten, wenn sie sich auf einen Stuhl vor Kens Schreibtisch setzten. Sie suchte nach einer höflichen Floskel, um Ken wohlwollend zu stimmen, doch er kam ihr zuvor.

»Es ist immer schön, Sie zu sehen, Hannah. Sie wollen sich nicht für das nächste Halbjahr anmelden, oder?«

Sie lachte über den altbekannten Witz des Direktors. »Nein, ich komme wegen etwas anderem.«

»Was kann ich für Sie tun?« Ken setzte die Lesebrille ab und legte sie mit gekreuzten Bügeln auf den Papierstoß, in dem er gelesen hatte.

Hannah zögerte. Sie wollte die Sache taktvoll angehen, wusste aber nicht, wie. »Warum sind Sie am Freitagabend mit zwei Essen aus dem Restaurant zu Rhonda Scharf ins Voelker-Haus gefahren?«

Ken wich die Farbe aus dem Gesicht, und auch sein Lächeln verschwand. »Woher wissen Sie das denn?«

»Ich weiß es eben.«

»Weiß es noch jemand?«

»Noch nicht. Vielleicht braucht es auch niemand zu erfahren, wenn Sie ehrlich zu mir sind.«

Ken seufzte, und es klang, als ließe man die Luft aus einem Basketball. Hannah sah ihn im Geiste in sich zusammensinken. »Es stimmt, was Sie vermuten, Hannah. Ich bin nicht stolz darauf, doch ich war mit Rhonda involviert.«

»Und Sie verstehen darunter dasselbe wie ich?«

»Ja. Es ist meine Schuld, dass es so weit gegangen ist, und ich übernehme dafür die Verantwortung. Ich hoffe nur, dass Kathy davon nichts erfahren muss.«

Hannah verstand seine Sorge. Seine Frau hatte ein hitziges Temperament und würde seine Untreue nicht gut aufnehmen. »Das bleibt erst einmal unter uns. Erzählen Sie mir, wie es dazu kam.«

»Ich hatte Probleme mit Kathy.« Er seufzte schwer. »Das müssen Sie nicht genauer wissen, oder?«

»Nein.«

»Gut … Ich wollte bei Kathy gut Wetter machen und bin in den Drugstore gegangen, um eine Flasche Parfüm zu kaufen, als Friedensangebot.«

Hannah beschloss, die Sache abzukürzen. Sie kannte Rhonda Scharfs Trickkiste. »Und Rhonda hat Sie angemacht?«

»Genau das. Das war, kurz nachdem sie das Haus ihrer Großtante geerbt hatte. Sie sagte, sie wolle rausfahren und es sich ansehen, bräuchte aber die Hilfe eines großen starken Mannes. Und …«

»Ich verstehe schon«, unterbrach Hannah. »Und schließlich sind Sie am Freitagabend zu einem zweiten … äh … Rendezvous gefahren?«

Ken schüttelte den Kopf. »Eigentlich nicht. Kathy und ich haben uns ausgesprochen. Als sie am Mittwoch zu ihrem Familientreffen fuhr, beschloss ich, die Sache mit Rhonda zu beenden.«

»Rhonda hätte dann zwei Wochen Zeit gehabt, um über ihren Ärger hinwegzukommen, weil sie am Samstag nach Europa fliegen wollte?«

»Das war ein Faktor«, gab Ken zu. »Ich wollte es allen Beteiligten leichter machen.«

»Einschließlich Ihnen?«

»Einschließlich mir.«

Hannah bedachte ihn mit einem langen strengen Blick, doch er meinte das offenbar völlig ernst. »Und Sie beschlossen, mit Rhonda zu Abend zu essen, bevor Sie ihr die schlechte Neuigkeit mitteilen?«

»Jetzt mag das befremdlich klingen, aber genau so war es. Ich rief an und bat um ein Treffen, doch sie sagte, sie müsse zum Voelker-Haus fahren, um ein paar Sachen zu holen. Das sei mir recht, sagte ich, und ich würde sie hinbringen und dann ein Abendessen besorgen. Sie war damit einverstanden und bot an, für den Nachtisch zu sorgen.«

Sie war überzeugt, dass er die Wahrheit sagte, dennoch konnte er Rhonda getötet haben. Einen Moment lang war ihr unbehaglich, und sie fragte sich, ob sie besser eine Waffe mitgenommen hätte, verwarf den Gedanken jedoch rasch. Ken war kein großer Mann, und Mike hatte ihr inzwischen ein paar Selbstverteidigungskniffe beigebracht. »Erzählen Sie mir genau, was an dem Abend passiert ist, und lassen Sie nichts aus.«

Ken schaute betreten, stimmte aber zu. »Also gut. Lassen Sie mich vorher eine Tablette nehmen.«

Hannah sah zu, wie er die mittlere Schublade öffnete und ein Tablettengläschen herausnahm. »Was nehmen Sie?«

»Etwas gegen meine Schleimbeutelentzündung. Doc Knight hat versprochen, dass es hilft, doch bisher sehe ich keine große Wirkung.« Ken schüttelte eine Tablette heraus und schluckte sie mit dem Wasser in seinem Glas herunter. »Sie wollen es genau wissen?«

»Ja.«

»Um fünf Uhr am Freitag hatte ich einen Termin bei Doc Knight. Anschließend bin ich zu Rhonda gefahren, habe sie abgeholt und zum Haus ihrer Großtante gebracht.«

»Um wie viel Uhr waren Sie dort?«

»Gegen sechs.«

Hannah notierte sich das. »Wie ging es weiter?

»Ich habe sie nur abgesetzt und das Essen geholt.«

»Das Essen stammte von *Alfredo's Ristorante*?«

»Ja. Ich hatte vorbestellt. Freitags gibt es dort Ossobuco, das Rhonda besonders mag.«

»Wo war Rhonda, als Sie zurückkamen?«

»In der Küche. Sie ruhte sich gerade aus und wartete auf mich. Wir setzten uns an den Tisch, ich öffnete den Wein. Es war ein wirklich guter Chianti. Ich dachte, damit würde es leichter.«

»Klar.« Hannah bemühte sich, nicht allzu sarkastisch zu klingen. Ken war dumm, wenn er glaubte, eine schwierige Situation würde durch Alkohol einfacher.

»Ich saß vor meinem Essen, war jedoch so nervös, dass ich kaum etwas hinunterbekam. Ich habe praktisch nur die Olivenscheiben runtergepickt. Rhonda fiel das natürlich auf. Sie fragte mich, was los sei. Da habe ich es ihr gesagt.«

»Hat sie es so übel aufgenommen wie erwartet?«

»Schlimmer. Sie wurde wütend und hat mir vorgeworfen, ich würde sie behandeln wie …« Ken stockte und räusperte sich. »Müssen Sie wirklich wissen, wie der genaue Wortlaut lautete?«

»Nein. Was passierte dann?«

Ken griff nach seinem Glas und trank einen Schluck. »Sie schrie mich an und beschimpfte mich. Bedachte mich mit wirklich hässlichen Schimpfwörtern, wenn Sie verstehen, was ich meine.«

»Durchaus. Sprechen Sie weiter.«

»Schließlich wurde es mir zu viel. Mir war klar, dass sich Rhonda nicht beruhigen ließe, egal, was ich sagte, also … bin ich gegangen.«

Hannah nahm ihr Notizbuch zur Hand. »Wie spät war es da?«

»Etwa halb acht.«

»Wohin fuhren Sie?«

»Nach Hause. Von dort habe ich Kathy angerufen.«

Hannah stöhnte. »Haben Sie Kathy reinen Wein eingeschenkt?«

»Natürlich nicht. Es war unverantwortlich und dumm von mir, mit Rhonda etwas anzufangen, doch ich war nicht lebensmüde.«

Hannah schmunzelte. »Was haben Sie stattdessen zu Kathy gesagt?«

»Nur, dass ich einen anstrengenden Tag hinter mir habe und ihre Stimme hören möchte. Wir haben eine Weile über das Familientreffen geplaudert und über ihre Cousins und Cousinen, die sie seit ihrer Kindheit nicht mehr gesehen hatte. Nach dem Gespräch ging es mir viel besser. Ich hatte außerdem Hunger, da ich bei Rhonda nichts gegessen hatte.

Weil der Kühlschrank so gut wie leer war, beschloss ich, mir einen Hamburger zu holen. Als ich zum Auto ging, fiel mir ein, dass Rhonda im Voelker-Haus saß und nicht wegkonnte.«

»Ich habe mich schon gefragt, wann Sie darauf zu sprechen kommen. Also sind Sie wieder hingefahren?«

»Ja. Ich hatte keine Lust dazu, aber ich konnte sie auch nicht einfach dort lassen. Es liegt zu weit außerhalb, als dass man in einer annehmbaren Zeit zu Fuß in die Stadt laufen könnte.«

»Wann kamen Sie dort an?« Hannah hielt ihren Kuli schreibbereit. Der zeitliche Ablauf war wichtig.

»Etwa um halb zehn. Im Haus brannte Licht, also war Rhonda noch da, dachte ich. Ein oder zwei Minuten lang blieb ich im Wagen sitzen. Ich hatte wirklich keine Lust hineinzugehen und wieder mit ihr in Streit zu geraten. Doch ich war extra hingefahren, um sie heimzubringen, und rang mich schließlich durch.«

Hannah blätterte zu der Seite zurück, auf der sie sich die Todeszeit notiert hatte. Wenn Doc Knight recht hatte, und das war gewöhnlich der Fall, dann hatte Rhonda tot im Keller gelegen, als Ken das Haus betreten hatte. »Standen noch andere Fahrzeuge in der Einfahrt, als Sie ankamen?«

»Nein. Dann wäre ich gleich wieder weggefahren. Denn der andere Besucher hätte ja Rhonda nach Hause bringen können.«

»Was passierte, als sie das Haus betraten?«

»Ich bin nicht hineingegangen, jedenfalls nicht sofort. Ich habe geklopft und gewartet, dass sie an die Tür kommt. Als sie nicht kam, habe ich ein zweites Mal geklopft. Als wieder nichts geschah, ging ich hinein. Die Tür war nicht verschlossen.«

»Was haben Sie als Erstes getan?«

»Ich habe nach ihr gerufen. Das ist kein großes Haus; ich wusste, sie würde mich hören. Da sie nicht reagierte, wurde ich nervös. Ich dachte, vielleicht hatte sie einen Unfall oder etwas in der Art. Ich bin durch alle Räume gegangen und habe nach ihr gesucht, aber sie war nirgends zu finden. Ich bin sogar in den Garten gegangen.«

»Was hat Sie auf die Idee gebracht, sie könnte draußen sein?«

»Die Schachteln mit dem Essen lagen nicht mehr auf dem Tisch, und die Hintertür stand offen. Ich dachte, sie ist vielleicht zum Mülleimer gegangen und …« Ken schluckte schwer. »Glauben Sie, der Mörder ist durch den Garten geflüchtet?«

»Das ist möglich.«

Ken schauderte. »Vielleicht habe ich ihn verscheucht. Daran habe ich bisher nicht gedacht. Wenn er noch im Keller war, als ich vorfuhr, kann er durch die Hintertür abgehauen sein.«

Hannah nickte, weil wieder ein Puzzleteil seinen Platz gefunden hatte. Sie hatte mit Mike über das Erdloch im Keller gesprochen. Sie gingen beide davon aus, dass der Mörder die Leiche darin hatte verschwinden lassen wollen, ihn aber etwas oder jemand aufgeschreckt hatte, sodass er sein grausiges Werk nicht hatte vollenden können. Ken Purvis konnte also dieser Jemand gewesen sein. Weil er geklopft und gewartet hatte, hatte er dem Täter reichlich Zeit gegeben zu fliehen.

»Vielleicht war der Mörder sogar noch da, als ich in den Garten ging«, spekulierte er mit leicht schwankender Stimme. »Ich habe nichts gehört, doch es war dunkel, und er kann sich irgendwo versteckt haben.«

Hannah hielt es für besser, Ken zu beruhigen. Sein Gesicht hatte einen ungesunden Graustich, und ihm standen Schweißperlen auf der Stirn. »Ich vermute, dass er längst fort war. Kommen wir noch mal auf den Ablauf des Abends zurück. Nachdem Sie im Garten nachgesehen hatten …«

»… bin ich wieder hineingegangen und habe die Hintertür geschlossen. Ich dachte, Rhonda würde das Haus erst wieder betreten, wenn ich weg bin.«

»Rufen Sie sich die Küche in Erinnerung. Stand die Kellertür offen?«

Ken runzelte die Stirn. »Sie muss geschlossen gewesen sein. Hätte sie offen gestanden, wäre ich bei meiner Suche hinuntergegangen.«

»Sie sind nicht auf die Idee gekommen, Rhonda könnte im Keller sein?«

»Überhaupt nicht.« Er seufzte schwer. »Ich wünschte wirklich, ich hätte daran gedacht. Vielleicht hätte ich ihr noch Hilfe holen oder sie ins Krankenhaus bringen können.«

»Vergessen Sie das, Ken. Laut Doc Knight war Rhonda auf der Stelle tot. Selbst wenn Sie sie gefunden hätten, hätten Sie ihr Leben nicht retten können.«

»Danke, dass Sie mir das sagen, Hannah.« Er trank noch einen Schluck Wasser. »Das beruhigt mich ein bisschen. Es ist trotzdem entsetzlich, doch wenigstens weiß ich jetzt, dass sie nicht gestorben ist, weil mir der Keller nicht in den Sinn kam.«

»Was haben Sie gedacht, als Sie Rhonda nirgends finden konnten?«, fragte Hannah.

»Ich dachte, jemand aus ihrem Freundeskreis hat das Licht gesehen, auf einen spontanen Besuch angehalten und sie dann nach Hause gefahren. Oder sie ist zur Straße gegangen und hat jemanden angehalten. Das waren die Erklärungen, die mir einfielen.«

»Sie fanden es nicht merkwürdig, dass Rhonda nicht mehr da war?«

»Eigentlich nicht. Ich habe mich zwar kurz gefragt, wieso sie das Licht angelassen hat und wieso die Hintertür offen stand, aber Rhonda neigte dazu, kopflos davonzustürmen, wenn sie wütend war, und ich vermutete, dass sie einfach vergessen hatte, das Licht auszuschalten und die Tür zu schließen. Ich wollte keinen Strom vergeuden und …« Seine Stimme verebbte, und er trank noch einen Schluck. »Ich habe das Licht ausgemacht und bin gefahren. Ohne etwas zu ahnen.«

»Ich verstehe. Wohin sind sie gefahren?«

»Zum Quick Stop, um zu tanken, und dann zur *Corner Tavern* auf einen Burger und Pommes frites.«

Hannah klappte den Stenoblock zu, schob ihn in die Handtasche und stand auf. »Mehr brauche ich im Moment nicht. Vielen Dank, dass Sie ehrlich waren, Ken.«

»Augenblick, bitte.« Ein Ausdruck von Angst huschte über sein Gesicht. »Sie glauben nicht, dass ich der Mörder bin, oder?«

»Natürlich nicht. Und wenn Sie möchten, dass ich Sie von den Verdächtigen ausschließe, können Sie mir das sofort beweisen.«

»Wie? Was muss ich tun? Was brauchen Sie? Meine Telefonverbindungen, damit Sie sehen, dass ich von zu Hause aus mit Kathy telefoniert habe? Meine Tankstellenquittung vom Quick Stop?«

»Das wären keine Beweise. Aber Ihre Schleimbeutelentzündung ist einer.«

»Wirklich? Wie das?«

»Rufen Sie Doc Knight an und lassen Sie ihn bestätigen, dass Ihnen die Schleimbeutelentzündung am Freitag Probleme bereitet hat.«

»Das kann ich tun. Ich rufe ihn sofort an.« Er griff zum Telefon und wählte.

Während er Doc Knight erklärte, was er brauchte, schaute Hannah durch das Büro. An drei Wänden hingen Fotos der Abschlussklassen, eine für jedes Jahr seit Bestehen der Schule. Sie fand auch ihre eigene und rollte die Augen, als sie ihr junges Gesicht sah. Bestimmt hatte der Fotograf verlangt, dass alle »*cheese*« sagten, denn sie lächelte so breit, dass sie aussah wie ein Backenhörnchen.

»Bitte, Hannah.« Ken hielt ihr das Telefon hin. »Ich habe Doc Knight erlaubt, Ihnen alle Informationen zu geben, die Sie brauchen.«

Hannah nahm das Gerät und beugte sich über den Schreibtisch, weil die Schnur nicht reichte. »Hi, Doc.«

»Hallo, Hannah. Sie möchten etwas wegen Kens Schleimbeutelentzündung wissen? Als ich ihn am Freitag sah, war sie akut. Sein Bewegungsradius war stark eingeschränkt.«

»Wie eingeschränkt?«

»Er konnte den rechten Arm nur bis zu Taille heben, und der linke Arm war noch schlimmer dran. Sie arbeiten an dem Mordfall?«

»Genau.«

»Sie hätten mich fragen können, bevor sie Ken in die Mangel nehmen. Selbst wenn er vor Wut rotgesehen hätte, hätte er Rhonda nicht erstechen können. Sie stand mit dem Rücken zum Täter, und sie und Ken sind etwa gleich groß.«

»Hätte er es tun können, wenn sie in dem Erdloch gestanden hätte?«

»Nein. Dann passt der Winkel nicht. Streichen Sie Ken Purvis von der Liste, Hannah. Er ist nicht Ihr Mann.«

»Das freut mich ungemein. Danke, Doc. Sie waren eine große Hilfe.«

Sie legte auf und drehte sich lächelnd zu Ken. »Okay. Doc Knight sagt, Sie können es nicht getan haben. Sie sind aus dem Schneider.«

»Also wird niemand von meiner … äh … Beziehung zu Rhonda erfahren?«

»Ich weiß nicht, wovon Sie reden.« Hannah ging zur Tür. »Ich war nur hier, um mir eine alte Schulakte anzusehen, und die haben Sie mir freundlicherweise herausgesucht.«

18

Als Hannah ins *Cookie Jar* zurückkam, herrschte viel Betrieb. Es gelang ihr aber, nachdem sie das Eis in den Tiefkühler gestellt hatte, unbelauscht ein paar Worte mit Lisa zu wechseln. Sie erwähnte nichts, was Lisas Meinung von ihrem ehemaligen Schuldirektor schmälerte, und erst recht ließ sie die Affäre mit Rhonda unerwähnt. Sie sagte nur, sie habe alte Schulakten einsehen müssen, und Ken sei ihr behilflich gewesen.

Sie stellte rasch den Teig für die Pecan Chews her, und nach einer knappen Stunde waren sie gebacken und lagen zum Auskühlen auf dem Gitter. Sie hatte gerade die Eiscreme herausgeholt, als Freddy Sawyer an die Hintertür klopfte.

»Kommen Sie herein, Freddy. Nehmen Sie sich ein Plätzchen oder zwei.«

»Danke, Hannah. Ich liebe Ihre Plätzchen. Sie schmecken fast so gut wie die von meiner Mom.«

Hannah nahm das als Kompliment. Sie erinnerte sich, dass Mrs Sawyer immer sehr gute Kekse gebacken hatte. Sie goss Freddy ein Glas Milch ein, legte ihm zwei Plätzchen auf einer Serviette dazu und wartete, bis er aufgegessen hatte.

»Es wäre schön, wenn ich auch backen könnte.« Er wischte sich den Mund mit der Serviette ab. »Miss Cox hat versprochen, es mir beizubringen, aber zurzeit muss ich Jed sehr viel helfen. Wir verdienen wirklich gutes Geld. Haben Sie das gewusst?«

»Ja.«

»Haben Sie meine neue Uhr schon gesehen?« Er zeigte auf sein Handgelenk. »Jed hat sie mir heute Morgen gekauft. Sie hat fast zehn Dollar gekostet. Sie lag im Schaufenster, und die Verkäuferin ist hineingestiegen, um sie mir herauszuholen. Sie sagt, das ist eine Sportuhr. Ich treibe keinen Sport. Aber das ist okay, oder?«

»Klar. Viele Leute treiben keinen Sport und tragen trotzdem eine Sportuhr.«

»Warum ist das so?«

Hannah zuckte mit den Schultern. Sie hatte nie darüber nachgedacht. »Das weiß ich auch nicht, aber vermutlich tun sie das, um kräftiger zu wirken.«

»Das gefällt mir.« Freddy lächelte breiter. »Jed redet ständig davon, ich soll kräftiger werden. Er findet, ich sollte mich wehren, wenn mich jemand veralbert, und er zeigt mir sogar, wie man kämpft.«

Hannah war sich nicht sicher, ob ihr das gefiel. Bestimmt könnte Freddy sich im Notfall auch so ganz gut zur Wehr setzen. Doch das war für sie die Gelegenheit, ihn einiges über seinen Cousin zu fragen. »Jed weiß also, wie man kämpft?«

»Darauf können Sie wetten! Er hat mir erzählt, dass er mal einem doppelt so großen Kerl ordentlich eine gescheuert hat und der anschließend ins Krankenhaus musste. Ich verstehe nur nicht, wie man durch Scheuern ins Krankenhaus kommen kann. Ich scheuer mir jeden Abend den

Dreck von den Fingernägeln, und das macht mir auch nichts.«

»Das ist wahr, aber ich glaube, Jed meint …« Hannah hielt inne und überlegte, wie sie Freddy den Ausdruck erklären sollte.

»Oh, Mensch! Ich hab die Zeit vergessen!« Freddy schaute auf seine neue Uhr und seufzte. »Ich würde gern noch bleiben und mit Ihnen reden, aber ich muss mich in fünfzehn Minuten mit Jed bei Rose und Hal treffen.«

Lisa hatte ihr erzählt, dass Janice ihm beibringen wollte, wie man die Uhr liest. Anscheinend war ihr das gelungen. »Die neue Uhr erweist sich schon als sehr praktisch, nicht wahr?«

»Oh ja. Ich habe mir extra eine mit Zeigern ausgesucht und keine, die nur Zahlen hat. Ich habe nämlich mit Zeigern gelernt.«

Er stand auf und ging zur Tür, doch Hannah hielt ihn auf. »Wollten Sie etwas Bestimmtes von mir, oder wollten Sie nur Hallo sagen?«

»Oje! Jed hat wohl doch recht, und ich bin wirklich ein Hohlkopf!« Er schlug sich mit dem Handballen an die Stirn. »Ich hatte es total vergessen, Hannah. Ich wollte, dass Sie was für mich aufbewahren. Können Sie das tun?«

»Sicher.« Sie rechnete damit, dass er ihr einen schönen Stein oder eine andere Kleinigkeit übergab, die er zufällig gefunden hatte.

»Ich habe es im Rucksack. Seien Sie bitte vorsichtig damit. Es ist kostbar.« Er holte einen ramponierten Schuhkarton hervor und gab ihn ihr.

Sie nahm den Karton mit spitzen Fingern entgegen. Er war mit Kordel verschnürt und sah schmutzig aus. »Da ist hoffentlich nichts Lebendiges drin?«

»Nein.« Freddy lachte schüchtern. »Und auch kein Sandwich. Es wird nicht verderben.«

»Gut. Sagen Sie mir, was das ist?«

»Etwas, das Jed verloren hat. Ich habe es im Müll gefunden, kurz bevor der Müllwagen kam. Ich werde es auf Hochglanz polieren und es ihm als Geschenk geben. Junge, der wird Augen machen!«

»Das ist nett.« Hannah fragte sich, ob Jed sich über etwas freuen würde, was er selbst weggeworfen hatte. »Wo soll ich es aufbewahren?«

Freddy blickte sich um und zeigte dann auf den Kühlraum. »Da drinnen? Da wird es keiner finden.«

»In Ordnung. Kommen Sie mit.« Hannah trug den Karton zum Kühlraum, öffnete die Tür und wartete, bis Freddy ihr gefolgt war. »Ich stelle ihn hierhin, hinter die Milchkartons.«

Freddy nickte und sah zu, wie Hannah die Kartons zur Seite räumte und den Schuhkarton ganz nach hinten stellte. »Das ist ein wirklich guter Platz, Hannah. Da sieht ihn niemand.«

»Melden Sie sich einfach, wenn Sie ihn zurückhaben wollen, dann hole ich ihn hervor.« Sie begleitete Freddy zur Tür.

»Okay. Danke, Hannah. Gute Freunde sind wie die Sonne. Ohne sie ist es ein trüber Tag.« Hannah sah ihn fragend an, und er grinste. »Das hat meine Mom oft gesagt. Sie hatte viele Freunde und meinte immer, dass sie auch meine Freunde sind.«

Hannah hatte gerade die Teige für den nächsten Tag fertig und stellte sie in den Kühlraum, als Lisa in die Backstube kam und mit einem Zehn-Dollar-Schein wedelte.

»Guck mal, Hannah. Der ist irgendwie komisch.«

»Ha-ha-komisch oder seltsam-komisch?«, fragte Hannah wie früher Mrs Carlson, ihre Lehrerin in der dritten Klasse.

»Seltsam-komisch. Du hast wohl auch Mrs Carlson gehabt.« Lisa lachte leise. »Sieh ihn dir an. Ich habe noch nie einen alten Schein in der Hand gehabt, der so neu war.«

Ohne auf den Widerspruch in ihrer Bemerkung einzugehen, ging Hannah zu ihr, um sich den Geldschein näher anzusehen. Laut dem aufgedruckten Datum stammte er von 1974, aber er war knitterfrei und sauber, wie frisch gedruckt. »Das ist wirklich seltsam.«

»Glaubst du, er ist gefälscht?«

»Könnte sein. Am besten fragen wir bei der Bank nach.« Hannah sah zur Wanduhr. Es war kurz nach drei Uhr. Die Bank hatte geschlossen, aber Doug Greerson, der Bankdirektor, blieb immer bis fünf in seinem Büro. »Ich laufe schnell hinüber und lasse ihn von Doug prüfen. Hast du eine Ahnung, wer ihn dir gegeben hat?«

Lisa schaute besorgt. »Ich glaube, es war deine Schwester.«

»Andrea?«

»Nein, Michelle. Sie kam kurz herein, als du mit Norman essen warst, und hat ein halbes Dutzend Stapel-Plätzchen gekauft, als Mitbringsel für ihre Freundin. Ich weiß das nur deshalb noch, weil wir keine Fünfer mehr hatten und ich ihr das Wechselgeld in Ein-Dollar-Scheinen geben musste.«

Hannah betrachtete die Banknote stirnrunzelnd. »Dann kann sie ihn schon aus St. Paul mitgebracht haben. Heute Abend bin ich in der Hütte zum Familienessen. Wenn Doug sagt, dass der Schein gefälscht ist, werde ich Michelle fragen, wo sie ihn bekommen hat.«

Doug Greerson schaute überrascht, als er Hannah vor der Glastür stehen und einen Zehn-Dollar-Schein hochhalten sah. Er bedeutete ihr, einen Moment zu warten, und ging zu einem halb verborgenen Tastenfeld. Nachdem er den Code eingegeben hatte, kam er zur Tür und schloss sie auf, eine längere Prozedur mit mehreren komplizierten Schlössern.

»Danke, Doug.« Hannah betrat den Schalterraum und hielt ihm die Banknote hin. »Der gelangte heute Nachmittag in unsere Kasse. Lisa und ich finden ihn seltsam-komisch.«

Doug kicherte. »Mrs Carlson, dritte Klasse. Mit diesem Ausspruch wird sie mir immer in Erinnerung bleiben. Gehen Sie nach hinten in mein Büro und machen Sie es sich bequem. Ich komme sofort nach, muss nur den Alarm wieder aktivieren. In der Kanne ist Kaffee, eine Kolumbien-Guatemala-Brasilien-Sumatra-Mischung.«

»Klingt gut.«

»Er *ist* gut. Dunkel geröstet, kräftiger Geschmack mit einem sanften Abgang.«

»Den muss ich probieren«, sagte Hannah. Schmunzelnd ging sie an den Schaltern vorbei. Doug hatte Gourmetkaffee zu Weihnachten für sich entdeckt, weil Diana, seine Frau, ihm eine Probepackung Kaffeebohnen und eine elektrische Mühle geschenkt hatte.

Dougs Kaffeekanne wirkte makellos sauber, ganz im Gegensatz zu der in Jon Walkers Büro. Als Hannah sich eingeschenkt und auf einem der Stühle vor dem Schreibtisch Platz genommen hatte, kam Doug herein.

»Wie schmeckt er Ihnen?«, fragte er.

Hannah kostete und lächelte. »Er ist wirklich gut.«

»Dann warten Sie nur bis nächste Woche, Ich habe mir eine Ladung Blue Mountain kommen lassen. Das soll der beste Kaffee der Welt sein.«

»Man muss einiges aufbieten, um den hier zu toppen.« Hannah trank einen Schluck. »Bitte sehen Sie sich den Schein genauer an, Doug.«

Er nahm ihn, schaltete die Halogenleuchte auf dem Schreibtisch ein und zog eine Lupe aus der Schublade, wie man sie von Juwelieren kannte. Ein paar Augenblicke lang betrachtete er den Zehner und schüttelte dann den Kopf. »Der ist echt.«

»Aber achten Sie auf das Datum. Da steht 1974. Finden Sie es nicht seltsam, dass er so neu aussieht?«

»Eigentlich nicht. Er könnte all die Jahre in einem Safe oder unter einer Matratze gelegen haben. Und manche Leute verwahren gern druckfrische Scheine.«

»Sie meinen Sammler?«

»Diese Geldscheine sind nicht sammelwürdig. Aber er könnte als Erinnerungsstück verwahrt worden sein, eingerahmt unter Glas. Wenn Leute Geld verschenken wollen, kommen sie oft in die Bank und lassen sich neue Scheine geben.«

Hannah nickte und nahm ihn wieder an sich.

»Was ist los?«, fragte Doug. »Sie wirken ein wenig enttäuscht.«

»Lisa und ich dachten, wir wären vielleicht über einen Geldfälscherring gestolpert. Das wäre interessant geworden.«

Doug gab ein grimmiges Lachen von sich. »Ich glaube nicht, dass Sie mit so etwas zu tun haben wollen. Wäre der

Schein gefälscht, säßen Ihnen in Sekundenschnelle FBI-Agenten im Nacken.«

»Das wäre ganz neue Kundschaft für uns«, erwiderte Hannah grinsend, steckte den Schein ein und stand auf. »Danke, Doug. Wir werden die Geschichte dieses Zehners wohl nie erfahren. Vielleicht steht er mit einem Verbrechen in Verbindung und wurde deshalb jahrzehntelang nicht ausgegeben.«

»Sekunde, Hannah. Da könnten Sie recht haben. Lassen Sie mich die Seriennummer prüfen.«

»Was lässt sich daran ablesen?«

»Wenn eine Bank neue Geldscheine bekommt, sind sie nach Nennwert und mit fortlaufenden Seriennummern gebündelt. Wenn dieser Schein aus einem Bankraub stammt und die Räuber gebündelte Scheine aus dem Safe genommen haben, hat die Bank die Seriennummern den Ermittlern genannt.«

»Und das können Sie nachschlagen?«

»Selbstverständlich. Beim Computer läuft jetzt das Backup, aber ich habe die Raubliste auch als Ausdruck.«

»Raubliste?«

»So nennen wir sie. Die offizielle Bezeichnung besteht aus zwanzig Wörtern. Es ist ein Vergleichsregister nach Jahren und Seriennummern.«

»Und darin ist das Geld von Bankrauben eingetragen?«

»Einiges. Wenn ein Bankräuber das Bargeld aus der Kasse mitnimmt, kennen wir die Seriennummern nicht. Aber nimmt er das Geld aus dem Safe, verhält es sich anders. Und in dem Register wird nicht nur die Beute von Bankräubern eingetragen, sondern auch markierte Scheine.«

»Die die Polizei ausgibt, wenn sie eine Bande von Betrügern aufspüren will?«

»Genau. Warten Sie einen Moment. Ich hole den Ausdruck.«

Während er weg war, schenkte sie sich Kaffee nach. Er schmeckte so gut, dass sie überlegte, im *Cookie Jar* eine Gourmet-Kaffee-Bar einzurichten. Aber sie glaubte nicht, dass die gut ankäme. Erstens brauchten die Einwohner Lake Edens Jahre, um einen neuen Trend zu übernehmen, und zweitens würden sie sich weigern, von ihrem hart verdienten Geld drei, vier Dollar für eine Tasse Gourmet-Kaffee auszugeben.

»Ich habe ihn.« Doug kam mit einem dicken Ringbuch herein. »Lesen Sie mir die Seriennummer vor, und ich suche in der Liste.«

Hannah tat es. Er schlug die entsprechende Seite auf, fuhr mit dem Zeigefinger an den Zahlenkolonnen entlang und blickte dann auf, mit freudiger Erregung. »Ich dachte, der Verdacht wäre weit hergeholt, aber da steht sie. Ihr Zehner wurde 1974 bei dem Bankraub in der Redwing City Bank erbeutet.«

»Also ist er Raubgut.«

»Genau. Geben Sie acht, ob Ihnen noch mehr solcher Scheine unter die Finger kommen, und sagen Sie das auch Lisa. Ich mache eine Kopie von der Seite und gebe sie Sheriff Grant. Er kann sie in den Geschäften verteilen lassen. Womöglich führt das zur Ergreifung eines Bankräubers. Denken Sie mal zurück, Hannah. Haben Sie eine Ahnung, von wem Sie den Schein bekommen haben?«

Sie machte ein höchst unschuldiges Gesicht und schüttelte den Kopf. Dougs Bemerkung über die FBI-Agenten klang ihr noch im Ohr, und die sollten ihrer kleinen Schwester nicht »im Nacken sitzen«, bevor sie selbst mit ihr gesprochen hatte.

19

Natürlich hatte Delores noch angerufen und sie zu der Familienparty eingeladen. Nachdem Moishe sein Futter bekommen hatte, zog Hannah sich eine alte Jeans an, die vom vielen Waschen fadenscheinig war, genau das Richtige für den Sommer. Der Bund saß ein wenig lockerer und brachte sie auf die Frage, wie viel sie wohl abgenommen hatte.

Sie schaute in den Spiegel, als sie sich einen kurzärmligen Baumwollpulli anzog. Er war blaugrün und passte gut zu ihren roten Haaren. Sie hatte ihn oft getragen, bis sie ihn sich im vergangenen Jahr beim Picknick der Freiwilligen Feuerwehr mit Senf bekleckert hatte. Der Senffleck war rausgegangen, aber der Fleckenentferner hatte auch die Farbe angegriffen. Anstatt den Pulli auszurangieren, hatte sie ihn an etlichen Stellen mit Fleckentferner betupft und noch einmal gewaschen. Nun war der Pulli vorne und hinten hellblaugrün getupft, quasi ein Designerstück.

Es sah gar nicht mal so schlecht aus, fand sie, als sie sich damit im Spiegel betrachtete. Sie band sich die Haare zum Pferdeschwanz, ein Style, der für sie wahrscheinlich zu jugendlich war, aber sie wollte mit offenen Fenstern fahren. Wenn sie am See ankam, würde sie das Haargummi herausziehen. Sie ging in die Küche, um Moishes Napf noch mal aufzufüllen, hängte sich die Schultertasche um und eilte zum Wagen.

Zwanzig Minuten später fand sie einen Parkplatz an dem Fahrweg neben der Hütte, die den Swensens seit dreißig Jahren gehörte, zuerst ihren Großeltern, die sie jeden Sommer vermietet hatten, um ein zusätzliches Einkommen zu haben, dann ihrem Vater, der sie ebenfalls vermietet hatte.

Als Kind hatte sie jedes Jahr zwei Wochenenden darin verbracht. Einmal Anfang Mai, wenn es noch zu kalt war, um die Zehen in den See zu strecken. Da bereiteten sie die Hütte auf die Sommersaison vor und putzten sie heraus. Das andere Mal Ende August nach den Hundstagen, wenn der See dick mit Algen bewachsen war und sie deshalb nicht darin schwimmen durfte. An dem Wochenende machten sie die Hütte wintertauglich, stellten das Wasser ab und leerten die Leitungen, verkleideten die Fliegengittertüren mit dicker Plastikfolie, um sie vor dem eisigen Wind zu schützen, und packten die Küchenutensilien bis zum nächsten Sommer in Kisten.

Seufzend dachte Hannah an jene Zeit zurück. Sie hatte immer davon geträumt, während der Touristensaison in der Hütte zu wohnen, wenn man in dem winzigen Lebensmittelladen ein Dutzend Sorten Stieleis kaufen konnte und mit anderen Kindern aus so faszinierenden Gegenden wie Iowa und Wisconsin schwimmen gehen konnte. Und nun war sie hier, mitten in der Saison, und besaß nicht mal einen neuen Badeanzug. Und Eis am Stiel durfte sie auch nicht essen, weil sie auf Diät war. Manchmal war das Leben gemein.

Sie stieg aus und ging an Andreas Volvo vorbei. Ihre Schwester und Nichte waren früh gekommen. Auch Normans Auto stand schon da. Und Carries. Delores hatte anscheinend den erweiterten Familienkreis eingeladen. Das war gut. Je mehr Leute, desto einfacher würde sie sich mit Michelle in eine Ecke verziehen und sie wegen des Zehners fragen können.

Als sie auf die Fliegengittertür der Hütte zuging, schnupperte sie. Sie rechnete mit dem Duft von Hawaiianischem Schmorbraten oder Lasagne, beides Gerichte, die ihre Mutter gern für viele kochte. Hannah mochte keines davon besonders gern, aber weil sie gerade zu den verbotenen Speisen zählten, klangen sie köstlich. Sie durfte nur Salat essen, und Delores hatte ihr eine große Schüssel davon versprochen.

Norman empfing sie in der Tür. Zuerst wunderte sich Hannah über seinen erleichterten Gesichtsausdruck, bis sie begriff, dass er sich mit Delores unterhalten hatte. Zweifellos hatte ihre Mutter ihm lauter persönliche Fragen gestellt, etwa warum er sich ein so großes Haus baute und ob er Pläne für die Zukunft hätte. »Mutter hat dich ausgequetscht?«

»So könnte man es nennen.«

»Dann komme ich ja gerade rechtzeitig.«

»In mehr als einer Hinsicht«, meinte er lächelnd. »Bill und Mike holen gerade Pizza. Sie sollten jeden Moment hier sein.«

»Sagtest du ›Pizza‹?«

»Ja, und deine Mutter hat für dich eine kalorienarme bestellt.«

Hannah runzelte die Stirn. »Das ist ein Widerspruch in sich. Wie könnte Pizza kalorienarm sein?«

»Vielleicht durch fettarmen Käse?«

»Das würde kaum ins Gewicht fallen. Da bleiben immer noch der wunderbare Teig und die würzige Sauce und Peperoni, Salami, Oliven, Sardellen …«

»Augenblick.« Norman gab ihr ein Taschentuch. »Du sabberst.«

Hannah nahm es und wischte sich über das ganze Gesicht, obwohl ihr klar war, dass er nur scherzte. »Pizza ist mein absolutes Lieblingsgericht. Ein Happen, und das war's mit meiner Diät.«

»Meinst du nicht, du hast schon genug abgenommen? Du siehst schon richtig dünn aus.«

»Wirklich?« Hannah schaute mit einem Blick zu ihm auf, der an Verehrung grenzte.

»Ich fand sowieso nicht, dass du abnehmen musst.«

»Nicht?« Wären sie allein gewesen, hätte Hannah ihn sich geschnappt und ihm einen dicken Kuss gegeben. Doch so kamen ihr vor Dankbarkeit die Tränen. Es war ihr peinlich, dass sie so emotional wurde, und sie überspielte das mit einer witzigen Bemerkung. »Welche Sehstärke hast du?«

»Zwanzig-zwanzig … solange ich meine Brille trage.«

»Brille? Aber du trägst doch gar keine …« Sie stockte und blickte ihn streng an. »Du nimmst mich auf den Arm, ja?«

»Nur teilweise. Ich muss tatsächlich eine Brille tragen, bin jedoch vor ein paar Jahren zu Kontaktlinsen gewechselt.«

»Das Essen kommt!«, rief Delores von ihrem Posten am Fenster. »Bill und Mike sind gerade vorgefahren. Wer möchte hinlaufen und ihnen tragen helfen?«

»Ich.« Hannah drehte sich um und lief los. Wenn sie schon keine Pizza essen durfte, wollte sie wenigstens den Duft in die Nase bekommen, der den Kartons entströmte.

Nach dem Essen holte Hannah einen Karton voll verschiedener Plätzchen aus dem Wagen, und Delores brachte das übrige Dessert auf den Tisch. Ihr Beitrag bestand aus einer großen Packung Eiscreme mit diversen abgepackten Garnierungen aus dem Supermarkt. Hannah warf einen Blick auf die Karamellsoße und wünschte, sie hätte einen Talisman, der das Böse von ihr fernhielte. Da sie schutzlos war, nicht mal ein Knoblauchhalsband hatte, schnappte sie sich Michelle, während die anderen sich die Kekse schmecken ließen und sich Eisbecher kreierten.

»Willst du mit mir zum Anleger gehen?«, fragte sie. »Wir müssen reden.«

»Sicher. Ich habe so viel von der kalorienarmen Pizza gefuttert, dass kein Dessert mehr reingeht.«

»Womit war sie belegt?« Hannah hatte sich an einer großen Schüssel Salat satt gegessen, aber sie war neugierig.

»Mozzarella aus Magermilch, getrocknete Tomaten, Hähnchenbrust und Spargelspitzen. Der Teig war nur halb so dick wie bei den anderen Pizzen und hatte deshalb auch weniger Kalorien.«

»Also musstest du doppelt so viel essen, um satt zu werden?«

Michelle grinste. »Stimmt genau. Normalerweise esse ich zwei Stücke, und heute waren es vier.«

Als sie zur Tür hinausgingen, bemerkte Andrea das und sprang auf. »Darf ich mitkommen? Ich lasse den Nachtisch auch ausfallen.«

»Ja, komm mit«, meinte Hannah. »Wir setzen uns auf den Anleger.«

»Oh, schön. Da lasse ich die Füße ins Wasser baumeln. Ich bin heute durch die ganze Stadt gelaufen und habe geschwollene Knöchel.«

»Geht ihr beide vor«, sagte Hannah. »Ich hole nur schnell das Insektenspray und komme nach. Die Mücken sind dieses Jahr schlimm. Die fressen uns sonst bei lebendigem Leib.«

Hannah sprühte sich bereits ein, als sie die Stufen zum Anleger hinunterging. Dort angelangt, warf sie die Sprühdose Michelle zu und reichte Andrea eine Lotion. »Mir ist eingefallen, was du neulich zu Aerosolen gesagt hast. Deshalb die Lotion.«

»Danke.« Andrea schlug nach einer Mücke, die sich auf ihrem Arm niedergelassen hatte. »Doc Knight hat sich da reingesteigert. Ich darf während der Schwangerschaft kein Haarspray, kein Parfüm, nicht mal Backspray benutzen.«

Hannah lachte. »Ich kann mir nicht vorstellen, dass von Backspray eine Gefahr ausgeht.«

»Ich auch nicht«, gab Andrea gut gelaunt zu. »Bill benutzt es morgens, wenn er Eier brät, wartet aber immer, bis ich die Küche verlassen habe.«

»Ich dachte, du machst das Frühstück für ihn.« Michelle blickte überrascht auf.

»Früher mal, im ersten Jahr unserer Ehe. Da habe ich jeden Morgen Rührei zubereitet. Doch Bill fand schließlich, ich hätte genug Pfannen verkokelt. Jetzt brät er die Eier, und ich kümmer mich um den Toast.«

Hannah wollte schon fragen, wie viele Toastscheiben Andrea schon verbrannt hatte, aber sie verkniff sich das und wandte sich Michelle zu. »Du hast Lisa heute einen Zehn-Dollar-Schein gegeben, nicht wahr?«

»Ja. Ich habe Plätzchen für Carly gekauft, während du beim Essen warst.«

»Weißt du noch, wo du den Schein herhattest?«

»Bin mir nicht sicher.« Michelle dachte zurück und

schüttelte den Kopf. »Ich weiß es wirklich nicht mehr. Warum interessiert dich das?«

»Es hat sich herausgestellt, dass er aus einem Bankraub stammt. Doug Greerson hat in einer Liste nachgesehen, die jede Bank hat.«

Andrea blickte überrascht auf. »Bill hat gar nichts davon erzählt. Weiß Sheriff Grant davon?«

»Doug sagte, er würde ihm das melden.« Hannah wandte sich wieder Michelle zu. »Deshalb ist es so wichtig zu wissen, wann und wo du ihn bekommen hast. Sie werden den Weg des Zehners zurückverfolgen wollen.«

»Ich bin mir sicher, dass ich ihn nicht mitgebracht habe. Am Busbahnhof in Minneapolis hatte ich vier Zwanziger aus dem Geldautomaten und ein paar Einer.«

»Wie war das mit dem Fahrschein?«, fragte Andrea. »Hast du den bar bezahlt?«

»Ja. Ich weiß leider nicht mehr, wie viel er gekostet hat. Ich schätze, es waren knapp zwanzig Dollar. Ich hätte also keinen Zehner als Wechselgeld bekommen.«

Andrea nahm ihr Handy und wählte. »Rückfahrkarte oder einfache Fahrt?«

»Rückfahrkarte.«

Hannah und Michelle hörten Andrea beim Telefonieren zu. Sie erkundigte sich nach dem Fahrpreis, bedankte sich und legte auf. »Der Zehner stammt nicht vom Busbahnhof. Eine Rückfahrkarte nach Lake Eden kostet achtzehn Dollar und ein paar Zerquetschte.«

»Dann habe ich ihn hier bekommen. Aber ich habe außer den Plätzchen gar nichts gekauft. Ganz bestimmt nicht. Das einzige Geschäft, in dem ich war …«

»Welches?«, drängte Hannah, als ihre Schwester ins Stocken kam.

»Der Drugstore. Ich brauchte zwei Schmucksteine und habe dort eine kleine Tüte farbiger Strasssteine bekommen.«

»Strass?« Andrea verzog das Gesicht. »Der wirkt furchtbar billig. Du hättest mich anrufen sollen. Ich kenne ein Geschäft, in dem es sehr hübsche Schmucksteine gibt, die gar nicht teuer sind. Wir hätten zur Mall fahren können und ...«

»Entspann dich, Andrea«, unterbrach Hannah. »Michelle brauchte keine guten Steine. Die beiden waren nur für ihre Zähne.«

»Ihre *Zähne*?«

»Ihre falschen Zähne. Sie erklärt es dir später.« Hannah drehte den Kopf zu Michelle. »Wie teuer waren sie?«

»Unter zehn Dollar. Und ich musste mit einem Zwanziger bezahlen. Das heißt, ich habe einen Zehner und ein paar Münzen zurückbekommen.«

»Das leuchtet ein.« Hannah überdachte die Möglichkeiten. Sie war sich nicht sicher, wie alles zusammenpasste, doch Rhonda war in dem Drugstore angestellt gewesen. Vielleicht hatte der gestohlene Zehner nichts mit Rhondas Ermordung zu tun, doch das war ein interessanter Zufall.

»Denkst du, was ich denke?« Andrea sah sie fragend an.

»Ja«, antwortete Hannah sofort. »Wir müssen uns über den Bankraub informieren.«

»Hallo, ihr da unten!«

Die drei Schwestern drehten sich um und sahen Norman oben an der Treppe zum Anleger stehen.

»Ist es okay, wenn ich zu euch komme? Oder störe ich bei einem geschwisterlichen Verbündungsritual?«

»Wir sind längst verbündet«, erwiderte Hannah lachend. »Seit unsere Mutter uns einmal zwingen wollte, Dosenerbsen zu essen. Komm ruhig her.«

Nachdem Norman sich zu ihnen gesetzt hatte, warf

Hannah ihm das Insektenspray zu. »Sprüh dich am besten ein. Die Mücken sind heute Abend besonders dreist.«

»Danke, aber das brauche ich nicht.«

»Was soll das heißen? Die Biester sind blutrünstig. Ich hatte schon Sorge, ich bräuchte eine Bluttransfusion, weil die Kappe auf der Dose so fest saß.«

»Mücken stechen mich nicht.«

»Was?!«

»Es ist wahr.« Norman sah aus, als meinte er das ernst. »Ich weiß nicht, wieso, aber sie lassen mich in Ruhe.«

»Nimmst du irgendwelche Vitamine?«, fragte Michelle.

»Nein.«

»Vielleicht liegt es an der Seife«, meinte Andrea. »Benutzt du eine besondere?«

»Jede, die im Supermarkt im Sonderangebot ist.«

Hannah zog die Brauen zusammen. Soweit sie wusste, stachen Mücken jeden. Sie jedenfalls wurde von den Viechern immer für ein Fünf-Gänge-Menü samt Getränken benutzt. Norman zog sie bestimmt nur auf. Sie würde es ihm beweisen. »Ich glaube dir nicht. Krempel den Ärmel hoch und streck den Arm aus. Ich will das mit eigenen Augen sehen.«

»Einverstanden«, sagte er liebenswürdig und tat es.

Die drei Schwestern beobachteten, wie eine kleine Wolke Mücken sich herabsenkte, jede mit diesem hellen, zermürbenden Summen. Eine setzte sich auf seinen nackten Arm und flog sofort wieder weg.

»Siehst du?« Er grinste. »Sie mögen mich nicht.«

Hannah gab sich geschlagen. Es stimmte also. Stechmücken mochten Norman nicht. Konnte sie jemanden lieben, den Mücken nicht mochten? Darüber würde sie später nachdenken. Im Augenblick mussten sie das Rätsel der

Zehn-Dollar-Note lösen. »Am besten, ich bringe dich auf den neuesten Stand«, sagte sie zu ihm. »Michelle hat heute einen Zehner als Wechselgeld bekommen, der aus einem Bankraub stammt.«

Norman hörte interessiert zu, während sie erzählte. »Und jetzt willst du mehr über den Bankraub wissen?«

»So ist es.«

»Und der ist 1974 in Redwing passiert?«

»Das hat Doug Greerson gesagt.«

»Dann ist es einfach. Das muss damals die Titelstory in den Lokalblättern gewesen sein. Ich sehe mal nach, ob eins der Zeitungsarchive im Internet frei zugänglich ist.«

»Das kannst du?« Hannah war beeindruckt. Ihre eigenen PC-Kenntnisse waren begrenzt.

»Kein Problem. Ich habe meinen Laptop im Auto. Soll ich sofort recherchieren?«

»Nein, nicht jetzt. Ich möchte das noch geheim halten.«

»Auch vor Bill und Mike?«

»Ja. Ich befasse mich schon mit dem Mord an Rhonda, und sie sind damit einverstanden. Doch wenn sie mitkriegen, dass der Zehner über Michelle zu uns gelangt ist, müssen sie das dem FBI sagen. Das kann sie jetzt nicht gebrauchen. Die stellen ihr tausend nutzlose Fragen und verderben ihr die Ferien.«

»Da hast du recht. Wie wär's, wenn ich nach der Party mit dem Laptop zu dir komme?«

»Das wäre wunderbar.« Hannah blickte auf, als sie Schritte hörte. Mike und Bill kamen die Treppe herunter.

Bill war als Erster auf dem Anleger und ging zu seiner Frau. »Wir müssen aufbrechen, Liebling. Wir wurden gerade benachrichtigt, dass der Autopsie-Bericht vorliegt, und wir müssen mit dem Doc ein paar Dinge durchgehen. Tracey möchte wissen, ob sie hier übernachten kann. Delores und Carrie haben versprochen, mit ihr Brettspiele zu spielen.«

»Das geht in Ordnung. Sie liebt es, bei ihrer Grandma zu schlafen.«

»Bestens«, meinte Michelle. »Tracey kann in meinem Bett schlafen, und Mutter ist nicht ganz allein.«

Hannah drehte sich überrascht zu ihr. »Nicht ganz allein? Wo bist du denn?«

»Ich habe ein Date.«

»Lass dich nicht überreden, zu einsamen Stellen mitzugehen«, mischte Mike sich ein. »Wir haben Rhondas Mörder noch nicht gefasst.«

Michelle lachte. »Ihr braucht euch um mich keine Sorgen zu machen. Ich bin in sicheren Händen.«

»Wirklich?« Mike schaute noch immer besorgt.

»Absolut. Ich gehe mit Lonnie Murphy aus.«

Hannah unterdrückte ein Kichern. Das sollte Mike beruhigen. Lonnie war der neueste Nachwuchs auf dem Revier, und Mike konnte ihn gut leiden. Lonnies älterer Bruder Rick war seit drei Jahren dort, und Mike hatte Hannah erzählt, dass aus den beiden Murphys gute Detectives werden könnten.

»Du sagst, Tracey kann dein Bett haben«, fuhr Mike fort. »Heißt das, du willst die Nacht durchmachen?«

»Natürlich nicht, aber Lonnie und ich waren zusammen auf der Highschool und haben uns viel zu erzählen. Es könnte also spät werden. Ich möchte nicht, dass meine Mutter mitten in der Nacht wach wird, weil ich zurückkomme. Deshalb wollte ich Hannah fragen, ob ich bei ihr schlafen kann.«

»Na klar«, erklärte Hannah schnell, bevor Mike ihr noch mehr Ratschläge erteilte.

»Ich lasse dich nicht gern allein zu Hause, Liebling.« Bill legte einen Arm um Andreas Schultern.

»Ich werde weder allein noch zu Hause sein. Ich fahre auch zu Hannah. Du kannst dich nach der Arbeit von Mike zu ihr bringen lassen, und wir fahren mit meinem Auto nach Hause.«

»Es könnte drei, vier Uhr werden. Wir sprechen zuerst mit dem Doc und müssen dann den ganzen Papierkram abarbeiten.«

Andrea tätschelte seine Hand. »Mach dir keine Gedanken, Schatz. Wenn ich müde werde, kann ich auf Hannahs Couch schlafen.«

Hannah war sich nicht sicher, was sie von dem ehelichen Zwiegespräch halten sollte. Einerseits war es schön, jemanden zu haben, der sich um einen sorgte. Andererseits konnte man sich nie wieder unabhängig fühlen. Die Ehe war ein Geben und Nehmen. Man musste einiges aufgeben und gewann dafür anderes hinzu. Da sie merkte, dass sie vor diesem Geben und Nehmen zurückschreckte, hieß das wohl, sie war noch nicht bereit, vor den Altar zu treten. Jedenfalls noch nicht so ganz.

20

»Gib auf deinen Computer acht, Norman.« Hannah streckte die Hand nach Moishe aus, der fasziniert von dem Laptop auf dem Sofatisch saß und mit der Pfote auf die Tastatur drückte. »Ich trage den Kater besser in die Küche und fülle seinen Futternapf auf. Dann lässt er dich vielleicht in Ruhe.«

»Er stört mich nicht. Er ist eben neugierig.« Norman nahm Moishe auf den Schoß.

»Er sollte dem Gerät nicht so nahe kommen«, riet Andrea und wedelte ein paar orange-weiße Haare weg, die auf sie zuschwebten. »Er haart.«

»Das ist bei Katzen so. Sie können nichts dafür.« Norman tippte mit einer Hand und kraulte Moishe mit der anderen hinter den Ohren. »Wenn ich zu Hause bin, werde ich die Tastatur mit Druckluft ausblasen.«

»Sind noch Kekse da?« Andrea nahm die leere Tüte und knüllte sie zusammen.

»Nein, aber es sind gerade welche im Ofen. Ich gehe mal nachsehen, wie sie sich entwickeln.«

Schnuppernd betrat Hannah die Küche. Die neuen Plätzchen dufteten wunderbar nach Zimt, Muskat und einer geheimen Zutat, die Norman und Andrea nie erraten würden. Sie war so ungewöhnlich, niemand würde darauf kommen, und es würde jedem ein Rätsel bleiben, der die Plätzchen kostete. Und deshalb nannte sie sie »Mystery Cookies«.

Wie aufs Stichwort piepte die Eieruhr. Sie öffnete die Ofentür, um das Blech herauszunehmen. Gleich nachdem sich Norman und Andrea auf die übrig gebliebenen Plätzchen gestürzt hatten wie hungrige Wölfe auf eine Schafherde, war sie in die Küche gegangen und hatte den Teig angerührt. Zuerst hatte sie Chocolate Chip Crunches backen wollen, hatte aber weder Schokotropfen noch Cornflakes im Haus gehabt. Erdnussbutterplätzchen waren ebenfalls unmöglich gewesen, weil das Glas Erdnussbutter fast leer war. Für ihre Zuckerplätzchen hätte sie alle Zutaten dagehabt, aber der Teig musste kalt gestellt werden, und die Wölfe im Wohnzimmer mussten schnell etwas zu fressen bekommen, denn wer weiß, wozu sie sonst fähig waren? Hannah hatte in ihr Vorratsregal geschaut, welche Zutaten vorhanden waren, und dann in ihrem Kochbuch nach Grandma Ingrids Rezept für den Roten Gewürzkuchen gesucht. Das hatte sie kurzerhand für Kekse abgewandelt.

Nachdem sie die heißen Plätzchen auf ein Kühlgitter gelegt und das zweite Blech in den Backofen geschoben hatte, legte sie die zwölf ausgekühlten auf einen Teller und trug ihn ins Wohnzimmer. »Bitte sehr. Die sind fertig, und die nächsten kühlen bereits ab.«

»Danke, Hannah.« Andrea nahm sich eins mit der linken Hand und biss ab, während sie sich mit der rechten notierte, was sie aus dem Internet erfuhr. »Hm. Die sind wirklich gut. Saftig und zimtig und … Gibt es das Wort?«

»Welches?«

»Zimtig.«

Hannah lachte. »Wenn nicht, dann sollte es das geben.«

»Mmmm …« Andrea nahm sich das nächste. »Was für welche sind das?«

»Gewürzplätzchen. Ich nenne sie ›Mystery Cookies‹.«

»Ein guter Name.« Norman griff zu, bevor Andrea sich den dritten nehmen konnte. »Was ist ihr Geheimnis?«

»Eine geheime Zutat, die bestimmt niemand errät. Außer vielleicht Andrea.«

»Ich?« Ihre Schwester blickte überrascht auf. »Wie könnte ich? Du weißt, dass ich nicht backe.«

Und du kochst auch nicht, dachte Hannah, sprach es jedoch nicht aus. Andrea hatte wegen ihrer mangelnden Kochkünste in den letzten Jahren genug zu hören bekommen. »Denk an Grandma Ingrids Gewürzkuchen, dann weißt du es.«

»Aber der wurde mit …« Andrea hielt inne und grinste. »Ich glaube, ich weiß es. Kommt die geheime Zutat aus einer rot-weißen Dose?«

»Ja, und verrate es keinem. Ich werde Lisa einweihen müssen, weil sie mir mit dem Teig hilft, doch sie muss mir versprechen zu schweigen.«

»Ich werde es keinem verraten, Ehrenwort.« Andrea legte eine Hand auf die Brust. »Hand aufs Herz. Ich schwöre. Ich frage mich, wo der Ausdruck herkommt.«

»Früher musste man beim Schwören die Hand aufs Herz legen.«

»Tatsächlich?« Norman starrte sie an. »Woher weißt du das?«

Hannah zuckte mit den Schultern. »Habe ich irgendwo mal gelesen. Solche Kleinigkeiten bleiben mir im Gedächtnis.«

»Wenn du einen Computer hättest, würdest du so etwas im Internet finden«, sagte Norman.

Hannah seufzte. Das war schon öfter zwischen ihnen Thema gewesen. Norman versuchte, sie in den Cyberspace zu zerren, während sie sich mit Händen und Füßen wehrte. »Warum sollte ich dort nachsehen, wenn ich es längst weiß?«

»Du weißt ja nicht alles. Es macht Spaß, im Internet zu recherchieren, und es wird höchste Zeit, dass du dir einen Computer anschaffst. Ich finde sogar, du brauchst zwei.«

»Einen für jede Hand?«, witzelte Hannah.

»Nein, einen für zu Hause und einen für euer Café.«

»Aber warum? Ich komme sehr gut ohne zurecht.«

»Du könntest dir eine Datei mit Rezepten anlegen.« Andrea sprang für ihn in die Bresche. »Dann müsstest du sie nicht mehr kopieren und an zwei verschiedenen Orten aufbewahren. Wenn du bei der Arbeit am Rezept etwas änderst, kannst du die Änderung an deinen Computer zu Hause schicken. Wenn du nach Hause kommst, kannst du es ausdrucken und hast so immer die aktuelle Version.«

»Die habe ich jetzt auch. Ich gehe in den Drugstore, kopiere mir das Rezept und fahre damit nach Hause.«

»Aber das ist es ja.« Andrea ließ nicht locker. »Du müsstest dann nicht mehr in den Drugstore gehen. Du würdest auch Geld sparen. Der Kopierer dort ist teuer.«

Hannah lachte. »Und zwei Computer nicht?«

»Nicht so teuer, wie du denkst.« Norman löste Andrea wieder ab. »Die Modelle aus dem vorigen Jahr kriegst du praktisch geschenkt. Und du brauchst auch keinen mit besonderer Ausstattung, weil du nichts Anspruchsvolles damit machst.«

»Ihr verbündet euch gegen mich«, warf Hannah ihnen vor. »Obwohl ich euch mit Plätzchen füttere. Das ist nicht nett.«

Andrea nahm sich ihr viertes. »Du hast recht. Aber ich wünschte, du hättest hier einen Drucker. Dann müsste ich mir die Infos nicht von Normans Bildschirm abschreiben. Das ist, wie von der Tafel abschreiben zu müssen, und das habe ich immer gehasst. Davon habe ich furchtbare Kopfschmerzen bekommen.«

Weil du dich geweigert hast, deine Brille zu tragen, dachte Hannah, doch sie wollte nicht gemein werden und schwieg.

»Natürlich kam das daher, dass ich meine Brille nicht aufsetzen wollte«, fuhr Andrea fort. »Ich dachte, die macht mich hässlich. Auch das gefällt mir an den Computern. Wenn ich nah genug an den Bildschirm rangehe, brauche ich keine Brille. Ich glaube, ich höre deine Eieruhr, Hannah.«

Sie hatte recht. Hannah ging und holte das nächste Blech aus dem Ofen, schob ein weiteres hinein und stellte die Eieruhr neu. Als sie wieder ins Wohnzimmer kam, empfingen die beiden sie breit lächelnd. »Ihr seid auf etwas gestoßen?«

»Bingo!« Andrea hielt Hannahs Stenoblock hoch. »Ich habe dir alles aufgeschrieben. Es waren zwei Täter, und sie haben über zweihunderttausend Dollar geraubt. Einer wurde noch am selben Abend gefasst, aber der andere konnte mit dem Geld entkommen. Eine Woche später wurde auch er verhaftet, als er die kanadische Grenze überqueren wollte. Er hatte jedoch nur fünftausend Dollar bei sich und weigerte sich, das Versteck preiszugeben. Weil bei dem Raub ein Wachmann getötet wurde, hat man beide

Täter wegen Mordes angeklagt und zu lebenslanger Haft verurteilt.«

»In welchem Gefängnis sitzen sie?«

»Das steht in dem Artikel nicht. Ich kann das aber herausfinden. Gleich morgen früh rufe ich im Gefängnis an und frage, ob die Bankräuber dort einsitzen.«

»Ich will dich nicht entmutigen, doch ich glaube nicht, dass du etwas erfahren wirst.« Norman schüttelte den Kopf. »Solche Informationen dürfen die Angestellten am Telefon nicht herausgeben.«

Hannah lachte. »Das stimmt. Aber du hast Andrea noch nicht in Aktion erlebt.«

Ihre Schwester hob stolz das Kinn. »Ich bin Immobilienmaklerin. Es gehört zu meinem Beruf, Leuten vertrauliche Informationen zu entlocken.«

Es klingelte an der Tür, und Hannah sah auf die Uhr. Es war erst elf. Michelle konnte das noch nicht sein.

»Guck durch den Türspion, bevor du öffnest«, riet Andrea.

»Der nutzt abends nichts. Die Außenlampe hängt an der falschen Stelle, und ich sehe immer nur eine Silhouette.«

»Dann leg die Kette vor.«

Hannah hielt das für albern, befolgte jedoch den Rat. Schließlich lief ein Mörder frei herum.

»Ich bin's, Hannah.« Michelle winkte ihr durch den Spalt zu.

»Du kommst früh. Ist bei deinem Date etwas schiefgegangen?«

»Nein. Oder in gewisser Weise doch. Lonnie wurde zum Revier gerufen.«

»Haben Sie Rhondas Mörder geschnappt?«

»Nein, das nicht. Lonnie ist der jüngste Deputy und muss immer die Routinearbeit machen.«

»Oje.« Hannah wusste genau, was Lonnie durchmachte. Das war überall so: Der Neue musste immer die Aufgaben erledigen, zu denen die Altgedienten keine Lust hatten. »Sekunde. Ich muss die Tür schließen, damit ich die Kette wegnehmen kann.«

Als das geschehen war und sie die Wohnungstür weit öffnen konnte, kam Michelle herein. Dabei vollführte sie ein Manöver, auf das sich jeder Runningback beim Football etwas einbilden würde, und blockierte Moishes Sturm auf die Tür. »Hi, Moishe. Du kennst mich doch noch von gestern Abend, oder?«

»Er erinnert sich an den Räucherlachs, den du ihm zu Weihnachten mitgebracht hast. Hör dir das an. Er schnurrt schon.«

»Diesmal habe ich keinen Lachs bei mir, aber das.« Michelle griff in ihre Handtasche und holte eine zusammengeknüllte Frischhaltefolie heraus, an der eine lange Schnur befestigt war.

»Er spielt nicht«, sagte Hannah, als Michelle das Knäuel auf den Teppich fallen ließ.

»Er wird. Warte nur ab.« Michelle ging weiter und zog das Knäuel hinter sich her. Und der Kater, den Hannah nicht für verspielt gehalten hatte, begann das Folienknäuel zu jagen. Er machte einen Satz nach dem anderen, während Michelle es immer wieder wegzog. So bewegten sie sich zum Sofa hinüber, wo Andrea und Norman saßen.

»Jetzt bin ich aber baff!« Hannah ging in die Küche, um das letzte Blech Plätzchen aus dem Ofen zu ziehen. Sie hatte ein Vermögen für teures Katzenspielzeug ausgegeben, als Moishe bei ihr eingezogen war, und er hatte mit keinem einzigen gespielt. Nun zeigte sich, dass nur ein

Stück zerknüllte Frischhaltefolie und eine Kordel nötig waren.

Hannah trug die frischen Plätzchen ins Wohnzimmer, und Michelle griff sofort zu. Sie aß zwei hintereinander und lobte Hannah mit gerecktem Daumen. »Die sind fantastisch. Ich habe gewartet, bis du aus der Küche kommst, um es allen zu erzählen. Lonnie wurde zum Revier gerufen, weil Freddy Sawyer sich Schwierigkeiten eingebrockt hat.«

»Ist ihm etwas passiert?« Hannah stellte sich das Schlimmste vor, denn sie wusste von Freddy, dass Jed ihm beibrachte zu kämpfen.

»Nein, aber er wurde wegen Trunkenheit und ungebührlichen Benehmens verhaftet. Jed hat versprochen, dass das nie wieder vorkommt, und sie haben ihn mit einer Verwarnung entlassen.«

»Ich hätte nicht gedacht, dass Freddy trinkt.« Andrea schaute verwundert.

»Das tat er auch nicht, bevor sein Cousin zu ihm gezogen ist.« Hannah seufzte. »Doch seit Jed hier ist, bringt er ihm alle möglichen Dinge bei, mit denen er sich schaden kann.«

»Den Eindruck habe ich auch«, sagte Michelle. »Lonnie und ich haben Freddy nüchtern gemacht und ihn nach Hause gefahren, damit er sich ausschläft. Lonnie musste zurück zum Revier, um den Bericht zu schreiben, und hat mich hier abgesetzt.«

»Wie schade, dass ihr euer Date abbrechen musstet«, bemerkte Norman. »Lonnie scheint ein wirklicher netter Kerl zu sein.«

»Du kennst ihn?« Michelle schaute überrascht.

»Seit er seine Zahnversicherung hat, kommt er jeden

Samstagmorgen in die Praxis. Das gehört zum Gesundheitspaket des County. Seine Zähne waren in gutem Zustand, doch wir tun einiges, um seinen Biss zu korrigieren.«

»Gut. Man kann nie wissen, ob man im Einsatz mal jemanden beißen muss«, meinte Hannah und wandte sich Michelle wieder zu. »Erzähl mal, was passiert ist. War Freddy in eine Schlägerei verwickelt?«

»Nein, nichts dergleichen. Er fuhr auf der Ladefläche des Pick-ups mit, den Jed gekauft hat, und zeigte den Leuten im Vorbeifahren den nackten Hintern.«

Hannah war geschockt. Das war zwar kein ernsthaftes Vergehen, da niemand zu Schaden gekommen war, aber doch kränkend. »Soviel ich weiß, ist Freddy noch nie mit dem Gesetz in Konflikt geraten. Und das klingt mir nicht danach, als wäre er selbst auf die Idee gekommen.«

»Da gebe ich dir recht. Lonnie sagt, das Mädchen, mit dem Freddy in der Bar getrunken hat, hat zugegeben, dass sie ihn dazu angestiftet hat. Sie meinte, sie fände das lustig.«

Hannah hielt das für sehr beunruhigend. »Freddy trinkt, lässt sich mit Mädchen in Bars ein und zeigt Leuten auf der Straße den nackten Hintern? Wenn Jed glaubt, ihn damit zu einem Mann zu machen, dann gefällt mir das kein bisschen!«

»Mir auch nicht«, pflichtet Norman bei. »Beim Umbau meiner Praxis habe ich Freddy mit ein paar Arbeiten beauftragt. Er war immer gut und zuverlässig und wirkte auf mich ein wenig schüchtern. Wie er sich heute Abend verhalten hat, passt nicht zu seinem Charakter.«

Andrea nickte. »Das meine ich auch. Jed bringt Freddy auf dumme Ideen. Und seit Freddys Mutter tot ist, gibt es niemanden, der wirklich auf ihn achtet. Ich glaube nicht, dass Mrs Sawyer viel von Jed gehalten hat. Solange sie lebte, kam er nicht zu Besuch.«

»Ich werde morgen mal mit Freddy reden«, versprach Norman, packte seinen Laptop in die Tasche und zog den Reißverschluss zu. »Jed hat großen Einfluss auf ihn, aber nur, weil wir das zulassen. Wir sind zu beschäftigt mit unserem eigenen Leben und nehmen uns nicht genug Zeit für Freddy.«

Nachdem er sich von Andrea und Michelle verabschiedet hatte, begleitete Hannah ihn hinaus. Sie zog die Wohnungstür hinter sich zu und umarmte ihn. »Du bist gut, Norman.«

»Danke, aber so viel habe ich gar nicht getan. Im Internet an Informationen zu gelangen, ist einfach.«

»Das meine ich nicht. Ich rede von Freddy. Es ist wirklich anständig von dir, dass du ihm mehr Aufmerksamkeit widmen willst.«

»Das tust du doch auch. Du nimmst dir immer Zeit, mit Freddy zu reden, sogar wenn du viel zu tun hast. Es gibt keinen Grund, warum ich das nicht auch schaffen sollte.«

»Siehst du, das meine ich. Du bist gut.« Hannah umarmte ihn noch einmal.

Norman drückte sie an sich und fing an zu grinsen. »Ist das deine Art von Belohnung für anständiges Verhalten?«

»Vielleicht. Was spricht dagegen?«

»Überhaupt nichts. Ich finde nur, meine Belohnung könnte ein bisschen größer ausfallen.« Er fasste ihr unters Kinn und küsste sie.

Es war ein schöner Kuss, und Hannah wollte nicht, dass er endete. Es fühlte sich gut an, Norman so nah zu sein. Es war tröstlich und wärmend und erregend. Zwar schmolz sie nicht genauso dahin wie bei Mike, aber da nagte auch nicht der kleine Zweifel in ihrem Hinterkopf, wie viele andere Frauen er schon genauso geküsst hatte.

»Gute Nacht, Norman«, sagte sie, als der Kuss endete. »Ich danke dir.«

»Für den Kuss?«

»Ja. Und weil du du bist.«

Norman lächelte und ging langsam zur Treppe, blieb auf halbem Weg stehen und drehte sich zu ihr um. »Ich bin froh, dass ich ich bin, besonders heute Abend. Ich mag es nämlich überhaupt nicht, wenn dich jemand küsst, der nicht ich ist.«

Mystery Cookies

Den Ofen auf 175 Grad vorheizen, das Blech auf die mittlere Schiene setzen.

120 g Butter
700 g weißer Zucker
2 geschlagene Eier (mit einer Gabel genügt)
1 Dose Tomatensuppe (die einfache ohne Sahne oder Basilikum und dergleichen)
2 TL Zimt
2 TL Muskat (wenn Sie die Muskatnuss selbst reiben, nehmen Sie nur 1 TL)
2 TL Backnatron
2 TL Salz
400 g Rosinen (gelbe oder braune)
260 g gehackte Walnüsse
540 g Mehl, ungesiebt

Die Butter zerlassen, den Zucker einrühren, abkühlen lassen und die geschlagenen Eier einrühren. Die Tomatensuppe zugeben und mit der Masse verrühren. Zimt, Muskatnuss, Backnatron und Salz zugeben, dann die Rosinen und die gehackten Nüsse unterheben. Das Mehl portionsweise hinzugeben und verrühren.

Den Teig 10 Minuten lang ruhen lassen. Mit einem Teelöffel Teighäufchen auf ein gefettetes Blech setzen, jeweils 12 Stück. (Haftet der Teig zu sehr am Löffel, entweder den Teig für einige Minuten kalt stellen oder den Löffel beim Portionieren in kaltes Wasser tauchen.)

10 bis 12 Minuten backen, bis die Plätzchen goldbraun sind. Auf dem Blech 1 bis 2 Minuten abkühlen lassen (nicht länger, sonst kleben sie fest) und auf ein Gitter legen.

Ausbeute: etwa 10 Dutzend. (Ich weiß, das ist eine Menge, aber die sind schneller verputzt, als Sie denken. Und wenn Sie es nicht verraten, werden Ihre Kinder garantiert nicht darauf kommen, dass Tomatensuppe drin ist.)

21

»Es ist halb zwölf. Seid ihr nicht müde?«, fragte Hannah ihre Schwestern, als sie ins Wohnzimmer zurückkam.

»Ich nicht.« Michelle schüttelte den Kopf.

»Und du, Andrea? Du schläfst doch zurzeit für zwei.«

Andrea lachte. »Ich esse für zwei. Für zwei schlafen gibt es nicht. Das Baby schläft, wann es will. Ob ich wach bin oder nicht, spielt dabei keine Rolle.«

»Und du bist ganz sicher nicht müde?«

»Du klingst schon wie Bill. Wirklich, Hannah, ich bin kein bisschen müde.«

Michelle sah sie verwundert an. »Aber ich dachte, eine Schwangerschaft ist auslaugend.«

»Ja, in den letzten zwei Monaten. In der Zeit schleppt man viel mehr Gewicht mit sich herum. Bisher habe ich nur fünf Pfund zugenommen. Meine Füße werden müde, wenn ich den ganzen Tag stehe, doch die sind nur ein kleiner Teil von mir. Eigentlich habe ich derzeit mehr Energie als vor der Schwangerschaft.«

»Wenn es darum geht, eine Nacht durchzumachen, ist mit mir nicht viel los, zum Beispiel wenn ich für eine Prüfung lernen muss. Vielleicht sollte ich schwanger werden, dann habe ich mehr Energie.« Michelle sah die bestürzten

Gesichter ihrer Schwestern und kicherte. »Ich mache nur Spaß. Ich will erst schwanger werden, wenn ich so alt bin wie Hannah.«

Hannah stöhnte. Sie war sich nicht sicher, ob das eine Beleidigung war, doch es fühlte sich so an.

»Das ist eine schlechte Idee. So lange solltest du nicht warten«, riet Andrea.

Hannah stöhnte wieder. Diesmal war sie sich sicher. »Fang jetzt bloß nicht von meiner biologischen Uhr an. Das bekomme ich von Mutter schon oft genug zu hören. Wenn wir weiter aufbleiben und reden, dann mache ich uns heiße Schokolade. Andrea? Du kannst Michelle erzählen, was wir inzwischen über den Bankraub wissen.«

Es dauerte eine Weile, bis die heiße Schokolade fertig war, denn Hannah bereitete sie auf die altmodische Art mit Kakao, Milch und Zucker zu. Sie verteilte sie auf zwei Becher, füllte sich ihre Tasse mit kalorienfreiem Kaffee und trug alles ins Wohnzimmer. Da bekam sie noch das Ende der Unterhaltung mit.

»... mag ihn sehr, doch ich bin mit jemanden auf dem College zusammen.« Michelle lächelte zu Hannah hoch, als die ihr den heißen Kakao hinstellte, und redete weiter. »Das ist keine richtige Beziehung, aber wir sind wirklich gute Freunde, wenn ihr versteht, was ich meine.«

»Wie gut?«, fragte Andrea und nahm ihren Becher entgegen.

Hannah zog die Brauen zusammen, als sie sich aufs Sofa setzte. Sie hatte offensichtlich ein Gespräch über Michelles Freunde verpasst, und es klang, als wollte Andrea ihre kleine Schwester ausfragen.

»Nicht so gut.« Michelle schaute ein bisschen empört. »Ich schlafe nicht mit ihm, falls du das wissen willst.«

»Erzähl mir von ihm. Ist er Student?«

»Ja. Er ist vierundzwanzig, will seinen MBA machen und heißt Raj.«

Jetzt war es Zeit, sich einzuschalten, und Hannah tat es hastig. Sie war sich nicht sicher, wie Andrea über interkulturelles Dating dachte. »Fragst du ihn mal, ob seine Mutter ein gutes Curry-Rezept hat? Die meisten indischen Familien verwenden ihre eigene Gewürzmischung, und ich mag das Currypulver aus dem Supermarkt nicht besonders.«

Michelle lachte. »Rajs Familie stammt nicht aus Indien. Er heißt Roger Allen Jensen. Raj ist sein Spitzname wegen seiner Initialen.«

»Oh.« Hannah kam sich dumm vor. Da sie sich nicht gern so fühlte, fing sie schnell von etwas anderem an. »Ich kann es noch immer nicht glauben, dass Freddy den Leuten im Vorbeifahren seinen Hintern gezeigt hat, und ich bin entsetzt über Jed. Es würde mich nicht im Mindesten überraschen, wenn sich herausstellt, dass er etwas über das Geld aus dem Bankraub weiß und es irgendwie in die Finger bekommen hat.«

»Meinst du wirklich?«, fragte Michelle, offenbar froh, dass das vorige Thema beendet war.

»Das drängt sich mir irgendwie auf, besonders, da du den Zehner im Drugstore bekommen hast. Freddy hat mir heute seine neue Sportuhr gezeigt, und ich weiß, dass es im Drugstore solche gibt. Er hat auch erwähnt, dass sie knapp zehn Dollar gekostet hat und Jed ihm dafür das Geld gegeben hat.«

»Aber viele Leute kaufen im Drugstore«, gab Andrea zu bedenken.«

»Moment. Das ist noch nicht alles. Jed hat mir erzählt, dass er mal im Stillwater-Gefängnis in der Instandhaltung gearbeitet hat. Und angeblich hat er gerade eine rückwirkende Lohnerhöhung ausgezahlt bekommen, aber das glaube ich nicht.«

»Glaubst du, er hat gesessen?«, hakte Andrea nach.

»Nein. Mike hat das schon geprüft, und demnach war Jed dort tatsächlich angestellt. Aber er kann bei seiner Arbeit mit den Bankräubern in Kontakt gekommen sein, und die könnten ihm verraten haben, wo sie das Geld versteckt hatten.«

Andrea zuckte mit den Schultern. »Das wäre möglich.«

»Ich hoffe, du hast recht, Hannah«, sagte Michelle. »Ist es illegal, gestohlenes Geld auszugeben, wenn man es nicht selbst gestohlen hat?«

»Vermutlich ja, wenn man weiß, dass es gestohlenes Geld ist.« Hannah sah Andrea an. »Wie siehst du das?«

»Genau wie du. Aber selbst wenn Jed behauptet, nichts davon gewusst zu haben, könnte das dazu führen, dass er von Freddy getrennt wird, zumindest für eine Weile.«

»Das wäre gut«, meinte Michelle seufzend. »Unterwegs im Auto, als wir Freddy nach Hause brachten, haben wir versucht, ihm die Dinge zu erklären, doch ich fürchte, das hat nichts genutzt. Freddy hat nicht begriffen, dass Jed ihn in Schwierigkeiten gebracht hat.«

Hannah nickte. »Das passt. Freddy ist immer sehr loyal und gutgläubig. Es dürfte schwer werden, ihn zu überzeugen, dass Jed kein guter Kerl ist. Aber Freddy ist ehrlich. Wenn er erfährt, dass Jed gestohlenes Geld ausgibt, könnte er seine Meinung ändern.«

»Dann sollten wir dort ansetzen.« Andrea bedeutete Hannah, ihr die Handtasche herüberzureichen. »Bei meinem Handy sind Ferngespräche kostenlos. Ich werde im Stillwater-Gefängnis anrufen und mal hören, ob zwei Bankräuber bei ihnen einsitzen.«

»Jetzt?« Hannah hielt mit der Hand an der Tasche inne. »Aber in der Gefängnisverwaltung wird jetzt keiner mehr sein.«

»Ich weiß, und das ist mir gerade recht. Wer immer da ans Telefon geht, kennt die Bestimmungen vielleicht nicht so genau und verrät mir, was ich wissen will.«

»Wird derjenige denn nicht einfach sagen, du sollst zu den Bürozeiten noch mal anrufen?«

Andrea schüttelte den Kopf. »Zu jemand anders vielleicht, aber nicht zu mir. Ich habe einen triftigen Grund, um gerade jetzt anzurufen, und er wird sich ein Bein ausreißen, damit ich meine Information bekomme. Gibst du mir nun bitte meine Tasche?«

Hannah tat es und sah zu, während Andrea ihr Handy herausholte und sich die Nummer des Gefängnisses von der Auskunft geben ließ. Dann drückte sie die Daumen. Wenn die Bankräuber tatsächlich im Stillwater-Gefängnis saßen, wäre sie einen Schritt weiter und würde vielleicht noch beweisen können, dass Jed wissentlich gestohlenes Geld unter die Leute brachte.

»Es tut mir wirklich leid, dass ich so spät anrufe, aber ich versuche, das Scheckbuch meiner Mutter abzugleichen, und mir ist aufgefallen, dass sie einen Scheck an einen gewissen Loren Urlanski geschickt hat.« Andrea hielt inne und zwinkerte ihren Schwestern zu. »Genau. Urlanski. Er ist angeblich ein Insasse im Stillwater, und meine Mutter hat für ihn gespendet. Da es sich um eine große Summe handelt, möchte ich mich vergewissern, dass Mr Urlanski wirklich Häftling ist.« Andrea hielt wieder inne und lächelte dann. »Natürlich. Ich bleibe gern dran, während Sie das überprüfen.«

»Du hast es geschafft!«, flüsterte Michelle und sah sie bewundernd an.

»Noch nicht ganz«, flüsterte Andrea. »Er sieht im Computer nach.«

Hannah schüttelte den Kopf. Wenn es darauf ankam, konnte ihre Schwester lügen, dass sich die Balken bogen.

»Ja, ich bin noch dran«, sagte Andrea ins Telefon. »Nicht? Sind Sie ganz sicher?« Sie machte sich eine Notiz und redete weiter. »Und wie steht es mit David Aspen? Meine Mutter hat auch ihm Geld geschickt. Könnten Sie den Namen ebenfalls überprüfen?«

Hannah nahm Andreas Kuli und schrieb hastig auf ihren Block: *Verlegt? Tot? Entlassen?* Andrea las das und antwortete ihrem Gesprächspartner. »Auch nicht? Genau das hatte ich befürchtet. Können sie verlegt worden sein? Oder tot? Oder wurden sie etwa entlassen? Können Sie das im Computer nachsehen?«

Hannah wartete mit angehaltenem Atem auf die Antwort. Wenn beide Bankräuber nicht im Stillwater-Gefängnis gesessen hatten, war ihre Theorie ein Reinfall.

»Ich verstehe. Nun, herzlichen Dank für Ihre Mühe. Ich bin Ihnen wirklich dankbar. Ich werde die stornierten Schecks gleich morgen früh der Polizei geben. Offensichtlich sind da Betrüger am Werk, die es auf die alten Leute abgesehen haben.«

Hannah wartete, bis Andrea aufgelegt hatte, dann lachte sie. »Auf die alten Leute? Wenn Mutter dich gehört hätte, würdest du nicht mehr alt werden.«

»Stimmt. Sie würde mich erwürgen.« Andrea grinste von einem Ohr zum anderen. »Aber sie wird das nie erfahren … richtig?«

Michelle nickte. »Richtig.«

»Absolut«, stimmte Hannah zu. »Danke, Andrea. Du warst unglaublich.«

»Jederzeit gern. Was soll ich als Nächstes tun?«

»Keine Ahnung.« Hannah seufzte schwer. »Meine Theorie war ein Schlag ins Wasser. Wenn die Bankräuber nicht in Stillwater gesessen haben, kann Jed sie da nicht kennengelernt haben. Schade. Ich wünschte wirklich, er wäre es, der das gestohlene Geld ausgibt.«

»Ich auch«, murmelte Michelle. »Er ist ein Mistkerl.«

»Ich weiß, aber nicht jeder Mistkerl ist kriminell.« Hannah nahm ihren Stenoblock und blätterte. »Was den Bankraub angeht, treten wir auf der Stelle, besonders da wir nicht beweisen können, dass es eine Verbindung zu Jed oder zu dem Mord an Rhonda gibt. Vielleicht sollten wir Bill und Mike sagen, was wir wissen, und die Sache fallen lassen.«

Als am nächsten Morgen der Wecker klingelte, war Hannah drauf und dran, ihn in die Ecke zu pfeffern. Nur eins hielt sie davon ab: Sie war zu müde, um die Hand zu heben. Erst um kurz vor eins war Bill gekommen, um Andrea abzuholen, und es war halb zwei geworden, bis Michelle im Gästezimmer die Tür hinter sich geschlossen hatte. Sie würde zwei Kannen Kaffee brauchen, um so wach zu werden, dass sie Auto fahren konnte.

»Das neue Kissen sollte besser heute als morgen kommen«, brummte sie und rieb sich den Nacken, als sie aufstand. Sie hatte wieder auf dem Schaumstoffkissen geschlafen, diesmal, weil sie am vergangenen Abend zu müde gewesen war, um Moishe von dem Daunenkissen zu scheuchen.

Nach einer schnellen Dusche, die die Nackenschmerzen linderte, zog sie sich eine Baumwollhose und ein kurzärmliges Top an, schob die Füße in ein Paar Mokassins und tappte in die Küche, gefolgt von Moishe, der sein Frühstück wollte. Sobald sie seinen Napf gefüllt und ihm frisches Wasser gegeben hatte, goss sie sich ihren ersten Kaffee ein, nahm die Rezepte zur Hand und setzte sich an den Tisch, um sie beim Wachwerden durchzublättern. Heute war der dritte Juli, und sie hatte noch immer nicht entschieden, was sie am nächsten Tag zu dem Picknick und Grillfest mitbringen wollte.

Lange Minuten verstrichen, während sie blätterte und Kaffee schlürfte. Als der kleine Zeiger ihrer apfelförmigen Wanduhr auf die Fünf rückte und sie zur Arbeit aufbrechen musste, war sie der Entscheidung nicht näher gekommen. Selbst ein Anruf ihrer Mutter wäre ihr jetzt als Ablenkung willkommen gewesen, doch es war selbst für Delores noch arg früh.

Hannah goss sich den Rest des Kaffees in den Thermobecher. Sie schrieb einen Zettel an Michelle, sie solle gleich nach dem Aufstehen ins *Cookie Jar* kommen, und lehnte ihn gegen den Salzstreuer. Da würde sie ihn ganz sicher bemerken. Dann füllte sie Moishes Futterschale auf, hängte sich die Schultertasche um und trat nach draußen in die feuchte Morgenluft.

Es war wie in einer Sauna, und sie glaubte, das Wasser auf den heißen Steinen zischen zu hören. Das könnte ein sengend heißer Tag werden. Wenn die Hitzewelle bis morgen nicht abklang, würden die Schüler der Blaskapelle bei der Parade umfallen wie die Fliegen.

Mit heruntergelassenen Fenstern fuhr sie durch den stillen Morgen und freute sich an dem kühlen Fahrtwind. In den Feldern zirpten die Grillen, irgendwo muhte eine Kuh, und am Straßenrand kamen die Kröten, die die Straße überqueren und zum gegenüberliegenden Teich hüpfen wollten, ihren Reifen bedenklich nahe.

Der Rand des Sonnenballs lugte über den Horizont, als Hannah hinter dem *Cookie Jar* parkte. Nachdem sie aufgeschlossen hatte, ging sie als Erstes zur Klimaanlage und stellte sie auf höchste Stufe. Dann machte sie sich daran, den Teig zu verbacken, den sie mit Lisa am Vortag kurz vor Feierabend hergestellt hatte.

Während der folgenden Stunde war sie sehr dankbar für die kühle Luft, die in der Backstube zirkulierte. Obwohl die Backöfen heizten und die fertigen Plätzchen abkühlten, war es warm, aber nicht heiß. Sie wunderte sich, wie sie es früher ohne Klimaanlage ausgehalten hatte.

Als Lisa um halb acht hereinkam, lächelte sie. Hannah warf einen Blick in ihr glückliches Gesicht und war sofort neugierig. »Was ist los? Hat Herb dir einen Antrag gemacht?«

»Nein, ich freue mich für meinen Dad. Er ist Uncle Sam!«

»Was?«

»Das Seniorenzentrum hat für ihn ein Kostüm ausgeliehen, und er führt seine Gruppe bei der Parade an. Er wird der beste Uncle Sam, den sie je hatten!« Lisa stutzte und runzelte die Stirn. »Das ist seltsam, Hannah.«

»Was denn?«

»Mir ist gerade etwas eingefallen. Dad hat sich riesig gefreut, als ich bei der Aufführung in der zweiten Klasse der Osterhase sein durfte. Er hat sämtlichen Freunden gesagt, dass ich der beste Osterhase sein werde, den sie je gesehen hatten. Und jetzt sage ich das Gleiche über ihn, als wäre ich die stolze Mutter. Anscheinend ist es wahr, dass sich die Rollen umkehren, wenn man alt wird.«

»Sieht ganz so aus.« Hannah überlegte, was sie erwidern

könnte, um Lisa aufzuheitern. Sie war gut gelaunt hereingekommen, und jetzt sah sie traurig aus. »Du solltest ihn und seine Gruppe bei der Parade fotografieren. Bestimmt werden sie die Fotos gern ans Schwarze Brett hängen.«

Lisa lächelte wieder. »Das ist eine super Idee. Ich habe schon eine Einwegkamera gekauft, um unseren Festwagen zu knipsen.«

»Wie weit ist er?«, fragte Hannah. Das war vielleicht eine einmalige Gelegenheit, doch etwas darüber zu erfahren, und die würde sie nicht ungenutzt lassen.

»Er ist fast fertig. Traceys Klasse gibt ihm heute den letzten Schliff. Er ist absolut toll, aber mehr darf ich nicht verraten.«

»Kannst du mir nicht wenigstens …«

»Nein«, unterbrach Lisa sie breit grinsend. »Du siehst ihn morgen bei der Parade.«

Hannah wusste, dass Lisa auf stur geschaltet hatte. Sie könnte bitten und betteln und würde doch nichts aus ihr herausbekommen. »Delores und Carrie gehen mit uns zur Parade. Sie können auch Fotos von deinem Dad und den Senioren machen. Und Andrea auch. Nimm etwas Geld aus der Kasse und geh zum Drugstore, sobald der öffnet, und kauf noch ein paar Einwegkameras.«

»Danke, Hannah. Auf diese Weise bekommen wir viele gute Fotos.«

»Und wenn nicht, haben wir immer noch Norman als letzte Rettung. Er wird mit seinem Fotoapparat da sein.«

Lisa lächelte glücklich. »Ich freue mich riesig auf morgen. Ich liebe die Parade und die Feier am See. Weißt du schon, was du zum Nachtisch mitbringen willst?«

»Noch nicht. Ich wollte mir heute früh etwas Besonderes einfallen lassen, aber ich habe keine Idee.«

»Dann kümmere ich mich darum«, bot Lisa an. »Du hast mit dem Mordfall genug um die Ohren. Was konntest du über den Zehn-Dollar-Schein herausfinden? Hat Mr Greerson gesagt, dass er gefälscht ist?«

»Setz dich für einen Moment, dann erzähl ich dir alles.« Hannah deutete auf einen Hocker am Backtisch. Und dann berichtete sie, was sie bisher dazu herausgefunden hatten.

Lisas Augen waren groß vor Verblüffung. »Dann ist ja eine Menge passiert, nachdem ich gestern heimgefahren bin!«

»Das war noch nicht alles.« Hannah erzählte auch von Freddys Alkoholkonsum und seinem ungebührlichen Verhalten.

»Das wird immer seltsamer.« Lisa schüttelte den Kopf. »Also hatten wir einen Mord, ein öffentliches Ärgernis und Moneten aus einem Bankraub in Lake Eden, und alles innerhalb einer Woche.«

»Wer denkt, das Kleinstadtleben sei langweilig, der sollte mal zu uns kommen!«

»Das finde ich auch.« Dann runzelte Lisa die Stirn. »Glaubst du, das könnte alles miteinander zusammenhängen?«

»Ich finde keine Verbindung. Und glaub mir, ich habe es versucht. Ich lasse die Sache mit dem gestohlenen Geld fallen und konzentriere mich auf den Mordfall. Bisher habe ich keine einzige Spur.«

»Vielleicht solltest du mir mal alles vortragen, was du weißt«, schlug Lisa vor. »Dabei kannst du deine Gedanken ordnen, und mir fällt vielleicht auf, was du übersiehst.«

»Meinst du?«

»Wäre doch möglich. Das ist wie beim Puzzeln. Ein Unbeteiligter kommt herein, wirft einen Blick darauf und findet das Teil, das der Puzzler die ganze Zeit gesucht hat.«

»Der frische Blick?«

»Genau. Oder in dem Fall vielleicht der frische Verstand.«

»Einen Versuch ist es wert.« Hannah lächelte sie an. »Geh den Kaffee aufsetzen, und danach backen wir, und dabei besprechen wir den Mord.«

22

Als Lisa über alle Details Bescheid wusste, außer wer Rhondas Freund gewesen war, waren die Plätzchen gebacken und die Glasdosen hinter der Ladentheke gefüllt. Der Kaffee war durchgelaufen, und Hannah und Lisa setzten sich an ihren bevorzugten Tisch im Hintergrund des Cafés, um eine Pause einzulegen.

»Und?« Hannah sah ihre Partnerin fragend an. »Meinst du, ich habe etwas übersehen?«

»Nein, aber ich muss immer wieder an Ron LaSalle denken. Weißt du noch, was du gesagt hast, nachdem er tot war?«

»Da habe ich bestimmt viele Dinge gesagt.« Hannah seufzte. Sie wurde noch immer traurig, wenn sie an den Milchmann dachte. Von all seinen Kollegen hatte sie ihn am nettesten gefunden.

»Aber du hast betont, dass Ron nichts falsch gemacht hat und nur zur falschen Zeit am falschen Ort gewesen ist. Oder muss man sagen, zur richtigen Zeit am falschen Ort? Oder zur falschen Zeit am richtigen Ort? Oder …«

»Das kommt auf dasselbe hinaus«, unterbrach Hannah. »Ich weiß, was du meinst. Glaubst du, bei Rhonda war es genauso?«

»Vielleicht. Was, wenn der Mörder im Keller war und Rhonda nach unten ging und ihn bei etwas erwischt hat, bei dem er nicht gesehen werden wollte? Wenn das so war, dann hat er …«

»… Rhonda vielleicht nur getötet, damit sie ihn nicht verraten kann«, schloss Hannah den Satz. »Aber was hat der Mörder eigentlich in Mrs Voelkers Keller gewollt?«

»Keine Ahnung. Etwas Antikes stehlen? Du warst doch da unten. Was hat sie dort aufbewahrt?«

»Ich habe da nur Spinnweben, Staub und schimmlige Pappkartons gesehen. Und Regale mit Eingemachtem.«

Lisa zuckte mit den Schultern. »Also ein Keller wie jeder andere. Und im Heizungsraum?«

»Abgesehen von dem Erdloch und der Leiche war da nicht viel. Der Heizkessel natürlich und an einer Wand selbst gezimmerte Regale mit Marmeladen und Gelees. Drei Gläser lagen zerbrochen am Boden.«

»Und mehr stand da nicht? Bist du dir sicher?«

»Ziemlich. Aber nach dem Anblick von Rhondas Leiche habe ich mich nicht weiter umgesehen.« Hannah dachte darüber nach. »Du hast da einen wichtigen Punkt angesprochen, Lisa. Ich sollte noch mal einen Blick in den Keller werfen.«

»Wie willst du das anstellen? Ist das Haus nicht als Tatort abgesperrt?«

»Ja, doch das dürfte kein Problem sein, weil ich das Haus nicht betreten muss. Der Heizungsraum hat Fenster. Ich kann einfach von draußen reinsehen.«

»Wie wär's, wenn du Fotos machst? Dann können wir uns den Tatort zusammen anschauen.«

»Gute Idee. Ich fahre nach Hause und hole meinen Fotoapparat.«

»Ich habe die Einwegkamera bei mir, die ich gestern Abend gekauft habe. Sie liegt noch in der Tüte in meinem Wagen. Du kannst sie benutzen.«

Es dauerte nicht lange, bis Lisa damit zurückkam. Hannah schaute sich den Apparat an und runzelte die Stirn. Er hatte eine Blitzlichtautomatik, die bei jedem Knipsen ausgelöst wurde. Dadurch würde auf den Fotos von dem Kellerraum nichts zu erkennen sein.

»Gibt es ein Problem?«, fragte Lisa, die ihr Stirnrunzeln sah.

»Ich muss irgendwie das Blitzlicht abschalten, weil es sich sonst in der Fensterscheibe spiegelt.«

Lisa sprang wieder auf. »Du kannst es mit Isolierband abkleben. Wir haben welches in der Schublade.«

Sobald das Problem behoben war, machte sich Hannah auf den Weg zum Voelker-Haus. Sie hatte gehört, dass ein Schutzpolizist davor postiert war, um die Schaulustigen fernzuhalten, die sich an dem schaurigen Tatort ergötzen wollten, und brachte deshalb ein halbes Dutzend Plätzchen und einen To-go-Becher voll Kaffee mit, als kleine Erfrischung für den Wachposten. Dabei würde sie ihm einen Vorwand für ihr Erscheinen nennen. Da die Fahrt gut zehn Minuten dauerte, hatte sie genug Zeit, um sich etwas Überzeugendes auszudenken.

Als sie an der Einfahrt parkte und Lonnies älteren Bruder, Rick Murphy, in einem Korbsessel auf der Frontveranda sitzen sah, seufzte sie erleichtert. Rick liebte ihre Stapel-Plätzchen. Er würde sich so sehr darüber freuen, dass er ihr den Vorwand bestimmt abkaufte. Sie nahm ihre Uhr ab, schob sie unter den Beifahrersitz und stieg aus. »Hi, Rick. Ich bringe Ihnen ein kleines Frühstück.«

»Hey, Hannah. Das ist echt nett von Ihnen.« Rick nahm lächelnd die Plätzchen und den Kaffee an. »Was tun Sie hier draußen?«

»Ich suche nach meiner Armbanduhr. Wahrscheinlich habe ich sie an dem Tag verloren, als wir Rhonda tot aufgefunden haben. Meine Mutter und ich haben Antiquitäten für ihr Geschäft eingepackt. Da muss mir die Uhr vom Handgelenk gefallen sein.«

»Ich wünschte, ich könnte Sie nachsehen lassen, aber ich darf niemanden reinlassen.«

»Das macht nichts, Rick. Damit habe ich schon gerechnet. Aber Sie könnten doch hineingehen und für mich nachsehen, oder?«

»Ich darf selbst auch nicht ins Haus. Nur die Detectives, die an dem Fall arbeiten. Tut mir leid, Hannah.«

Sie seufzte betrübt, und dann tat sie, als fiele ihr gerade die ideale Lösung ein. »Wie wär's, wenn wir beide durch die Fenster spähen? Wenn wir sie irgendwo liegen sehen, kann ich Bill oder Mike bitten, sie mir beim nächsten Mal mitzubringen.«

»Also … ich schätze mal, das ist okay. Sie haben nicht gesagt, dass niemand durch die Fenster gucken darf.«

»Großartig.« Hannah lächelte ihn herzlich an. »Ich gehe hier herum und Sie da herum. Auf diese Weise sind wir doppelt so schnell fertig.«

»Klingt gut. Wie sieht Ihre Uhr aus?«

Hannah erstarrte für eine Millisekunde. Mit der Frage hätte sie rechnen müssen. Kurzerhand beschrieb sie ihre Uhr, die sie im Auto gelassen hatte. »Es ist eine wasserdichte mit rundem Zifferblatt und schwarzem Armband.«

»Wie die im Schaufenster vom Drugstore?«

»Genau. Tatsächlich habe ich sie dort gekauft. Ich weiß genau, dass ich sie nicht ausgezogen habe, also muss sich das Armband gelöst haben. Wahrscheinlich liegt sie in einem der Räume auf dem Boden.«

Sowie Rick um die Hausecke verschwunden war, rannte Hannah zu dem Kellerfenster an ihrer Seite des Hauses. Sie nahm Lisas Fotoapparat aus der Tasche und schoss ein Dutzend Fotos, an jedem Kellerfenster drei. Als sie fertig war, kam Rick hinter dem Haus hervor, und sie stopfte den Apparat hastig in ihre Tasche. »Haben Sie sie irgendwo liegen sehen?«

»Nein. Sie auch nicht?«

Hannah schüttelte den Kopf und tat enttäuscht. »Inzwischen bin ich mir gar nicht mehr sicher, ob ich sie hier verloren habe, aber den Versuch war es wert.«

Ein paar Minuten lang plauderte sie noch mit Rick, dann ging sie zum Auto zurück. Sie glaubte nicht, dass er misstrauisch geworden war, trotzdem legte sie die Uhr erst wieder an, als sie zehn Minuten später vor der Zahnarztpraxis parkte.

»Hi, Norman«, rief sie beim Hereinkommen. »Es gibt einen fotografischen Notfall.«

»Einen was?« Norman schob das Glasfenster an der Rezeption zur Seite und spähte heraus.

»Einen fotografischen Notfall. Ich habe gerade einige Aufnahmen gemacht, und die müssen schnellstmöglich entwickelt werden.«

»Lass mich mal ins Terminbuch sehen.« Norman blätterte die Seite um. »Okay. Um neun kommt Mrs Walters, aber der Bürgermeister hat seinen Zehn-Uhr-Termin abgesagt. Wenn kein Patient mit Schmerzen herkommt, habe ich von zehn bis halb eins Zeit.«

»Dann wirst du den Film entwickeln?«

»Kommt drauf an. Ich nehme an, es geht um die Mordermittlung?«

»Es sind Aufnahmen vom Tatort. Ich bin heute früh hingefahren und habe durch die Kellerfenster fotografiert. Erzähl das bitte keinem. Ich musste dafür Rick Murphy anflunkern.«

»In Ordnung. Hast du mit Blitzlicht fotografiert?«

»Nein. Das habe ich abgeklebt, damit das Glas nicht blendet.«

Norman wirkte erfreut. »Hätte ich mir denken können. Wie waren die Lichtverhältnisse? War es dunkel im Keller?«

»Ja. Nur von draußen fiel Licht herein. An der Einmalkamera, die ich benutzt habe, kann man nichts einstellen.«

Norman nahm den Apparat von ihr entgegen und sah ihn sich an. »Das wird schon gehen. Ich mache eine Push-Entwicklung.«

»Was ist das?«

»Das ist etwa so, als würdest du deine Kekse mit höherer Temperatur backen, damit sie knuspriger werden.«

»Dadurch würden sie eher verbrennen!«

Norman lachte. »Das war anscheinend ein laienhafter Vergleich. Aber keine Sorge, Hannah. Ich wende ein paar Tricks an und hole raus, was geht.«

»Danke, Norman. Meinst du, du kannst die Abzüge bis Mittag fertig haben und sie mir ins *Cookie Jar* bringen?«

»Ich habe nicht gesagt, dass ich den Film jetzt schon entwickle.«

»Nicht?«

»Nein. Ich sagte: Kommt drauf an.«

»Worauf?«

»Auf deine Orangenplätzchen. Würdest du mir welche backen, damit ich sie meiner Mutter schenken kann? Sie hat mir fast verziehen, dass ich sie wegen des Hauses nicht zurate gezogen habe, und deine Orangenplätzchen sind ihre liebsten. Damit müsste ich mir ihre Gunst zurückkaufen können.«

»Ich werde sie gleich als Erstes backen.«

Die Tür zur Straße stand offen, und Mrs Walters trat ein. Hannah grüßte sie und ging hinaus. Sie würde die Orangenplätzchen backen, weil Norman sie darum gebeten hatte, aber sein Plan würde nicht aufgehen. Carrie war genauso stur wie Delores, und kein Plätzchen der Welt konnte die beiden Mütter aus der Schmollecke holen.

»Mike ist da, Hannah.« Lisa streckte den Kopf in die Backstube. »Er sagt, er muss über etwas Wichtiges mit dir reden.«

»Okay. Gibst du ihm einen Kaffee und schickst ihn zu mir?«

Seufzend packte sie die Orangenplätzchen für Norman fertig ein. Mike hatte wahrscheinlich von ihrem Ausflug zum Voelker-Haus erfahren und wollte jetzt wissen, was sie dort wirklich gewollt hatte.

»Hannah«, grüßte er beim Hereinkommen. »Du hast angeblich deine Uhr am Tatort verloren? Hast du sie nicht gestern Abend noch getragen, als wir in der Hütte am See waren?«

Hannah holte tief Luft und beschloss, die Wahrheit zu

sagen. »Die Uhr war bloß ein Vorwand. Ich musste noch mal in den Keller sehen und hatte keine Zeit, um dich oder Bill anzurufen und das Okay einzuholen.«

»Also hast du die Geschichte erfunden, und Rick hat sie geglaubt?« Mike sah sie fassungslos an.

»Ja, aber ich war nicht im Haus. Ich habe nur durch die Fenster geguckt, weil ich wissen wollte, ob ich etwas übersehen habe.«

Mike schüttelte den Kopf. »Rick wird ein grundlegendes Misstrauen gegen Leute entwickeln müssen, oder er wird nie ein guter Detective.«

»Aber du hast es? Ein grundlegendes Misstrauen gegen Leute?«

»Schätze ja.«

»Macht man sich damit nicht das Leben schwer?«

Mike öffnete den Mund, und sie sah ihm an, dass er das leugnen wollte, doch dann zuckte er mit den Schultern. »Vermutlich. Das ist ein großer Unterschied zwischen uns beiden. Du vertraust fast jedem, und ich fast keinem.«

»Aber mir vertraust du, nicht wahr?«

»Ja, obwohl ich nicht sollte. Du hast mich oft genug belogen.«

»Ich habe nie gelogen!« Ihre Augen funkelten warnend. »Ich habe … ein paar Dinge ausgelassen und dich in die Irre geführt.«

»Schnee von gestern.« Mit amüsierter Miene zog er sich einen Hocker heran. »Du musstest also noch einen Blick auf den Tatort werfen?«

»Genau. Mir ist eingefallen, dass ich mich dort gar nicht richtig umgesehen habe, nachdem ich Rhonda erkannt habe.«

»Okay. Das kaufe ich dir ab. Doch warum hast du mich

nicht einfach gefragt, ob du dir unsere Tatortfotos ansehen darfst?«

»Hätte mir das etwas genutzt?«

»Wahrscheinlich nicht.« Mike lachte, und plötzlich war er viel freundlicher. »Es tut mir leid, Hannah. Ich bin es einfach nicht gewohnt, Details einer Ermittlung mit jemandem zu teilen. Ich arbeite am besten allein.«

»Und was ist mit Bill?«

»Er hat Zugang zur Fallakte. Ich schließe ihn nicht absichtlich aus, aber ich neige dazu, Dinge für mich zu behalten, besonders die verrückten Theorien, die mir mitten in der Nacht einfallen. Ich war schon immer so. Anscheinend bin ich von Natur aus ein Einzelgänger. Wir beide sind wirklich sehr verschieden, weißt du? Vielleicht schätze ich dich deshalb so sehr.«

»Ich bin das Yin zu deinem Yang?«

»Ja.« Mike kicherte. »Also … was hast du herausgefunden?«

»Nicht das Geringste.«

»Gar nichts?«

»Eigentlich nicht. Da sah alles so aus, wie ich es in Erinnerung hatte. Wahrscheinlich war die ganze Aktion umsonst.«

Er stand auf und legte einen Arm um ihre Schultern. »Es ist meistens umsonst, doch wir müssen weiter ermitteln. So viel steht fest. Rhonda hatte es nicht verdient, gewaltsam zu sterben. Wir müssen ihren Mörder finden und bestrafen.«

»Ich weiß.« Hannah empfand echte Zuneigung für diesen Mann, von dem sie manchmal träumte. Er hatte Ideale, er war leidenschaftlich, und er hatte gesagt: *Wir* müssen ihren Mörder finden und bestrafen. Mike hatte sie einbezogen, und das hieß, er akzeptierte sie. »Dann wirst du mir also sagen, was ihr bisher herausgefunden habt?«

»Nein.«

»Nein?«

»Vielleicht später, aber nicht jetzt. Ich muss da einer Sache nachgehen und bin noch nicht bereit, darüber zu sprechen.«

Hannah blickte ihn ungläubig an. »Doch du erwartest, dass ich dir meine Erkenntnisse mitteile?«

»Selbstverständlich. Du bist der Amateur, ich der Profi. Damit will ich dich nicht herabsetzen, Hannah. Das sind einfach die Tatsachen.«

»Aber …«

»Ich muss los.« Mike stellte seinen Kaffeebecher hin und umarmte sie hastig. »Bis später, okay?«

Nachdem er gegangen war, starrte Hannah auf die Schwingtür, bis die still stand. Dann kehrte sie mürrisch an die Arbeit zurück. Entweder war ihm nicht aufgefallen, dass sie seine Umarmung nicht erwiderte, oder er hatte ihre Verärgerung ignoriert, um sich später damit auseinanderzusetzen. Ihr gefiel beides nicht. Auch zehn Minuten später glomm der Ärger noch in ihren Augen, als Lisa den Kopf hereinstreckte.

»Norman ist da«, verkündete sie und bemerkte dann erst Hannahs Gesichtsausdruck. »Oh-oh. Hat Mike mit dir gestritten?«

»Ich mit ihm. Er nicht mit mir. Ich glaube, er hat nicht mal gemerkt, dass ich wütend auf ihn bin.«

Lisa setzte zu einer Erwiderung an, besann sich jedoch wohl eines Besseren, denn sie zuckte bloß mit den Schultern. »Soll ich Norman zu dir schicken?«

»Ja. Danke, Lisa. Und wenn Mike noch mal herkommt,

soll er für Kaffee und Plätzchen bezahlen wie jeder andere auch.«

»Und Norman?«

Hannahs Ärger verflog sofort, und sie fing an zu grinsen. »Ihm kannst du geben, was immer er will … vorerst jedenfalls.«

Orangenplätzchen

Den Ofen noch nicht vorheizen – der Teig muss durchkühlen.

360 g Butter
400 g weißer Zucker
125 ml Orangensaftkonzentrat
2 geschlagene Eier
4 TL Backnatron
1 TL Salz
½ bis 1 TL geriebene Orangenschale*
480 g Mehl, ungesiebt
für später 65 g weißer Zucker

* Wenn Sie keine feine Reibe besitzen, tut es auch ein Zestenreißer, aber dann müssen Sie die Schalenstreifen sehr fein hacken.

Die Butter zerlassen, den Zucker und den Orangensaft zugeben und verrühren. Abkühlen lassen. Nach und nach die geschlagenen Eier, Backnatron, Salz und Orangenschale zugeben und unterrühren. Portionsweise das Mehl hinzugeben und gründlich verkneten. Die Schüssel mit dem Teig zugedeckt für mindestens 2 Stunden in den Kühlschrank stellen (besser noch über Nacht).

Wenn Sie mit dem Backen beginnen, heizen Sie den Ofen auf 175 Grad vor.

100 g weißen Zucker in ein Schälchen geben. Mit den Händen walnussgroße Kugeln formen und im Zucker wälzen, auf ein gefettetes Blech setzen, jeweils 12 Stück, und ein wenig andrücken, damit sie nicht wegrollen, wenn Sie das Blech zum Ofen tragen.

Das Blech in der Mitte einschieben und 10 bis 12 Minuten backen. Die Plätzchen werden beim Backen flach. Anschließend 2 Minuten auf dem Blech abkühlen lassen, dann auf ein Gitter legen.

Sie lassen sich gut einfrieren. Packen Sie sie in Folie gewickelt in einen Gefrierbeutel. So halten sie sich etwa 3 Monate, wenn sie nicht vorher weggenascht werden.

Ausbeute: 10 Dutzend

(Tracey mag sie ganz besonders und hat Andrea fast überzeugt, dass sie sie anstelle von Orangensaft zum Frühstück essen kann.)

23

»Entdeckst du etwas Neues?«, fragte Norman, nachdem Hannah die Abzüge durchgegangen war.

»Nichts. Und du?«

»Ich weiß nicht, ob es etwas zu bedeuten hat, aber die Gläser im Heizungsraum sind viel kleiner als die in den anderen Kellerräumen.«

»Das stimmt. Die im Heizungsraum sind kleine Mayonnaisegläser, und Mrs Voelker hat sie für Marmelade und Gelee benutzt.«

»Warum nicht die normalen Einmachgläser?«

»Manche Leute tun das, aber Einmachgläser sind teuer, und Marmelade kann man in jedem Glasbehälter einmachen, wenn man ihn gut verschließt. Früher wurde das sogar mit einer Wachsschicht gemacht.«

»Das wusste ich nicht.«

»Es ist wahr. Als meine Zimmergenossin vom College heiratete, gehörte ich zu den Brautjungfern, und nachdem ich mein Kleid bezahlt hatte, blieb mir nur noch wenig Geld für ein Geschenk übrig. Ich habe ein Dutzend Weingläser im Sonderangebot gekauft und sie mit selbst gemachtem Traubengelee gefüllt. Das Gelee habe ich mit in Alkohol getränktem Wachspapier abgedeckt und die Gläser oben mit Zellophan verschlossen. Das war mein Hochzeitsgeschenk für sie.«

»Das ist typisch für dich.«

»Wie meinst du das?«

»Das ist süß und praktisch und …« Er zuckte mit den Schultern. »Einfach typisch für dich. Für einen Mann ohne Geld wärst du eine großartige Ehefrau.«

»Na ja … danke.« Hannah kicherte. Das war eine seltsame Bemerkung, doch bestimmt auch ein Kompliment.

»Jetzt muss ich aber los. In zehn Minuten kommt mein Zahnfleischproblem.«

Hannahs Kichern steigerte sich zu lautem Lachen, und sie lachte noch, als Norman die Orangenplätzchen nahm und zur Tür hinausging.

Lisa betrachtete den letzten Abzug und schüttelte den Kopf. »Es tut mir leid, Hannah. Da ist nichts, was einem Indiz auch nur ähnlich sieht.«

»Ich kann auch nichts entdecken.« Hannah raffte die Abzüge zusammen und steckte sie in den Umschlag, den Norman ihr gegeben hatte. »Trotzdem habe ich das Gefühl, etwas zu übersehen, aber ich komme nicht drauf, was es sein könnte.«

»Du kannst jederzeit Dads Trick anwenden. Er sagt, wenn er an etwas ganz anderes denkt, dann fällt ihm plötzlich ein, woran er sich vorher nicht erinnern konnte.«

»Allmählich bin ich bereit, das auszuprobieren. Ich liefere jetzt die Bestellungen aus. Bei praktischer Arbeit klappt das Denken immer am besten.«

»Okay.« Lisa griff in die Schürzentasche und zog eine

Liste heraus. »Könntest du auf dem Rückweg beim *Red Owl* haltmachen? Mir ist ein Dessert für morgen eingefallen, doch dazu brauche ich einige Zutaten.«

»Klar. Was hast du im Sinn?«

»Cupcakes mit einer passenden Verzierung für den Vierten Juli. Die werden toll aussehen, Hannah.«

»Daran zweifle ich nicht.« Hannah ging lächelnd in die Backstube zurück, um das bestellte Gebäck zu verpacken. Bisher hatte sie Cupcakes nie besonders toll gefunden, doch vielleicht gelang Lisa etwas Besonderes.

»Danke, dass du mich herumkutschiert hast, Andrea.« Hannah ließ sich auf den Beifahrersitz plumpsen und lehnte den Kopf zurück. Gerade als sie im Begriff gewesen war, ihren Wagen zu beladen, war ihre Schwester gekommen und hatte ihr angeboten, die Liefertour mit ihrem Volvo zu machen. »Das war der letzte Kunde. Setz mich einfach auf unserem Parkplatz ab, dann fahre ich zum *Red Owl.*«

»Ich kann auch beim Supermarkt halten. Ich muss sowieso für morgen noch einiges besorgen.«

»Ganz sicher?«

»Na klar.« Andrea drehte lächelnd den Kopf zu ihr. »Außerdem möchte ich mir meinen Dank abholen, weil ich Danielle für den zweiten Stock als Mieterin gewonnen habe. Andernfalls würde er noch immer leer stehen.«

Als Andrea vor dem *Red Owl* parkte, war aus dem Schauer, der den ganzen Nachmittag mit gelegentlichen Blitzen gedroht hatte, ein regelrechter Wolkenbruch geworden. Andrea sah die dicken Tropfen auf der Windschutzscheibe und schlug vor zu warten, bis das Schlimmste vorbei wäre.

»Gute Idee.« Hannah fragte sich, worüber sie so lange reden könnten. Der Festwagen war tabu. Aber nicht der Mordfall. »Ich würde dir gern ein paar Fotos vom Tatort zeigen.«

»Auf keinen Fall.« Andrea schauderte sichtlich.

»Wieso nicht?«

»Weil ich kein Blut sehen will, egal, ob eingetrocknet oder nicht. Ich lasse mir auch von Bill keine Tatortfotos zeigen.«

»Auf diesen ist kein Blut zu sehen. Nur Mrs Voelkers Kellerräume, mehr nicht.«

»Keine Leiche?«

Hannah schüttelte den Kopf. »Keine Leiche.«

»Dann könnte es gehen. Aber wenn es darauf nichts zu entdecken gibt, warum zeigst du sie mir dann?«

»Betrachte sie einfach und sag mir, ob dir etwas auffällt.«

»Wir spielen: ›Was ist an dem Bild verkehrt‹?« Andrea lächelte sie an. In der zweiten Klasse waren sie beide von Miss Gladke unterrichtet worden, und diese Frage war ihr Trick gewesen, um die Klasse zu einer Diskussion anzuregen.

»Genau.« Hannah zog den Umschlag mit den Abzügen aus ihrer Handtasche.

Andrea betrachtete sie eingehend. Bis sie mit allen durch war, waren die Scheiben von innen beschlagen. »Was ist aus den guten alten Regenrinnen geworden?«

»Wo?« Hannah blickte suchend auf das oberste Foto.

»An Autos. Mein Volvo hat weiß Gott nicht wenig Geld gekostet und hat alle möglichen Extras, aber keine Regenrinnen. Erinnerst du dich an Dads Chrysler? Er konnte bei Regen die Fenster einen Spalt öffnen, ohne dass es hereinregnete.«

Andrea schweifte vom Wesentlichen ab, doch Hannah

verstand das gut. Es war ziemlich feucht in dem geschlossenen Wagen. »Ist dir etwas aufgefallen?«

»Nichts außer den Mayonnaisegläsern.« Andrea blätterte zu der Aufnahme von den Regalen, die hinter dem Heizkessel standen.

»Aber die sind nicht ungewöhnlich. Viele Leute heben solche Gläser für Marmelade und Gelee auf. Weißt du nicht mehr, dass Grandma Ingrid uns immer Mayogläser mit Rhabarber-Erdbeer-Marmelade brachte?«

»Doch, natürlich. Die fand ich sehr lecker, doch das meine ich nicht.« Andrea zeigte auf das Foto. »Ich finde es nur seltsam, dass diese drei Gläser in der Mitte des Regalfachs rot sind.«

Hannah sah genauer hin. »Sie enthalten eben eine andere Sorte Marmelade.«

»Ich weiß, aber Mrs Voelker war sehr ordentlich. In jedem Fach steht eine andere Marmeladensorte. Die im obersten sieht nach Pfirsich aus, die im mittleren nach Heidelbeer und die im unteren nach Erdbeer.«

»Und?«

»Warum hat sie die drei Gläser mit Erdbeermarmelade zu der Pfirsichmarmelade gestellt? Dass sie das getan hat, sieht man, weil im Erdbeerfach drei Gläser fehlen, da, am Ende der Reihe.«

Hannah sah es jetzt auch. Jemand hatte drei Gläser von dort ins oberste Fach gestellt. »Du bist ein Genie, Andrea! Das habe ich übersehen, und du hast es entdeckt.«

»Das freut mich. Aber ich verstehe nicht, warum dich das begeistert. Mrs Voelker hat die Pfirsichmarmelade wahrscheinlich gegessen, und ihre Gesellschafterin hat die Erdbeermarmelade nach oben gestellt, wo sie leichter herankam.«

»Das glaube ich nicht. Schau noch mal auf das Erdbeerfach. Zwischen den Gläsern liegt Staub, aber wo die Erdbeermarmelade vorher gestanden hat, ist es sauber.«

Andrea sah noch mal genauer hin. »Du hast recht. Mrs Voelker ist vor einem halben Jahr gestorben. Wenn ihre Gesellschafterin die Gläser umgestellt hätte, wäre der Platz inzwischen wieder eingestaubt. Meinst du, der Mörder hat sie verstellt?«

»Das vermute ich.«

»Wir sollten das Bill und Mike erzählen. Vielleicht finden sie Fingerabdrücke.«

»Bestimmt nicht. Mike sagte, dass der Mörder Handschuhe getragen hat.«

»Stimmt. Bill hat das erwähnt. Doch warum sollte der Mörder die Gläser in ein anderes Regalfach stellen?«

»Keine Ahnung. Aber er wird einen Grund gehabt haben. Den müssen wir herausfinden.« Hannah wischte ihre beschlagene Fensterscheibe frei und sah hinaus. »Komm, Andrea. Der Regen lässt nach, und hier drin ist es wie in der Sauna. Und Lisas Zutaten kaufen sich nicht von allein ein.«

Im Lebensmittelladen trennten sich ihre Wege. Hannah ging in die Gemüseabteilung, um sich ihren abendlichen Salat zusammenzustellen, und Andrea schwenkte zu den tiefgekühlten Fertiggerichten ab. Schnell lagen auch die Artikel von Lisas Liste in Hannahs Einkaufswagen, und als sie an der Kasse ankam, wartete ihre Schwester schon auf sie.

»Wofür ist das alles?« Andrea blickte verwundert in Hannahs Einkaufswagen.

»Wenn ich das wüsste.« Sie war genauso ratlos. Außer ihren Salatzutaten und einem Sack Katzenfutter standen da große Flaschen mit Lebensmittelfarbe und Schachteln mit Waffelbechern. »Lisa will für das Picknick Cupcakes backen.«

»Mit Salatgurke, Katzenleckerlis und Eiswaffeln?«

»Nein, die Salatgurke und die Katzenleckerlis sind für mich.«

»Da bin ich aber froh!«, erwiderte Andrea und schien das ernst zu meinen. »Der *Red Owl* führt keine blaue Götterspeise.«

»Das hätte ich dir vorher sagen können.« Hannah schob ihren Wagen zur kürzesten Schlange, und Andrea folgte ihr. »Wozu brauchst du blaue Götterspeise?«

»Für das Picknick. Ich dachte, ich bereite für den Unabhängigkeitstag Götterspeise mit Farbschichten zu. Unten blaue, darüber rote und obendrauf weiße Schlagsahne. Das wäre perfekt gewesen.«

Hannah tat ihr Bestes, um verständnisvoll zu erscheinen, aber das war schwer. Wenn ihre Schwester ein festliches Dessert zubereiten wollte, rührte sie Götterspeise an, warf Konservenobst hinein und besprühte das Machwerk mit Sprühsahne. »Was wirst du stattdessen mitbringen?«

»Chips und einen Dip. Ich habe eine Packung mit blauen und eine Packung mit weißen Mais-Chips bekommen. Die mische ich in einer Schüssel und stelle rotes Salsa dazu.«

»Das sollte genügen.« Hannah war dem *Red Owl*-Supermarkt unendlich dankbar, weil sie keine blaue Götterspeise führten.

Als sie im *Cookie Jar* ankam, bemannte sie die Ladentheke, und Lisa ging in die Backstube, um zu backen. Dreißig Minuten, nachdem sie durch die Schwingtür verschwunden war, wehte Hannah ein herrlicher Duft in die Nase. Sie widerstand der Verführung, solange sie konnte, aber schließlich entschuldigte sie sich bei den Kunden und ging nachsehen, wie Lisa zurechtkam. »Was riecht hier so lecker? Schokolade?«

»Fudge-Cupcakes. Ein Lieblingsrezept meiner Mom. Die Kinder lieben sie und die Erwachsenen auch.«

»Großartig«, sagte Hannah, gerade als die Eieruhr klingelte, die Lisa um den Hals trug. »Das ist mein Stichwort, mich zurückzuziehen. Ich kümmere mich um die Kunden und du um die Cupcakes.«

In der nächsten halben Stunde war viel los. Im Sommer, wenn die Touristen in die Stadt kamen, herrschte immer reger Betrieb. Hannah wunderte sich oft, warum sie am See Urlaub machten, wenn sie die meiste Zeit in Lake Edens Geschäften zubrachten, in ihren Hütten kochten und sich im Fernsehen Serien anschauten, also fast das Gleiche taten wie zu Hause in der Großstadt. Sie schloss daraus, dass sie wegen der Kleinstadtatmosphäre und der freundlichen Offenheit der Einheimischen herkamen. In den Millionenstädten Minnesotas verriegelten die Leute ihre Türen und sprachen auf der Straße nicht mit Fremden. In Lake Eden war das anders. Ein Fremder war ein Freund, solange er sich nicht als etwas anderes entpuppte.

Im Großen und Ganzen waren die Touristen, die die Seehütten mieteten, nette Leute. Auf jeden Fall waren sie angetan von den Veranstaltungen zum Unabhängigkeitstag, denn die Tickets für das Picknick und das Grillen am See verkauften sich wie geschnitten Brot. Bürgermeister Bascomb hatte vorausgesagt, dass über fünfhundert auswärtige Gäste sich die Parade ansehen und an den Aktivitäten am Seeufer teilnehmen würden, um das mitgebrachte Essen der Einheimischen zu verzehren und am Abend das Feuerwerk zu genießen.

Die Kunden standen Schlange, und ihre alte Registrierkasse klingelte fast ununterbrochen. Wie immer mischten sich die Bewohner Lake Edens unter die Seehüttengäste. Freundschaften wurden geschlossen, Romanzen zwischen fremden und einheimischen Jugendlichen blühten auf, und niemand dachte an den Labor Day am ersten Montag im September, an dem die Feriensaison endete.

Bis sich das Café leerte, hatte Hannah wenigstens ein Dutzend Mal erklärt, warum die Stadt Lake Eden hieß und der See Eden Lake. Sie packte gerade einiges Geld aus der Kasse in die Banktasche, als die Türglocke bimmelte und Jed Sawyer hereinkam.

Er lächelte sie freundlich an. »Hi, Hannah.«

»Kommen Sie mir nicht mit ›Hi, Hannah‹!«, erwiderte sie sofort und funkelte ihn böse an. »Ich habe gehört, was Sie gestern Abend getan haben.«

»Was haben Sie gehört?«

»Sie haben zugelassen, dass Freddy sich betrinkt und ein Mädchen in einer Bar anmacht. Ich dachte, Sie würden sich ernsthaft um ihn kümmern, aber da habe ich mich wohl getäuscht!«

»Moment mal.« Jed hob beschwichtigend die Hände. »Ich weiß nicht, wo Sie das herhaben, doch so ist es nicht gewesen.«

»Ach, nein?«

»Hören Sie, Hannah … Es tut mir leid, dass Freddy betrunken war, aber das war nicht abzusehen. Ich habe ihn nur eine Flasche Bier trinken lassen, und die hat ihn umgehauen.«

»Das war leichtsinnig von Ihnen.«

»Ich weiß. Ich habe erst hinterher erfahren, dass er noch nie zuvor Alkohol getrunken hatte. Ich wusste das nicht.«

Hannah stemmte die Hände in die Hüften. So einfach würde sie ihn nicht davonkommen lassen. »Sie hätten sich das doch denken können. Mrs Sawyer war eine strenge Alkoholgegnerin. Sie duldete in ihrem Haus nicht einmal Bier.«

»Das war so, als Freddys Vater noch lebte. Wir haben sie jeden Sommer besucht, und mein Vater und Onkel Jim saßen nachmittags immer auf dem Anleger, haben geangelt und ein Sixpack geleert.«

Hannah holte tief Luft. Musste sie tatsächlich auf das Offensichtliche hinweisen? »Aber Sie haben Freddy nie trinken sehen, nicht wahr?«

»Nein. Wir waren damals beide noch zu jung. Aber, Hannah … Freddy ist fast dreißig, und ich hatte keine Ahnung, dass er nicht mal ein Bier verträgt. Das wird nie wieder vorkommen, das kann ich Ihnen versprechen.«

Hannah war ein wenig besänftigt, doch noch lange nicht mit ihm fertig. »Es war nicht nur das Bier, Jed. Sie hätten ihn auch von dem Barmädchen fernhalten müssen.«

»Sie war kein Barmädchen. Und Freddy hat sie nicht aufgerissen. Es war so, Hannah: Wir wollten ins Kino gehen, und mein Date wusste, dass ich Freddy mitbringe. Als wir sie abholten, hatte sie eine Freundin dabei, damit wir zu viert sind.«

»Und die Bar? Sie waren doch in der Bar, oder?«

»Ja, aber nur auf ein Glas, bevor der Film anfing. Sie müssen bedenken, dass ich der Chauffeur war und die Augen auf der Straße hatte. Ich wusste nicht, was Freddy auf der Ladefläche tat, bis der Polizist uns an den Straßenrand winkte.«

»Andernfalls hätten Sie Freddy davon abgehalten?«

»Und ob! Ich wäre rechts rangefahren und hätte ihm gesagt, er soll das lassen. Doch ich habe nichts Böses geahnt. Hätte nie gedacht, dass er so etwas tun würde.«

Hannah schwieg. Soweit klang seine Darstellung glaubwürdig, aber sie war noch nicht ganz zufrieden.

»Ich habe heute Morgen lange mit Freddy geredet«, fuhr Jed fort. »Er weiß, was er falsch gemacht hat. Und ich werde mich auch nicht noch mal mit dem Mädchen treffen. Wenn ihre Freundin es lustig findet, einen netten, einfältigen jungen Mann wie Freddy zu etwas anzustiften, dann will ich mit den beiden nichts mehr zu tun haben.«

Jetzt war Hannah zufrieden. Es klang, als hätte Jed die richtigen Schritte unternommen, damit Freddy nicht wieder in Schwierigkeiten geriet. »Wie ich hörte, war er ziemlich blau. Wie geht es ihm heute Morgen?«

»Er hat einen mächtigen Kater und schämt sich ziemlich. Deshalb bin ich hier. Ich möchte ihm ein paar Plätzchen mitbringen, damit er weiß, dass ich nicht böse auf ihn bin.«

»Das ist eine gute Idee.« Hannah nahm eine Tüte, füllte sie mit einem Dutzend Plätzchen und gab sie Jed. »Sagen Sie ihm, die stammen von uns beiden.«

»Danke, Hannah. Sie sind klasse, wissen Sie?«

Nachdem sich die Tür hinter ihm geschlossen hatte, atmete sie auf. Sie hoffte, dass Freddy aus seinem Fehler lernte und Jed besser auf ihn achtgab.

Die nächsten paar Minuten blieb es ruhig. Hannah nutzte die Flaute, um auf den Tischen die Zuckerspender und die Süßstoffbehälter aufzufüllen. Sie hatte noch nie verstanden, warum Leute viele Plätzchen verschlangen, dann aber den Kaffee mit Süßstoff statt mit Zucker tranken. Doch das taten sie. Als sie fertig war, kam Michelle von hinten durch die Schwingtür.

»Hi, Hannah.« Sie schlang die Arme um sich und fröstelte sichtlich. »Lisas Cupcakes sehen toll aus, doch mehr darf ich nicht verraten. Es ist wirklich kalt in deiner Backstube, wenn das Klimagerät auf höchster Stufe läuft.«

Hannah betrachtete die Aufmachung ihrer Schwester. Michelle trug weiße Shorts, die so eng saßen, dass sie sich wahrscheinlich auf dem Bett ausstrecken musste, um den Reißverschluss zuzukriegen. Das pinkfarbene eng anliegende Oberteil bedeckte gerade so viel, dass sie nicht mit dem Gesetz in Konflikt kam, und obwohl ihr beides gut stand, war das keine Kleidung, die ein Mädchen aus Lake Eden anziehen würde. Hannah war klar, dass sie das nicht kommentieren sollte, denn Michelle war alt genug, um zu entscheiden, was sie anzog, doch sie konnte sich nicht beherrschen. »Wenn du mehr anhättest, würdest du es vielleicht nicht kalt finden.«

»Fang du nicht auch noch an!« Michelle schnaubte verärgert. »Du wirst Mutter jeden Tag ähnlicher!«

»Das ist nicht unbedingt schlecht«, konterte Hannah. »Mutter hat auch ihre guten Seiten.«

»Nenn mir eine!«

»Na ja … sie ist immer … äh …« Hannah stockte und fing an zu lachen. »Na gut. So spontan fällt mir keine ein, doch ich bin mir sicher, sie hat viele. Wie war dein Lunch mit den Mädchen?«

»Super. Ich habe deine Spinat-Quiche gebacken, und sie haben sich damit vollgestopft. Jetzt wollen sie das Rezept haben, doch ich frage dich vorher lieber. Das Rezept ist nicht geheim, oder?«

Hannah lachte. »Nein, du kannst es ihnen geben.«

»Gut. Ich komme gerade von Mutters Antiquitätengeschäft. Wir treffen uns alle heute Abend an der Hütte. Du wirst doch hinfahren, oder?«

»Äh …«

»Ach, komm, Hannah. Ich bin so selten mal hier, und es ist lustig, wenn wir alle zusammen sind. Wir bestellen beim Chinesen. Da du auf Diät bist, hat Mutter jede Menge Gemüse für dich geordert. Lonnie holt unterwegs zum See das Essen ab.«

»Ihr seht euch zwei Abende hintereinander?«

»Ja. Wegen Freddy mussten wir unser Date gestern Abend abbrechen. Aber wir haben uns noch so viel zu erzählen.«

Hannah beschloss, dies nicht zu kommentieren. Wie Delores in ihrer Regency-Begeisterung sagen würde: Auf Michelles Wangen zeigte sich eine verräterische Röte.

»Das ist nichts Ernstes, also mach dir keine Gedanken. Raj und ich sind einfach sehr verschieden.«

»Ach so?«

»Er ist in New York City aufgewachsen und weiß nichts über das Leben in einer Kleinstadt. Als ich ihn gestern Abend anrief, habe ich ihm von dem Potluck-Picknick und dem Grillfest erzählt und dass jeder dafür sein leckerstes Gericht zubereitet.«

»Und?« Hannah wartete auf die Pointe.

»Er sagte, er sei noch nie bei einem Potluck-Picknick gewesen, aber für ihn würde sich das nach viel Arbeit anhören. Und dann fragte er mich, warum man für das ganze Event nicht einen Caterer beauftragt.«

»Zwei unterschiedliche Kulturen?«

»Und unterschiedliche Einkommen«, erwiderte Michelle seufzend. »Seine Mutter setzt keinen Fuß in ihre Küche, hat er mal erzählt. Sie haben jemanden eingestellt, der für sie einkauft und kocht.«

»Erstaunlich«, bemerkte Hannah abwartend.

»Raj findet alles, was ich ihm über Lake Eden erzähle, lustig. Fast so, als wären wir alle Landeier.«

Hannah ahnte, dass Raj bald von der Bildfläche verschwinden würde. »Ich kann mir gut vorstellen, dass wir auf jemanden, der in einer Weltstadt aufgewachsen ist, so wirken.«

»Ich weiß, doch seine Art verletzt mich manchmal. Er denkt, er weiß alles und ich weiß nichts.« Michelle sah auf die Uhr. »Jetzt muss ich aber los. Ich fahre zum CostMart. Brauchst du etwas?«

Hannah wollte schon verneinen, als ihr das Kissen einfiel. »Würdest du nachfragen, ob die Daunenkissen inzwischen geliefert wurden? Andrea wollte mir eines besorgen, doch sie waren ausverkauft. Sie hat sich einen Gutschein geben lassen, sodass ich das Kissen auch jetzt noch zum Angebotspreis bekomme.«

»Gern.« Michelle wartete, bis Hannah den Gutschein hervorgeholt hatte, und nahm ihn an sich. »Ich will mir einen neuen Badeanzug kaufen. Und bevor du fragst: Es wird ein Einteiler.«

»Ein Einteiler mit Löchern an strategischen Stellen? Und mit hohem Beinausschnitt?« Sie zeigte auf eine Stelle knapp unterhalb der Taille.

»Keine Sorge. Er wird so züchtig sein, dass sogar Mutter zufrieden ist. Was meinst du, um wie viel Uhr du zur Hütte kommst?«

Hannah dachte an ihren Zeitplan. Für morgen mussten sie keinen Teig herstellen. Am Unabhängigkeitstag blieb das Geschäft geschlossen, und ebenso am Samstag, damit Lisa und sie ein langes Wochenende genießen konnten. »Gleich nach Geschäftsschluss fahre ich nach Hause, füttere Moishe und komme dann zum See. Ich sollte gegen halb sieben dort sein.«

»Okay. Wenn ich dein Kissen bekomme, bringe ich es mit.«

»Soll ich dir Geld geben?«

»Mutter hat mir ihre Kreditkarte mitgegeben. Die werde ich benutzen, und du kannst es ihr später bezahlen.«

Michelle ging zur Tür, und Hannah sah, wie ein vorbeifahrender Wagen bremste und der Fahrer sie begaffte. Die ältere Generation in Lake Eden würde das Outfit ihrer kleinen Schwester als »Ehemannköder« bezeichnen. Hannah wusste, dass Michelle noch nicht ans Heiraten dachte, doch der Wettermann im Radio sagte für den Abend kühlere Temperaturen und Regen voraus. Wenn Michelle dieses Outfit anbehielte, würde sie sich keinen Ehemann, dafür aber eine gemeine Erkältung einfangen.

Es war halb sechs, das *Cookie Jar* hatte geschlossen, und Hannah rechnete gerade die Kassenbelege zusammen, als Lisa hereinkam. »Ich bin fertig.«

»Schon?« Hannah staunte. Lisa hatte sich mit den Cupcakes sehr beeilt.

»Jetzt müssen sie nur noch in den Kühlraum gepackt werden. Geh sie dir ansehen und sag mir, wie du sie findest.«

Hannah betrat mit einem schlechten Gewissen die Backstube. Das Dessert für das Fest am See war fertig, und sie hatte nicht mehr dazu beigetragen, als ein paar Zutaten im *Red Owl* zu besorgen.

»Du meine Güte!« Hannah schnappte nach Luft, sowie sie durch die Schwingtür trat und die Cupcakes erblickte. Sie waren mit blauem, rotem oder weißem Guss überzogen und standen auf ihren sechs größten Serviertabletts. Sie waren in roten und weißen Reihen angeordnet, wie die Streifen der Nationalflagge. In der oberen linken Ecke gab es ein rechteckiges Feld mit blauen Cupcakes, die mit weißen Sternen verziert waren.

Hannah trat näher und erkannte die Waffelbecher wieder, die sie gekauft hatte. Lisa hatte die Cupcakes nicht in den üblichen Papierförmchen gebacken.

»Na? Was sagst du?«

Hannah drehte sich zu Lisa um, die grinsend im Durchgang stand. »Sie sind wunderbar!«

»Ich war mir nicht sicher, ob sich die Waffelbecher eignen, wusste aber auch kein Argument dagegen.«

»Und sie haben sich bewährt.« Hannah ging zu ihr und umarmte sie. »Die sind genau das Richtige für das Fest, und alle Mütter werden dir dankbar sein.«

»Wieso das?«

»Weil sie nicht die Papierförmchen abpellen und keine klebrigen Finger abwischen müssen.«

Einen Moment lang war Lisa baff, dann kicherte sie. »Das stimmt. Sie sind perfekt für Kinder. Aber daran habe ich gar nicht gedacht.«

»Das war nicht der Grund, warum du die Waffelbecher genommen hast?«

Lisa schüttelte den Kopf. »Das habe ich nur getan, weil wir viel zu wenig Cupcake-Bleche haben.«

24

»Soll ich auch wirklich nicht hinter dir herfahren?« Norman schaute besorgt, als er ihr die Fliegengittertür der Hütte aufhielt. »Es sieht ziemlich bedrohlich aus.«

»Ich komme schon zurecht.« Hannah blickte zum Himmel, wo Blitze durch die Wolken zuckten. Während des Abendessens war der Sturm über dem See aufgezogen, und als Delores die Tüte mit den Glückskeksen aufgerissen hatte, war Hannah aufgestanden, um sich zu verabschieden.

»Warte. Ich komme mit.« Mike erhob sich und trat zu ihnen. »Du wirst dem Sturm nicht davonfahren können. Der bricht los, bevor du zu Hause ankommst.«

Hannah ging nach draußen, die Männer folgten ihr. Die Luft war so feucht, als brodelte irgendwo ein riesiger Teekessel vor sich hin und verbreitete seinen Dampf. »Kann sein, doch ich bin schon Hunderte Male bei Sturm gefahren.«

»Dieser sieht übel aus«, erwiderte Mike auf dem Weg zu Hannahs Lieferwagen. »Wie sind deine Scheibenwischer?«

»In Ordnung. Ich habe kürzlich die Wischblätter erneuert.«

»Und die Reifen?«

»Die sind praktisch neu. Hör auf, so schwarzzusehen.«

Hannah lächelte ihn an, um zu zeigen, dass sie seine Sorge zu schätzen wusste, auch wenn sie völlig unbegründet war. »Wenn es anfängt zu schütten, fahre ich rechts ran und warte ab, bis der Regen nachlässt.«

»Wirst du uns anrufen, wenn du angekommen bist?«, bat Norman und hielt ihr die Wagentür auf. »Damit wir wissen, dass alles in Ordnung ist?«

Hannah stieg ein und ließ die Fensterscheibe herunter. »Sowie ich in der Wohnung bin. Aber rechnet frühestens in einer Stunde damit. Die Fahrt könnte länger dauern als sonst.«

»Ich finde trotzdem, ich sollte hinter dir herfahren.« Mike zog die Brauen zusammen.

»Danke, aber das ist nicht nötig.« Sie ließ den Motor an und winkte ihnen beim Losfahren. Als sie die Männer im Rückspiegel sah, kicherte sie. Norman winkte kraftlos auf Brusthöhe, und Mike machte ein Gesicht, als drohte der Weltuntergang. Er konnte es wirklich nicht leiden, wenn er seinen Willen nicht bekam. Dass er Angst um sie hatte, schmeichelte ihr, doch sie ließ sich nicht gern in die Rolle der hilflosen Frau drängen.

Die hohen Fichten am Ufer des Eden Lake verwehrten den Blick auf den Himmel. Wie finster der geworden war, sah Hannah erst, als sie auf die Hauptstraße bog. Als Erstes fielen ihr die unheilvollen Farben auf. Der Himmel war dunkelgrau und von schmutzig gelben Streifen durchzogen. Violettschwarze Sturmwolken türmten sich am Horizont, und Hannah dachte unwillkürlich an einen Hexenkessel, in dem ein giftiges Gebräu blubberte. Das war die gleiche hässliche Farbe wie in einem Ölgemälde, das in Carries und Delores' Antiquitätengeschäft hing. Es hieß *Katastrophe*. Wie dumm, dass ihr das eingefallen war!

Der Wind frischte auf, als sie am Quick Stop vorbeifuhr. Wie sie sah, hatten Ron und Sean die Schotten dichtgemacht und große Pappen in die Fenster geklebt. Das hatten sie ihres Wissens noch nie gemacht. Hannah schaltete das Radio ein, um zu erfahren, ob es eine Tornadowarnung gab.

Zuerst hörte sie bloß Rauschen und dann leise und bruchstückhaft die Stimme des Ansagers. Sie verstand nur »Sturm« und »Jahrhundert«, dann erfasste eine Bö ihren Wagen und drückte ihn auf die Gegenfahrbahn. Gerade als sie ihn wieder in die eigene Spur gelenkt hatte, kam eine Sturmbö aus der anderen Richtung und schob sie gefährlich nah an den Straßengraben. Sie erwog ernsthaft, anzuhalten und zu warten, bis sich der Wind gelegt hatte. Im nächsten Augenblick wurde ihr die Entscheidung abgenommen. Eine dritte Bö brach einen Ast von einer Eiche ab und schleuderte ihn durch die Luft auf ihr Auto zu.

Hannah riss das Steuer herum, doch dem Holzgeschoss konnte sie nicht ausweichen. Es krachte gegen die Windschutzscheibe, dass der Wagen erzitterte, sprang auf die Fahrbahn und riss dabei die Antenne ab. Hannah trat auf die Bremse und schaffte es mit äußerster Mühe, den Lieferwagen an den Straßenrand zu lenken, wo er ein Stück durch den Kies rutschte und zum Stehen kam. Zitternd saß sie da und stieg schließlich aus, um die Situation einzuschätzen. In dem Moment fing es an zu regnen. Der Ast hatte wenig Schaden angerichtet, jedenfalls keinen, der sich nicht mit einem Lackstift beheben ließe. Die Antenne war an der Basis abgebrochen, sodass ein paar Kabel aus dem Loch in der Motorhaube lugten, wo sie befestigt gewesen war.

»Wenigstens muss ich mir die Sturmwarnungen nicht mehr anhören«, brummte Hannah, zwirbelte die Drähte zusammen und schob sie durch das Loch unter die Haube.

Die Antenne war nirgends zu sehen, aber sicher würde Ted Koester sie durch eine vom Schrottplatz ersetzen können. Die Windschutzscheibe war unbeschädigt und der Wagen fahrtüchtig, und das war das Wichtigste. Sie sollte also den Rest der Strecke nach Hause schaffen.

Erst als Hannah sich wieder hinters Steuer setzte, merkte sie, dass ihre Bluse und Jeans durchnässt waren. Es gab doch nicht Schöneres, als bei Sturm pitschnass Auto zu fahren. So fing man sich eine Erkältung ein, und sie hasste es, im Sommer erkältet zu sein. Sie griff nach hinten, schob das Daunenkissen beiseite, das Michelle für sie abgeholt hatte, und nahm sich ein Handtuch von dem Stapel, den sie fürs Catering dabeihatte.

Nachdem sie sich Haare, Gesicht und Hände abgetrocknet hatte, war sie wieder Herr der Lage. Die war gar nicht so schlecht. Der Ast hatte die Windschutzscheibe heil gelassen, und sie selbst war nicht aus Zucker. Sie war im Begriff weiterzufahren, als ihr auffiel, dass der rechte Scheibenwischer seinen Dienst eingestellt hatte, und der linke sich bewegte wie eine lahme Ente.

Ihr blieb nichts anderes übrig, als es darauf ankommen zu lassen. Am Straßenrand zu stehen führte zu nichts, und auf keinen Fall wollte sie von Norman und Mike in diesem hilflosen Zustand gefunden werden, falls sie ihr folgten. Sie fuhr auf die Straße und dankte dem Himmel dafür, dass nur ein leichter Regen fiel. Ihr Wischer glitt ab und zu zuckend über die Scheibe und stockte, wenn ihn ein Windstoß traf. Hannah fuhr langsam durch das düstere Zwielicht und hoffte, dass kein anderes Fahrzeug von hinten angeprescht kam.

Sie war vielleicht vierhundert Meter weit gekommen, als der Regen stärker wurde. Die Tropfen wurden größer und fielen in dichten Schleiern. Ihr Wischer stockte bei jedem

Windstoß und rang mit den Elementen. Es war ein Kampf auf Leben und Tod. Als sich abzeichnete, dass die Elemente siegen würden, fuhr sie erneut an den Straßenrand und lehnte die Stirn genervt auf das Lenkrad.

»Na toll!«, stöhnte sie und schickte sich ins Unvermeidliche. Wenn sie irgendwann zu Hause ankommen wollte, konnte sie nur eines tun: Sie ließ das Fenster herunter, streckte den Kopf hinaus und fuhr langsam auf dem Seitenstreifen weiter. Dabei horchte sie, ob sich ein Wagen näherte, und spähte durch den Regen, um ihre Abzweigung nicht zu verpassen.

So kroch sie dahin. Alle zwei Minuten, so kam es ihr vor, musste sie anhalten, um sich den Regen aus den Augen zu wischen. Es gab viele angenehme Arten, einen Abend zu verbringen, diese gehörte definitiv nicht dazu. Hätte sie geahnt, dass es so kommen würde, hätte sie Norman *und* Mike ermutigt, hinter ihr herzufahren!

Als sie an ihre Abzweigung gelangte, fühlte sie sich wie ein begossener Pudel. Ihre Haare hingen strähnig herab, und ihre Wangen waren wund vom prasselnden Regen. Sie sah auf die Uhr und stöhnte laut. Es war fast eine Stunde her, seit sie an der Hütte aufgebrochen war. Sie sah es schon vor sich, wie Mike und Norman sie hier finden würden, und das Bild war entmutigend. Am besten, sie rief sie sofort an und ließ sie wissen, dass ihr nichts passiert war.

Das erste Haus, an dem sie vorbeikam, war das, in dem Rhonda gelebt hatte. Sie fuhr in die Garage, parkte auf einem Besucherplatz und ging zu der Wohnung von Beatrice und Ted Koester. Ihnen gehörte das Gebäude, und sie verwalteten es. Bei ihnen würde sie sicher telefonieren dürfen.

»Hannah!« Beatrice sah sie bestürzt an, als sie die Tür öffnete. »Hatten Sie eine Autopanne?«

»Ja und nein. Der Wagen fährt noch, doch die Scheibenwischer haben den Geist aufgegeben. Ich musste den Kopf zum Seitenfenster rausstrecken, um die Straße zu erkennen. Deshalb bin ich so nass.«

»Stehen Sie nicht da, kommen Sie herein.« Beatrice trat zur Seite. »Ich hole Ihnen ein Handtuch.«

Hannah lächelte sie dankbar an, als sie im Flur die nassen Sandalen abstreifte und die trockene Wohnung betrat. »Dürfte ich mal Ihr Telefon benutzen? Meine Mutter erwartet meinen Anruf, und ich möchte ihr sagen, dass alles in Ordnung ist. Ich versuche, nichts nass zu tropfen.«

»Das ist unwichtig.« Beatrice deutete auf das Wandtelefon in der Küche. »Ich wollte sowieso heute noch den Boden wischen. Ted hat es zu Hause gerne blitzsauber. Für ihn ist das ein schöner Kontrast zu dem schmutzigen, öligen Schrottplatz. Aber er verdient damit gut. Besonders seit er die Auto-Verwertung betreibt. Nur zu, Hannah. Ich bringe Ihnen das Handtuch und eine Tasse Kaffee. Sie sehen durchgefroren aus.«

Hannah nahm das Frotteehandtuch entgegen und trocknete sich damit ab, so gut es ging. Dann rief sie in der Hütte an und bekam Michelle an den Apparat.

»Hi, Hannah. Bin ich froh, dass du zu Hause bist! Mike und Norman sind allmählich schon unruhig geworden. Warte mal kurz, ich sage es ihnen.«

Hannah öffnete den Mund, um das richtigzustellen, doch Michelle hatte den Hörer bereits hingelegt. Sie hörte ihre Schwester im Hintergrund verkünden, dass Hannah zu Hause angekommen und alles in Ordnung sei.

»Jetzt wissen sie Bescheid«, sagte Michelle in den Hörer. »Hier draußen hat es heftig gestürmt. Hast du von dem Regen auch was abbekommen?«

»Oh ja«, antwortete Hannah, obwohl das die Untertreibung des Jahrhunderts war. Der Regen trommelte gegen Beatrices Fenster.

»Mike und Norman meinen, sie rufen dich an. Mutters Auto wurde vom Blitz getroffen. Sie gehen gerade nach draußen, um sich den Schaden anzusehen.«

Hannah überlegte rasch. Die beiden würden vorerst nur ihren Anrufbeantworter erreichen. »Richte ihnen aus, sie sollen mir eine Dreiviertelstunde Zeit lassen. Ich bin durchgefroren und will heiß duschen.«

»In Ordnung, Hannah. Ich sag es ihnen. Ich bin heilfroh, dass du zu Hause bist. Wir haben uns alle Sorgen gemacht.«

»Bitte sehr, Hannah.« Beatrice gab ihr eine Tasse Kaffee, sowie sie aufgelegt hatte.

»Danke, Beatrice.« Sie trank einen Schluck und seufzte dankbar. »Den habe ich gebraucht.«

»Was Sie noch brauchen, sind trockene Kleider. Ich würde Ihnen welche von meinen geben, aber die werden nicht passen.«

»Das möchte ich wetten.« Hannah lachte. Beatrice war so zierlich wie Michelle.

»Andererseits …« Beatrice neigte den Kopf zur Seite und musterte Hannah von oben bis unten. »Sie haben reichlich abgenommen. Ich habe einen Rock, der passen könnte. Allerdings sind Sie viel größer als ich.«

»Machen Sie sich keine Mühe. Meine Sachen werden im Nu trocken sein.«

Beatrice schaute skeptisch. »Sie dürfen nicht in nassen Sachen weiterfahren. Sie holen sich ja den Tod. Wie wär's mit etwas von Rhonda? Ihre Kleidung hängt noch im Schrank, und sie hatte in etwa Ihre Statur.«

»Sie haben ihre Wohnung noch nicht vermietet?«, fragte

Hannah verwundert. Die Wohnanlage war hübsch, und es gab immer eine Warteliste mit Leuten, die dort einziehen wollten.

»Das geht noch nicht. Rhonda hat bis Ende Juli bezahlt. Ich kann jetzt eine Anzahlung nehmen, doch vor August kann niemand einziehen.«

»Das erscheint mir wie eine Verschwendung, da Sie doch so eine lange Warteliste haben.«

»Ich weiß, aber wir müssen uns ans Gesetz halten. Wenigstens brauchen wir sie nicht zu renovieren. Wir haben im Juni neuen Teppichboden verlegt und die Wände gestrichen, und Rhonda hat sich gerade hübsche Gardinen nähen lassen. Die Wohnung sah wunderbar aus. Eine Schande, dass ihre Verwandten die Sachen nicht übernehmen wollen.«

»Nicht?« Hannah war überrascht. »Was werden Sie damit tun?«

»Die Angehörigen sagten, wir sollen Rhondas Auto verkaufen und ihnen das Geld nach Colorado überweisen. Mit dem Rest könnten wir tun, was wir wollen. Wir werden die Wohnung möbliert vermieten, und unsere Mieter dürfen sich vom Hausrat etwas aussuchen. Deshalb meine ich, Sie sollten nach oben gehen und sich etwas von der Kleidung nehmen ... das heißt, falls es Ihnen nichts ausmacht, Rhondas Sachen anzuziehen.«

»Warum sollte es?«

»Weil sie tot ist. Sie wissen, viele Leute sind in der Hinsicht empfindlich.«

»Mich stört das nicht«, versicherte Hannah. Sie hatte gehofft, einen Blick in Rhondas Wohnung werfen zu können, und das war wie ein Geschenk des Himmels.

»Nur kann ich leider nicht mit Ihnen hinaufgehen. Ted ist bei einem Meeting und wird mich anrufen, wenn er nach

Hause aufbricht, für den Fall, dass er noch etwas besorgen soll. Und das soll er. Er muss mir Waschpulver mitbringen.«

Umso besser. Hannah versuchte, nicht allzu erfreut zu wirken. »Das ist okay, Beatrice. Ich kann auch allein in Rhondas Wohnung gehen.«

»Macht Ihnen das wirklich nichts aus? Ich meine, da sie doch tot ist und so weiter?«

»Nein, gar nicht.« Hannah nahm den Schlüssel von ihr entgegen. »Schließlich ist sie nicht in ihrer Wohnung gestorben. Ich nehme mir etwas, ziehe es an und komme gleich wieder herunter.«

»Nur keine Eile. Sehen Sie sich in Ruhe um. Vielleicht finden Sie noch mehr, was Sie gebrauchen können. Sie dürfen sich alles nehmen, was ihr gehört hat.«

Nach einem tiefen Atemzug schloss Hannah die Tür auf. Rhonda hatte sie nie zu sich in die Wohnung eingeladen, und deshalb war es seltsam, die jetzt zu betreten. Sie kam sich wie ein Eindringling vor, sagte sich aber, dass sie einen wichtigen Grund hatte, Rhondas private Sachen zu durchsuchen, denn schließlich wollte sie ihren Mörder finden.

Sie tastete neben der Tür nach dem Lichtschalter und machte sich Licht. Rhondas Wohnung war schön eingerichtet, wie man es in manchen Zeitschriften sah, mit farblich aufeinander abgestimmten Sofakissen und einer Schale mit Seidenblumen auf dem Sofatisch. Die Küche war makellos sauber, doch das überraschte sie nicht, da Rhonda hatte verreisen wollen.

Eins nach dem anderen, sagte sie sich und steuerte als Erstes den begehbaren Kleiderschrank an. Sie nahm sich das

Erstbeste, eine schwarze Hose mit elastischem Bund und einen hellblauen Pullover. Sie war nicht hier, um Rhondas Kleidung zu plündern, es sei denn, sie hätte etwas mit dem Mord zu tun. Hauptsache, sie konnte sich etwas Trockenes anziehen.

Die nassen Sachen ließ sie auf den Boden fallen und zog Rhondas an. Die Hose war zwar zu kurz, aber nicht so eng wie erwartet, und Rhondas Pullover war ihr definitiv zu weit. Vielleicht hatte Beatrice recht, und sie war viel schlanker geworden. Sie durchsuchte den Kleiderschrank, fand aber nichts Ungewöhnliches, und wie viele Outfits Rhonda besessen hatte, interessierte sie nicht. Dann nahm sie die Kommodenschublade in Angriff und ging sie schnell von unten nach oben durch. Sie fand ein paar Socken für sich, doch keinerlei Indizien.

In einem Behälter unter der Spüle entdeckte sie Plastiktüten und nahm sich eine für ihre nassen Sachen. Sie schaute die Küchenschränke und Schubladen durch, erfuhr nichts von Interesse, außer dass Rhonda einen Satz silberner Fischmesser besessen hatte und dass sie ein Fan fabrikgefertigter Käsemakkaroni gewesen war.

Als Nächstes ging Hannah ins Wohnzimmer und direkt zu einem kleinen Schreibtisch, der unter einem Fenster stand. Die mittlere Schublade enthielt ein Durcheinander von Kassenzetteln. Sie setzte sich in den Schreibtischsessel, um sie durchzusehen.

Keiner schien von Bedeutung zu sein. Dann kam ihr eine Quittung von *Browerville Travel* in die Finger. Endlich ein Hinweis. Denn Rhonda war nicht nur bis Browerville gefahren, um ihren Flug zu buchen; sie hatte auch darüber gelogen, wo und wann sie das getan hatte. Als sie im *Cookie Jar* die Verträge unterzeichnet hatten, hatte Rhonda erzählt, sie habe die Fluggesellschaften angerufen und ihr Ticket am vorigen Abend gebucht, und auch, dass sie dank Norman über das Geld verfüge, um nach Rom in Urlaub zu fliegen. Die Quittung von *Browerville Travel* war schon zwei Wochen alt gewesen, als Norman sein Angebot für das Haus abgegeben hatte!

Hannah verstand nicht, warum Rhonda gelogen hatte, doch jetzt war nicht die Zeit, um darüber nachzudenken. Sie steckte die Quittung in ihre Handtasche und durchsuchte die übrigen Schreibtischschubladen. In der letzten entdeckte sie noch etwas Bemerkenswertes: einen Brief, der an Rhondas Großtante adressiert war.

»Sonderbar«, murmelte sie und starrte auf den Umschlag. Außer diesem Brief war ihr nichts begegnet, das Mrs Voelker gehört haben mochte. Er musste wichtig sein, sonst hätte Rhonda ihn nicht an sich genommen. Hannah steckte ihn ebenfalls ein und stand auf. Noch ein Raum war zu durchsuchen, dann wäre sie fertig.

Vier Minuten später verließ sie stirnrunzelnd Rhondas Badezimmer. Die Suche im Medizinschränkchen und in den Schubladen unter dem Waschtisch war Zeitverschwendung gewesen, denn sie enthielten nur immens viele teure Kosmetikartikel. Allmählich wurde es für sie knapp. Sie nahm ihre Sachen, schaltete das Licht aus und lief die Treppe hinunter, um Beatrice den Schlüssel zurückzugeben. Und dann würde sie schleunigst nach Hause fahren.

25

Am nächsten Morgen stand Hannah mit einem Lächeln auf. Seit Moishe sein eigenes Daunenkissen hatte, war sie zum ersten Mal seit Monaten mit entspanntem Nacken aufgewacht. Schnell war sie für den Feiertag angezogen und saß in ihrem Wagen auf dem Weg zum *Cookie Jar*.

Das Wetter war herrlich. Bauschige weiße Wolken zogen langsam über den strahlend blauen Himmel, es konnte kaum weniger nach Regen aussehen. Nach dem Wolkenbruch des vergangenen Abends war das Gras kräftig grün, und in der Luft hing ein wunderbar frischer Geruch, den Duftkerzen und Raumerfrischer vergeblich zu kopieren suchten.

Auf der Fahrt durch die Stadt sah sie überall Flaggen, Banner, Bänder und anderen patriotischen Schmuck für den Unabhängigkeitstag. Jeder gab sein Bestes. Sogar die hohe Fichte im Park, die als Weihnachtsbaum diente, war mit roten, weißen und blauen Bändern geschmückt.

Um Viertel vor acht kam Hannah auf ihrem Parkplatz an. Sie schloss die Hintertür auf und schnupperte anerkennend, als ihr ein willkommener Duft entgegenwehte. Lisa hatte Kaffee aufgesetzt. Aber wieso stand ihr Wagen nicht hinter dem Haus?

»Schönen Vierten Juli, Hannah!« Lisa kam aus dem Laden, bevor Hannah nach ihr suchen konnte.

»Dir auch. Wo ist dein Auto?«

»Ich habe es am Seniorenzentrum stehen lassen. Herb hat mich hergebracht. Nimm dir einen Kaffee und setz dich an unseren Tisch. Ich stelle dir ein kalorienarmes Frühstück zusammen.«

Der frische Kaffeeduft war verlockend, und Hannah kam der Aufforderung nur zu gern nach. Sie goss sich ein, trug den Becher zum gewohnten Tisch und setzte sich so, dass sie nach draußen sehen konnte.

Der Asphalt schimmerte in der Sonne. Bürgermeister Bascomb hatte angeordnet, dass die Wegstrecke der Parade am Vorabend gereinigt wurde. Da sie für den Verkehr gesperrt war, gab es auf der Straße nichts zu sehen. Es war noch zu früh, als dass sich Zuschauer auf dem Bürgersteig versammelten. Das Einzige, was sich bewegte, war eine Vogelfamilie in der Fichte gegenüber.

Hannah trank ein paar Schlucke, doch es war ihr schon immer schwergefallen, längere Zeit still zu sitzen. Das war der richtige Moment, um die Quittung und den Brief hervorzuholen, die sie in Rhondas Schreibtisch entdeckt hatte.

Nach einem Blick auf die Uhr entschied sie, sich zuerst die Quittung noch mal anzusehen. Die kostenlose Rufnummer der Fluggesellschaft sollte um diese Zeit weniger frequentiert sein. Sie zog beides aus der Tasche und ging mit der Quittung hinter den Ladentisch zum Telefon. Jetzt war Raffinesse gefragt, aber in der Hinsicht hatte sie von Andrea gelernt. Sie würde behaupten, für Rhonda anzurufen, die wegen eines Todesfalls in der Familie ihren Flug verpasst habe. Das war immerhin die Wahrheit. Und dann würde sie ein bisschen flunkern und sagen, dass Rhonda zu denselben

Konditionen umbuchen wolle. Mit etwas Glück würde sie bei der Umbuchung mehr über Rhondas Flugticket erfahren.

Es dauerte zehn Minuten, aber schließlich legte sie auf und kehrte zum Tisch zurück, wo sie einen großen Schluck Kaffee trank. Was sie erfahren hatte, war gelinde gesagt erschreckend. Rhonda hatte in allen Punkten gelogen. Sie hatte keinen Hin- und Rückflug, sondern nur einen Hinflug gebucht, und der ging nicht nach Rom, sondern nach Zürich.

Hannah schaute auf die stille Straße hinaus. Deshalb war Rhonda zum Reisebüro nach Browerville gefahren: In Lake Eden hatte nicht bekannt werden sollen, dass sie vorhatte, für immer wegzuziehen.

Darüber dachte Hannah nach, während in der Backstube mit Pfannen und Geschirr hantiert wurde. Ein paar Augenblicke später stieg ihr ein appetitlicher Geruch in die Nase, und ihr wurde der Mund wässrig. Sie wusste nicht, was Lisa zubereitete, aber es roch lecker.

»Unser Festwagen sieht toll aus.« Lisa schob die Schwingtür auf und streckte den Kopf herein. »Wenn die Preisrichter nicht blind sind, gewinnen wir den ersten Preis.«

»Ich wusste gar nicht, dass es Preise zu gewinnen gibt.«

»Ich auch nicht. Janice Cox sagt, das wurde gestern Abend bei der Stadtratssitzung beschlossen. Der Sieger bekommt hundert Dollar, der zweite fünfzig und der dritte fünfundzwanzig. Warte kurz, ich muss zum Herd.«

Die Schwingtür pendelte hin und her, und Hannah saß mit offenem Mund da. Was würden sie mit dem Geld anfangen, wenn sie zu den Siegern gehörten? Bis Lisa durch die Schwingtür kam, hatte sie sich entschieden. »Wenn wir gewinnen, spenden wir die eine Hälfte das Geldes ans Kiddie Korner und die andere an das Seniorenzentrum. Die haben schließlich die ganze Arbeit geleistet.«

»Perfekt.« Lisa lächelte sie dankbar an. »Genau das habe ich mir auch überlegt. Ich muss dir noch etwas erzählen. Andrea sagt, gestern Abend sei weiteres Geld aus dem Bankraub aufgetaucht. Es sind nur gut vierhundert Dollar, doch irgendjemand gibt die Beute von damals im Winnetka County aus. Entschuldige mich kurz. Ich glaube, sie sind fertig.«

Lisa verschwand nach hinten, und Hannah lehnte sich zurück. Es war noch immer nicht klar, ob das Auftauchen des Geldes mit dem Mord an Rhonda zusammenhing, aber die Möglichkeit durfte man auch nicht kurzerhand außer Acht lassen.

»Das Frühstück ist fertig«, rief Lisa und kam mit zwei Tellern herein. Einen stellte sie Hannah hin, mit dem anderen setzte sie sich ihr gegenüber.

»Pfannkuchen mit Pfirsichscheiben?«, fragte Hannah.

»Genau.« Lisa reichte ihr den Süßstoff. »Träufle ihn darüber. Damit schmecken sie wirklich gut.«

Hannah riss ein Tütchen auf und süßte ihre Pfannkuchen. Dann schnitt sie sich ein Stück ab und kostete. »Wunderbar, Lisa. Als du sagtest, kalorienarm, habe ich mit Hüttenkäse gerechnet.«

»Da ist Hüttenkäse drin.«

Hannah sah sie groß an. »Hüttenkäse in Pfannkuchen?«

»So ist es. Meine Tante Kitty hat sie gebacken, wenn in der Familie jemand auf Diät war.«

»Sie schmecken herrlich.« Hannah schob sich einen Bissen in den Mund und kaute zufrieden. »Danke, Lisa. Das ist eine schöne Abwechslung zu kaltem Salat und langweiligem Hüttenkäse. Bist du sicher, dass sie zum Abnehmen geeignet sind?«

»Ja. Aber du kannst sie auch mit mehr Kalorien zubereiten. Tante Kitty servierte sie dann mit Schmand und Marmelade. Dann nannte sie sie ›Armer-Mann-Pfannkuchen‹. Ich gebe dir das Rezept, wenn du willst.«

»Sehr gern.« Hannah nahm den nächsten Bissen.

Eine Weile aßen sie schweigend, bis der letzte Pfannkuchen verputzt war. Lisa zeigte auf den Brief, der auf dem Tisch lag. »Was ist das?«

»Ein Brief an Mrs Voelker, den ich in Rhondas Wohnung gefunden habe.«

Lisa sah sie erstaunt an. »Mike und Bill haben dich Rhondas Wohnung durchsuchen lassen?«

»Nein, aber Beatrice Koester. Sie sagte, ich soll mir aus Rhondas Sachen etwas aussuchen. Die Verwandten in Colorado wollen davon nichts haben.«

»Das war ein Glück für dich«, meinte Lisa grinsend. »Hast du noch mehr Interessantes gefunden?«

Hannah erzählte ihr von der Reisebüroquittung und dem Flugticket nach Zürich. »Und das erklärt, warum Rhonda so gelassen blieb, als Jon sie feuerte. Sie hatte nicht vor, nach Lake Eden zurückzukommen.«

»Was steht in dem Brief?«

»Den habe ich noch nicht gelesen.«

»Dann mach das mal besser. Es könnte etwas Wichtiges sein.«

»Ich weiß. Es behagt mir nur nicht, die private Post eines anderen zu lesen.«

»Dann wirf ihn weg.«

»Ohne zu wissen, was drinsteht? Das geht nicht.«

»Dann lies ihn.« Lisa schaute amüsiert. »Du machst aus einer Mücke einen Elefanten, Hannah, und das sieht dir gar nicht ähnlich. Wenn etwas sehr Persönliches in dem Brief steht, verrätst du es keinem. Wenn er etwas Wichtiges enthält, übergibst du ihn Mike.«

»Da hast du natürlich recht.« Anstatt noch länger zu zögern, nahm sie den Brief aus dem Umschlag, ein einzelnes Blatt von einem Notizblock, und faltete es auseinander. Beim Überfliegen der Zeilen entfuhr ihr ein bekümmertes Stöhnen.

»Was steht da?« Lisa beugte sich besorgt vor.

»Es ist eine Tragödie.« Hannah schluckte mühsam an einem schmerzenden Kloß im Hals.

Tante Kittys Hüttenkäse-Pfannkuchen

(»Armer-Mann-Pfannkuchen«)

480 g Hüttenkäse
4 geschlagene Eier
½ TL Salz
60 g Mehl

Die Zutaten in einer Schüssel vermengen und 1 Stunde lang im Kühlschrank ruhen lassen (über Nacht geht auch).

Eine beschichtete Tischpfanne auf 175 Grad erhitzen oder eine Bratpfanne mit Backspray einfetten. (Die Bratpfanne ist heiß genug, wenn ein Tropfen Wasser darin zischt und tanzt.)

Jeweils einen Esslöffel voll Teig in die Pfanne geben und backen, bis die Blasen an der Oberseite offen bleiben. Den Pfannkuchen mit einem Spatel leicht anheben, um die Unterseite zu prüfen. Wenn sie eine schöne goldbraune Farbe hat, den Pfannkuchen umdrehen und auch von dieser Seite goldbraun backen.

Den fertigen Pfannkuchen auf einen Teller legen, mit flüssigem Süßstoff besprenkeln und mit aufgeschnittenem Obst servieren.

Armer-Mann-Pfannkuchen:

Die fertig gebackenen Pfannkuchen mit Butter bestreichen und mit Zucker bestreuen oder Marmelade und einen großzügigen Schlag Sour Creme obendrauf geben und genießen.

Ausbeute: 8 mittelgroße Pfannkuchen

26

Hannah räusperte sich und las laut vor:

> *»Ich wünschte, ich wäre jetzt bei Dir in Lake Eden. Sie sagen, ich werde es nicht schaffen, und der Kerl neben mir wird jemanden finden, der den Brief rausschafft und Dir schickt.«*

»Er liegt im Sterben?«, flüsterte Lisa, als Hannah aufblickte.

»Ja. Wie kommst du darauf, dass der Brief von einem Mann ist?«

»Es hört sich an, als läge er im Krankenhaus, und da legt man Männer und Frauen nicht zusammen in ein Zimmer.«

»Guter Punkt.« Hannah las weiter:

> *»Danke, dass Du früher so nett zu mir warst, als ich noch klein war. Du warst die Einzige, die mal mit mir gespielt hat. Weißt Du noch, wie Du lauter Zettel mit Hinweisen im Haus verteilt hast und ich sie finden musste? Der erste lag immer in der Keksdose, und von da musste ich zur Standuhr oder zu Deiner Bibel. Mit diesen Zetteln hast Du mir das Lesen beigebracht. In der Schule hätte ich das nie gelernt. Und Du hast immer dafür gesorgt, dass ich den Gewinn am Ende finde.«*

»Ich kenne das Spiel«, bemerkte Lisa. »Lies weiter, Hannah.«

»Ich möchte Dir noch sagen, dass ich Dich liebe. Wenn Du den Brief in der Hand hältst, werde ich nicht mehr sein. Koch weiter Deine Pfirsichmarmelade. Die mochte ich immer am liebsten. Und bitte schließe mich in Deine Gebete ein.«

»Das ist furchtbar traurig.« Lisa blinzelte gegen die Tränen an. »Wer hat den Brief geschrieben?«

»Jemand namens Speedy. Das muss ein Spitzname sein. Ich weiß nicht, wer er ist, und die das wissen könnte, ist tot.«

»Wo wurde der Brief aufgegeben?«

Hannah zuckte mit den Schultern. »Von dem Poststempel ist nur das Datum zu erkennen, der Rest ist verwischt.«

»Na, wenigstens hatte Speedy glückliche Erinnerungen an seine Zeit in Lake Eden. Er schreibt viel über die Schatzsuche.«

»So heißt das Spiel?«

»Wir nennen es jedenfalls so. Meine Mom hat das jedes Jahr an meinem Geburtstag mit mir gespielt. Sie hat die Hinweise im ganzen Haus versteckt und mir nur verraten, wo der erste liegt. Darauf stand ein Rätsel, aus dem ich schließen musste, wo der nächste Zettel versteckt ist. Es waren immer mindestens zehn, und auf dem letzten stand, wo ich mein Geschenk finde.«

Einen Moment lang war Hannah neidisch. Delores hatte nie so etwas mit ihr gespielt. Doch das war Vergangenheit. »Danke, dass du mir das erzählt hast, Lisa. Das hat bestimmt Spaß gemacht.«

»Und ob. Willst du, dass ich die restlichen Kekse von gestern einpacke? Unsere Leute könnten Hunger haben, wenn sie kommen.«

»Gute Idee.« Hannah steckte den Brief in ihre Handtasche und bekam eine Gänsehaut. Sie hatte gerade die letzten Worte eines Sterbenden gelesen, geschrieben an eine Frau, die seit Monaten tot und begraben war. Noch deprimierender war, dass sie ihn in der Wohnung einer ermordeten Frau gefunden hatte. Jetzt gab es nur eins, was sie aufheitern konnte. Normalerweise würde sie Schokolade essen. Das war das beste Gegenmittel bei Niedergeschlagenheit. Aber da die nicht zu der Lebensmittelgruppe gehörte, die bei ihrer Diät erlaubt war, griff Hannah auf etwas anderes zurück. »Warte, ich helfe dir.« Sie stand auf und folgte Lisa in die Backstube.

Als die erweiterte Familie nach und nach eintraf, war Hannah viel besser gelaunt. Sie setzten sich zusammen, aßen Plätzchen, tranken Kaffee und plauderten, bis alle da waren, die sich angekündigt hatten.

»Jetzt fehlen nur noch Bill und Mike«, sagte Hannah zu Andrea. »Wo bleiben sie denn?«

»Ach, sie kommen gar nicht. Sie fahren bei der Parade mit. Mike zieht unseren Festwagen mit seinem Jeep, und Bill passt auf, dass die Mechanik funktioniert.«

»Mechanik?«

Andrea machte ein zerknirschtes Gesicht. »Ich hätte den Mund gehalten. Du sollst noch nichts über den Festwagen wissen.«

»Ich weiß doch gar nichts, und du hast eigentlich gar nichts gesagt.«

»Du wirst es verstehen, wenn du ihn siehst. Die Idee kam mir durch die Festwagen bei der Rose Parade. Das ist wirklich ein tolles Konzept.«

»Ganz bestimmt«, pflichtete Hannah bei, doch sie musste sich anstrengen, um dabei zu lächeln. Wenn die Festwagen der Rose Parade der Maßstab waren, dann hatte Andrea sich mit dem Projekt übernommen, es war viel zu schwierig für Vorschulkinder und Senioren. Das würde ein Desaster geben. Doch jetzt war es zu spät für einen Rückzieher, und sie würde den Wagen über den grünen Klee loben, egal, wie er aussah. Das war sie ihrer Schwester schuldig.

Andrea fasste ihr aufmunternd an den Arm. »Guck nicht so besorgt, Hannah. Er ist großartig, du wirst sehen. Als ich aufgebrochen bin, hat es schon beinahe funktioniert.«

»Schön. Es wird bestimmt wunderbar.« Hannah schob ihren Stuhl zurück. »Draußen sammeln sich die Leute. Wir sollten besser ein Stück Bürgersteig besetzen, bevor die besten Plätze weg sind.«

»Kein Problem.« Norman stand auf und nahm ihren Arm. »Kommt alle mit. Folgt mir einfach, dann zeige ich euch eure Plätze.«

Bisher hatten sie bei der Parade immer gestanden. Deshalb war Hannah überrascht, als sie die Klappstühle am Bordstein stehen sah. An den Rückenlehnen hingen Pappschilder mit ihren Namen. Sie fühlte sich wie ein Ehrengast, als sie ihren Platz einnahm.

»Das war eine großartige Idee, Norman.« Sie drehte lächelnd den Kopf zu ihm.

»Danke.« Er schaute auf seine Uhr. »Nur noch fünf Minuten. Ich bereite schon mal meinen Fotoapparat vor.«

Lisa verteilte hektisch ihre Einwegkameras und erklärte allen, wie sie zu bedienen waren. Sie war gerade damit fertig, als der Bürgermeister und seine Frau in ihrem Oldtimer um die Ecke bogen. Er trug einen weißen Strohhut mit roten, weißen und blauen Bändern an der Krempe und sie ein weißes Kleid mit roten und blauen Streifen. Die Parade hatte begonnen. Gleich würde der Festwagen des *Cookie Jar* zu sehen sein.

Hannah klatschte, als die Jungen und Mädchen aus Traceys Vorschulklasse heranmarschierten. Sie hatten sich Klappschilder über Brust und Rücken gehängt, die wie Plätzchen geformt und bemalt waren, und in der Hand einen weißen Korb mit blau-roter Papierserviette. Sie schwärmten zu den Seiten aus und boten den Zuschauern die patriotischen Plätzchen an, die Hannah gebacken und die Lisa verziert hatte.

»Sie sind hinreißend.« Hannah machte ein Foto von Bertie Straut, die gerade ein Plätzchen entgegennahm. »Was du auch tust, Norman, vergiss nicht, Tracey aufzunehmen.«

»Werde ich nicht. Andrea hat mich schon entsprechend instruiert. Ich soll sie beim Höhepunkt ablichten.«

»Was für ein Höhepunkt?«

»Das wirst du gleich sehen.«

Der Applaus schwoll an, und Hannah sah wieder zur Straße, als zwei Schüler der Jordan High um die Ecke bogen. Sie trugen ein Schild zwischen sich, auf dem stand: *1. Platz*.

»Ich wusste, wir würden gewinnen!«, rief Lisa und lief zu Hannah, um sie zu umarmen. Dann fiel sie Andrea um den Hals, und alle drei lachten vor Freude.

Der Applaus wurde noch lauter. Mikes Jeep bog um die Ecke. Die Kinder und Senioren hatten die Seiten mit der Nationalflagge verkleidet. Mike trug ein Hemd mit dem Muster des Sternenbanners und sah unglaublich gut aus. Hannah stockte der Atem, und ihr Herz klopfte heftig. Zu denken, dass der bestaussehende Mann von ganz Lake Eden sich regelmäßig mit ihr traf, war etwa so, als würden einem alle Wünsche auf einmal erfüllt. Widerstrebend riss sie sich von dem Anblick los und wandte sich dem Festwagen zu.

Ihr war bewusst, dass sie mit offenem Mund staunte, aber sie konnte nicht anders. Der Festwagen war ein Meisterwerk, eine gigantische Keksdose in Rot, Weiß und Blau. Der Deckel der Dose klappte hoch, und aus dem Innern stieg Tracey auf. Ihr Lächeln war so breit wie der Eden Lake.

»Oh!«, hauchte Hannah und blickte staunend zu ihrer Nichte hoch. Tracey war als Freiheitsstatue verkleidet, samt Fackel und Krone, und sah zuckersüß aus. Sie winkte den Leuten majestätisch zu, aber sobald sie ihre Tante erblickte, brach ihre Begeisterung durch.

»Tante Hannah! Huhu!«, rief sie. »Gefällt es dir?«

»Ich liebe es!«, rief Hannah ihr zu, und dann versank Tracey langsam in der Keksdose und griff in letzter Sekunde nach dem Deckel, um ihn über sich zu schließen.

»Gefällt es dir wirklich?«, fragte Andrea ein wenig bang.

»Der Wagen ist absolut umwerfend, wundervoll, fantastisch«, versicherte sie. »Und Tracey sieht einfach hinreißend aus. Ich habe Mike im Jeep gesehen. Aber wo ist Bill?«

»Errätst du es nicht? Bill steht unten in der Dose und bewegt Tracey mit einem Flaschenzug hoch und runter.«

»Natürlich. Die Mechanik.« Hannah grinste ihre Schwester an. »Jetzt verstehe ich.«

»Ich wusste, er würde das noch ausklügeln. Tracey steht in einer Kiste, die Bill an dem Flaschenzug befestigt hat. Wir wollten zuerst eine Hydraulik benutzen, doch die machte zu viele Geräusche.«

Nach und nach fuhren die Festwagen vorbei. Aber keiner war mit dem des *Cookie Jar* zu vergleichen, fand Hannah. Sie applaudierte mit den Zuschauern, als die Rollstuhlfahrer aus dem Genesungsheim vorbeizogen. An den Speichen ihrer Räder flatterte rot-weiß-blaues Krepppapier, und auch das Fußvolk, das sie begleitete, hatte sich mit Bändern und Sternen geschmückt. Jack Herman führte als Uncle Sam verkleidet die Truppe an.

»Sieht er nicht wunderbar aus?«, fragte Lisa, die ein Stück vor ihnen hergelaufen war und ihn fotografiert hatte.

»Er sieht absolut verwegen aus«, versicherte Hannah. »Da hast du meine Kamera. Ich habe den Film schon verknipst. Als Letztes habe ich Mrs Robbins aufgenommen, wie sie deinem Dad schöne Augen macht, als er ihr das Taschentuch aufhebt, das sie fallen gelassen hat.«

»Macht man das noch immer?«, wunderte sich Lisa.

»Keine Ahnung. Mrs Robinson tut es jedenfalls. Sie ist jedoch mindestens fünfundachtzig. Sie könnte also ein bisschen altmodisch sein.«

Nach ihnen kamen die Pfadfinder und dann Bonnie Surmas *Brownies*, die kleinen Pfadfinderinnen, die der Blaskapelle der Jordan High folgten. Hannah widerstand dem Impuls, sich die Ohren zuzuhalten, besonders als die Kapelle bei ihnen stehen blieb. Sie spielte nicht ganz so schlimm wie neulich, aber mit solcher Begeisterung, dass das die vielen schrägen Töne und individuellen Schwierigkeiten, das Tempo zu halten, wettmachte. Zum Glück – und Gott sei Dank – hatte der Kapellmeister die Passage mit den Piccoloflöten gestrichen, und Hannah atmete auf.

Als der Marsch vorbei war und die Kapelle weiterging, tippte Delores, die das Cis nicht vom C unterscheiden konnte, ihrer ältesten Tochter auf die Schulter. »Spielen sie nicht wunderbar?«

Hannah geriet einen Moment lang ins Stottern und

wusste nicht, was sie ehrlicherweise antworten sollte. »Sie haben sich seit letztem Jahr verbessert.«

Weitere Festwagen rollten vorbei, die Andreas Kreation aber nicht toppen konnten. Hannah applaudierte den Veteranen in ihren prächtigen Uniformen, die einmal im Jahr vom Dachboden geholt wurden, und ebenso den Lake Eden Players, der örtlichen Theatergruppe, die schon die Kostüme trugen für ihre spätere historische Nachstellung, bei der die Unabhängigkeitserklärung unterzeichnet wurde. Als die Parade vorbei und Bridget Murphys Smiley-Auto ausgeblieben war, vermutete Hannah, dass Cyril es doch noch repariert und sich die Peinlichkeit erspart hatte.

»Das war's.« Norman klappte seinen Stuhl zusammen. »Ich bringe die Stühle jetzt zum Beerdigungsinstitut, und dann entwickle ich den Film.«

»Die Stühle stammen aus dem Beerdigungsinstitut?« Hannah wurde bei dem Gedanken unbehaglich.

»Ich habe sie mir gestern Abend ausgeliehen. Digger sagte, ich soll mir so viele nehmen, wie ich brauche. Eine Hand wäscht die andere, denkt er.«

»Inwiefern?«

»Er hofft, ich bringe ihm ein paar Aufträge ein.«

»Du meinst, wenn ein Patient an deiner Behandlung stirbt?«

Norman zuckte mit den Schultern, aber seine Augen funkelten. »Du weißt doch, was die Leute sagen: Eine Wurzelbehandlung ist mörderisch.«

Hannah lachte noch, während sie ihm half, die Klappstühle in seinen Kofferraum zu laden, und sah ihm grinsend hinterher, als er wegfuhr. Wenn sie mit Norman zusammen war, fühlte sie sich großartig.

Anschließend verabschiedete sie sich von den anderen. Sie ging mit Lisa ins *Cookie Jar*, um mit ihr die Cupcakes in den Lieferwagen zu tragen, hörte sich anschließend das Konzert im Park an und fuhr dann zum See, wo den Nachmittag über Spiele und andere Unterhaltung geboten wurden.

Mit einem Lächeln im Gesicht kam Hannah auf dem Parkplatz am Seeufer an. Das Konzert der Lake Eden Band war schön gewesen. In der Band spielten lauter Musiker, die sich in der Umgebung niedergelassen hatten. Jeder, der ein Blech- oder Holzblasinstrument in die Hand nehmen und wöchentlich im Gemeindezentrum proben wollte, war willkommen. Sie hatten ihr komplettes Repertoire an Märschen gespielt und am Schluss *God Bless America*.

Anscheinend war die ganze Stadt zum See gefahren, denn Hannah kurvte vergeblich über das Parkplatzgelände auf der Suche nach einer Lücke, in die sie noch hineinpasste. Schließlich schaltete sie in den Vierradantrieb und stellte den Wagen ganz am Rand oben auf der Straßenböschung ab.

Stunden später – nachdem sie sich zwei langweilige politische Reden angehört, einen Auftritt der Theatergruppe angesehen und einige Spiele und Wettbewerbe mitverfolgt hatte, schlenderte sie zum Picknickgelände, um zu sehen, ob sie Edna Ferguson helfen konnte, die für das Potluck-Dinner zuständig war.

»Hallo, Edna«, grüßte Hannah und versuchte, nicht auf ihre Haare zu starren. Seit ihrer letzten Begegnung hatten Ednas krause graue Locken eine Veränderung durchgemacht. Sie waren nicht mehr dunkelgrau, was ihre natürliche Farbe war, sondern blau.

»Ich weiß. Sieht aus wie wer weiß was.« Edna fasste sich an die Locken. »Bertie hat mich beim letzten Mal zu einer Tönung überredet, mir aber nicht gesagt, wie langsam sie sich rauswäscht.«

»Das sieht sehr … interessant aus.«

»Sehr taktvoll, Hannah, besonders für Sie.« Edna kicherte. »Da fehlt nur eine rote und eine weiße Schleife, und ich bin fertig für den Vierten Juli.«

»Ich komme, um zu fragen, ob es hier etwas für mich …«

»Natürlich gibt es etwas zu tun«, fiel Edna ihr ins Wort. »Sie wissen ja, wenn Arbeit ansteht, kommt keiner. Was ist los? Haben Ihre beiden Freunde Sie verlassen?«

Hannah lachte. Es wäre Zeitverschwendung, sich gekränkt zu fühlen. Edna nahm nie ein Blatt vor den Mund, und jeder wusste das. »Das nicht gerade. Mike musste zum Revier zurück, und Norman ist zu Hause und entwickelt die Aufnahmen, die er bei der Parade gemacht hat. Also ich gehöre ganz Ihnen, Edna.«

»Gut! Sie sind eine größere Hilfe als gewisse andere Leute, die ich jetzt nennen könnte. Ich nehme an, Ihre Schwester hat wieder ihren Wackelpudding mitgebracht. Die jungen Dinger heutzutage können alle nicht mehr kochen. Die sind nicht wie Sie und ich.«

Hannah verbiss sich eine passende Bemerkung. Edna war mindestens sechzig und damit dreißig Jahre älter als sie selbst. Sie lebte schon ihr ganzes Leben in Lake Eden, und das brachte Hannah auf eine Idee, vor allem da Edna auf der Farm neben dem Voelker-Haus aufgewachsen war. »Sie haben Mrs Voelker gekannt, nicht wahr?«

»Sicher. Ihre Pfirsichmarmelade war die beste weit und

breit. Die Leute waren tief betrübt, nachdem sie den Unfall gehabt hatte und im Rollstuhl sitzen musste. Da gab es für die Nachbarn keine Pfirsichmarmelade mehr.«

Hannah nickte und fragte sich, ob man auch über sie eines Tages so etwas sagen und nicht um sie, sondern um ihre Plätzchen trauern würde. »Erinnern Sie sich an einen Jungen namens Speedy, der Mrs Voelker besucht hat?«

»Speedy?« Edna schüttelte den Kopf. »Nein, ich glaube, nicht … Doch! Er war ganz entfernt mit ihr verwandt und hat mal einen ganzen Sommer bei ihr verbracht. Der Junge war regelrecht versessen aufs Angeln. Er hat seine häuslichen Aufgaben husch, husch erledigt, damit er zum See angeln gehen konnte. Deshalb nannte sie ihn Speedy. Die halbe Zeit hat sie die Zitzen nach dem Melken selbst desinfiziert, aber uns hat sie erzählt, dass er ein schlechtes Zuhause hat und dass sie ihm zur Abwechslung eine schöne Zeit gönnen will.«

»Wissen Sie noch, wie er eigentlich hieß?«

Edna seufzte. »Kann ich jetzt nicht mehr sagen. Vielleicht wusste ich es damals, doch das ist lange her.«

»Melden Sie sich bei mir, wenn es Ihnen noch einfällt?«

»Sicher. Also, hat sie?«

Hannah sah sie verständnislos an. Edna fing offenbar von etwas Neuem an. »Hat sie was?«

»Ihren Wackelpudding mitgebracht. Andrea.«

»Ach so!« Hannah schaltete. »Diesmal nicht. Sie hat Mais-Chips und einen Dip für den Vorspeisentisch mitgebracht.«

»Dem Himmel sei Dank! Eine Schüssel Wackelpudding weniger, mit der wir fertig werden müssen. Wie wär's, wenn Sie Eis in die Kühlboxen füllen, damit wir einige Desserts kühl halten können. Sie haben nichts mit Schlagsahne mitgebracht, nicht wahr?«

»Würde ich je so etwas tun?«, fragte Hannah grinsend.

»Nein, wahrscheinlich nicht. Aber Marge Beeseman. Denken Sie an meine Worte. Sie wird die Schlagsahne schon zu Hause drauftun, anstatt sie in einem Extragefäß mitzubringen, wie es in dem Merkblatt steht. Und dann wird die Sahne sich beklagen, dass sie zerlaufen ist!«

27

»Mmm!« Hannah brummte anerkennend, als sie das gegrillte Rindfleisch von Norman kostete. »Wunderbar!«

»Danke, Hannah.« Norman, der rechts neben ihr am Picknicktisch saß, machte ein zufriedenes Gesicht.

»Finde ich auch«, sagte Mike an Hannahs linker Seite. »Ich habe früher ab und zu gegrillt, aber mein Fleisch war nie so gut.«

»Das liegt an der Würzung. So ein Stück muss über Nacht mariniert werden. Dann zieht es gut durch. Es hat nicht zu viel Knoblauch?«

»Genau richtig.« Mike schnitt sich einen Bissen ab. »Weniger, und man würde es nicht schmecken, und mehr wäre zu viel. Das Rezept für die Marinade hätte ich gern, falls du es rausgibst.«

»Na klar. Für Hähnchenfleisch ist sie auch gut. Da muss man nur den Senf verdoppeln und die geriebenen Zwiebeln halbieren.«

Hannah sah zwischen den beiden hin und her und versuchte, sich das Kichern zu verkneifen. Sie hörten sich an wie zwei Hausfrauen, die ihre Kocherfahrungen austauschten, und obwohl sie beide neben ihr sitzen wollten, ignorierten sie Hannah jetzt und waren damit anscheinend völlig zufrieden. Sie ließ die beiden reden. Während die Männer erörterten, welche Vorzüge Holzkohle gegenüber Gas hatte und welche Holzspäne man am besten zum Anfeuern des Grills nehmen sollte, schaute sie zu den vielen Leuten, die sich an den anderen Tischen die Bäuche vollschlugen.

Die Sonne zog dem Horizont entgegen, und Hannah wusste, sie würde gleich zum Auto laufen und ihr Insektenspray holen müssen. Das erinnerte sie daran, dass Norman von ihnen verschont wurde, und sie drehte den Kopf zu Mike. »Wirst du von Mücken gestochen?«

»Mücken?« Mike fuhr zusammen, als hätte sie ihn aus der spannendsten Unterhaltung seines Lebens gerissen. »Sicher. Die stechen jeden.«

»Nicht Norman.«

»Stimmt das?« Mike beugte sich nach vorn, um Norman anzusehen. »Was ist dein Geheimnis?«

Oh-oh. Sie hatte das nächste Männergespräch ausgelöst.

Am Rand des Picknickgeländes sah sie Freddy Sawyer stehen. Er lehnte in Jeans und einem blauen Pullover mit dem amerikanischen Adler vorne auf der Brust an einem Baum. Sie freute sich, ihn zu sehen. Er hatte ihr mal gesagt, dass der Vierte Juli sein Lieblingsfeiertag war und er das Feuerwerk toll fand. Ein paar Schritte entfernt stand Jed in einer Gruppe von Leuten, die Hannah nicht kannte. Er sah gut aus in dem weißen T-Shirt mit den hochgekrempelten Ärmeln und der Jeansweste. Sie war mit den Sternen und Streifen bestickt und sah teuer aus. Hannah fragte sich, ob er seinen gesamten Lohn dafür ausgegeben hatte.

Eine junge Frau aus der Gruppe flirtete mit ihm. Er lächelte sie an, als sie an seinen Arm fasste. Er flirtete auch mit ihr, aber er drehte sich immer wieder ein wenig zur Seite, um Freddy im Blick zu behalten. Das beruhigte Hannah. Jed nahm seine Verantwortung offenbar ernst.

Etliche Kinder fingen an zu jubeln, und Hannah sah sich nach der Ursache um. Es war die Freiwillige Feuerwehr, die mit ihrem Löschfahrzeug angefahren kam. Dem folgte einer von Cyril Murphys dunkelgrünen Miet-Vans mit den hellgrünen Kleeblättern an den Seiten. Jedes Kind, das alt genug war, um sich an das Feuerwerk im vergangenen Jahr zu erinnern, wusste, dass der Van die Pyrotechnik für das heutige Spektakel transportierte.

Hannah schaute zu den Büfetts. Dort holten sich ein paar Nachzügler eine dritte Portion. Sie stand auf, und beide Männer verstummten und blickten sie fragend an. »Ich gehe Edna beim Aufräumen helfen.«

Mike nickte. »Klar.«

»Okay«, sagte Norman. »Braucht ihr Hilfe?«

»Nein, wir kommen zurecht.« Hannah eilte davon, hörte aber noch, dass sie ein neues Männergespräch anfingen, diesmal über Autos und die Vorzüge der neuesten Modelle.

Nachdem die Aufräumarbeit erledigt war und sie zu ihrem Wagen lief, um das Mückenspray und ihre Decke zu holen, beobachtete sie, wie eine Flotte Ruderboote vom Steg ablegte. Sie lagen tief im Wasser. Demnach waren die Feuerwerkskörper umgeladen worden und unterwegs zu den Flößen, die als Abschussrampe dienten. Das Feuerwerk von Lake Eden galt in der Gegend allgemein als das beste. Der Stadtrat gab jedes Jahr ein kleines Vermögen dafür aus, und das Feuerwerk erschien doppelt so groß, weil es sich im Wasser spiegelte. Sie entdeckte Mike und Norman, die am Ufer im Sand saßen und ihr einen Platz reserviert hatten. Sie halfen ihr, die Decke auszubreiten, und kurz darauf gesellte sich die gesamte Familie zu ihnen.

Es wurde dunkel. Die Flöße und die Ruderboote waren schwach beleuchtet. Bestimmt war Joe Dietz auch dieses Jahr wieder in einem der Boote. Er war über siebzig, hatte vor seiner Pensionierung für das Heeresbeschaffungsamt gearbeitet und leitete das Feuerwerk, solange Hannah zurückdenken konnte. Ihr Blick fiel auf Jed, der mit einer zusammengerollten Decke unter dem Arm durch die Menge der Zuschauer schlenderte. Er hatte sich eine Lederjacke übergezogen, und Hannah wünschte, sie hätte ihre auch mitgebracht. In der Stadt brauchte man um diese Zeit noch keine Jacke, aber am See wehte immer ein frischer Wind, und es konnte kalt werden, wenn der letzte Sonnenstrahl verschwunden war.

Kurz wurde sie unruhig, weil Freddy nicht bei ihm war, doch dann fiel ihr die Gruppe ein, bei der Jed gestanden und die auf sie einen freundlichen Eindruck gemacht hatte. Wahrscheinlich saß Freddy bei ihnen und hielt einen Platz für die Decke frei, die Jed holen gegangen war.

Nachdem die Sonne hinter den Bäumen verschwunden war, wurde es sehr schnell dunkel. Hannah setzte sich in den »Schneidersitz«, wie ihre Grundschullehrerin es früher genannt hatte, obwohl wahrscheinlich kein Schneider mehr bei seiner Arbeit mit überkreuzten Beinen auf dem Tisch saß.

Das Feuerwerk begann mit einem Donnerschlag, als Hannah noch gar nicht damit rechnete. Sie zuckte zusammen und hielt sich die Ohren zu, dann lachte sie entzückt. So fing es jedes Jahr an, und jedes Mal erschrak sie wieder genauso.

Nach dem Donnerschlag knallte es in rascher Folge weiter, dann stieg eine Rakete zischend auf und explodierte über ihnen zu pinkfarbenen Streifen, die sich auf der Wasseroberfläche spiegelten. Hannah jubelte mit den Leuten mit, und dabei griff Norman nach ihrer Hand. Im nächsten Moment, als eine grüne Feuerwerksblüte auf Himmel aufging, nahm Mike ihre andere Hand.

Hannah hielt still und wagte kaum zu atmen. Welche Etikette galt für diese Situation? Sollte sie zu Mike sagen, dass sie nicht mit ihm Händchen halten durfte, weil Norman das schon mit ihr tat? Oder sollte sie beiden ihre Hand verwehren? Sie dachte darüber nach, und ein paar Raketen später kam sie zu einer Entscheidung. Eine Anstandsdame würde das sicher verurteilen, aber da weder Mike noch Norman zu wissen schien, dass sein Rivale ihre Hand hielt, würde sie sich einfach entspannen und es genießen.

Die Zuschauer keuchten staunend auf und machten »Ooooh!«, als über ihnen rote und blaue Sterne funkelten. Joe Dietz verstand sein Handwerk und verlängerte das Feuerwerk, indem er mal mehrere und mal wenige Raketen zündete. Der Abend war wie dafür geschaffen. Es ging ein leichter Wind, der den Rauch vertrieb, sodass jede Feuerblume so klar am Nachthimmel zu sehen war wie die vorige.

Die Show dauerte erst fünf Minuten, als Mikes Funkgerät zu knacken anfing. Er hielt es sich ans Ohr und hörte kurz zu. »Bin schon unterwegs«, antwortete er und drehte sich zu Hannah. »Ich werde gerufen. Auf dem Highway gab es einen Auffahrunfall mit sechs Pkws und einem Bus.«

Er stand auf, und im nächsten Moment erhoben sich auch Lonnie und dann Bill.

»Alle werden zum Dienst gerufen?«, fragte Hannah.

»Jeder. Der Unfall ist übel.« Mike wandte sich an Norman. »Hast du Doc Knight irgendwo gesehen? Die Kollegin in der Zentrale sagt, dass sie ihn über den Pager nicht erreichen kann.«

»Vor zwei Minuten hat er sich mit Edna unterhalten.«

»Kannst du ihn suchen und ihm ausrichten, dass er sofort zum Krankenhaus fahren soll? Am Unfallort wird eine Triage durchgeführt, und sie schicken ihm einige Verletzte.«

»Ich finde ihn und fahre mit ihm«, erklärte Norman. »Wenn es Gesichtsverletzungen gibt, kann ich helfen. Wo ist der Unfallort?«

»Drei Kilometer südlich von der Abzweigung nach Lake Eden. Danke, Norman.« Mike winkte Bill und Lonnie zu sich. »Ich bin mit dem Streifenwagen hergekommen. Ihr könnt mit mir fahren.«

Einen Moment später – in der Zeit hätte man nicht mal eine Mücke erschlagen können – hatten beide Don Juans sie verlassen, und Hannah saß allein auf ihrer Decke. Genau wie Michelle und Andrea.

»Wenn man mit einem Cop verheiratet ist, erlebt man viele einsame Abende«, bemerkte Andrea mit einem scharfen Blick zu Michelle. »Es muss einem nicht gefallen, aber man muss damit umgehen können.«

Hannah behagte nicht, wie die Unterhaltung anfing. Ihrer Meinung nach war Lonnie für Michelle die bessere Wahl und nicht der New Yorker Junge, der keine Ahnung vom Kleinstadtleben hatte und ihre Schilderungen von zu Hause lustig fand. Sie war im Begriff, sich einzumischen und ein anderes Thema anzufangen, als Delores ihr an den Arm tippte.

»Hast du noch einen Pullover im Auto? Mir wird allmählich kalt.«

Hannah zögerte. Wenn sie ihrer Mutter den alten Hoodie anbot, der im Fond lag, würde das zu langen Vorhaltungen führen, sie müsse ihre Garderobe sichten und Altes aussortieren, das angeblich nicht mehr tragbar war. »Nein, doch ich laufe schnell zur Hütte und hole dir einen.«

»Aber dann versäumst du das Feuerwerk.«

»Nicht, wenn ich den Weg am Ufer entlang nehme. Da werde ich alles sehen können. Und die Hütte ist nur einen Block entfernt.«

»Nun, wenn es dir auch sicher nichts ausmacht … Nein! Ich habe es mir anders überlegt! Ich will nicht, dass du gehst, Hannah!«

»Warum nicht?« Ihre Mutter klang ängstlich.

»Weil … nun ja …« Delores neigte sich zu ihr und flüsterte: »Der Mörder könnte hier herumlaufen.«

»Keine Sorge, Mutter. Am Ufer sind überall Leute. Er würde mich nicht vor so vielen Zeugen angreifen.«

»Aber die würden nichts mitbekommen, weil sie zum Himmel sehen. Und ein Feuerwerk ist die perfekte Gelegenheit, um jemanden zu erschießen. Bei der Knallerei würde ein Schuss nicht auffallen.«

»So was passiert nur in Filmen.« Hannah schmunzelte. Ihre Mutter meinte es gut, doch ihre Befürchtung war übertrieben. »Außerdem würde kein Schuss fallen, weil der Mörder keine Pistole benutzt. Rhonda wurde erstochen, nicht erschossen.«

»Das stimmt. Das habe ich nicht bedacht.« Delores seufzte schwer. »Glaubst du, meine Angst ist übertrieben?«

»Ja, Mutter.«

»Nun … wahrscheinlich hast du recht. Trotzdem bleibst du besser hier. Ich wäre die ganze Zeit unruhig.«

»Ich werde sie begleiten«, bot Michelle an. »Bestimmt würde er uns nicht beide angreifen. Das beruhigt dich doch, nicht wahr, Mutter?«

»Sehr«, bestätigte Delores und klang erleichtert. »Und wenn ihr schon mal dort seid, könnt ihr Kaffee aufsetzen. Es wäre schön, etwas Heißes zu trinken, wenn das Feuerwerk vorbei ist. Und holt den Kuchen aus dem Eisfach und taut ihn auf. Stellt ihn in die Mikrowelle und drückte die Auftautaste. Zehn Minuten sollten genügen. Und könntet ihr auf dem Rückweg den Müll rausbringen? Das habe ich vorhin vergessen.«

»Sicher, Mutter.« Hannah nahm Michelle an der Hand und zog sie mit sich. Bloß weg von hier, bevor ihrer Mutter noch mehr einfiele, was sie erledigen könnten.

28

»Aufträge ausgeführt«, sagte Hannah, nahm den Pullover, dessentwegen sie eigentlich hergekommen waren, und schaltete noch rasch die Kaffeemaschine ein. »Bist du so weit?«

»Ich bin fertig.« Michelle kam aus ihrem Zimmer. Sie hatte sich eine lange Jeans und ein Sweatshirt übergezogen.

Hannah öffnete die Tür und ließ ihre Schwester vorbei. »Ich schließe ab. Hast du den Schlüssel?«

»Ja.« Michelle stieß einen Pfiff aus, als ein bunter Funkenregen am Himmel leuchtete. »Das war toll. Ist das schon das Finale?«

Hannah blickte auf die Uhr. »Noch nicht. Dieses Jahr soll es vierzig Minuten dauern. Es wird noch zwanzig Minuten weitergehen.«

Im Schein des prasselnden Feuerwerks liefen sie die Stufen zum Ufer hinunter. Als sie unten ankamen, ging ein weißer Funkenregen nieder, und Michelle keuchte erschrocken. »Was ist das, Hannah?«

»Was meinst du?«

»Das Große, das unter dem Anleger hervorguckt. Am Nachmittag war es noch nicht da.«

»Das weiß ich nicht, aber ich finde es heraus.« Hannah ging näher heran und wartete, bis die nächste Rakete das

Ufer beleuchtete. Dann wurde ihr Ton scharf. »Gibt es eine Taschenlampe in der Hütte?«

»Ja, in der Küche liegt immer eine.«

»Geh sie holen und komm damit hierher.«

Michelle machte kehrt und lief die Stufen hoch. »Okay, aber was ist es?«

»Bring mir einfach die Taschenlampe, ja?«

Praktischerweise explodierten gleich mehrere Raketen am Himmel und sorgten ein paar Augenblicke lang für Helligkeit. Hannah griff nach dem Gegenstand und schauderte, als sie sah, dass es ein Bein war. Delores' Befürchtungen waren doch nicht so übertrieben gewesen. Sie starrte auf das Bein und stieß einen Seufzer aus. Da sie allein war, würde sie tun, was getan werden musste.

Sie brauchte ihre ganze Kraft, aber sie zog den reglosen Körper aus dem nassen Sand unter dem Anleger aufs trockene Gras. Bis Michelle mit der Taschenlampe kam, hatte sie ihn herumgedreht. »Leuchte mal bitte.«

Michelle schaltete die Taschenlampe ein, und beide Schwestern starrten auf die reglose Gestalt und die blutige Wunde. Es war Freddy Sawyer.

»Ist er tot?«, fragte Michelle mit schwankender Stimme.

Hannah kniete sich hin und tastete nach dem Puls. »Noch nicht, aber es sieht nicht gut aus. Lauf schnell zur Hütte und ruf den Rettungswagen.«

»Die sind doch alle bei dem Unfall auf dem Highway, hat Lonnie gesagt.«

»Stimmt.« Hannah versuchte, einen kühlen Kopf zu bewahren. Freddys regloses Gesicht und die schreckliche Kopfwunde zu sehen, war erschütternd. »Okay. Ich bringe ihn selbst ins Krankenhaus. Ich bitte dich nicht gern darum, aber kannst du hierbleiben, solange ich das Auto herhole?«

»Mach ich.«

Ihre kleine Schwester blieb ruhig, und das beruhigte auch Hannah. »Okay, ich beeile mich. Versuch nicht, ihn zu bewegen. Wenn er zu sich kommt und um sich schlägt, rede mit ihm und tu dein Bestes, damit er still liegen bleibt. Die Kopfwunde darf nicht wieder zu bluten anfangen.«

Hannah rannte zum Auto und fuhr damit kurzerhand bis ans Ufer, wendete und öffnete die Hecktüren. Michelle saß bei Freddy und hielt seine Hand. »Puls?«

»Ist noch da.« Michelle stand auf, und Hannah sah die Tränenspuren auf ihren Wangen. »Wie wollen wir ihn hineinschaffen?«

»Seitlich. Ich nehme ihn vorsichtig an den Schultern und du an den Beinen. Wenn er dir zu schwer wird, schrei, dann setzen wir ihn ab.«

»Ich schaffe das.« Michelle beugte sich über Freddys Füße.

Hannah griff unter seine Schultern, als ihr ein verräterischer Geruch in die Nase stieg. »Riechst du das auch?«

»Ja, Alkohol. Meinst du, Freddy hat sich betrunken und sich am Anleger den Kopf aufgeschlagen, als er umgefallen ist?«

»Keine Ahnung, aber möglich wäre es. Ich kann ihn jetzt hochheben, wenn du auch so weit bist.«

Es war schwierig, doch mit vereinten Kräften gelang es ihnen, Freddy auf die Ladefläche zu heben. Hannah schob ihm den alten Hoodie unter den Kopf, den ihre Mutter sofort ausrangieren würde, und schloss die Hecktüren. »Ich fahre direkt zur Klinik. Ruf du dort an und sag ihnen, dass ich komme und Freddy Sawyer bringe. Dass er eine schlimme Kopfwunde hat und bewusstlos ist. Sie sollen mich an der Zufahrt der Notaufnahme in Empfang nehmen.«

»Okay, aber soll ich nicht mitkommen und helfen?«

»Hast du eine medizinische Ausbildung, von der ich nichts weiß?«

»Nein.«

»Dann bist du hier nützlicher. Ruf in der Klinik an, und lauf danach zu Andrea und Mutter und berichte, was los ist. Ihr müsst alle nach Jed Sawyer suchen und ihm Bescheid geben. Ich rufe in der Hütte an, sobald ich etwas zu Freddys Zustand sagen kann.«

»Verstanden. Viel Glück!«

Hannah stieg ein und ließ das Fenster herunter. »In einer Krisensituation bist du großartig, Michelle.«

»Danke.« Ihre Schwester lächelte sie an. »Das habe ich wohl von dir geerbt.«

Als Hannah in die Einfahrt zur Notaufnahme des Lake Eden Memorial bog, lagen ihre Nerven blank. Sie hatte nur sechsundzwanzig Kilometer weit fahren müssen, aber das war grauenvoll gewesen. Freddy hatte immer wieder aufgeschrien und vor sich hin gemurmelt, und was sie davon verstanden hatte, war herzzerreißend gewesen. Er war aufgewühlt, weil Jed sauer auf ihn war. Jed hasste ihn und hielt ihn für dumm. Wenn Freddy nur das Geschenk für Jed abholen könnte, dann würde er ihm vielleicht verzeihen und ihn nicht verlassen. Dann könnten sie wieder Freunde sein, und alles würde gut werden.

Hannah hatte beruhigend auf ihn eingeredet, aber sie glaubte nicht, dass er sie gehört hatte. Denn er hatte einfach wieder vor sich hin gemurmelt, dass er Jed unbedingt das Geschenk geben müsse.

Auf halber Strecke war Freddy still geworden. Er hatte noch ein oder zwei Mal gestöhnt und war dann ganz verstummt. Während sie vorher gehofft hatte, dass Freddy sich beruhigte, fand sie die Stille im Wagen noch beängstigender. Sie hatte Gas gegeben und gebetet, er möge nur bewusstlos und nicht tot sein.

Als sie an der Notaufnahme vorfuhr, zitterte sie wie Espenlaub. Sie blendete die Scheinwerfer auf und hupte, damit das Personal drinnen ihre Ankunft bemerkte, und dann schaltete sie den Motor aus und drehte sich im Sitz nach hinten, als Freddy auf eine Fahrtrage gehoben wurde.

Hannah blieb ein paar Minuten sitzen und versuchte, ruhiger zu atmen. Als ihre Beine aufgehört hatten zu zittern und sie glaubte, gehen zu können, stieg sie aus und begab sich zur Rezeption. »Ich habe gerade Freddy Sawyer hergebracht«, sagte sie zu der streng blickenden älteren Schwester, die hinter dem Pult saß. »Ist er … am Leben?«

»Ja. Doctor Knight ist gerade bei ihm.«

»Hat er etwas zu seinem Zustand gesagt?«

»Der ist kritisch. Sie versuchen, ihn zu stabilisieren. Ich soll Ihnen ausrichten, dass Sie Ihren Teil getan haben und sich zu Hause ausschlafen sollen.«

»Kommt nicht infrage.« Hannah schüttelte den Kopf. »Ich habe ihn hergebracht, ich werde jetzt nicht einfach gehen.«

Die Krankenschwester lächelte und sah schon nicht mehr so streng aus. »Er dachte sich schon, dass Sie das sagen würden. Er kommt, sobald er kann, und spricht mit Ihnen. Das kann eine Weile dauern. Er hat alle Hände voll zu tun.«

»Durch den Auffahrunfall auf dem Highway?«

»Das gesamte Personal und die Reserve sind damit befasst. Ich bin im Ruhestand, aber ich bin hergekommen, um die Rezeption zu besetzen. Der große Warteraum ist voll, doch Dr. Knight meint, Sie sollen sich in den kleinen am Ende des Flurs setzen. Da stehen auch lauter Verkaufsautomaten neben der Tür, falls Sie etwas essen oder trinken wollen.«

Ausgestattet mit einer Diät-Cola nahm Hannah den Warteraum in Augenschein. Die Stühle aus Hartplastik sahen nicht einladend aus. Sie ging zu dem Münztelefon in der Halle, um Delores anzurufen und Bescheid zu geben, dass Doc Knight ihn behandelte.

»Wir haben Jed gefunden«, berichtete Delores. »Der arme Junge war außer sich. Er sagt, Freddy sei den ganzen Tag bei ihm gewesen, aber in der Menschenmenge beim Feuerwerk hätten sie sich verloren, und er habe ihn nicht mehr finden können.«

»Kommt er hierher?«, fragte Hannah.

»Er ist schon unterwegs. Er meint, du bist ein Held, weil du Freddy das Leben gerettet hast. Aber natürlich meinte er ›Heldin‹.«

In dem Moment öffnete sich die Tür der Notaufnahme, und Jed kam hereingerannt. »Er ist da, Mutter. Ich muss auflegen. Ich rufe wieder an, wenn ich weiß, wie es Freddy geht.«

»Augenblick noch. Ich soll dir von Edna ausrichten, dass es ein Baum war.«

Hannah wollte schon fragen, was das bedeuten sollte, doch dann sah sie Jeds Gesicht. »Ich muss Schluss machen, Mutter. Jed sieht verzweifelt aus.«

Hannah legte auf und eilte zu ihm. »Schon gut. Doc Knight ist jetzt bei Freddy.«

»Wie geht es ihm?«

»Das weiß ich nicht genau. Gehen wir in den kleinen

Warteraum. Doc Knight kommt dorthin und erzählt uns mehr, wenn er mit der Behandlung fertig ist.«

Jed ging mit ihr und setzte sich auf einen Stuhl ihr gegenüber. Er war sichtlich aufgelöst. »Ich habe ihn ständig im Auge behalten, und dann wende ich ihm nur für einen Moment den Rücken zu, um mit jemandem zu sprechen, und schon ist er nirgendwo mehr zu sehen.«

»Niemand macht Ihnen einen Vorwurf, Jed. So etwas kann passieren.«

»Ja, aber ich hätte aufmerksamer sein müssen. Manchmal vergesse ich, dass er zurückgeblieben ist, wissen Sie? Die meiste Zeit wirkt er fast normal.«

Hannah wusste nicht, was sie antworten könnte, um ihn zu beruhigen.

»Ihre Schwester meinte, dass er schwer verletzt ist. Wie ist das überhaupt passiert?«

»Das weiß ich auch nicht.«

»Konnte Freddy Ihnen nichts sagen?«

»Nein, er war halb bewusstlos, als wir ihn fanden, und hat auf meine Fragen nicht reagiert. Und unterwegs zum Krankenhaus hat er vor sich hin gemurmelt, wie sauer Sie auf ihn sind.«

Jed seufzte. »Ich war nicht wirklich sauer auf ihn. Nur ein bisschen verärgert, wissen Sie? Freddy hat mich immer wieder gefragt, ob er auch ein paar Raketen zünden darf, und ich habe Nein gesagt. Nach dem zehnten Mal wurde ich ungehalten. Ich hätte wohl mehr Geduld mit ihm haben sollen.«

»Das ist manchmal schwer.«

»Ich weiß. Ich habe ihm erklärt, wie gefährlich Feuerwerkskörper sind und dass er sich verbrennen kann. Das habe ich immerzu wiederholen müssen, doch er verstand es nicht.«

Hannah fand, es wäre Zeit, den Stier bei den Hörnern zu packen. »Ich spreche das wirklich nicht gern an, Jed, aber als wir ihn ins Auto geladen haben, roch er nach Alkohol. Hat er heute etwas getrunken?«

»Nein! Und ich auch nicht, weil ich damit ein schlechtes Vorbild für ihn bin.«

»Freut mich zu hören. Doch ich bin mir sicher, dass er nach Alkohol roch. Meine Schwester hat es auch bemerkt.«

Jed schwieg kurz und seufzte dann. »Solange wir zusammen waren, hat er jedenfalls nichts getrunken, aber vielleicht hat ihm jemand ein Bier spendiert, nachdem wir uns verloren haben. Meinen Sie, er war betrunken und hat sich den Kopf aufgeschlagen?«

»Das ist sicher möglich. Wir werden mehr wissen, wenn Doc Knight mit uns gesprochen hat.«

Sie warteten unruhig, und ab und zu stand einer von ihnen auf und ging im Warteraum hin und her. Es war fast unmöglich, längere Zeit auf den Stühlen zu sitzen. Sie waren hart, und Hannah taten plötzlich Körperstellen weh, die sie noch gar nicht kannte.

Nach einer Viertelstunde erschien Doc Knight in der Tür. »Hallo, zusammen. Hannah, wollen Sie sich auf die freie Sanitäterstelle bewerben?«

»Nein, aber danke. Das ist Freddys Cousin Jed.«

»Wir sind uns schon begegnet«, sagte Doc Knight und sah Jed an. »Freddy ist jetzt stabil, doch es ist sehr ernst.«

Jed schluckte hörbar. »Aber er wird wieder, oder?«

»Es ist noch zu früh, um das zu sagen. Er scheint jedoch zumindest nicht mehr in Lebensgefahr zu sein. Es könnten allerdings Schäden zurückbleiben. Er hat einen kräftigen Schlag auf den Kopf bekommen. Wie weit das Gehirn in Mitleidenschaft gezogen wurde, kann ich nicht einschätzen.

Das werden wir erst wissen, wenn die Untersuchungsergebnisse da sind.«

»Kann die Wunde von einem Sturz herrühren?«, fragte Jed.

Doc Knight schüttelte den Kopf. »Nur wenn Freddy aus dem dritten Stock gefallen und mit dem Kopf aufgeschlagen wäre. Meiner Einschätzung nach hat ihn jemand mit einem harten Gegenstand geschlagen, zum Beispiel mit einem Montierhebel. Der Schlag wurde mit großer Wucht ausgeführt.«

»Freddy konnte Ihnen nicht sagen, was passiert ist?«

»Nein, mein Junge. Er war bewusstlos, als Hannah ihn herbrachte. Er wird noch eine ganze Weile nicht sprechen.«

»Der Arme!« Jed wirkte tief betrübt. »Darf ich zu ihm?«

»Kommen Sie mit.«

Hannah folgte den beiden den Flur entlang, obwohl Doc Knight nur Jed aufgefordert hatte. Aber da sie niemand aufforderte, hier zu warten, fand sie, das sei in Ordnung. Sie würde jedenfalls heute Nacht ruhiger schlafen, wenn sie Freddy gesehen hatte und er besser aussah als bei seiner Einlieferung.

Doc Knight führte sie in das Zimmer. Hannah kamen die Tränen. Freddy, der immer so viel Lebensfreude ausgestrahlt hatte, lag reglos in dem Krankenhausbett. Es war ein Schock, ihn so zu sehen, und ihr fiel auf, dass er jetzt viel älter wirkte. Ohne sein kindliches Grinsen und den freudigen Tonfall, in dem er ständig und manchmal naive Fragen stellte, sah er fast so alt aus, wie er tatsächlich war.

Er war durch Schläuche und Kabel mit Überwachungsgeräten und anderem medizinischen Gerät verbunden. Hannah war beinahe froh, dass er nicht wach war. Wäre er bei Bewusstsein, würde sie sich zwingen, ihm zuliebe fröhlich zu sein, und das wäre schwierig.

Beim Nähertreten erkannte sie, dass er durch ein Beatmungsgerät versorgt wurde, und wandte sich an Doc Knight. »Er kann nicht selbsttätig atmen?«

»Im Augenblick nicht. Kurz nachdem Sie ihn gebracht hatten, schwoll seine Kehle an und behinderte die Luftröhre. Ich habe ihm etwas verabreicht, damit die Schwellung zurückgeht, aber es dauert, bis das Mittel wirkt.«

Jed schaute sehr besorgt. »Sie meinen, ohne das Gerät könnte Freddy sterben?«

»Ja. Das ist jedoch nur vorübergehend. Bis morgen früh sollte das Medikament wirken. Dann können wir das Beatmungsgerät abschalten.«

»Ich bleibe heute Nacht besser hier.« Jed setzte sich in den Stuhl neben dem Bett. »Wenn er mitten in der Nacht aufwacht, wird er Angst bekommen und sich vielleicht die Schläuche rausziehen.«

Doc Knight schüttelte den Kopf. »Er bleibt sediert und wird nicht aufwachen. Sie können hier nichts für ihn tun. Sie müssen nach Hause gehen und schlafen. Morgen früh können Sie wieder herkommen. Ich rufe Sie an, wenn sich an seinem Zustand etwas ändert.«

»Sind Sie sicher? Ich kann auch in dem Stuhl schlafen und würde gar nicht stören.«

»Sicherlich nicht, aber Freddy ist stabil und wird die Nacht durchschlafen. Sie müssen morgen ausgeruht sein, wenn er aufwacht. Dann werden wir Ihre Hilfe benötigen, um ihn zu beruhigen.«

Jed wirkte enttäuscht, weil er nicht bleiben durfte, nickte jedoch. »Wie Sie wollen. Sie sind der Arzt.«

»Wenn Sie keine weiteren Fragen haben – ich muss zurück in die Notaufnahme zu den Unfallpatienten.«

»Klar«, sagte Jed. »Vielen Dank für alles.«

Nachdem Doc Knight gegangen war, deutete Hannah zur Tür. »Kommen Sie, Jed. Gehen wir ins Foyer. Ich möchte meine Mutter anrufen. Alle wollen wissen, wie es Freddy geht.«

Sie gingen durch den stillen Flur zum Eingangsbereich. Die meisten Patienten schliefen, und nur zwei Krankenschwestern hielten sich im Schwesternzimmer auf, das zwischen zwei Gebäudeflügeln lag.

»Hier sind nur zwei Schwestern für die vielen Patienten?«, wollte Jed besorgt wissen.

»Keine Sorge. Doc Knight führt die Klinik gut. Freddy bekommt hier die beste Behandlung.«

Im Foyer rief Hannah in der Hütte an und brachte Delores und Michelle auf den neuesten Stand. Dann übernahm Jed den Hörer und dankte ihnen, weil sie das ganze Gelände abgelaufen waren, um ihn zu finden.

»Sie sollten jetzt wirklich nach Hause fahren, Jed«, meinte Hannah, als sie aufgelegt hatte. »Sie sehen müde aus.«

»Das bin ich, doch ich werde bestimmt nicht schlafen können. Ich bin zu unruhig wegen Freddy. Haben Sie Zeit für einen Kaffee in der Cafeteria?«

»Sicher«, antwortete sie, obwohl das fürchterliche Krankenhausgebräu das Letzte war, wonach ihr jetzt der Sinn stand. Jed brauchte offensichtlich jemanden zum Reden.

In der Cafeteria war niemand, und Hannah ging zu einem Tisch am Fenster, während Jed am Automaten Kaffee holte. Der war genauso widerlich wie erwartet, und sie nippte nur daran und hoffte, dass Jed das nicht auffiel.

»Wenn ich darüber nachdenke, was Doc Knight gesagt hat, bin ich mir sicher, dass jemand mit Freddy Streit angefangen hat.« Jed trank einen Schluck von seinem Kaffee und schien nicht wahrzunehmen, wie schlecht der war. »Wenn ich den Kerl in die Finger kriege, der ihm das angetan hat, werde ich ihm …«

»Nein, das werden Sie nicht.« Hannah legte ihm eine Hand auf den Arm. »Glauben Sie mir, Jed, ich weiß genau, was in Ihnen vorgeht. Ich bin kein gewalttätiger Mensch, aber ich hätte auch gute Lust, dem Kerl eine reinzuhauen. Wir müssen jedoch beide daran denken, dass Gewalt keine Lösung ist.«

»Ich muss einfach etwas tun! Ihn so zu sehen, das war … schrecklich!«

»Ich weiß. Doch die Polizei wird sich darum kümmern. Sobald es Freddy gut genug geht, wird Doc Knight bei der Polizei anrufen, damit sie jemanden schicken, der Freddys Aussage aufnimmt. Sie werden den Täter schnappen und bestrafen.«

Jed seufzte schwer. »Wahrscheinlich haben Sie recht. Ich fühle mich bloß so hilflos, wissen Sie?«

»Ja. Ich habe überlegt, was ich für Freddy tun könnte, und mir ist nur eines eingefallen.«

»Was?«

»Freddy hat unterwegs immer wieder von dem Geschenk gesprochen, das er für Sie hat und das er holen muss, damit Sie nicht mehr sauer auf ihn sind.«

»Das klingt ganz nach ihm.« Jed seufzte wieder. »Er hat nicht viel Geld, will mir aber ständig etwas kaufen.«

»Dieses Geschenk hat er nicht gekauft. Es ist etwas, was Ihnen gehörte und was er letzte Woche in der Mülltonne gefunden hat. Er will es polieren und Ihnen dann schenken.«

»Wissen Sie, was es ist?«

»Ich habe keinen blassen Schimmer.« Sie zuckte mit den Schultern. »Freddy brachte es in einem Schuhkarton zu mir, und der war mit einer Kordel verschnürt. Ich habe nicht reingesehen. Aber ich bewahre den Karton für ihn im *Cookie Jar* auf. Ich fahre gleich morgen früh dort vorbei und hole es, bevor ich mich auf den Weg ins Krankenhaus mache. Wir können es in seinen Nachttisch legen, und sobald er aufwacht, kann er es Ihnen geben.«

Jed schmunzelte. »Er schenkt mir ständig Kleinigkeiten, die er irgendwo findet. Wahrscheinlich sind es die alten Schuhe, die ich loswerden wollte.«

»Trotzdem werden Sie sich freuen, sie zurückzubekommen, nicht wahr?«

»Absolut.« Jed grinste sie an. »Freddy ist ein lieber Kerl. Ich will ihm auf keinen Fall die Überraschung verderben.«

29

Hannah schaute zur Wanduhr, als sie sich in der Backstube Licht machte. Es war fünf nach zehn, reichlich spät, um noch einen Teig herzustellen. Morgen und am Sonntag blieb ihr Café geschlossen, also brauchte sie für die Kundschaft keine Plätzchen zu backen. Doch sie hatte versprochen, für den Kuchenverkauf der lutherischen Kirchengemeinde zu backen, und sie wollte Freddy einige Molasse Crackles mitbringen. Sie würde den Teig über Nacht kalt stellen, früh wieder herkommen und backen und die Ausbeute zwischen Reverend Knudson und Freddy aufteilen.

Während sie die Zutaten zusammenstellte, dachte sie darüber nach, wer Freddy angegriffen haben könnte. Möglicherweise Rhondas Mörder, besonders wenn Freddy etwas gesehen oder gehört hatte, was zu seiner Verhaftung führen könnte. Hannah räumte ein, dass diese Theorie weit hergeholt war, doch sie weigerte sich zu glauben, dass einer der Einheimischen das getan hatte.

Freddy war in der ganzen Stadt beliebt, und jeder wusste, dass er zurückgeblieben war. Da war es viel wahrscheinlicher, dass jemand von außerhalb mit ihm Streit angefangen hatte. Das Feuerwerk hatte viele Leute aus der Umgebung angezogen, da mochte durchaus ein Tunichtgut darunter gewesen sein. Wie auch immer, das ließ sich nicht durch Grübeln herausfinden.

Auf dem Weg zu dem Schrank, wo die Edelstahlschüsseln standen, nahm sie die Tatortfotos, die sie durch die Kellerfenster aufgenommen hatte, aus der Handtasche und breitete sie auf dem Backtisch aus. Sie wollte über den Mordfall nachdenken, während sie den Teig ansetzte.

Solange die Butter in der Mikrowelle schmolz, betrachtete sie die Abzüge, bemerkte darauf aber nichts Neues. Das einzig Ungewöhnliche war die Erdbeermarmelade im Regal für die Pfirsichmarmelade. Hannah war sich fast sicher, dass die drei Gläser dorthin geräumt worden waren, um den Platz der drei zerbrochenen Gläser einzunehmen. Aber warum sollte sich jemand diese Mühe machen und das Malheur am Boden nicht aufwischen?

Sobald die Butter flüssig war, holte sie den Rübensirup aus der Vorratskammer. Als sie das Gefäß aus dem Regal nahm, sah sie, was dahinter verborgen war, und stöhnte. Da stand der große Beutel Hershey's Kisses, die Schokopralinen, die sie für die Mandelküsse gekauft hatte, und lachte sie an. Schnell wieder verdecken, bevor sie schwach wurde und ihn aufriss.

Sie nahm aus dem unteren Fach einen Sack Pecannüsse und stellte ihn vor den Beutel mit dem Schokoladenkonfekt. Hannah lagerte sämtliche Nüsse in dem Fach darunter, aber das war nur eine vorübergehende Maßnahme, damit sie bei den Schokoladenpralinen nicht in Versuchung geriet. Sie trug den Rübensirup in die Backstube, nahm sich einen Löffel und legte ihn wieder hin, weil ihr schlagartig bewusst wurde, was sie gerade getan hatte: Sie hatte den Beutel Pralinen vor ihrem Blick verborgen, indem sie einen Sack Pecannüsse davorstellte. Hatte Rhondas Mörder vielleicht das Gleiche getan? Hatte er etwas verbergen wollen, indem er die Gläser mit der Erdbeermarmelade davorstellte?

Das schien ihr eine vernünftige Theorie zu sein. Sie nahm sich vor, Mike und Bill gleich morgen früh anzurufen. Vielleicht war die Mordwaffe dahinter versteckt oder ein anderes Beweisstück, das sie zu Rhondas Mörder führte. Es würde sich lohnen, dort nachzusehen.

Sie gab den Rübensirup hinzu und dann den Zucker und rührte länger als nötig. Die drei Gläser Erdbeermarmelade hatten in dem Fach für Pfirsichmarmelade gestanden, und in Mrs Voelkers Brief wurde Letztere erwähnt. Hannah legte den Backlöffel hin und nahm ihn aus der Handtasche. Laut Lisa hieß das Spiel, das Speedy darin erwähnte, »Schatzsuche«. Was, wenn der Brief der erste Hinweis in dem Spiel gewesen war, das er mit Mrs Voelker hatte spielen wollen? Speedy bat sie darin, auch weiterhin ihre Pfirsichmarmelade einzukochen, und ganz offensichtlich wusste er nicht, dass sie im Rollstuhl saß und die Zeit des Marmeladekochens für sie vorbei war. Was, wenn tatsächlich ein Schatz hinter der Pfirsichmarmelade verborgen war? Lag er noch dort?

Nachdenklich rieb sie frische Muskatnuss und gab sie mit den übrigen Gewürzen in die Schüssel, maß Backnatron und Salz ab und rührte alles unter. Mit leichtem Kopfschütteln wandte sie sich dem Brief wieder zu. Ein Satz stach heraus: *Der Kerl neben mir wird jemanden finden, der den Brief rausschafft und Dir schickt.* Den Brief rausschaffen? Wo raus? Welches Krankenhaus würde sich weigern, den letzten Brief eines Patienten zu versenden?

Ein Gefängniskrankenhaus! Sowie ihr die Antwort kam,

begriff sie. Wenn der sterbende Speedy im Gefängnis gesessen hatte, waren alle Briefe, die er bekommen und verschickt hatte, von Gefängnisbeamten kontrolliert worden, und offensichtlich hatte der Mann nicht gewollt, dass sein Brief gelesen wurde.

Das ließ sie sich durch den Kopf gehen, während sie die Eier schlug und in die Schüssel gab. Wer war Speedy? Und warum hatte er im Gefängnis gesessen? Edna hatte sich an den Sommer erinnert, den er bei Mrs Voelker verbracht hatte, seinen Namen aber nicht mehr gewusst. Sie hatte versprochen, Hannah anzurufen, wenn er ihr wieder einfiele. Bisher hatte sie jedoch nichts von Edna gehört. Es sei denn …

Delores hatte ihr etwas von Edna ausgerichtet, und Hannah hatte kaum zugehört. Sie sollte ihr sagen, es sei ein Baum. Speedys Name war der eines Baumes?

Hannah setzte die Mehldose so ruckhaft ab, dass eine Mehlwolke aufstieg. Sie blätterte durch ihre Notizen, kam zu den Seiten über den Bankraub und stieß einen Freudenschrei aus. Einer der Bankräuber war David Aspen, und Aspen war der Name eines Baumes.

Die Puzzleteile fügten sich zu einem Bild zusammen, als Hannah das Mehl abmaß. David »Speedy« Aspen hatte eine Bank ausgeraubt und das Geld versteckt, vielleicht in Mrs Voelkers Keller. Die hatte ihn als Kind gekannt und deshalb sicher herzlich empfangen, als er zu Besuch gekommen war.

Hinter den Marmeladengläsern konnte das Geld nicht gelegen haben. Das Regal war dafür nicht tief genug, das viele Geld hätte mehr Platz benötigt. Allerdings war der Heizungskeller alt, und die Wände und Böden waren aus Erde. Speedy könnte hinter dem Regal ein Loch in die

Wand gegraben, das Geld darin versteckt und das Regal wieder davor gerückt haben. Niemand wäre auf die Idee gekommen, dass sich dahinter etwas verbergen könnte.

Trotzdem hatte es jemand gefunden. Und dieser Jemand gab das Geld derzeit in Lake Eden aus. Hannah dachte an Rhondas Flugticket nach Zürich. Wieder gelangte ein Puzzleteil an seinen Platz. Sie hatte sich gewundert, wie Rhonda sich eine Europareise leisten konnte. Jetzt wusste sie es. Und Schweizer Banken vergaben Nummernkonten, und auf solchen ließ sich geraubtes Geld am besten verstecken.

Allmählich war das Gesamtbild zu erahnen. Der Brief hatte in Rhondas Wohnung gelegen. Das hieß, Rhonda hatte ihn im Voelker-Haus gefunden. Mrs Voelker hatte die Schatzsuche vielleicht nicht nur mit Speedy gespielt, sondern auch mit ihrer Großnichte Rhonda. Die könnte sogar von Speedys Bankraub gewusst haben, weil sie beide zur Familie gehört hatten. Sie könnte den Brief gelesen, die Bedeutung des Marmeladenregals erkannt und das Geld dahinter gefunden haben.

Als sie die nächste Portion Mehl in die Schüssel gab, stellte sie sich eine andere Frage. Warum hatte Rhonda das Geld nicht in ihre Wohnung mitgenommen? Hannah überlegte, während sie das Mehl verarbeitete, und dabei fiel ihr ein, was Beatrice Koester erzählt hatte. Im Juni war in Rhondas Wohnung gestrichen und der Teppichboden erneuert worden. Also waren Handwerker ein- und ausgegangen, während Rhonda im Drugstore gearbeitet hatte. Sie dürfte entschieden haben, dass das Geld im Keller ihrer Großtante sicherer aufgehoben wäre, wo es schon seit vielen Jahren unentdeckt gelegen hatte. Deshalb hatte sie auch beim Unterschreiben des Kaufvertrags gezögert. Sie hatte absolut sicher sein wollen, dass sie über das Wochenende Zugang zum Haus hatte. Angeblich, um sich ein paar Erinnerungsstücke auszusuchen.

»Erinnerungsstücke«, murmelte Hannah und rührte kraftvoller als nötig. »Wohl eher die Beute eines Bankräubers!«

Plötzlich wurde ihr noch etwas klar. Als Ken Purvis am Freitagabend vom Voelker-Haus weggefahren war, musste Rhonda sich gedacht haben, dass das der richtige Moment war, um das Geld aus dem Keller zu holen. Ken hatte zwar geglaubt, dass Rhonda dort draußen ohne Auto festsaß, doch Hannah wusste, dass sie eine findige Person gewesen war. Sie hätte sich von der benachbarten Farm ein Taxi rufen oder per Anhalter fahren oder im Haus übernachten können, um das Problem am nächsten Morgen zu lösen. Sie hatte das Geld also in eine Tasche gepackt. Davon war Hannah überzeugt. Und der Mörder hatte sie dabei angetroffen und sie wegen des Geldes umgebracht.

Damit war das Motiv klar: Es war Gier, und Gier war eine mächtige Triebfeder. Hannah knetete das restliche Mehl in den Teig und richtete ihre Gedanken auf das aufgetauchte Geld. Ein Zehn-Dollar-Schein im Drugstore am Mittwoch. Jemand hatte an dem Vormittag dort eingekauft und mit Raubgeld bezahlt.

»Oh-oh.« Hannah stöhnte. Ihr fiel ihre Theorie ein, die sie verworfen hatte, als sich herausgestellt hatte, dass die Bankräuber nicht im Stillwater-Gefängnis saßen. Sie hätte Jed doch nicht von ihrer Verdächtigenliste streichen sollen. Er hatte in letzter Zeit sehr viel Geld ausgegeben, und das konnte er nicht durch seine Handwerkerarbeiten eingenommen haben. Er hatte den neuen Pick-up gekauft, jeden Tag mit Freddy im Café gegessen, und die handbestickte

Jeansweste, die er heute getragen hatte, war auch ein teures Stück.

Hannah riss etwas Frischhaltefolie ab, spannte sie über die Teigschüssel und strich sie am Rand entlang glatt, um sie luftdicht abzuschließen.

War Jed der Mörder? Die Spurensicherung hatte im Keller seine Baseballmütze gefunden. Vielleicht hatte er die gar nicht vergessen, als er mit Freddy die Fensterscheiben erneuert hatte, sondern nachdem er Rhonda getötet hatte.

Folgendermaßen könnte es sich abgespielt haben: Ken Purvis hatte kein Auto in der Einfahrt gesehen, als er an dem Freitagabend am Voelker-Haus angekommen war, doch da hatte Jed den Pick-up noch nicht gehabt. Er war also mit dem alten Auto von Freddys Mutter gefahren, an dem der Anlasser kaputt war, sodass er es immer auf einer Anhöhe parken musste. Demnach hatte Jed das Auto wahrscheinlich weiter oben an der Straße abgestellt und war zu Fuß zum Haus gegangen.

Nun überschlugen sich Hannahs Gedanken. Jed klopfte also an die Haustür, und niemand reagierte. Darauf spähte er in sämtliche Fenster, um sicherzugehen, dass wirklich niemand da war. Dabei sah er Rhonda durch das Kellerfenster, als sie das viele Geld in die Tasche packte, ging ins Haus und in den Keller, brachte sie um und nahm das Geld an sich.

Jed war stark. Er konnte das Loch in den harten Erdboden gegraben haben, bis Ken Purvis aufkreuzte und ihn aufscheuchte. Jed musste also schleunigst nach draußen gelangen, und in seiner Hast fielen ihm die drei Marmeladengläser aus dem Regal, und er stellte kurzerhand drei andere in die Lücke, sodass Erdbeermarmelade bei der Pfirsichmarmelade stand.

Ein weiterer Teil des Szenarios trat Hannah vor Augen, das sie erschreckte. Was, wenn Jed derjenige war, der Freddy niedergeschlagen hatte? Wenn sein Cousin irgendwie entdeckt hatte, dass Jed der Mörder war, würde er das melden. Mrs Sawyer hatte ihn zu einem guten, rechtschaffenen Menschen erzogen. Und Freddy wusste, dass man niemanden umbringen durfte. War Jed im Krankenhaus um Freddy besorgt gewesen oder vielmehr um sich selbst, weil sein Cousin zu sich kommen und aussagen könnte, dass Jed ihn bewusstlos geschlagen und Rhonda ermordet hatte?

Hannah beschloss, Mike sofort anzurufen. Sie wollte nur noch schnell den Teig kalt stellen. Wenn sie richtiglag und Jed der Mörder war, dann hatte er alle in der Stadt getäuscht, nicht zuletzt sie selbst!

Mit den Gedanken bei ihrer Theorie öffnete sie die Kühlraumtür und suchte drinnen einen geeigneten Platz für die Schüssel. Sie hatte gerade ein paar Vorratspackungen umgeräumt, als hinter ihr die Tür zuschlug und das Licht erlosch. Es war stockfinster. Hastig griff sie nach der Schnur, die von der Deckenlampe herabhing, schaltete es wieder ein und drehte sich zur Tür um. Die war noch nie von selbst zugefallen! Sie versuchte, den inneren Riegel zu drehen, doch der ließ sich nicht bewegen. Sie war in ihren Kühlraum eingesperrt. Was war da los?

Im nächsten Moment hörte sie jemanden in der Backstube rumoren. Wenn sie mit ihrer Theorie nicht völlig danebenlag, dann musste das Jed sein. Er hatte sie eingesperrt! »Lassen Sie mich raus, Jed!«, rief sie.

»Tut mir leid, geht nicht.« Seine Stimme drang schwach durch die dicke Stahltür. »Sie müssen drinbleiben.«

So sehr die Tür den Schall dämpfte, hörte Hannah doch

heraus, dass Jed undeutlich und schleppend sprach. Er hatte getrunken, und das verhieß nichts Gutes. »Kommen Sie, Jed. Das ist nicht lustig.«

»Natürlich nicht. Sterben ist nie lustig, und darum geht's ja. Vielleicht wissen Sie Bescheid, vielleicht auch nicht. Ich darf kein Risiko eingehen.«

Hannah lief es eiskalt den Rücken hinunter, und das nicht bloß wegen der Temperatur im Kühlraum. Sich dumm zu stellen, würde ihr nichts nutzen, denn Jed würde gleich ihre Tatortfotos und Mrs Voelkers Brief bemerken. Doch sie wollte es nicht unversucht lassen. »Ich weiß nicht, wovon Sie reden. Lassen Sie mich raus, dann mache ich Ihnen keine Schwierigkeiten. Ich verspreche, das für mich zu behalten.«

»Glauben Sie, ich bin so dämlich wie Freddy?« Jed lachte laut. »Ich werde die Luftzufuhr abschalten. Dann werden Sie langsam ersticken.«

Hannah schlug mit den Fäusten gegen die Tür und schrie: »Warum tun Sie das, Jed? Sind Sie verrückt geworden?«

»Vielleicht. Aber besser verrückt als dämlich. Freddy hatte mir von dem Geschenk erzählt, das Sie für ihn aufbewahren, und hatte sogar verraten, was es ist. Aber der sture Vollidiot wollte mir nicht sagen, wo es liegt. Doch dank Ihrer großen Klappe weiß ich, dass es hier ist.«

Hannah sah Freddy still in seinem Krankenhausbett liegen und schauderte. »Wollten Sie Freddy töten?«

»Na klar. Er hätte früher oder später geplaudert. Ich habe ihn mit Schnaps übergossen, damit jeder denkt, er hätte getrunken und mit jemandem gestritten. Aber Sie und Ihre Schwester haben ihn zu früh gefunden. Sie hätten ihn in Frieden sterben lassen sollen. Ihretwegen muss ich jetzt noch mal ins Krankenhaus und die Sache zu Ende bringen.«

»Die Krankenschwestern werden Sie nicht zu ihm lassen!«, widersprach sie, obwohl sie wusste, dass das nicht wahr war. Jed brauchte nur seinen Charme spielen zu lassen, und die Krankenschwestern würden ihn für einen netten, fürsorglichen Mann halten.

»Die werden nicht mal merken, dass ich da bin. Ich habe vorhin sein Zimmerfenster entriegelt, bevor ich gegangen bin. So kann ich ganz leicht dort einsteigen, wenn die Schwestern ihre letzte Runde gemacht haben. Es war echt nett von Ihnen, das Beatmungsgerät anzusprechen. Ich brauche es nur abzuschalten, und Freddy wacht nicht mehr auf. Er ist so dämlich, er verdient es sowieso nicht zu leben.«

Jetzt sah Hannah rot. Jed hatte Freddy etwas vorgemacht, so getan, als würde er ihn mögen, und hatte sich in seinem Haus eingenistet und von ihm geschnorrt. Dieser Betrüger und Mörder hatte sie alle getäuscht, und sie wünschte, sie hätte Superkräfte und könnte die Kühlraumtür aus den Angeln reißen und Jed zerbrechen wie ein Streichholz.

»Wissen Sie, Sie waren immer ziemlich nett zu mir. All die kostenlosen Kekse und so. Ich komme mir langsam mies vor, dass ich Sie da einschließe und sterben lasse. Wenn Sie mir sagen, wo Sie den Schuhkarton verwahren, könnte ich nachsichtig sein. Ich könnte die Luftzufuhr weiter laufen lassen, dann würde man Sie in zwei Tagen finden. Ich könnte sogar jemanden anrufen und erklären, wo Sie sind. Ich werde richtig gut gelaunt sein, wenn ich anfange, die viele Kohle auszugeben.«

Hannah durchschaute seine Masche. Jed würde sie töten, ob sie ihm den Schuhkarton aushändigte oder nicht. Andererseits befand der sich im selben Raum wie sie, und das war in gewisser Weise praktisch, nicht wahr? Sie nahm sich den schwersten Gegenstand, den sie finden konnte, die Schüssel mit dem eben hergestellten Teig, und postierte sich neben der Tür. »Wenn ich es Ihnen verrate, lassen Sie mich wirklich frei?«

»Na sicher. Wo ist er?«

»Hier drinnen im Kühlraum.« Sie hielt die Schüssel kampfbereit.

Jed lachte schallend. »Netter Versuch, doch ich glaube Ihnen nicht. Wahrscheinlich halten Sie etwas Schweres in der Hand und wollen mir eins überbraten, sobald ich die Tür aufziehe. Es wäre schön, den Schuhkarton zu haben, und ich suche noch ein bisschen, bevor ich gehe, aber ich werde auch ohne ihn zurechtkommen. Wenn Sie und Freddy erst mal tot sind, wird keiner vermuten, dass er mir gehört hat.«

Hannah drückte ein Ohr an die Tür und hörte ihn kramen und die Schranktüren aufreißen und zuschlagen. Fünf Minuten lang suchte er noch, dann fiel die Hintertür ins Schloss.

Ein Schauder überlief sie vom Scheitel bis zu den Zehenspitzen. Sie war eingesperrt, und niemand würde hier nach ihr suchen. Warum hatte sie nicht auf Andrea gehört und sich ein Handy angeschafft? Damit könnte sie jetzt in der Klinik anrufen und die Schwestern warnen, dass Jed durchs Fenster steigen und Freddy umbringen würde, und sie könnte sie bitten, jemanden zum *Cookie Jar* zu schicken, der sie befreite. Doch sie besaß kein Handy, und selbst wenn, hätte sie es vermutlich nicht mit in den Kühlraum genommen.

Sie tat ihr Bestes, um ruhig zu bleiben und sich selbst zu helfen. Viele Möglichkeiten hatte sie nicht, aber es würde eine Weile dauern, bis die Luft verbraucht war und ihr die

Sinne schwanden. Noch war sie nicht tot. An die Tür zu schlagen, wäre Kraftvergeudung. Die war dick, und es war sowieso niemand in der Nähe, der sie hören könnte. Niemand kam um diese Zeit in die Gasse. Außer …

Herb Beeseman! Hannah sah auf die Uhr. Es war Viertel vor elf. Herbs Runde führte ihn regelmäßig um elf Uhr an ihrem Haus vorbei. Er würde sie nicht hören, wenn er nur mit dem Wagen durchfuhr, aber wenn der Alarm im Antiquitätengeschäft losginge, würde Herb aus dem Auto steigen.

Hannah konzentrierte sich, so gut es ging. Sie musste etwas tun, was den Alarm auslöste. Das passierte bei einem plötzlichen Spannungsabfall, denn der Kühlraum hing an derselben Sicherung wie die Alarmanlage. Wenn sie es schaffte, einen Kurzschluss auszulösen, würde der Alarm losgehen, und Herb würde nachsehen. Er würde zuerst in den Antiquitätenladen gehen und dann in die Backstube kommen, um zu überprüfen, ob der Tiefkühler und das Kühlraumaggregat liefen, dann würde sie mit aller Kraft mit der Stahlschüssel an die Tür hämmern.

Wie ließe sich ein Kurzschluss auslösen? Sie schaute sich um. An die Deckenlampe konnte sie nicht heranreichen, aber an der hinteren Wand über dem Fußboden befand sich ein Verteilerkasten. Sie kniete sich davor und zog die Brauen zusammen. Die Abdeckung war verschraubt, und im Kühlraum gab es keinen Schraubenzieher. Sie versuchte, die Schrauben mit den Fingernägeln zu lockern, und vergeudete damit kostbare Minuten. Der Handwerker, der den Kühlraum zuletzt geprüft hatte, hatte die Schrauben zu eifrig festgezogen.

Hannah setzte sich hin und seufzte. Was ließe sich noch als Schraubenzieher verwenden, wenn man keinen zur

Hand hatte? Früher hatte sie ein Tafelmesser benutzt, sehr zum Verdruss ihres Vaters, wenn er sie dabei ertappt hatte, aber sie hatte auch kein Messer zur Hand. Sie atmete tief durch, um locker zu bleiben, und dachte plötzlich an das Messer, mit dem Rhonda erstochen worden war.

Jed war sehr darauf erpicht gewesen, den Schuhkarton wieder an sich zu bringen. Also musste etwas Wichtiges darin liegen. Etwa die Mordwaffe?

Hannah stand auf, holte den Schuhkarton aus seinem Versteck und setzte sich wieder hin. Inzwischen war sie durchgefroren, und ihre Finger waren steif und zittrig, sodass es schwierig wurde, den festgeschnürten Knoten zu lockern. Als sie schließlich den Deckel vom Karton nahm und den alten Lappen darin auseinanderschlug, entfuhr ihr ein erleichterter Schrei. Da lag ein Jagdmesser, ein langes mit einer kräftigen scharfen Klinge. Sie streckte schon die Hand danach aus, als ihr auffiel, dass der Griff aus Metall bestand und Jed vielleicht Fingerabdrücke hinterlassen hatte.

Mit dieser Überlegung hielt sie sich nicht lange auf. Ihre Lage wurde mit jeder Minute bedrohlicher. Sie nahm eine der rutschfesten Plastikfolien, mit denen die Regalböden ausgelegt waren, und benutzte sie als Handschuhersatz. Dann setzte sie die Klingenspitze in den ersten Schraubenschlitz.

Es dauerte ein paar Minuten, aber schließlich löste sie die Abdeckung von der Wand und blickte auf die Kabel. Sie könnte sie aus der Wand reißen, doch das würde nicht unbedingt einen Kurzschluss auslösen.

Sie beugte sich näher heran. An einem haftete ein Aufkleber mit dem Hinweis, die Sicherung herauszunehmen und nur isoliertes Werkzeug zu verwenden. Sie blickte auf die Klinge. Die Drähte standen unter Strom, und das Messer war nicht isoliert. Also würde sie gegen beide Warnungen verstoßen, und damit sollte es klappen. Leider würde sie dadurch einen Schlag bekommen. Andererseits würde sie sowieso sterben. Den Versuch war es also wert, besonders wenn sie den Messergriff in die Antirutschfolie wickelte.

Sobald das geschehen war, machte sie sich gefasst auf den heiklen Moment. Es war höchste Zeit, denn Herb würde gleich in die Gasse einbiegen. Kurz überlegte sie, wo sie das Messer ansetzen sollte, und entschied sich für das Kabel mit dem roten Warnaufkleber. Beim Kurzschluss würde das Licht ausgehen, deshalb stellte sie die Teigschüssel griffbereit an die Tür. Dann kehrte sie zu den Kabeln zurück, holte tief Luft und stach zu.

Kaum berührte das Messer das Kabel, streckte ein Lichtblitz sie zu Boden. Sie sah Sterne, konnte sich aber aufrichten und zur Tür kriechen. Sie lauschte. Nebenan schrillte die Alarmanlage. Sie hatte es geschafft und war noch am Leben! Jetzt musste sie nur noch auf Herb warten und an die Tür schlagen, wenn er die Backstube betrat.

Während sie im Dunkeln hockte, kam es ihr vor wie eine Ewigkeit. Endlich wurde die Hintertür geöffnet, und Hannah schlug die Schüssel gegen die Kühlraumtür. Gleich darauf hörte sie Herb fluchen, dann rief er nach ihr.

»Hannah? Bist du da drin?«

»Ja!«, schrie sie mit der Kraft der Verzweiflung.

»Der Riegel ist mit einem Vorhängeschloss gesichert, aber ich habe einen Bolzenschneider im Wagen. Bleib, wo du bist, Hannah.«

Bleib, wo du bist? Hannah fing an zu kichern, so erleichtert war sie, aber auch die ausgestandene Angst wirkte noch nach. Bleib, wo du bist? Wo könnte sie denn hin? Sie kicherte noch, als Herb den Schlossbügel durchschnitt, und sie kicherte, als er die Tür aufzog. Sie kicherte, als er sie aus der Hocke hochzog und in die Arme nahm. Dann fiel ihr Freddy ein, und das Kichern hörte abrupt auf.

»Was ist passiert, Hannah?«

»Später«, antwortete sie und atmete tief die frische Luft von draußen ein. »Hast du ein Funkgerät im Streifenwagen?«

»Sicher.«

»Melde dich beim Revier und sag denen, sie sollen sofort einen Deputy an Freddy Sawyers Krankenhausbett postieren. Er soll heute Nacht ermordet werden. Sag ihnen, sie sollen keinen zu ihm lassen außer Doc Knight, bis sie von mir hören. Der Mörder hat vor, durchs Fenster in Freddys Zimmer einzusteigen.«

»Bist du sicher?«

»Absolut. Würde eine Frau, die von einem eiskalten Mörder in ihren Kühlraum gesperrt wurde, sich solch eine Geschichte ausdenken?«

Herb sah aus, als lägen ihm tausend Fragen auf der Zunge, aber er rannte zum Wagen und machte Meldung. Als er zurückkam, hatte Hannah schon in der Klinik angerufen und Doc Knight verständigt. Der hatte versprochen, seinen kräftigsten Pfleger in Freddys Zimmer zu postieren, bis der Deputy eintraf. Sie hatte auch die Mordwaffe samt Antirutschfolie aus dem Kühlraum geholt und in den Schuhkarton gepackt.

»Willst du mir jetzt mal sagen, was passiert ist?« Herb starrte sie halb alarmiert, halb bewundernd an.

»Das tue ich auf dem Weg zum Revier. Ich weiß, wer Rhonda ermordet hat, und ich muss das aussagen. Und ich weiß auch, wer das Geld aus dem alten Bankraub hat.«

»Und du willst, dass ich dich zum Revier bringe?«

»Es war Rhondas Mörder, der mich in den Kühlraum gesperrt und die Lüftung abgeschaltet hat. Ich glaube, ich bin noch ein bisschen zittrig von der Kälte. Und nicht nur davon. Ich musste nämlich mit der Mordwaffe einen Kurzschluss auslösen, und der hat mich buchstäblich umgehauen.«

»Kein Problem.« Herb hielt ihr die Tür auf.

»Gut. Mike wird nicht allzu glücklich sein über die Mordwaffe. Ich habe sie ein bisschen verbogen, als ich sie als Schraubenzieher benutzt habe, und die Klinge ist beschädigt, weil ich damit den Kurzschluss ausgelöst habe. Vielleicht kann man vom Griff noch ein paar Fingerabdrücke gewinnen, falls ich sie nicht mit der rutschfesten Folie verwischt habe. Bist du sicher, dass du mich fahren willst?«

»Jederzeit gern, Hannah.« Herb schüttelte den Kopf, als sie zur Tür gingen. »Mal sehen, ob ich das richtig verstanden habe. Rhondas Mörder hat dich im Kühlraum eingesperrt, du hast die Mordwaffe als Schraubenzieher und als Werkzeug benutzt, um den Kurzschluss auszulösen. Du hast entdeckt, dass Freddy heute Nacht ermordet werden soll, und du weißt, wer die Beute aus dem alten Bankraub hat?«

»Das fasst es ungefähr zusammen. Es tut mir leid, dass ich dich von deiner Patrouille weggelockt habe, Herb. Ich schulde dir einen Riesengefallen.«

»Vielleicht sollte ich auf dem Revier ebenfalls zuhören. Dann brauchst du die Geschichte nicht zweimal zu erzählen.«

»Das ist eine gute Idee. Ich sage denen, ich will dich dabeihaben.«

»Okay, dann hast du dich schon revanchiert.« Herb öffnete die Tür des Streifenwagens und half ihr beim Einsteigen.

»Wie denn das?« Sie schnallte sich an und lehnte sich bequem zurück.

»Ich werde dabei sein und Mikes Gesicht sehen, wenn du das alles aussagst. Glaub mir, Hannah, damit hast du mir einen Riesengefallen getan!«

30

»Du siehst umwerfend aus«, sagte Norman, als Hannah im *Lake Eden Inn* an den großen Tisch trat.

»Danke, Norman.« Sie lächelte ihn herzlich an und wandte sich dann Delores und Carrie zu. »Ihr seid früh hier.«

Delores nickte. »Ich weiß. Ich wollte, dass alles perfekt ist.«

»Das ist es ganz sicher.« Hannah zog sich einen Stuhl heran, aber ihre Mutter schüttelte den Kopf.

»Nicht da, Liebes. Ich möchte, dass du rechts neben Norman sitzt.«

Hannah rollte die Augen, setzte sich aber auf den zugedachten Platz. Delores hatte bei ihren Gesellschaften gern eine Sitzordnung, und sie war diejenige, die zum Abendessen einlud, um die Aufklärung des Mordes an Rhonda zu feiern.

»Sind die Blumen nicht wunderschön?« Delores deutete auf das Gesteck aus bunten Sommerblumen in der Mitte des Tisches. »Herb Beeseman hat sie geschickt. Sie müssen für dich sein.«

»Für mich?« Hannah war verwirrt.

»Natürlich. Du hast den Mordfall gelöst. Aber du hättest für Herb ein Geschenk mitbringen müssen. Er hat dich schließlich aus dem Kühlraum gerettet.«

»Aber ich habe etwas für ihn«, sagte Hannah abwehrend. »Er bittet mich seit einer Ewigkeit um Ananasplätzchen, und ich habe mir ein neues Rezept ausgedacht, und sie stehen in Sallys Küche, neben meinem Pizzaroller.«

Norman sah sie fragend an. »Deinem Pizzaroller?«

»Das habe ich von meiner Zimmergenossin auf dem College gelernt. Cynthia hat Brownies immer mit dem Pizzaroller geschnitten. Das klappt besser als mit einem Messer. Streng genommen sind meine Ananasplätzchen nämlich Ananas-Brownies.«

»Hallo, zusammen!«, rief Tracey und zog Andrea an der Hand, damit sie schneller zum Tisch gelangte. Sie trug ein hellblaues Seidenkleid mit weißer Spitze an den Ärmeln und am Saum. »Guckt mal. Ich bin chic gemacht.«

»Und du siehst hübsch aus.« Delores klopfte einladend auf den Stuhl neben sich.

»Ich weiß. Daddy hat es mir gesagt. Ich bin fast so hübsch wie Mommy. Er kommt gleich mit Onkel Mike.« Tracey kletterte auf den Stuhl neben Delores und grinste alle an. »Hi, Onkel Norman.«

Andrea schob sich hinter Hannahs Stuhl vorbei um den Tisch herum, und Hannah zog sie auf ein diskretes Wort zu sich herunter. »Tracey spricht wieder jeden mit ›Onkel‹ an.«

»Ich weiß. Ich habe ihr beigebracht, niemanden zu diskriminieren«, flüsterte Andrea und richtete sich wieder auf, um die anderen anzusprechen. »Wie viele sind wir heute?«

»Zwölf«, antwortete Delores. »Wir alle plus Lisa und Herb. Und Lonnie kommt mit Michelle.«

»Wir sind da.« Bill trat mit Mike an den Tisch. Beide waren in Uniform und sahen sehr attraktiv aus.

»Setz dich hierher, Bill.« Delores deutete auf einen Stuhl neben Andrea. »Mike? Nehmen Sie den Platz neben Hannah.«

Hannah wahrte ein freundliches Gesicht, nahm sich aber vor, wegen der Sitzordnung bei Familientreffen mit ihrer Mutter ein ernstes Wort zu reden. Delores setzte sie immer zwischen Norman und Mike, und sie fühlte sich schon wie zwischen Baum und Borke.

»Hast du Freddy heute Morgen besucht?«, fragte Andrea sie.

»Ja. Gleich nachdem ich das Gebäck bei der Kirche abgeliefert habe, bin ich zum Krankenhaus gefahren.« Hannah lächelte zufrieden. Dank der Plastikfolie, die sie über die Teigschüssel gespannt hatte, war dem Teig nichts passiert, und sie hatte ihre Plätzchen heute früh backen können. Wenn sie es nicht erzählte, würde niemand ahnen, was der Teig der Molasse Crackles durchgestanden hatte. »Doc Knight sagt, Freddy wird wieder ganz gesund. Ich war dabei, als sie das Beatmungsgerät abgeschaltet haben, und sein erster Satz war, dass Jed ihn niedergeschlagen hat.«

»Hat er verstanden, warum?«, fragte Norman.

»Erst nachdem wir es ihm erklärt haben. Dann sagte er, dass man ihn hoffentlich für immer einsperrt, damit er keinem mehr etwas tun kann.«

»Das sollte kein Problem sein«, sagte Mike. »Wir haben ein volles Geständnis. Und da wir das geraubte Geld in Jeds Pick-up gefunden haben, fragt sich nur noch, wer ihn als Erster anklagt, das FBI oder wir.«

»Hi!« Lisa grinste von einem Ohr zum anderen, als sie mit Herb an den Tisch kam. »Es tut mir leid, dass wir zu spät kommen. Wir waren noch kurz im Krankenhaus, um

Freddy zu besuchen. Wir sollen allen ausrichten, dass er einen neuen Job hat.«

Herb zog ihr einen Stuhl hervor, dann nahm er ebenfalls Platz. »Doc Knight hat für ihn eine Stelle in der Klinik gefunden. Er wird Reparaturen ausführen und das Gelände pflegen.«

»Da kommt Tante Michelle!«, sagte Tracey und winkte ihr. »Und Onkel Lonnie ist bei ihr.«

Hannah lachte über Andreas bestürzte Miene. Anscheinend bereute ihre Schwester, dass sie Tracey den wahllosen Gebrauch der Anrede »Onkel« beigebracht hatte. Nicht, dass Andrea Lonnie nicht mochte, aber es gefiel ihr nicht, dass Michelle einen Polizisten datete. Bei Hannah sei das in Ordnung, hatte sie erklärt, weil sie älter und unabhängiger sei, doch sie fand, dass Michelle einen Freund mit einem nicht so fordernden Beruf haben sollte.

»Ist das nicht ein herrlicher Abend?« Lisa schaute Hannah direkt an und zwinkerte ihr zu. »Ich finde, das ist der beste Abend meines Lebens. Und wir haben sogar Vollmond!«

Hannah sah ihre Partnerin durchdringend an. Mit ihr stimmte etwas nicht, ganz eindeutig. Ihre Augen funkelten, ihr Gesicht leuchtete, und sie guckte, als hätte sie gleichzeitig den Nobelpreis, den Titel der Miss Universum und olympisches Gold gewonnen. Wenn Hannah es nicht besser gewusst hätte, könnte sie glatt vermuten, dass Lisa vom Champagner so aufgedreht war, doch der Korken steckte noch in der Flasche.

»Geht es dir gut?«, fragte sie ihre Partnerin.

»So gut wie noch nie!« Lisa kicherte leise und griff nach ihrem Wasserglas.

Hannah blinzelte. Lisa hielt ihr Glas auf eine merkwürdige Art, mit abgespreiztem Finger, als hätte sie sich wehgetan. Sie wollte gerade fragen, wie sie sich den Finger verstaucht und ob Doc Knight ihr eine Schmerztablette gegeben habe, als Andrea laut aufkeuchte.

»Du meine Güte!«, rief sie und eilte zu Lisa, um sie zu umarmen. »Warum hast du nichts gesagt? Das ist wundervoll!«

Hannah sah ihre Schwester völlig verwundert an. Waren alle ein bisschen verrückt geworden? »Was ist wundervoll?«

»Das!« Andrea griff nach Lisas Hand und hielt sie hoch. »Lisa und Herb sind verlobt!«

Hannah lachte, obwohl sie sich dumm vorkam, weil sie den Ring nicht längst bemerkt hatte. Der Champagner wurde geöffnet, zusammen mit einer Flasche Apfelschorle für Tracey, die sie sich mit Norman teilte. Denn der musste den Chauffeur spielen und auf Alkohol verzichten.

Ein paar freudige Minuten lang wurde das Paar mit Glückwünschen überschüttet. Dann stellte Delores die Frage, die jedem durch den Kopf ging. »Wann heiratet ihr?«

»Am einunddreißigsten Dezember«, antwortete Herb strahlend. »Lisa wollte warten, bis die stressige Zeit im *Cookie Jar* vorbei ist, aber sie wollte auch, dass ich die Steuererleichterung noch bekomme.«

Hannah klatschte. »Kluges Mädchen.«

»Darf ich bei eurer Hochzeit helfen, Lisa?«, bat Tracey. »Ich wollte schon immer ein Blumenmädchen sein.«

Lisa neigte sich zu ihr und umarmte sie. »Ich wollte dich gerade fragen, ob du mein Blumenmädchen werden willst. Du bist meine erste Wahl. Ich möchte, dass das eine richtige Familienhochzeit wird.«

»Was für eine wunderbare Idee!« Delores klatschte in die Hände. »Wäre es nicht herrlich, eine Doppelhochzeit daraus zu machen und ein wirkliches Familienfest zu feiern?«

Hannah schäumte vor Wut, als ihre Mutter zuerst Norman und dann Mike anlächelte. Delores wurde definitiv unverschämt. Schweigen stellte sich ein, während beide Männer unbehaglich die Sitzhaltung änderten. Hannah wusste, sie musste etwas unternehmen.

»Eine Doppelhochzeit wäre toll«, sagte sie und griff nach der erstbesten Idee, die ihr in den Sinn kam. »Aber ich finde wirklich, dass Michelle den College-Abschluss machen sollte, bevor sie heiratet.«

Für den Bruchteil einer Sekunde war Michelle erschrocken, dann schaltete sie. »Da werde ich nicht widersprechen. Ich möchte zuerst meinen Abschluss machen und dann eine Familie gründen. Damit bist du doch einverstanden, nicht wahr, Mutter?«

»Selbstverständlich! Aber ich meinte …«

Delores kam ins Stocken, und sie tat Hannah beinahe leid … doch nur beinahe. »Ich werde mir einen besonderen Hochzeitskeks für euch ausdenken, Lisa. Etwas Spektakuläres.«

»Und ich helfe euch bei der Hochzeitsplanung«, bot Andrea an. »Ich habe gerade meinen Schrank ausgeräumt und meine Entwürfe gefunden, die ich vor meiner Hochzeit angefertigt habe. Und dabei fällt mir ein … Ich habe ein Päckchen für dich im Wagen, Hannah. Erinnerst du dich an die Sommerhose, die wir letztes Jahr gekauft haben?«

»Oh ja.« Hannah seufzte. Wie könnte sie die vergessen? Diese elende Hose hatte sie zu ihrer Diät getrieben.

»Nun ja, wir müssen sie wohl verwechselt haben, als wir sie aus meinem Auto geholt haben. Ich weiß nicht, wie, aber deine ist bei mir gelandet.«

Hannah sah sie mit offenem Mund an. »Du meinst, meine Hose gehört eigentlich dir?«

»So ist es.«

Hannah schwirrte noch der Kopf, als die Kellnerin kam und die Bestellung aufnahm. Sie war also gar nicht zu mollig gewesen. Sie hatte diese Diät durchgestanden, um in *Andreas* Hose zu passen!

»Was hätten Sie gern?«, fragte die Kellnerin neben Hannahs Stuhl.

»Sekunde bitte.« Hannah beugte sich zu Andrea. »Bist du absolut sicher, dass meine Hose eigentlich deine ist?«

»Natürlich. Meine ist mir viel zu groß.«

Hannah grinste, als sie sich der Kellnerin wieder zuwandte. »Ich überspringe heute Abend den Salat und das Hauptgericht. Bringen Sie mir gleich die Dessertkarte, und lassen Sie sie bei mir.«

Ananasplätzchen

Den Ofen auf 175 Grad vorheizen, das Blech auf die mittlere Schiene setzen.

(Auch ein Teig, den man nicht auszurollen braucht. Ist das nicht wunderbar?)

240 g Mehl, ungesiebt
240 g weiche Butter
100 g weißer Zucker
4 geschlagene Eier
100 g weißer Zucker
125 ml konzentrierter Ananassaft
1 Dose geraspelte Ananas (Reste lassen sich gut einfrieren)
½ TL Salz
1 TL Backpulver
30 g Mehl

Erster Schritt: Die Dosenananas in ein Sieb schütten und abtropfen lassen, während Sie den Teig herstellen. Die Butter mit dem Zucker schaumig schlagen, das Mehl zugeben und gründlich verkneten. (Harte Butter können Sie in Stücke schneiden und den Teig in der Küchenmaschine zubereiten.) Den Teig in eine Backform von 23 x 32 Zentimeter legen und mit den Händen gleichmäßig flach drücken.

15 bis 20 Minuten backen und aus dem Ofen nehmen. (Den Ofen nicht ausschalten!)

Zweiter Schritt: Die Eier mit 100 g Zucker verrühren, den Ananassaft und die abgetropften Ananasstückchen zugeben und vermengen. Salz und Backpulver zugeben und unterrühren. Dann die 30 g Mehl zugeben und gründlich verrühren. (Die Masse wird recht flüssig sein, stockt aber beim Backen.)

Die Mischung auf den gebackenen Teig in die Form geben und wieder in den Ofen stellen. Bei 175 Grad 45 bis 50 Minuten backen.

Ganz auskühlen lassen, dann mit Puderzucker bestäuben und in längliche Stücke schneiden.

(Herb Beeseman liebt dieses Gebäck – das war das Mindeste, was ich für ihn tun konnte. Mutter und Carrie lieben es auch, essen aber gern eine doppelte Portion mit Vanilleeis. Marge Beeseman hat sich geweigert, es zu kosten, wahrscheinlich, weil sie meint, dass sie den besten gekippten Ananaskuchen in ganz Minnesota macht, und ihre Meinung nicht ins Wanken bringen will.)

Verzeichnis der Rezepte

Danksagung

Vielen Dank an Ruel, der die Lastwagen daran hindert, durch den Ort zu fahren.

Danke an unsere Kinder, die wissen, dass die Keksdose keinen Boden hat.

Vielen Dank an unsere Freunde und Nachbarn:

Mel & Kurt (unsere Gartenengel), Lyn & Bill, Gina, Jay, Bob M., Amanda, John B. & Walt, Dr. Bob & Sue und alle, die nach dem fünften Keks gefragt haben.

Ein großes Dankeschön an meinen Lektor John Scognamiglio für sein Talent, seine ständige Unterstützung und seine Ermutigung.

Und danke an all die guten Leute bei Kensington, die Hannah Swensen helfen, in großen Mengen zu backen.

Vielen Dank an Hiro Kimura für sein entzückendes Cover. Zitronentorte sah noch nie so gut aus … oder so bedrohlich.

Eine große Umarmung für Terry Sommers und ihre Familie in Wisconsin, weil sie meine Rezepte kritisiert. (Ich muss dir vielleicht verzeihen, dass du die Packers bevorzugst.)

Mein Dank geht an Nicole, die meine Kekse in Illinois testet, und an Mama und Betty Jacobson für ihre Zitronentorten-Tipps.

Ein großes Lob an Jamie Wallace für MurderSheBaked.com – eine großartige Website.

Und ein großes Dankeschön an alle meine E-Mail-Freundinnen, die mir ihre Gedanken und ihre Backtipps mitteilen und mir schreiben, dass sie Hannah Swensen und Lake Eden genauso lieben wie ich.

Ich habe ein zusätzliches Keksrezept für euch hinzugefügt.

Mord in bester Tradition

MIT SCHIRM, CHARME UND SPÜRNASE

Der Landhauskrimi in englischer Tradition ist zurück – für alle, die es bei Muffins und Earl Grey gern mysteriös, humorvoll und atmosphärisch mögen! Sympathische Amateurdetektive stolpern zufällig über Leichen und begeben sich mit patentem Spürsinn auf die Spur des Mörders. Schließlich darf das idyllische Landleben nicht allzu lange gestört werden! Mit dabei: exzentrische Nachbarn, pfiffige Fellnasen und jede Menge köstliche Kulinarik. Vollendeter Spitzengenuss für einen (ent)spannenden Nachmittag auf der Couch!